闽派批评新锐丛书

谢有顺／主编

# 从个体到家国

## 社会史视野下的新世纪文学

陈 思

著

海峡出版发行集团
海峡文艺出版社

# 总　序

◎谢有顺


　　"闽派批评"这个命名，据说源自王蒙在 1987 年发表的一篇文章，他基于当时很多批评家是福建籍的情况，说闽派已经形成了和京派、海派三足鼎立之势。这个说法是有依据的，至少在 20 世纪 80 年代，闽籍的文学批评家确实是阵容庞大且实力非凡的。闽人善论的文化性格其来有自，福建盛产文学批评家也就不足为奇了。一个地方的风土人情、文化根底，和那个地方人的性格、学养的塑造有很大关系。梁启超专门做过关于人才地理学的研究，按照他的观察，北宋以前，人才的分布主要以黄河流域为中心，身份以军事人物为主；清中叶以前，人才的分布主要以扬子江流域为中心，身份以文化教育类的人物为主；到了鸦片战争之后，即近代以来，人才的分布是以珠江流域为中心，身份以实业人物为主。这种概括虽然比较粗疏，却从一个侧面说出了人才与地理之间的关系。高原适合发展畜牧业，平原适合发展农业，滨海、河渠适合发展商业，所谓苦寒之地的人比较会打仗，温热之地的人比较重文化，这些观察并非全无道理。

　　我个人从大学时代开始从事文学批评，受益于福建这片土地的滋养，也深受"闽派批评"的影响。而"闽派批评"对我影响最大的地方，我认为是以下三点。

一是闽派批评家的文章有思想锋芒。这是非常重要的批评品质。像谢冕、孙绍振他们的"崛起"，像林兴宅、南帆、陈晓明、朱大可等人的文章，都曾参与过当时一些重要的文学论辩，他们的文章都有一种思想论辩的风格。林兴宅说，如果批评没有思想资源，也不能生产新的思想资源，那么它的生命力是有限的。我同意这一点。文学批评并非一种纯技术主义的分析，一个好的批评家，同时还应是一个有思想的人，一个有理论创造力的人。"闽派批评"在这方面风格显著。当年谢冕、孙绍振他们参与朦胧诗的论争，承受着巨大的压力，这也决定了他们的批评具有锋芒、胆识和勇气。这是了不起的。他们不惧权威，敢于挑战现存的秩序，并通过一种思想论辩来澄清问题、解决问题，这不仅是一个批评的专业问题，也是一个立场和姿态问题。

二是闽派批评家的文章有艺术解释力。一方面，批评家要有艺术感觉，另一方面，批评家也要有一种把自身的艺术感觉解析出来的能力。这一点，"闽派批评"是很突出的。朦胧诗为什么好，批评家要从艺术的方面做出解释，要告诉我们说，这为何是新诗发展的一个新的阶段，它在艺术上为我们提供了什么样的新的美学原则，这就是解释力。当年以孙绍振为代表的闽派诗评，就通过这种解释力助力了朦胧诗的兴起。孙绍振还写过一篇四万多字的长文，叫《论新诗第一个十年》，这是我读过的关于新诗发展第一个十年最精彩的艺术解释的文章，它讲清楚了新诗从胡适一直到徐志摩、戴望舒、冯至等人，在艺术审美上到底发生了哪些变化。此外，陈晓明从后现代理论中、南帆从符号学理论中汲取资源，深度解读了先锋小说，以及王光明、陈仲义对现代诗的细读，颜纯钧对电影的阐释，这些都提供了全新的艺术解释方式。现在的批评，普遍比较空疏，大多讲批评的趋势、思潮，展望未来文学要走到哪里去。能够具体分析一篇小说好在哪里，一首诗妙在何处，一篇散文的创新点是什么的人，太少了。而"闽派批评"提供了不少强有力的、具有原创性和可操作性的艺术解释方法，比如，孙绍振的艺术还原法、陈晓明的文本细读法、陈仲义对新诗的细读和分类等，都是具有方法论意义的。

三是闽派批评家普遍有文体意识。文学批评今天被边缘化、小众化，固然跟整个文学形势的变化有关，但也不能否认，批评家那套陈旧话语，以及过于艰深、晦涩的行文方式，极大地疏离了读者。文章不好读、没文采，这是致命的。而像谢冕的优美与激情，孙绍振的逻辑分析能力，南帆、朱大可文章中的修辞，陈晓明那种雄辩的风格，都给我留下了深刻的印象。他们不仅是在做批评，也是在写文章。先贤讲"文章千古事"，强调的就是文章本身，而未必是文章中的观点。也许观点会过时，甚至所论述的那些作家，后来的人可能也很陌生了，但批评文章本身依然可读，这才是最了不起的。这种有文字光彩的批评，很大程度源于作者有强烈的文体意识，把文章经营得既有叙述之美，又有文体意义上的典范价值。闽派批评家普遍都有这种对文体本身的自觉。

思想锋芒、艺术解释力和文体意识，这三者的统一，构成了文学批评最重要的基石，而这种有机统一，也可视为对"闽派批评"精神的真正传承。

有一段时间，很多人都焦虑"闽派批评"后继乏人，但近年随着年青一代的崛起，以及连续多届"闽派批评"学术活动的举办，"闽派批评"开始显露出令人欣喜的新面貌。现在，我们把这些活跃在中国文坛的青年批评家挑选出来，延续之前的"闽派批评新锐丛书"出版项目，目的就是要扩大"闽派批评"的体量和影响力，进一步擦亮"闽派批评"的品牌。目前按照思想锋芒、艺术解释力和文体意识相统一的标准选取出来的这几位批评家，代表的正是当下"闽派批评"的新锐力量。我们希望有越来越多这样的新锐批评家涌现出来，并成为这套开放的、不间断出版的丛书的作者之一。让我们共同努力。

（谢有顺，福建长汀人。文学博士，一级作家。现任中山大学中文系教授，广东省作家协会主席。）

# 目　录

从个体到家国·社会史视野下的新世纪文学

导　论

# 重建新世纪文学的社会之眼

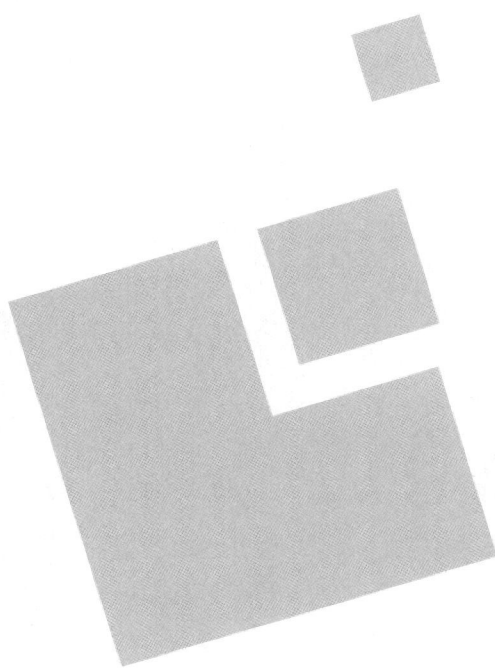

　　说到底，文学当然还是虚构的。文学拥抱虚构，依靠着想象力的鳍翅劈浪疾行。《老人与海》有这么一幕：长相如鬼头刀的鲯鳅追逐飞鱼，在水面下激情穿梭，哗然跃起。它凝滞于空中，大眼吸收着光线带来的湛蓝景观，皮肤在光下发出淡黄、深绿乃至金紫色的陌生光泽。它狂怪的躯壳突然一震，发现了某种被长久遗忘的大而未知的存在——远处的地平线。一种空虚又惊悸的感觉攫住它的肉身。

　　社会是那条遥远而近乎无限的地平线。文学的海洋广阔，但崖岸、沙滩、地壳为海勾勒边界、赋予形状，与它遥遥相望。讨论文学，是乘桴浮海、激流勇进，但时刻需要意识到陆地的位置，否则迷失航向，陷入虚妄。文学是多样的，经院哲学式的文学当然也应该存在。只是文学、文学批评若要有持久生命力，它总要隐隐约约地与社会、社会中的人产生丰富的关联。文本自足的想象，在历史的某个阶段曾经起到过解放的作用。但正如它的贡献与历史阶段性息息相关，我们也到了重新重视文本与社会的关系的时候了。

　　我们以本书探讨一种重建新世纪文学的社会之眼的可能。作为导论，这一章主要完成三个任务：澄清本书的方法论意识——"社会史视野"研究方法；对"社会史视野"原范式从 20 世纪 40—70 年代研究移置到新世纪研究语境下的展望与设想；对本书三个主要章节的主旨、关联和研究对象做初步阐述。

近年来，一种名叫"社会史视野"的研究方法成为文学研究的新方向。这一研究方法影响了笔者观测新世纪文学现场的知识感觉和观念感觉。

在社会史批评视野下，本书强调文学研究必须重建宏阔的社会感和历史感，以"社会"为出发点，重建面向历史和人生的研究框架。本书不是以20世纪80年代"文学社会学"、90年代"文化研究"或时髦西方理论取代文学自身的规律性研究，而是通过恢复社会语境，重建文学与历史的相互关联与激荡，恢复文学在现场的血脉联系与能量，是一种使文学与文学研究"整全化"的知识实践。

本书借助"社会史视野"，打破文学学科壁垒，目的不是在于取消"文学"，而是在危机中寻求文学的突破，辨识"文学性"的新可能与方向。在新世纪的历史机遇面前，研究者应有信心召唤文学性的新生与变体。

为什么本书特别强调作为研究方法的"社会史视野"，这一方法的核心理念是什么？新世纪文学研究何以需要引这一方法？本书各章如何借助这一方法开拓新世纪文学的研究视野？我们将试图陆续回答这些问题。

# 一、认识基点："社会史视野"研究方法

如果要介绍这套研究方法，免不了要提到一个读书会。中国社科院文学所的贺照田、程凯、何浩、何吉贤、萨支山、李娜、刘卓、李哲等学者于2011年1月组建了一个跨学科研习团体"北京·当代中国史读书会"。该读书会基本关切20世纪中国革命史，尤其是1949年后新中国政治、经济、文化、生活实践探索的历史与思想意涵，探求视野更为开阔、更贴近历史当事人感受认识的文学研究、历史研究、思想研究、社会研究、政治研究相互激荡的认识通道。目前在北京、上海等地的高校青年师生当中产生了辐射效应。

这个读书会的工作包括但不限于：

1. 对 1949 年后《中国青年》、20 世纪 70 年代《红旗》及相关历史的文学文本、学术成果进行逐年阅读，并围绕历史事件、文学个案进行地方社会考察。在阅读与调查中理解党和国家对"新人"的不同阶段的认识，以及如何通过调动、塑形这部分青年，进而对全社会青年和社会思想、价值、道德、精神加以引导和整理。

2. 开设两个系列的国际研讨会深化其研究诉求。其一是以历史研究为聚焦主题的当代史系列会议；其二是以文学为聚焦的"社会史视野下的中国现当代文学"系列会议（以赵树理、丁玲、柳青、周立波、李准为议题）。

3. 出版系列丛书、选集，并进行相关笔谈。一方面，出版"20 世纪中国文学经典新解读"丛书、《社会·历史·文学》等图书进行解读；另一方面，《文学评论》2015 年第 6 期程凯、萨支山、刘卓、何浩的四篇笔谈，2020 年第 5 期倪伟、吴晓东、倪文尖、姜涛、铃木将久的五篇笔谈，也对这一研究路径展开了深入探讨。

必须说明，"社会史视野"是对当代文学研究界二十年来的"历史化"研究方法的反思与推进。"历史地研究文学"似乎是常识，但怎样才是真正的"历史化"仍有待辩证探讨。文学学科已较为成熟的"历史化"研究表现出前后相继的两种倾向。其一为"社会学化"倾向。即受早先"再解读"模式的惯性影响，倚重西方文学、社会学和左翼文化政治，如采用福柯的知识考古学、孔德的实证主义社会学、曼海姆的知识社会学以及文化研究的相关理论，对当代文学尤其是 20 世纪 80 年代经典文本做重新阐释，认为主流文学史叙述是对诸多文学现象的遮蔽、压抑或扭曲，背后有着权力机制和意识形态因素。"重返"就是以知识考古学方法揭示主流文学史作为"认识性装置"的人为性。第二种倾向则是"有限的历史化"。受限于一般文学学科认知，对历史的关怀仅限于与文学史"紧密"相关的部分，追踪如社团报刊、出版稿酬、读者群体、文学批评、评奖制度、文学教育体制，尤其是与文学史上重要作家、作品直接相关的历史事件（如《文艺报》的历次批判运动）等。除较为关心这部分能够"直接"进入文学的历史外，对大历史语境的感知及产生这些历史知识的方法论意识，高度倚重主流史学的现有结论，并在此结论的基础上进行资料建设，如作家书信、传记、评论文章的整理与阐释。"历史化"的方式、角度受文学学科一些基本概念和过往学术惯性的限制，导致无法充分展开文学所置身的复杂社会、历史脉络。文学的"历史化"容易消散，回收于史学一般认识之中，沦为历史学的注脚。"社会史视野"的创新之处在于在更广泛的社会视野中把握文学作品和文学现象，进而获得关于文学、社会及其历史运行方式和过程的某种真知，大大推进对中国文学经验的理解深度。它并非重返文学和历史的二元论模式，强化两者之间的价值等级，把文学当作历史的注脚；而是打破文学本体自足的幻觉，让文学重返更复杂广大的社会生活历史语境，让学者在文学与社会的复杂互动关系中真正整全地理解文学实践的特殊性和历史意涵，最终提出一系列可以与历史学一般观念对峙的研究成果。

这一"社会史视野"的研究方法逐渐产生影响。在学术期刊、项目申请中，开始见到青年学者尝试运用这一方法的身影。有学者撰文提出"复义的社会史"①，试图梳理不同路径的"社会史视野"。本书也可以视为这一方法的批评化实践。"社会史视野"是复义的，正如文学也是复义的。"社会史视野"是一种具有包容性和灵活性的研究取向。它不是定于一尊的规条，也必定在包括笔者在内的方法论的实践者手中与不同的资源聚合，变化出不同的形态。但我仍然想为它划定一个大致的边界，边界才能产生意义。它正是因为那些它所不是，才为我们的文学研究提供了有锐度的思考。

第一，这一方法是对"历史化"研究的推进。从开放文献中寻找社会历史进程中的根本性问题，把握中国革命和社会主义实践的内在脉络、张力和各阶段的特殊结构性因素，以便更好理解当下"中国"（与一般史学、社会学对峙），并对自我视野进行审视，找到构成自我意识和感觉背后的认识装置。

第二，这一方法不能理解为历史学科内的社会史分支。它试图摆脱西方

---

① 周维东：《复义的"社会史视野"》，《文艺争鸣》，2024年第1期。

现代观念下的社会想象，避免受到社会—国家的二元框架的先见影响，重新在材料、调研中勾勒出特定时期中国社会各层面的样态；试图摆脱客观决定论倾向，强调"观念"的构成性作用，结论也常常回归到文学与人的精神世界、文学与社会的互构关系上。

第三，它不是一般意义上的文学社会学，也并非用社会学理论来指导文学研究。它不以理论预设来回收结论，而是对社会构造的认识采取既开放又谨慎的态度。它对文学审美形式高度重视，强调文学视野下的"社会"与社会理论视野下的"社会"的差异性。

第四，它不是一般文学史或文学制度史研究。它不是史学基本结论下的细节论证，而是将大历史重新放在文学的视野之内，试图提供一个与历史学、社会学对峙的历史—社会解释。

第五，它也与一般"浪漫化"的左翼文学研究有一定区别。有一些左翼文学研究，可能会先对当下社会的问题有一个直观的不满，再怀着相当乐观、浪漫的态度回到历史中去寻找革命经验看似与现实特别吻合的部分，而过快找到答案势必滑过了历史的复杂性、困难性以及革命实践内部的矛盾。以今天回望过去，对今天自己的意识构成状态没有足够的反思，实际上仍然陷在当下的意识形态结构之内。无法对今天的问题做除了直观反应之外的更深入的反省，也就未必能从历史中钩沉出于今日真正有益的思想资源。

那么这一方法的核心理念是什么呢？目前的研究成果，主要集中于 20 世纪 40 年代解放区文学、50—60 年代的新中国历史与文艺，也零星浮现一批针对 80 年代文学现象、文本的解读文章。其最着力处是对作为"创作—生活—主体"构成原则的"（革命）现实主义"的探讨。主要成果也体现在对延安经验、根据地建设、新中国政治运动以及丁玲、柳青、赵树理、周立波、李准、浩然等 50—70 年代的"主流作家"的讨论上。以"新解读"丛书为例，我个人提炼出以下四个认识基点。

第一个认识基点叫政治实践。整个 20 世纪中国文学与 20 世纪中国革命的关系非常深。要理解中国当下社会现实，定要理解中国社会的构造历史，它在经历政治打造时的起伏、错落、凝聚或涣散。20 世纪中国革命，因此构成了理解文学参照系。理解 20 世纪中国革命，就是理解政治。何为真正的政治？必须还原出"政治实践"。

有时候，人们容易把政策理解为政治。但政策不是政治本身，只是政治的表述。"政治实践"是相对化地去理解政策后所做的还原。中共会对自己的经验做整理，变成文件和政策。但是这些整理已经是表述。表述不等于当时具体实践的展开。认识常常会落后于具体的实践，或者缩减掉当时实践的丰富性和灵活性，又或者因为这些实践后来表达出来的时间点有别的特殊任务，而改变了表述。因此，找到真正的历史脉动，就要把政治表述和政治实践区别开来。

找到政治实践，也不依靠所谓的"独门资料"。"独门资料"当然也可以与公开材料做参照对比来使用，但更重要的是，不单独依赖某一个材料。要做到相对化地理解政策，更多时候不是"挖独家"，而是要把不同层面的政策文件、不同地区的政策文件、不同时期的政策文件、针对不同对象的政策文件，以及具体的运动和措施纳入整体的比对和考量之中。如拉康对《失窃的信》的分析——真相不在暗处，在所有人都看得见又都看不见的明处。

为什么在这里强调不能以政策的引用来代替对政治本身的分析？这与文学学科对历史的认知方式相关。我们原先认知历史、政治的方式，一般是直接引用文件或者史学界的结论。这种借力固然带来便利，但后果是文学只能受限于既定的历史视野，循环论证主流史学界的结论。如何突破这个困境，让文学回到事实上一级学科的地位，就要找到自己面对历史、面对 20 世纪中国政治的方式。

第二个认识基点是政治感。笔者试图概括为：中国革命总是针对社会已有层面，去铺展、顾及、发现和调动。这是对 20 世纪中国革命实际展开状态的基本感觉。

这句话里有两个要素，一是社会已有层面，二是对待已有层面的态度和方式。政治总是在具体的历史语境中面对一群群具体的人，其中有利益、激情、私心，也有状态的上升与回落。政治作用的方式不是抽象、武断的，而是对既有结构的调整。当然，这不是理解政治的唯一方式。从国家主义、国际关系层面去理解政治，从国家—地方二元关系层面去理解政治，或者是从政治哲学的概念去理解政治，再或者以微观权力理论去理解政治，都是不同的理解，也会带来不同的视野和问题意识。

这样的"政治感"，首先要求达到一种"社会感"，要对特定时期的社会状况有一个大致的把握，方能从实践层面理解政治。政治是基于社会的政治。社会的活力多大程度能够萌发、政治打造社会时对社会伤害程度的大小，是检验政治正当性的试金石。

其次要达到"阶段感"。政治是流动的，是与"时势"相联系的。每个阶段政治实践的特征都是不一样的，它所理解和提取的社会矛盾和解法是不同的，政治与社会的关系、它给社会的压力、它调适或作用于社会的方法是不同的。

程凯在《"深入生活"的难题——以〈徐光耀日记〉为中心的考察》①中指出，徐光耀于 1953—1955 年深入基层挂职，但却无法按要求"深入生活"。根据 20 世纪 50 年代初深入生活中的各种创作要求、工作要求，作家苦恼于无法理解政策的实质，也无法突破政策本身的矛盾，无法结合基层实际提出有效的应对措施，很难从工作中激发、体会到创造性。历史的阶段特殊性因此体现出来：中共对文艺的去领域化和再领域化的要求、新中国成立前夕到新中国成立初面对新形势文艺政策内在的矛盾性，包括对《在延安文艺座谈会上的讲话》中一些原则的重构。这是对特定阶段历史困境的真切把握。

何浩的论文《与政治缠斗的当代文学——重读李准的〈不能走那条路〉》也有异曲同工之妙。我们注意到 1953—1956 年这个阶段的特点："这一时期的政治一方面仍保持着打造社会的活力，另一方面，这一打造的实践本身尚未稳定落实到社会之中。文学此时以政治为中介给现实赋形，反而面临着一个没有明确政治规定的现实。"① 这是讨论的前提。过渡时期的总路线刚出来，但是还没有落实到具体的政策上，悬而未决。基于这个阶段政治、社会的特殊性，李准提出了唯有在这一阶段才会出现的历史命题："土地私有制并不必然导致人的自私。"文学研究发现了深藏于历史褶皱中的虚拟性，但必须以精准捕捉历史、社会的"阶段感"为前提。

第三个认识基点是移动视点。在一些研究中，这类词语高频出现，如"相对化""精准""缠斗""往复"等。这并非套语，而是标记着这个研究路径中的运动性。根据柄谷行人在《跨越性批判：康德与马克思》里的观点来看，有"视点"，就有"视差"（parallax）。单一视点总会存在视差，视差是观点形成的构成性条件。视差使得对真理的观测，不能是一劳永逸的，也不能是直接的。在视差必然存在的前提下，我们才能进一步追问，真理如何获得？主体在多个视点之间不断移动，消除旧的视差来推进知识，捕捉真理稍纵即逝的现身时刻。

移动视点，就意味着对固定性、规定性的警惕。有意思的是，读书会的学者对自己的研究方法有所整理，比如李娜书中的序言提出了强调"社会"的三维意识框架。可是，她又马上对这一固定化的整理做出了修正："这一把'社会'重重插进来所形成的'政治—文学—社会三维意识框架'，并不是一个可以直接套用的、不变的原理性框架，因为每一维和三维之间的关系，都是在历史展开过程中运动着的。"② 这里的担心是"政治—文学—社会三维意识框架"的提出，会被迅速固定化而成为规条，丧失它原本在不同历史情境下灵活变形的能力。

同样，贺照田提出要以"历史、社会中人"对"社会史视野"的提法进

---

① 何浩：《与政治缠斗的当代文学——重读李准的〈不能走那条路〉》，《文艺争鸣》，2020 年第 1 期。

② 李娜：《以历史、社会中"人"为媒介重读李准（序）》，李娜、李哲主编：《重读李准：从延安文艺座谈会走来》，石家庄：河北教育出版社，2023 年，第 8 页。

行校正。① 他担心对社会史的鲜明强调会让这一工作方式固定化、再掉回一般的操作（如历史决定论、社会决定论等），而用"不同层面的人在历史、社会中的不同状态"则能维持一种包含不确定性的活力。"千万不要忘记历史、社会中人"的提醒，不是回到空疏的人道主义口号上，而是一种认识上的推进与位移。这是对固定性视点内含的盲区的意识，是对运动战的永恒追求。

第四个认识基点是激活形式。确实存在一种善意的担心，害怕在这样的研究中找不到"文学性"的位置。其实，这一研究方法之所以能有今天的成绩，基础之一就是对文学形式的高度重视。不用过快的观念或理论去生发文学形式、夸大文学形式，而是呵护它、用历史信息的雨露滋养它，让文学形式自己充分展开，撑出它本来在历史中应该有的样子。

何浩的《与"现实"缠斗：〈在延安文艺座谈会上的讲话〉以来的革命现实主义文学及其周边》第一章分析周立波在《暴风骤雨》中的风景描写。唐小兵指出，四轮马车（革命）的闯入打破了乡村（自然）的宁静。他认为革命是外来的，乡村是天然的——这一结论影响深广。何浩用精彩的风景分析提出了不同看法，避免了把革命视为简单的暴力的"再解读"式思路。他发现"和睦的乡村景色"不是自然的，而是周立波对地方的想象，"外来的四轮马车"也不是真实的革命，而是对中共政治仍然有些隔膜的周立波对革命的急切想象。②

"风景"背后的20世纪30年代的周立波，是以"文学"的方式被推导出来的。研究者去关注描写笔触的展开逻辑——时间如何停顿？空间又如何铺陈？叙述者视野又落在哪里？叙述者的意识状态在写景时表现出一种耐心和稳定性——他居然还有闲心发现叶子上的露水，对其进行精心构图和虚写。

---

① 贺照田：《不能忘记历史，不能忘记社会，更不能忘记人（编后记）》，贺照田、何浩主编：《社会·历史·文学》，北京：中国大百科全书出版社，2023年，第447—465页。

② 何浩：《与"现实"缠斗：〈在延安文艺座谈会上的讲话〉以来的革命现实主义文学及其周边》，石家庄：河北教育出版社，2023年，第51页。

这说明叙述者投入叙述时，还能将感觉意识抽离，以旁观者的角度来看待，非常悠游不迫。这种疏离的主体，来自背后的 20 世纪 30 年代的周立波。这段静态的风景描写因此疏离于情节的斗争之外。

通过风景倒映出的叙述者状态，我们看出存在两个周立波。"风景"背后，是 20 世纪 30 年代的周立波，以《在延安文艺座谈会上的讲话》之前他熟悉的感知方式打造出了地方风景。"四轮马车"背后，是 40 年代的周立波，以"提出时代重要问题"为志向，选择中国共产党政治中的某些部分叙述为把握社会现实结构的方式，构成了小说的情节。这两个周立波形成了矛盾，小说呈现出"自然空间"和"革命时间"的矛盾，"风景"和"情节"的疏离。为了进一步说明这段风景描写的问题，还要以周立波翻译的肖洛霍夫的《被开垦的处女地》进行美学比较，两相比较，高下立判——肖洛霍夫的风景，才是具有伦理性的、不疏离的风景描写。这部分风景描写的分析，堪称现当代文学研究中形式分析的典范。

再举一例，一种研究方法不仅需要擅长分析苦大仇深、郑重其事的作品，也要同样妥当地处理那些自在、悠闲的文本。李娜对周立波《山乡巨变》的分析，就从小说的喜剧性入手。小说中铺垫万千矛盾，被过分轻易地解决，让人奇怪。如果是以一般学界的惯性思路来继续往下写，恐怕会处理成一种美学的脱身术。有人会说：这些地方是作者无法正视、处理现实矛盾而不得不在艺术上做出喜剧化的加工，又由于作家的才气和对乡土生活的熟谙，反而变成了小说的亮点。

但真正的研究却不应该这样轻易"闪"过去。从更体贴周立波的层面看，这恰恰是一种"放松"状态。李娜进一步推理，创作状态的放松，源于周立波对合作化未来的乐观。这种乐观，植根于他在革命刚胜利后凝望生活和社会的历史感。因为这种"放松"，周立波得以打开自己、打开与乡村的关系，找到一种传统文人的感觉。从《牛》开始，到《山乡巨变》里的李月辉、亭面糊、盛淑君、盛佳秀，看似因为"放松"少了一些严肃、紧张的逻辑环节，其实是多了一些溢出的部分。比如"婆婆子"李月辉——只有"放松"，才能写出这种溢出合作化规定性的人物。李月辉与周立波一样，既有对革命的忠诚和责任感，也有一种从信心而来的"放松""自在"。这种"放松"不仅帮助李月辉更具适应性地面对合作化运动急速发展带来的各种矛盾风波，也帮助他更坦率、务实地面对政策的变动与要求，即便在任务之下，也能以他的方式，保持对不同人的特性和处境的关照（比如有为参加生产的女性提出劳动强度规定和生理期的保护措施，即使被急于完成生产任务的上级斥之为"婆婆妈妈"）。这便是从"闪了一下"到"放松""自在"，是对小说"轻松幽默"的美学品质的精准把握。

笔者期待这些对文学形式的发现越来越多，也越来越形成一种自觉与特色。文学形式的追求应该内化于这一研究取向之中。真正的历史性，一定以形式的面目出现。从形式入手，细描主体状态，以历史语境的恢复、社会感的充盈为参照系，对"写什么/不写什么""为什么这么写/为什么不那样写"进行细致谨慎的剖析与体贴入微的感悟。它不是对文学形式进行消除，而是对文学形式进行高举和扩张。

读者不难想到，这一研究方法迁移、拓展到新世纪乃至新世纪文学现场，势必存在一些内在张力和转换环节。这一研究方法，也会触碰到自身的限度与边界。在下一小节，我们将对这一研究方法指导下的批评实践进行展望。需要预先说明，本书各章节只是在这条探索之路上的一次又一次探索，一次又一次的"信仰之跃"。

# 二、拓展空间：新世纪文学的三副面孔

如上文所说，"社会史视野"的研究方法经历研究对象、工作方式的变化，转入新世纪文学研究中，将会遭遇挑战。从现有 20 世纪 40—70 年代文学史研究到新世纪文学研究的跳跃，笔者初步形成了如下的体会。

首先，要进行新世纪社会感的点滴积累。社会感作为一种知识感觉和观念感觉，是针对社会各阶层经济、精神领域状况的总体把握。它需要在地方史志、历史文献、行业报告、深度报道、传记资料、人类学调查及文学表征的浸入、比对和来回跋涉中去一点点形成。过快、过顺地形成，不带自我诘问地形成，都可能带来偏见。在这个过程中，对社会的某一个结构或层面，追溯其过往、变迁，透视其身处的力量场，勾勒影响其生成与衰落的资源、权力、政策、习俗、宗族、生产关系、组织方式等等，形成一种"脉络感"，对身处其中的人何以如此的行事逻辑有所共情并能相对化对待，对当代文学所发生的场域及其背后的资本、权力、欲望之流有所觉察，对作家的实际境遇、所受多方引力与压力有所感知，这或许能算是社会感的雏形吧。当然，这极为考察研究者"细描"的本领。

其次，要有出入文本内外的运动性。若要重建新世纪文学与社会的联系，重建一种贴着社会中的人的社会之眼，就必须警惕一种想"一劳永逸"的思维惰性。过快地从文本本身或者某个外在理论框架中找到让自己看似容易安心的结论，可能并不是终点，而恰恰是思考之旅的起点。如柄谷行人的《跨越性批判：康德与马克思》所言，我们需要不断保持对某个单一视角的视差的警惕。唯有在文本到文本的比对、视角到视角的位移中，我们才得以看见不同的理论介质所造成的观点偏差，才能让视差显形。一次次的辩证，可能是这部分研究所内含的思想过程。"细描"的同时，必须对自己"细描"的视点有所觉察和变化，不能"埋头苦干"和"执迷不悟"，必须不断"抬头看路"和"切换路径"。

再次，要有跨学科的借力和自省意识。如前所述，文学学科曾经擅长借力于历史学的主流结论，同样也受到国外的哲学、社会学思潮影响，打下了语言论转向、后结构主义、后现代理论、文化研究等烙印。本书的研究也在不同程度上涉猎社会学、人类学、历史学、地方史志、调研报告等领域成果，跨学科的借鉴与视野的打开是不可避免的。然而，正如克利福德·格尔兹在《地方性知识》所讨论的，任何看似公允的知识，都是"地方性的知识"。理论总有其脉络，既有其适用范围，也有其边界和盲点。要谨防跨学科知识的引入，取代和替代我们本来思考所应走的路途。从研究意识上来说，这就需要"修辞立其诚",即对此时、此刻、此字、此句是否真切表达"我"之心意进行省察,以及对期待精准表达的背后的"我"之心意怀有周全的考虑与反思。"我"之心意,是否是一种对自身处境的不加觉察的直观反映?是否带来"我"此前经历、人生阅历、审美癖好所带来的偏见?"我"非这么想不可吗?有没有不这么想的理由?"我"的"想法"转入表述的时候,有没有落入陈规俗套的部分?有没有因语言自动机制的影响,所说出的变为"话赶话"的结果?这些语言是不是非如此表述不可?这样的表述是增加了或减少了哪些"我"此刻的真意?《世说新语》有云:"我与我周旋久,宁作我。"但在新世纪文学中,研究主体却首先需要"慎作我",始终保持周旋状态。经历对"我"以及"我"之"思想""言辞"的反复盘问,方可推出一定的观点。假如不先强调"慎"字,太直感地去提出"我",反而让真"我"为他人所引导和替代,很难达到"宁作我"的目的。

最后,要以文本形式为中心。文学形式是文学研究中最核心、最具有挑战性的问题。卢卡奇强调:"艺术中的意识形态的真正承担者是作品本身的形式,而不是可以抽象出来的内容。"[①] 詹姆逊勾勒出了"社会历史—内容—形式"的表现逻辑:"任何对其形式的文体化或抽象化,最终必然表达出其内容的某种深刻的内部逻辑,而且这种文体化自身的存在,最终都必然依赖于社会原材料本身的结构。"[②] 形式自身携带了社会历史的内容,并且在组织、建构这些素材的时候,将"政治无意识"写入其中。伊格尔顿在悼念詹姆逊的文章里强调:"他坚信,如果马克思主义批评不能深入关注句子的形态,便无足轻重,而他自己则能从一个叙述转折或诗歌语调变化中,洞察出一整套意识形态策略。"[③] 我们必须对文本内部形式做非神秘化的阐释,以释放其潜藏

①　[匈]卢卡奇:《历史与阶级意识》,杜章智、任立、燕宏远译,北京:商务印书馆,2004年,第48页。

②　[美]弗雷德里克·詹姆逊:《语言的牢笼:马克思主义与形式(下)》,钱佼汝、李自修译,南昌:百花洲文艺出版社,2010年,第362页。

③　[英]伊格尔顿:《伊格尔顿忆杰姆逊》,参见"远读"公众号,2024年10月3日。

的社会历史信息。新世纪的文学创作，其形式感比起 20 世纪 40—70 年代文学有着很大的变化。最突出的变化就在于，经历了 80—90 年代现代派、寻根文学、先锋派、新写实主义、新历史主义、晚生代、女性主义写作，当今文学文本的形式探索已经走得很远。形式追求，成为作家们的共识。文学风格的多样化，带来了远超社会主义、现实主义所能覆盖的形式种类。我们必须正视形式问题，在实际的文本分析中，区分文本的内容与形式，然后对"形式的内容"进行分析，对隐藏最深历史信息的"内容的内容"进行还原。

经过方法论的迂回之后，回到本书的主题。尽管有些力不从心，笔者仍想给本书处理的问题勾画一个大致的脉络。本书主要聚焦新世纪以来的重要作家、经典文本，选择从个体到家国的线索，辐射背后的文学、思想、社会议题，如青年危机的呈现与解决、地方视野的敞开与局限、中国叙事的展开与可能等。显然新世纪文学绘制了一幅全面的图谱，大大超出本书所能处理的范围，本书更多还是体现为一种方法论的探索。笔者对这一目标感到惶恐与不安，但仍愿斗胆提出一个设想：我们是否能够探索出一种以"社会史视野"为观念感觉和知识感觉的方法与实践，恢复文学研究对当代中国的社会、政治、文化以及文学的能动性的基本感觉，勾勒文学与历史、社会中的人的命运联系，构建理解当代文学现象的"社会—政治—文化"参照系。设想固然美好，但笔者能力有限，究竟能有多少完成度还未可知，写作中未必都有通盘考虑，章节中依然保留某些独立性，这些方面还请读者见谅。

要呈现新世纪文学图景，我们选择从青年个体的问题入手。

新世纪文学第一个重要面向就是青年形象与青年问题。近年来，社会何以特别关注青年个体？随着网络技术的发展，青年与新媒体的亲近性让其声量放大。学术界的青年学者亦开始对自己的生存状态进行反思。2012 年，贺照田通过介绍和分析中国大陆近年的一些网络流行语，作为理解把握中国大陆的青年人精神、心理经验、经济和社会处境的线索。① 从"富二代""高富

从个体到家国：社会史视野下的新世纪文学

---

① 贺照田：《中产阶级梦想的浮沉与未来中国——以网络流行语为中心》，《文化纵横》，2013 年第 3 期。

帅""白富美"带来的社会不公感，到"比惨""啃老"的自我解嘲，我们看见一代青年的"中产阶级梦"濒临破灭。如何摆脱"中产阶级梦"的陷阱，以及在这一梦想破灭之后何去何从，杨庆祥在作品《80后，怎么办？》中进行了追问和解答。"80后，怎么办？"——如何规避"历史虚无主义"，从"小资产阶级的梦中惊醒"，"厘清自己的阶级"，"找到自我历史发展的关节点，并与宏大的叙事关联起来"，是作者的关切所在。随着国民经济发展进入新常态，社会整体财富增长速度变缓，网络流行语提示着青年精神世界正发生令人瞩目的变化。社会上诞生一个个"小镇青年""小镇做题家""失败青年"的话题，更年轻的"90后"与"00后"青年也裹挟在2017年的"佛系"、2020年的"打工人"、2021年的"躺平""内卷"、2022年的"摆烂"和2024年的"班味""世界就是一个巨大的草台班子"所昭示的困境之内。

本书第一章围绕新世纪的文学创作对青年个体危机的表达与思考。观之社会新闻，我们似乎有这样的印象："小镇做题家"在进入社会之后，成为"房奴""蚁族""失败青年"，在沾染了一身"班味"之后，陷入消费主义陷阱；或者"剁手""特种兵旅游"，感染"世界是一个巨大的草台班子"的虚无念头，以"卖惨""搞抽象"的方式自我解压；又或者选择"摆烂""躺平"，做一个"淡人"。但是在文学世界，我们看到了不一样的图景。文珍对知识青年精神危机的书写、刘汀对普通青年命运的共情……都表现了这些作家对青年问题的敏感。在进一步对徐则臣、汤成难、班宇、龚万莹、孟小书、默音、陈春成、杨知寒、郑在欢、林棹、王占黑等作家的考察中，我们见到文学对新世纪青年"自我"遭遇的受控感、孤绝感和悬浮感的敏锐捕捉，以及为这一困境所提供的实践进路。

新世纪文学的第二个重要面向是"地方"的再出现。地方性写作的兴起是近几年文学界最重要的现象之一。在"新东北文艺"强势崛起之后，我们先后见证了"新南方""新浙派""新京派"甚至"新草原文学""新西部写作"的出现。

在文学和文化领域，我们重新发现"地方"。这确实与全球化的影响与迫近相关。从 1492 年哥伦布发现美洲起，世界就进入全球化时代。到了新世纪，软件创新、网络普及让全世界各地的人们都可以通过互联网完成分工，世界逐渐"缩小"。全球化在当下呈现出更突出的特征，每个"地方"都身处于全球化的网络之内，资源得到整合配置，贸易和投资逐渐增长，市场与机遇并存，科技成果加速传播和应用，多元文化碰撞交融，本土文化受到冲击和革新。

社会学家项飚在一次访谈中描述了一种现象——"附近的消失"①。媒介技术、城市化进程造成了"附近"这一地理感觉的消亡。当代社会人们对自己周边的事物、地理环境和人际关系缺乏了解和关注，而更多地将注意力集中在距离自己很远的、宏大叙事背景下的事情或网络热点上。其原因之一在于 20 世纪 80 年代的城市改革，单位大院被拆散，商品房的出现使封闭的产权空间分割了公共生活；其次，新世纪后，城市中产阶级对安全和便利的渴望催生了物流、外卖系统的兴起，在让日常生活变得便利的同时，也导致了人际关系的最少互动化；此外，社交媒体的发达，让人们沉浸于虚拟社区，而无暇关注"附近"。"附近的消失"带来人们日常感觉结构的变化。首先是真实世界的感知缺失，人们对真实世界的感知变得肤浅，更多透过网络和虚拟世界获取信息和体验。其次是个体的空心化，纯粹自我的个人在消失，更多作为一个集体性的个人存在，为遥远的事情愤怒、同情、兴奋。最后是人际关系的疏离，人与人之间更多视为完成任务的"工具人"，如外卖员、收银员，双方在交易之后不会再有过多的交流。这可以视为社会学家对当代社会危机与现象的观察。

地方性写作的背后当然还有别的脉络。首先，文学的地方性视域有其理论的支撑：如克利福德·格尔兹在《地方性知识》中对知识背后的特定情境与文化结构的意识、吉尔·德勒兹与费利克斯·瓜塔里合著的《千高原》中"游牧"与"块茎"的思想、丹纳的地理要素说、施莱格尔的"文学南北论"

① 项飚：《现代社会的一个趋势，是"附近"的消失》，新浪网，2021 年 9 月 22 日。

中文化与地理最初关系的样本。其次，有支持者认为，地方性写作试图抵抗某种整体性的力量，避免文学变得均质和空洞。它是对某种风格的自觉追求，又是对风格的某种反思和超越。对"地方性"的强调，就是对"中国故事"背后的地方路径的强调，是对个体在地方生存状况的紧密关注。其三，从文化研究的角度来看，也不可忽视它与省域文学、"文化搭台、经济唱戏"的旅游经济学的亲缘关系。最后，纯文学经历了 20 世纪 90 年代的危机之后，在新世纪必须不断为自身注入生机。在虚构之外，非虚构和地方性先后成为新世纪重要的突围行动。只是，如何真正深入"地方"，进入个体所植根的"历史—社会—文化"结构，重建我们的"地方感"，避免沦为新一轮话语圈地运动或者回收到地域文学的泛泛而谈，仍是摆在每个作家、研究者面前的课题。

本书第二章以地方性写作为主题。第一节聚焦近年来广受关注的"新东北文学"，从声音技术入手，分析班宇小说集《冬泳》对东北 20 世纪 90 年代工人主体情感结构的复现和历史无意识的暗示。第二节则从东北进入亚热带，以"还原地方"为方法，从谢冕近年的散文、诗歌创作中剥离出一种感官性的形式特征，再将这一形式感放置在 20 世纪福建地方社会予以认识。第三节抵达浙东地区，在张忌《南货店》的显豁与隐微中，浙东社会的人情关系、低调务实与义利并重表现得淋漓尽致，小说提供了一个来自地方、未能进入文化中心的浙东市民对 20 世纪 80 年代精神史的观察。第四节再度回旋至东北地区。切入班宇最新小说集《缓步》的"文学性"呈现，从而在总体上反思"新东北文学"的形式与观念。由此，"地方"也就不再是边缘，而成为重新讨论"中心"、再造"中心"的思想武器。

新世纪文学的第三个重要面向是"中国故事"的有关话题。新世纪第一个十年，中国经济高速发展，2010 年跃升为全球第二大经济体，"中国崛起"成为共识。经济的成功使得国家的主体性表述变得越发迫切。新世纪第二个十年，国内外的形势发生变化，中国经济结束全球金融危机后的短暂腾跃，进入增速下降期。2012 年，经济增速跌破 8%；2013 年经济增速进一步下滑；2014 年，我国经济进入"新常态"。认识新常态、适应新常态、引领新常态，成为当前和今后一段时期我国经济发展的大逻辑。新世纪第二个十年的尾声，尤其是新冠疫情以来，世界格局发生显著变化。主要经济体增长分化加剧，全球跨境资本流动大幅萎缩，地缘政治紧张局势持续存在。特别地，受美国内外政策及大国博弈影响，全球对外直接投资流动结构发生显著变化。中国产业转移流出风险上升，越南、印度尼西亚、墨西哥、菲律宾等国呈现出典型的承接产业转移特征。受全球变局影响，中国宏观经济处于内外双重失衡状态，突出表现为相对需求不足、经济下行压力较大、信心与预期偏弱。疫情冲击的"疤痕效应"、房地产拖累、收入分配问题、公共资源分配模式调整、人口总量和结构变化以及外部环境变化是造成当前双重失衡格局的主要原因。[1] 从人口专家对中国老龄化社会的原因分析中，也可见出国内外局势的挑战性："第一，2008 年世界性经济危机以来，中国虽然依靠实体经济部门加大投资，加上居民高储蓄支撑了消费需求，保持了良好增长态势，但是从2015 年开始经济下行压力持续加大；第二，经济结构优化升级对制造业和房地产业的短期冲击；第三，新冠疫情和西方国家的遏制两大外部冲击。这些因素叠加起来，使得经济增长速度明显下滑而且反弹难度加大，加上房地产和资本市场的低迷，直接导致居民就业难、收入增加难、既有储蓄消耗大、资产价值缩水幅度大，尤其是广大中等收入群体的收入和资产损失相对更大。这些因素明显影响了居民的生活成本和对未来的预期，因此，会在很大程度上影响结婚、生育的意愿和行为，从而对人口增长率总体递减趋势起到一种突然加速的作用，使得人口超低增长和负增长阶段提前出现了。"[2]

保持对国内外不断变动的大背景的关注意识，对我们在当下深刻理解"中国故事"背后的情感结构的变化，对我们理解意识形态与这一情感结构密切互动的张力关系，具有重要意义。在新世纪第二个十年，讲好"中国故事"，对凝聚国人精神，提振中国式现代化的信心，引领和创造"新大众文

---

① 卢锋、彭文生、陈卫东等：《全球变局下的中国宏观经济》，《国际经济评论》，2024 年第 6 期。

② 黄少安：《理性认识中国人口总量和结构变化》，《江海学刊》，2024 年第 3 期。

艺"，缓和国际紧张局势，打破某些西方国家的政治、经济、文化阻挠，重新焕发中华文明对外传播的生机，具有显著作用；更不可忽略的是，它同样对安顿个体身心，构造可承受的自我，勾连主体与他者，延展和打造个人向上、向外舒展的精神世界，具有不可或缺的作用。

"中国故事"的讲述，首先在于立体、全面地讲述中国，即如何表述当下，包括表述历史，从实然和应然两方面去展现和塑形适合全球化时代的"中国形象"。其次，"中国故事"预设着对形式的革新，我们要寻找一种故事的"中国讲法"。同时，从研究者的角度，还必须发现这些故事的有效性，即与当下变动不居的社会现实相互激荡、牵扯之所在。这就需要在文学文本内部的视野之外，再进行社会史领域的盘旋与逡巡，以便充分捕捉文本与不断变化的世界之间的隐秘关系。

在本书第三章，我们通过剖析徐则臣《北上》一书，来回应如何讲述中国的现代性萌发问题，在大运河兴衰史的书写中，以社会史的比对来弥补文本对历史复杂性的呈现不足；我们通过对王安忆《五湖四海》进行诠释，来探视20世纪80—90年代波澜壮阔的改革开放如何开展，地方群众如何在历史浪潮中逐浪中流；我们通过对陈世旭《孤帆》进行解读，勾勒以善为先的中国好人的百般样貌，透射中国民间社会的伦理追求；我们通过对李洱《应物兄》进行分析，来看90年代到新世纪的中国学院生态，体察新中国第三代知识分子的心性与人格。在这一章，我们回答四个与"讲述中国"相关的问题：如何讲述中国近代在西方介入下的现代性萌发过程和中华文明的特殊性？如何讲述"新时期"波澜壮阔的改革开放？如何理解中国人一以贯之的伦理追求？如何展现中国当代知识分子丰富的心灵世界？在每个问题的回答当中，本书都试图寻找一个经典的文本，并围绕这一文本做社会史考察，试图对这一问题提供更多样的答案，以弥补"纯文学"之眼的不足。

以上是对本书三个主要章节内容的阐述。必须坦白，在写作本书的过程中，笔者不断体会到研究者主体面对庞大对象的茫然和焦虑。从个体到家国——新世纪文学的总体图景显然要比这样简单勾勒的线索复杂许多。这是新世纪文学研究的特殊性所在。永远准备不足，而又必须在每个当下做出艰难的判断。我们能否在批评实践中，还原当下中国政治、经济、文化状况，捕捉当代社会各层面的心灵脉动？在新世纪新媒介技术发达、纸媒迅速衰落的当下，如何划定基本文献的范围？如何借助一些跨学科研究成果取得一定的基本感觉，而又能回到对社会的重新观测上，突破现有研究的认知框架，校准其知识感觉？如何应对资本以技术手段对人心的捕获、塑形与鼓荡？如何处理"革命现实主义"之外的文学形式？如何发现文学与当代史之间隐秘的关联？作为个体的研究者，笔者深感自己的渺小。本书对许多课题的探讨，颇有身处半途之感，只能好自奋发，留待将来。剩下的，便祈求读者们的理解与宽容了。

第一章

# "青年"：危机与突围

　　本章，我们将从个体出发对新世纪文学图景进行描摹。"个体"概念显然宽泛，以不同理论预设，会投影出不同意义的"个体"。没有绝对的"个体"，只有不同视域下的"个体"。我们有意选择青年作为切入个体问题的焦点。作为"同时代人"，青年的命运最大程度地召唤着笔者的同理心、在场感，也最方便调用笔者的生存经验与社会阅历，同时，他们与这个时代的关系也最具复杂性。用阿甘本的话说，笔者试图从青年身上发现某种"同时代性"。

　　关于"同时代性"的说法，从阿甘本开始往前追溯是一条漫长的理论线索。2007 年阿甘本（Giorgio Agamben）在威尼斯建筑大学艺术与设计学院发表了《何为同时代》的演讲。阿甘本最为人引用的关于"同时代性"的表述是："同时代性就是一个人与自身时代的一种独特关系，它既依附于时代，同时又与时代保持距离。更确切地说，它是一种通过分离和不合时宜来依附于时代的关系。""同时代人"既然隐藏着"同时代性"，就不是对这一时代的概括与接受，它既依附于时代，又与时代分离，在其中孕育着指向未来的潜能。

　　"同时代性"的表述直接让人想起尼采《不合时宜的沉思》。尼采看着身旁沉默地吃着草走过的牧群，叹息着指出人的存在状态："此在只不过是一种不间断的曾在，是一个依赖自我否定和自我消耗、自我矛盾为生的事物。"①此在不能处于遗忘状态，必然依赖自我否定为生，它处于真正的存在状态时必然与历史产生某种距离性。那些觉醒的时刻，必然与某种苦闷、矛盾、空虚、惶惑的感觉相伴。

文学里保留着许多这样不合时宜的沉思者。《哈姆雷特》中"这是一个脱序的时代"这句开宗明义的箴言构成了这部著名悲剧的基础，我们将其视为文学对时代的批判性洞见。与"同时代性"相关的还有俄国著名的《现代人》杂志，也可以译为《同时代人》。俄语 современник 有两层含义："同时代人"和"现代人"，普希金取其双关语，于 1836 年创办《现代人》杂志，该杂志历经三十年波折至 1866 年被迫停刊，这期间始终处于文学思想论争的前沿和中心，普希金、果戈理、屠格涅夫、托尔斯泰、茹科夫斯基、赫尔岑、冈察洛夫等作家在此崭露头角，车尔尼雪夫斯基、别林斯基、杜勃罗留波夫更以此为文学评论的阵地。后来这一杂志始终与沙皇政府就国家现代化进程中各个领域的问题进行"公开批判"和"讨论"，见证了俄国思想界从贵族自由主义到革命民主主义时期每个关键的时间节点。20 世纪后的俄国文论继承了这种"同时代性"，即使是看似超然的巴赫金小组和形式主义小组，实际也与 20 世纪 20 年代的欧洲人文学危机有关。在法国思想界，德里达在《马克思的幽灵：债务国家、哀悼活动和新国际》一书中把哈姆雷特的名言进一步扩展："这是一个乱了套的年代。所有的一切，开始于时间的一切，似乎都错乱了、不公正了、失调了。这个世界病得很厉害，一天不如一天了。"② 德里达以他的"幽灵学"召唤马克思（或者还有与时代始终未能和解的哈姆雷特/莎士比亚），开启了对冷战后世界秩序的批判性思考。"同时代性"需要拥

---

① ［德］弗里德里希·尼采：《不合时宜的沉思》，李秋零译，上海：上海人民出版社，2020 年，第 111 页。

② ［法］雅克·德里达：《马克思的幽灵：债务国家、哀悼活动和新国际》，何一译，北京：中国人民大学出版社，1999 年，第 111—112 页。

抱始终笼罩的"幽灵",也需要拥抱生成光明的"黑暗"。这里的"幽灵"与阿甘本的"黑暗"正有某种对历史潜能的守护、保存的相似性,它盘踞在"同时代性"的内部。

回到"青年"。在尼采那里,"青年"成为寄托"同时代性"/"未来性"的所在。"我们要咬紧牙关坚持我们的青年的权利,永不疲倦地在我们的青年中捍卫未来",保护"青年的最强的本能,如热情、执拗、忘我和爱",还有"火热的正义感"。① 尼采热情讴歌着这样的"青年性",在今天看来也有着启发。在尼采这里,"青年"与"未来""潜能"是同义词。它并不一定机械地指向某个生理年龄段,而是指向一种精神状态。陈独秀在创办《青年杂志》时,也强调一种类似的精神状态。"倘自认为二十世纪之新青年,头脑中必斩尽涤绝彼老者壮者及比诸老者壮者腐败堕落诸青年之做官发财思想,精神上别构真实新鲜之信仰,始得谓为新青年而非旧青年,始得谓为真青年而非伪青年。"② 真青年与伪青年的区别,就在于对旧的、历史沉渣的拒绝和在"精神上别构真实新鲜之信仰"。有鉴于此,我们对青年个体的考察并非一种中立的考察,而是最终落脚在他们身上所携带的"青年性"上,以"青年性"的焕发为立场,格外关怀这些理想主义气质所遭遇的困境与伸张的可能。

在新世纪,中国青年个体的"青年性"以特殊的方式表征出来。中国"80后""90后""00后"青年的成长方式与前辈的巨大区别在于,他们与中国互联网技术、文化的高速发展同步成长。我们不得不回到网络热词上,每一个网络热词都能够照亮某一片青年领域,让某一部分的情感结构被发现。"关键词仍然作为一个文化部落的化石存在着,它像是打破壁垒的阶梯,但今天它似乎更像一座浮桥,它似乎相互连接着,我们能通过这些浮桥去产生某种意义上的连接。"③ 2016年夏天,"葛优躺"的图片火遍全网。表达青年身

---

① [德]弗里德里希·尼采:《不合时宜的沉思》,第195、196页。

② 陈独秀:《新青年》,《独秀文存·论文》(上),北京:首都经济贸易大学出版社,2018年,第34页。

③ 摘自康春华整理:《被网络流行词"硬控",是当代青年的命运吗?》,《文艺报》,2024年12月20日8版。

心俱疲感受的"葛优躺"表情包迅速产生网络传播，逐渐形成主流舆论所批判的"消极、颓废、麻木"的"丧文化"现象。这让人想起学者贺照田所指出的情况：奋斗型叙事及背后的"中产阶级梦"，其实以中国不断崛起、"蛋糕不断做大"的经济大局为基础；一旦经济强势上升的乐观局面结束，经济状况从增量市场转入存量市场，巨大的就业、生活压力顿增，与"读书有用"论强势关联的个人奋斗的"中产阶级梦"面临破碎，青年如何在普遍的顿挫感中安放身心，就是我们必须面对的严重问题。这样看来，"丧文化"的出现格外具有症候性，"葛优躺"（其他关键词还包括"佛系""躺平""摆烂"等）是对功绩主义的情绪抵抗与拒绝。

"丧文化"背后存在不同路径的原因和彼此矛盾混杂的情绪导向。思想教育界对"丧文化"存在温和抵抗说、变相认同说、自我赋能说和情绪宣泄说等不同的理解。[①] 在韩炳哲的逻辑中，"丧"实际是一种否定性，是对功绩社会的否定。"伴随着世界变得普遍积极化，人类和社会也都转化为一部自我封闭的效能机器。可以说，超负荷劳作使效绩最大化，同时也消除了否定性，因为后者将阻碍工作程序的加速。"[②] 功绩主义导致过度积极、自我剥削，个体为了强调效率和产出，处于过度活跃状态，导致身心双重疲惫；在社交中，人们在意自己的形象和表现，而不是与他人建立深度的情感联系，从而导致孤独与疏离；人们无法容忍"无所事事"，被一个个"DDL""节点"所切割，没有机会体会无目的深度"无聊"，从而发现本真自我和生命意义。这时候，我们就会进入"倦怠社会"。"丧文化"则是对这一切的情绪性反应。

延续对"丧文化"的跟踪，我们发现上海市青少年研究中心、澎湃研究所联合发布的2024年度"青年十大热词"中，"偷感""班味""情绪价值""松弛感""夜校"值得注意。"偷感"一方面是对一种状态的揶揄——青年

---

① 毛玉婷：《2016年以来学界关于"丧文化"的研究述评与展望》，《重庆科技学院学报（社会科学版）》，2024年第2期。

② ［德］韩炳哲：《倦怠社会》，王一力译，北京：中信出版集团，2019年，第41—42页。

在社会规范的审视和评判下默默做事，不愿让别人知道，被视为带有"偷感"。此外，"偷感"也体现了青年在某些场合感到拘谨、畏缩和扭捏，这固然带有自嘲，却也表达了对社交场合规则的不满。相应，"班味"当然是对公司文化、单位文化的规训性的强烈质疑和剧烈嘲讽，正如"爹味"表达了青年对上一代人的教育姿态和价值体系的不屑一顾。往前追溯，2015年"任性"一词被高频率使用，2017年，"尬"和"怼"成为年度流行语，这些都代表了青年对"迎合"社会惯习的戏谑。与此相关，"发疯文化""废话文学""网抑云""老登""搞抽象"的说法与做法，同2023年的"后浪事件"一样，也都带着青年亚文化越发自觉的否定性。世界的普遍积极化，反而是一种危险，因为它是对"否定"的消除——在黑格尔的意义上，否定性为存在赋予活力，是可能性的前提。

否定性可以表现得激烈，也可以表现得温和。继"i人"和"e人"之后，"浓人/淡人"说法在2024年出现。"淡"是一种温和的"丧"。"淡人"对外界事物表现得平静与淡然，几乎没有激烈的情绪。而"浓人"对外界事物则表现得激烈，情绪外放，对生活热烈而张扬。青年因为教育制度和新媒体发展导致生存状态悬浮，与真实社会、人际关系产生疏离，社会的高速发展给青年带来巨大的心理压力。功绩社会的后果之一，就是年轻人在生活和烦琐工作的重负下趋于"低欲望"，表现为低成就动机、低权力动机、低社交动机。"淡人"是青年群体"自我减负"、"欲望极简"、舒缓压力、消解内耗的疗愈之方。"浓人"的存在，主打主动追求效率和自我提升，则是应对压力的另一种方式。"浓"与"淡"都指向外部社会对空心主体的压迫。主体可以收回伸向他者的感觉触角，降低欲望和预期，来避免进一步受到伤害，但同样会觉得孤独而脆弱；主体也可以试图去掌控过程，"主打一个热情洋溢、敢想敢干、生命力饱满到溢出的风格"，追求效率和自我提升的时候一样会有幻灭与内耗。毕竟，所谓的效率和自我提升，同样是规训的一部分。"我能"比"我必须"更有强迫性，也更有隐蔽性。"强迫自我不断更新，看上去像是对自由的实践，事实上却使主体忽视了它的强迫性。"① 一旦"浓人"意识到对能力、自主的向往背后的社会机制，便可能"由浓转淡"，对整个功绩社会的规则表现出兴趣的缺乏，以进行温和的抵抗。

"丧文化"是全球性的，它背后不仅表现为拒绝加剧内卷化的功绩社会的压力，或拒绝东亚社会的父辈社交规范，还表现为对资本主义消费逻辑的觉察。"硬控"一词出现在《咬文嚼字》公布的 2024 年度十大流行语中。有年轻学者指出："'硬'传达了一种坚硬的、不由分说的强制性，而'控'则与文化产品的消费逻辑产生了密切关系。"② 从游戏术语中而来的"硬控"，指的是通过击飞、石化、冰冻等强制性控制效果，使玩家在一定时间内无法操作角色——主体性的丧失是题中之义。这让我们想起了当代社会的消费场景。在一个个网格的"直播间""推送页"内，算法精准、无中生有地塑造欲望，暗示你"应该"想要这个，或者"应该"想要那个。除了齐泽克对"应该"背后大他者的理论表述，我们还想起卡尔维诺 20 世纪 60 年代所作的《马可瓦多逛超市》。在那篇颇有喜感的小说中，工人马可瓦多带着全家到当时堪称先进的大型超市去看别人购物过过眼瘾，结果还是陷入消费主义的陷阱。人们的生活看似"漫不经心"，却又早就"听从什么命令"。时间被设置成"生产时间"和"消费时间"，作为流水线一部分的个人，又成为消费线上的一员，在超市里你拿我放、你推我拉，宛如另一台机器。自我从内在被掏空，植入了控制装置。"被硬控"的人们，恍然失去了真正的本己的时间感。

但也不必太过于悲观。我们必须相对化地理解"时间感"的意识及其历史构成。现代性对时间的征用其来有自。了解一下中产阶级的生活史③，从农业社会到工业社会，人们对时间的理解发生了很大变化。农业社会的时间是一个循环的圈，既不是均质的，也不是机械呆板的，很大程度与自然节律、

---

① ［德］韩炳哲：《爱欲之死》，宋娀译，北京：中信出版集团，2019 年，第 25 页。
② 王安喆：《"硬控"还是"解控"》，《文艺报》，2025 年 1 月 20 日 6—7 版。
③ ［瑞典］奥维·洛夫格伦、乔纳森·弗雷克曼：《美好生活：中产阶级的生活史》，赵丙祥、罗杨等译，北京：北京大学出版社，2011 年，第 11—33 页。

农民劳动相关。进入工业社会，我们的时间变成指向未来的线条。时间体系被高度理性化和格式化。时间作为统一体，被拆分成世纪、十年、一年……小时、分、秒等机械组成因素。工业生产诞生了纪律化的时间观。19世纪日益增多的工厂，将时间规训化，工作纪律对时间进行切分，并且催生了一系列关于守时、专注、节俭的"美德"。为了将来的积累和扩张而节俭，经济地使用自己的金钱与时间。当下的"成功人士"掏出记事本，深思熟虑地看着工作日历，认为自己可以掌控时间，把时间作为一种资源，乐观地进行投资，以满足背后贪婪的未来想象。精确管理时间，是资本主义生产方式对主体的要求。这么看来，"时间观念"太强，也未必完全是好事。

　　"硬控"一词的浮出水面，就为解除控制提供了第一重可能。很多时候，"硬控"的语境是主体主动拥抱和选择某种寄托自己浓烈情感的事物，在事后表达依依不舍和赞赏之情，明知真实世界和"社会时间"在自己身旁飞速流过，但依然眷恋和执着于给自己提供非凡体验的对象。首先是化被动为主动。当主体主动拥抱一种"硬控"体验，也是在一定范围内拒绝意识到时间，拒绝对时间进行经济学理性规划，是对严格的资本主义时间观的主动逃逸。其次，哪怕主体被动地沉浸于某种异托邦式的消费空间，丧失了主体性，"硬控"一词的浮出也意味着主体对其主体性的丧失已有了觉察。当然，如何从"硬控"进一步到真正自由"脱控"，还需要理性讨论。

　　"否定性"在消解之后内含着建构维度。我们不应简单从消极的一面去看待"丧"。"松弛感""情绪价值"的出现，意味着青年亚文化在抵抗、自嘲之外，令人瞩目地出现了建构性的一面。在应对社会给予的"内卷""内耗"时，青年群体从追求以"成功人士"为榜样的"奋斗"与"励志"，转为追求一种"松弛感"的人生。从强调价值、交换价值转为强调深层的"情绪价值""稳定内核"。虽然这背后依然有消费文化逻辑的导向，也可当作无法进一步理论化的本能反应，但不可不视为一种文化的建构可能。

　　"青年性"以否定的面目含纳着建设的潜能。尤其是"夜校"的出现，让青年看到"重新寻找人生规划，在工作规训时间外重塑自我，重新反思教育制度，从虚拟悬浮状态回返线下世界，再度建立人与人的联结"的微光。这里面除了自我提升外，还包含着对情感属性和社交属性的重视。连带着，我们还观察到"搭子"现象的出现和"MBTI文化"（十六型人格测试）的翻红，这也与青年以自身舒展的方式重建社会属性的诉求相关。"搭子"意味着"承认共性，又仅仅在可以忍受的限度内接受多元"，"拒绝身份政治"，"不要创伤，要界限感、要控制、要顺利成功地实施个人意向"。① 迈克尔·哈特在评价《1844年经济学哲学手稿》时指出，人的社交能力和建立人际情感维系的能力，如同肌肉和器官，需要有意识地去锻炼。这样看，无论是"搭子""MBTI"还是"夜校"，都是青年从"丧文化"的"否定性"中萌发建构潜能的例子。

关于当下青年主体危机问题的研究，还存在许多路径。我们需要在不同路径之间完成视角的移动，以发现单一视角的视差。每个视角均有限制与盲点。单一视角下的"对象"（小客体）与背后真正的"物自体"之间总有距离。柄谷行人提出视角移动的必要。所谓视差就是先从自己的视角观察，然后再从他人的视角观察，完成视角移动后，"当感知了这二者之间的偏差时，其刹那间自己所感到的不愉快和别扭"②。在齐泽克看来，因为小对象a（objet petit a）的存在，所以视差永不可能消除。"可以把小客体界定为纯粹的视差客体（parallax object）：不仅它会随着主体的位移而变化，而且只有当从某个视角观看风景（landscape）时，它才存在，人们才能识别它的出场。说得更确切些，小客体正是视差分裂的成因，……因而造成了符号性视角（symbolic perspectives）的多样性。"③ 齐泽克同样认为捕捉视差的方式在于视角的移动："实在界纯粹是视差性的，因而也是非实体性的（non-substantial）：它本身没有实体性的密度（substantial density），它只是两个透视点（points of

---

① 淡豹:《论"搭子"》,《文艺报》,2025年1月20日6—7版。

② ［日］柄谷行人:《马克思，其可能性的中心》，中田友美译，北京:中央编译出版社，2006年，第230页。

③ ［斯洛文尼亚］斯拉沃热·齐泽克:《视差之见》，季广茂译，杭州:浙江大学出版社，2014年，第27页。

perspective）的分裂，只有从一个透视点转向另一个透视点时才能觉察其存在。"① 尽管在齐泽克那里显得过分乐观，但柄谷行人认为，康德式的透明的物自体提供了一个可供未来反证的存在：一个我们既无法事先获得，又不能随意内在化，但却可以作为世界内部展开的现实存在。借助这样的理论视域，我们对青年危机进行视角移动的探索。从网络热词转向文学文本，在文学之眼的观照中去捕捉视差。直面由一个视角转向另一视角所带来的"强烈的视差"，这种转向在"刹那间"所诱发的虽是不愉快之感，但实则包含着探索"真理"的未知因素。下面我们将视角转向文学。

当我们把视角转向文学时，看到的是一片更为广阔的图景。如果说对新世纪网络关键词的文化分析，解释了青年受困于当下的部分结构要素，那么当我们借助文学去回溯历史时，将会看到这些掣肘青年主体的结构性要素何以逐渐成形和固化，它们背后又有着怎样的力量在推动。

从 20 世纪 80 年代开始，青年危机的问题就浮现于社会。随着 1978 年的"返城风"的兴起，大批下乡青年渴望回到城市，城市的就业岗位更加稀缺。恢复高考以来，一批青年回到高校，却面临"文革"后校舍、住房的紧缺，与占据社会资源的单位发生摩擦。青年与包括老干部在内的其他社会力量在工作、生活、思想方面出现了一些"狭路相逢"的紧张情况。

对此，文学早就充当我们观测青年处境的"青年学"。在文学中，除了看到改革大潮所带来的经济振兴，我们还看到当时青年在就业、住房、婚姻、代际冲突等现实问题面前的精神危机；除了看到昂扬进取、成为"改革"主体的青年，还看到那些因为政策变动、社会动荡而被调整下去、作为代价的青年。金河的《重逢》以"冤案"为题材，把青年和老干部放在功过对立的位置处理，引起了正在"拨乱反正"的主流声音的担忧。沙叶新的《假如我是真的》为青年的处境诉苦，又将青年与干部做了对位处理。王安忆的《本次列车终点》反映了返城知青的就业、住房、婚姻三大困扰。同样围绕这三

---

① ［斯洛文尼亚］斯拉沃热·齐泽克：《视差之见》，第 43 页。

大困扰的文本，还有《野菊花，野菊花》（聚焦就业问题，反映集体企业的生存困境、不同所有制企业的阶层差异）、《小院琐记》《流逝》《归去来兮》（涉及住房及人生道路选择问题）、《雨，沙沙沙》《庸常之辈》《窗前搭起脚手架》（围绕青年的婚姻和人生选择问题）。

在透视青年主体构成的内在困境方面，文学具有更深度的视野。"新时期"初，伴随高考制度的恢复，教育领域摒弃"文革"做法，开启教育正规化的步骤。这场"教育革命"臣服于"现代化"框架，具有以经济、效率为主导而忽视精神领域的倾向。随着经济现代化目标的提出和革命政治的紧张关系的消解，革命政治全面退让，并受制于经济。① 王安忆的小说《分母》，展现了教育改革对各层次青年的巨大影响。② 在这篇小说中，"现代化"的目标使新的政治身份产生，"阶级论"被"优绩主义"取代，成为划分身份的标准。"世上只有一条路，是给好学生走的。"不管是"优等生"还是"差生"，生活过程本身的意义感被取消。人与人之间的连带感弱化，学生之间成为竞争对手或可供利用的"工具人"。20世纪80年代复兴的个人主义，以其在50—70年代被批判的状态片面地端回，使这种成问题的"个人主义"与利己主义趋近。人的完整意义被遮蔽，人只有成为"现代化"的"人才"，才能得到尊重。无法升入高等教育阶段的青年，其价值、尊严遭到了忽视。人的完整

①　这场变革包括如下方面：首先，教育权力复归于学术权威，并重新集权于教育部领导的国家教育机构。小学、中学和高校的课程和教材在全国性的基础上重新统一。在教育上重新集权并由专家重新掌权，"文革"前的政策、机构、名称和信条得到了系统的恢复。其次，"推荐制""出身论"被根据才能择优录取的方式所取代，以高考为代表的各级考试开始恢复。其三，教育与"四个现代化"目标高度配合，德、智、体三个方面在实践中以智育为最优先，劳动教育地位一落千丈。其四，在中学和小学方面，逆转"文革""重数量轻质量"的倾向，教材、学制发生变化，教育资源被追集中，重新出现重点中学、重点班，教育范围收窄。其五，试图建立双轨制教育，但职业教育起步艰难。其六，高等教育作为最大获益者得以高速建设，资源投放全面倾向于理工科。同步建设面向全国青年和工人的业余大学和电视大学网络。参见［美］罗德里克·麦克法夸尔著、费正清编：《剑桥中华人民共和国史（1966—1982）》，上海：上海人民出版社，1992年，第651—674页。
②　陈思：《"新时期"的"教育革命"问题——王安忆早期小说的社会史再解读》，《文学评论》，2023年第5期。

性受到削弱，人与他人、社会的往复互构关系遭到了中断。在现代化的追求中，"新时期"教育制度产出了一批追求效率的、强目的性的、片面竞争的、孤绝化的问题重重的主体。这批主体在新世纪则又继续受困于加剧化的功绩主义。

再往前追溯，青年主体的构造问题从"五四"时期就存在着。对此，20世纪40年代毛泽东在延安文艺座谈会上的讲话曾经有过明确的反省。丁玲的《在医院中》以反讽的视角展示了一个"五四青年"陆萍的成问题的自我。如莎菲女士到延安，陆萍仍然以"五四"文化所塑造的自我感觉方式来把握现实，过快地以感性来设定他人，并拒绝深入他人和世界去反思自己的直观感性。"陆萍的自我过于固守于自己在特定历史—社会中形成的既定感性，以此为基准来判断社会现实和他人，也因此处处不满。"① 有鉴于此，"延安讲话"对新青年们提供了不一样的主体构造方案：不预设"自我"，先进入他人—社会，看到其困境，基于他人—社会的可能性，帮助推进翻转困境。这时候自己的"感性"就会被具体落实到对他人—社会的感知中，并被对他人—社会的认知所扩充，重新在对他人—社会的充分理性认识基础上再来对"感性"展开定性。由此就能够在互动过程中形成充实的、落地的、感性的、不断调整的自我。"这样的主体构成方式，不是西方现代哲学所讨论的其自身被视为原则、根据、本原的主体性，而是在一个'无我'的形态中充分与他人—社会互动，在此重构过程中不断形成的自我。而这样的自我构成过程中，社会也不再是抽象的秩序和机制，而是由不断被重构着的自我打造和重构着的社会。"② 研究者指出历史的一条岔路："如果我们从中共革命实践经验中的这种自我构成方式出发，再进一步细化、深化，是否有可能发展出一种与西方现代主体构成方式不一样的道路？以此与他人—社会互动形成的自我，是否也可以进一步讨论与西方社会构成不一样的现代社会如何重组的问题？"③

---

① 何浩：《与"现实"缠斗：〈在延安文艺座谈会上的讲话〉以来的革命现实主义文学及其周边》，第 266 页。

②③ 何浩：《与"现实"缠斗：〈在延安文艺座谈会上的讲话〉以来的革命现实主义文学及其周边》，第 267 页。

其后，20世纪80年代社会重新回归了"陆萍"式的自我构成方式，这反而造成"新时期"以后青年在感知意识和自我塑造方式上产生新的困扰。其后果之一是，"陆萍"所存在的被历史纠缠的问题，仍然出现在80年代乃至当今青年身上。个体被教育制度的路线所规定，成为他人定义上的"好学生"，在升学率的"指挥棒"下，他们感到与升学无关的部分（例如与他人相处、与社会相处）变得不重要。进入大学后他们终于有机会从升学的逻辑中后撤，然而却不知道如何真正、恰当、合理地"社会化"。他们学习一些他人的习气，以为这就是足够"社会"，但这样的"社会"又不能给本来的自我以良性的滋养。脆弱的、孤立无援的自我无法与他人、社会建立联系，无法在每一个瞬间擦亮彼此，受困在空心与"他人即地狱"的状态中。

我们的目光从历史中回收，继续锁定于新世纪文学。尽管当今文学在社会结构中所处的地位远不能及文学在20世纪80年代社会中的中坚位置，但我们仍然期待文学对青年的当下处境能给出不一样的感觉与观察。本章借助文学中的青年形象与青年写作问题，以三个小节的内容来对当代"青年性"所遭遇的困境与突围尝试进行探讨。

第一节标题为"知识青年的主体危机透视：以文珍小说为例"。从最早期的小说《找钥匙》开始，"80后"作家文珍已开始思考知识青年的身心安顿问题。文珍对知识青年缺乏行动力的主体特征进行了令人印象深刻的描绘，并对主体在新世纪暴露的新症候进行了地毯式扫描。为了寻找解决危机的钥匙，文珍试图提供一幅足以取代破碎的"中产阶级梦"的新的世界图景。她的创作开始向他者敞开，从描写对象到创作姿态与方法，都发生明显的位移。文珍这批青年作家，不能自外于她所描绘的知识青年困境。因此，我们会在第三节借探讨青年写作中呈现的"自我"问题，再回到知识青年主体困境的自我突围上。

第二节标题为"普通青年的身心舒展可能：以刘汀创作为例"。本节以四个关键词概括"80后"小说家刘汀的创作特征与变化轨迹：匮乏、窥探、窘境和舒展。在本节，我们要特别留意"操劳"这一概念。"操劳"不只是操心，它是对恐惧、忧虑的超克，是把意志落实于劳动，以实践改造世界与自我。它既是普通青年当下生存现状，也是普通青年通往未来的解放之门。刘汀笔下的世界在 2021 年发生了跃迁。《所有的风只向她们吹》中的"四姐妹"为之前《中国奇谭》《老家》《人生最焦虑的就是吃些什么》等作品中窘迫的人们提供了彼岸的回响。她们或自发或自觉地进行"战斗"，并在"战斗"中达成生命的舒展状态，"成为一个人"。这看起来是女性自我解放的命题，其实我们借助女性形象，能看到普通青年的自我拯救之路。他笔下的普通青年，虽然处于焦虑、忧患之中，却也能够通过踏踏实实地"操劳"达到自我身心的舒展，在与他人和世界的关系中获得自我价值的确证。

第三节标题为"青年'自我'的三副面孔：以新世纪青年写作为例"。透视新世纪青年写作对"自我"问题的共情与呈现，是本节的切入角度。在社会史和文学史的参照系中，我们凸显"自我"在新世纪呈现的三副面孔：受控感、孤绝感和悬浮感。在对徐则臣、汤成难、班宇、龚万莹、孟小书、默音、陈春成、杨知寒、郑在欢、林棹、王占黑等作家的考察中，我们看到，青年的"自我"受控于意识形态/资本幻象、媒介时间感和强势话语系统；"自我"的常规社会关系发生解离，变得无法自处，在历史的引力下向黑暗坠落；"自我"受困于大数据系统，悬浮于真实生活。文学为这些问题提供了部分解释，也提供了一些超越的可能。文学的力量是微弱的，也是不可小觑的。我们有着自己应该占有的小小的位置，于是躬身入局、以头入鼎，召唤真正有"青年性""同时代性"的青年写作。

# 第一节　知识青年的主体危机透视：
## 以文珍小说为例

从 20 世纪 80 年代开始，青年问题再度浮出水面。"潘晓讨论"中"人生的路呵，怎么越走越窄"的感叹，暴露出青年面对"新时期"社会话语转换的困惑，"社会主义新人"话语对青年的感召出现明显裂痕。90 年代，整合青年的文化—政治视野逐渐萎缩，而让位社会—经济视野，青年更多被生产—消费的经济逻辑捕获，进而催生出一种共同的"中产阶级梦"。如果说90年代通过"个人奋斗"而实现"中产阶级梦"的叙事依然有效，那么进入新世纪以后，这一叙事遭到了一定程度的瓦解。当以为高考成功就能过上中产阶级生活的想法被房价和就业现实强烈挑战后，青年的社会心理行为发生变化。学者贺照田在2012年就敏锐观察到：随着新世纪初大学扩招与社会经济扩张的人才需求之间发生矛盾，越来越多大学毕业生甚至名牌大学毕业生无法进入理想岗位，知识青年群体的"中产阶级梦"开始动摇；伴随2006—2007年开启的一轮轮房价飞涨，"中产阶级梦"分崩离析。① 网络流行用语反映了这一社会过程。近年来这一青年群体的危机有扩大化的倾向，社会上诞生一个个"小镇青年""小镇做题家""失败青年"的话题，青年被裹挟在"佛系""打工人""躺平""内卷""摆烂"所昭示的情绪与困境之内。

当代小说家文珍的成长，恰恰经历了这一危机的生长、变化过程。文学内外，她同步面临青年的身心安顿问题，其创作可视为对新世纪初青年问题的表达和探索。当然，"青年"是包裹性很强的术语，需要分层讨论。文珍笔下的青年群体特指新世纪初部分知识青年，他们通常都有类似的成长轨迹：即20世纪80年代出生于小城市（往往是南方）的普通工人、知识分子家庭，在北京这样的一线城市上大学、就业、恋爱和生活。这些"南方小城知识青年"受过完整的高等教育，与其他"小镇青年""农村青年"相比，相对安逸的少年时代、优越的经济条件和文科教育背景让其浪漫化、理想化和脆弱性特征更为突出，看似更加接近那终将破灭的"中产阶级梦"。

文学的起点往往引发批评家的兴趣。《找钥匙》作为文珍发表的第二篇作品，被收录在2021年8月出版的小说集中，甚至这部小说集也以《找钥匙》为名。显然，这篇作品具有特殊意义。

《找钥匙》以第一人称展开，讲述一个苦闷的青年寻求身心安顿的故事。

---

① 贺照田：《中产阶级梦想的浮沉与未来中国——以网络流行语为中心》，《文化纵横》，2013年第3期。

从个体到家国：社会史视野下的新世纪文学

"我"从美术学院毕业，日常工作是在编辑部当美编画插图——自称画匠张松。对"我"来说，"艺术"与"面包"是两难的命题，美院毕业后，"我"既无法甘心融入职场规则，又无法在艺术上真正取得成就。自我出现危机的同时，爱情成为替罪羊。"我"与女友王艳从高中起就相识，但多年的感情关系已近麻木。"我"因为与夏鱼的一时冲动，与王艳分手，并把已付了首付的房子赠给王艳。然而"我"又并不真正爱夏鱼。后来王艳结婚，夏鱼也有了新的男朋友，"死党"姜小兵找了酷似王艳的太太，而"我"只能继续精神漂泊。小说结尾处，"我"向现实生活妥协，放弃艺术，顺应了市场，但最后失去梦想的"我"在巴黎蒙马特大街以油画刀自尽身亡。小说带有模仿20世纪90年代小说的学徒期特征，但却刻画了张松这一无法持存的、孤绝的自我形象。

> 我谁也不爱，我心底默默地道，我不爱你们任何一个。
>
> 我的生活行驶在一个荒谬的轨道上，不知道自己终究会驶向什么地方。
>
> 我只是厌倦了，突然不想再继续。
>
> 如果我真的死了，那么我值得原谅吗？我一切的谎言，自大，自恋，茫失，没有才华，都能够被原谅吗？
>
> 关于自己，我总是无比幻灭。①

首先，这个自我无法从与他者的关联中获取意义，因而是空虚的。这个自我生活在自己思想的界内，与外界缺乏真正的思想交流。"我"很难建立起真正的爱情或友情关系，更不用说像鲁迅所说的那样让"无尽的远方，无数的人民，都与我有关"。其次，这个自我也无法建立与"自我"的认同（"我"与"理想"之间总是存在距离），因而是矛盾剧烈、不断内耗的。"自我"分裂成行动的"客体我"和反思的"主体我"。"客体我"与"主体我"存在着巨大的冲突，在"客体我"做出选择后，"主体我"总会以反思性的

---

① 文珍：《找钥匙》，《找钥匙》，上海：上海人民出版社，2021年，第288—302页。

态度对其进行指责。"客体我"往往会屈从于现实或欲望，而"主体我"则会站在艺术或爱情的角度对其审判。问题恐怕不仅在于"客体我"，也在于"主体我"的认知结构。学院培养下的知识体系，并不能真正指导和滋养现实生活。悲剧的前提就是年轻画家的"中产阶级梦"——左手艺术，右手面包，"高尚"的职业，"理想"的爱情。从一开始，这一梦想就显示出自身的虚妄性。站在今天的角度，我们可以揣测这一"中产阶级梦"与这一无法持存的、孤绝的自我之间，具有内在互生关系。

文珍此后的创作沿着这条路径继续前进。她未对这一主体危机置身事外，而是以内在的思考、参与式观察来对这一危机进行书写。"找钥匙"某种意义上成为其创作之路的隐喻——一种向知识青年主体的深处与出路进行不屈探索的姿态。

## 一、"衣柜里的人"——无行动力的知识青年主体

从 2000 年上大学到 2007 年硕士毕业，文珍长时间处于学院环境之内。写作前期，大量小说涉及爱情主题。《果子酱》讲述寂寞的异域舞娘的单相思如何毁于一旦。《抵达螃蟹的三种路径》之《相手蟹》讲述同性恋群体另类痛苦的爱，《寄居蟹》涉及爱情中的冲动与虚妄。《我们到底谁对不起谁》以闺蜜自杀为线索引出同性恋"形婚"的悲剧。《狗》让人思考"匮乏"作为爱的构成性条件的悖论。在《窥红尘》中可以观察到爱与"遗憾""误会"的缠绕关系。在作家这里，爱情被赋予了特权，仿佛是某种本真生活的显影。爱情必定是"中产阶级梦"的重要组成部分。

知识青年向往真正的爱情。在文珍这里，真正的爱情拒绝工具理性的算计。《故人西辞黄鹤楼》嘲讽了对爱情进行算计的市侩行为。农业局的李处在同学聚会上邂逅当年的女朋友。李处心如鹿撞，目睹前女友花枝招展，一身名牌，不由得算计起前女友的身价。前女友算盘同样打得很精，一听李处是农业局的，立刻对他不感兴趣，搭上另一个当年曾经寒酸现在显赫的同学。李处回家后还不死心地打探足以吸引前女友的资源。"算法""大数据"在当

代文化中一度被奉为圭臬，但其"功利性"在文珍看来是一种耻辱。

如何定义"真正的爱情"？文珍做出多样探索。《银河》讲述一场婚后私奔。主要人物都在银行工作——"银行"（及其背后的金钱逻辑）是世界的象征秩序。与《第八日》中的顾采采相似，主人公是生活中唯唯诺诺、毫不起眼的小角色。怯懦的"剩女""我"与已婚的老黄发生了心灵感应。两人私奔到新疆，瑰丽多姿的风情让人心荡神驰，但彼此心知肚明，旅程终有归期，最终女主人公以惨烈的自杀完成对爱情的殉葬。

《气味之城》隐晦地追述了一场灾难性的婚姻，为《银河》的私奔提供了注解。《气味之城》中丈夫想要寻常夫妇的井然有序，而妻子则想要"真正的爱和真正的生活"。故事从离婚之后讲起。他回到家，"迎面扑来一股非常熟悉的气息。有点花生放久了的油哈气，又有一股类似百合花腐败了的闷香。还有猫的气味。那种特有的、养猫之家多半都有的猫食猫粪以及猫本身混杂在一起的猫味"①。房间里是她特有的香水味，一张由薄荷、柑橘、柠檬以及迷迭香与龙涎香混在一起编织成的暧昧之网。"这时他才感到一阵深切的不适不舍之感。实际上过去生活的秩序早已轰然坍塌，他却好像第一次感知到一种滞后数日的、无以言喻的痛楚。"② 妻子离开的原因很简单：是丈夫退化为又懒又邋遢的俗气男子，将她拖入一个龌龊、复杂的日常生活的泥潭中。拒绝庸俗，是知识青年在爱情面前的宣言。

向前追溯，《衣柜里来的人》更是《气味之城》的前传。它描述了一次说走就走的婚前旅行，以女主人公步入婚姻为终结。说走就走的勇气，源于女主人公内心对爱情落实到现实生活的不确定性。每到焦虑或与男朋友闹别扭时，主人公就会躲进衣柜——这在文珍的小说中是一个使用了不止一次的意象。主人公"我"恐惧随婚姻到来的变化，害怕因为接纳一个足够爱自己的男人而被拖入日常生活的泥潭。三年前"我"曾到过拉萨，认识了阿卡、

---

① 文珍：《气味之城》，《十一味爱》，桂林：广西师范大学出版社，2011年，第1页。

② 文珍：《气味之城》，《十一味爱》，第2页。

塔叔、二愣子等人，这次再次躲到了拉萨。众人有意撮合"我"和阿卡，然而阿卡却看穿了"我"犹豫纠结的内心。两人一路骑行前往绝美的纳木错，这也是"我"的心灵之旅。"我"最终确认了对男友的爱情，而回到生活洪流中。有意思的是，当把这篇小说与《银河》《气味之城》对读就会发现，"我"的未来已笼罩着阴霾——哪怕是再三确认的"真正的爱情"，也将要承受世俗生活的侵蚀与磨损，随时有跌落深渊的可能。

文珍对爱情的看法是悲观的。尤其对于知识青年而言，爱情总是处于绝境之中。除了爱情自身的难题性之外，部分原因还在于，知识青年常常思虑重重，这些思虑又往往天马行空，不切实际。这些知识青年对社会的认识方式，更偏爱"旅行""游逛"，那是一种现代的、充满城市生活气息的方式，同时这种身处局外的"观光"也限制了他们进入生活的深度。《抵达螃蟹的三种路径》之《大闸蟹》，是男主人公的内心独角戏。主人公他在影视公司工作，因筹拍电视剧找前期投资，结识了投资公司考察影视项目分析专员的她。随着感情升温，他不断琢磨她的食性与性格。她不吃葱蒜韭菜，他海鲜过敏。随即更多现实阻碍其中，影视剧投资打了水漂儿，他也求婚未果。"他失去她之后总是反反复复想起那些抱在一起睡觉的亲密时刻，想得久了，觉得人应该也可以学会冬眠。隐居。遁世。两个人相拥在黑暗寒冷的山洞里穴居，像苦行僧一样逐项关闭生理机能，只剩下微弱的体温互相维持，直到热量彻底流失殆尽，两个人渐渐昏迷失去知觉，最好时间步调一致。"① 我们会发现这个男性角色是内倾的、收敛的、频繁思考的，但这些思考在现实面前暴露出了明显的无效性。

知识青年主体缺乏行动性。"躲在衣柜中"既是小说《衣柜里来的人》中的经典意象，也是这些知识青年主体的遁世与逃避的某种侧写。他们"沉默""宅""自闭""社恐"，显得无能和被动。衣柜是房间中的阴暗角落，躲藏在衣柜中，代表从社会的压力中暂时脱离——这种赋形原理让人想起契诃

---

① 文珍：《抵达螃蟹的三种路径》，《夜的女采摘员》，贵阳：贵州人民出版社，2020年，第 77 页。

夫的《套中人》。知识青年总是无法形成有力的行动——"逃避"不是合格行动，"旅行"也欠缺改变现实的力量，"自杀"固然决绝却也可以理解为一种弱者从矛盾中抽身遁逃的极端方案。从主体实践的意义上，行动的前提是自由，唯有自主的选择和行为，而非屈从于外在力量，才可称为行动。那么，知识青年主体面对复杂的生活，如何能够采取本真、主动的行动去实现理想（爱情）？这在文珍那里不是一个容易回答的问题。

## 二、知识青年主体危机的诸多表征

如果说，初登文坛的文珍对知识青年命运的关切多出于自发和本能，那么在完成北大创意写作硕士学业之后，这一关切就具有了自觉的色彩，其观察就更多沉落在当代历史语境之内。在新世纪，青年主体的危机暴露出新的表征。除了爱情之外，独立、自尊、优渥的待遇与自在的休闲时光，是他们"中产阶级梦"的重要组成部分。文珍从以下几重角度描述了这一梦幻的破碎。

其一是失眠与资本全球化对时间的分割。中篇小说《第八日》是文珍在北大创意写作专业的硕士毕业作品。女主人公顾采采是刚出大学校园进入银行信用卡部工作的新人。她羞怯、敏感、迟钝，在适者生存的黑暗森林中手足无措。"她害怕人群制造的一切声音、光线和气味。在人群里她只觉自己年复一年地被湮没，缓慢沉没入万事万物造成的流沙之中，乃至于一天天被吞噬得尸骨无存，消失无踪。"[1]

顾采采对社会化生活无法胜任。她不适应大学集体宿舍，更不适应毕业后的金融业和银行，做噩梦都梦见一堆数字，战战兢兢唯恐出错，金融业务的种种黑幕让她触目惊心。唯一的念想就是爱情，但她对追求者胖子刘小明毫无感觉，偏偏对人到中年的许德生有所期待，因此，自然要经历挫折与羞辱。"'据说所有这类人行动迟缓又内心敏感，善于觉察他人不易注意之物，

---

[1] 文珍：《第八日》，《十一味爱》，第 155 页。

富于幻想又胆小孤僻，具有明显内倾性。'""'而所谓内倾性，是否就是一个人不断地被自己绊倒，又不断地跌回自己身上？是否就是，一个人渐渐地，连自己都看不大到自己？'"① 知识青年主体，想保持独立与尊严是如此之难。面临公司裁员，银行会计部的顾采采严重失眠，要依靠安眠药支撑。因为药物的副作用，她不受控制地打午夜电话，絮叨的都是平时闭口不谈的内容——过往的创伤与纠结。在失眠七天后的第八日，她在欢乐谷的过山车上终于沉沉睡着。

由此，我们不妨在理论意义上讨论"失眠"。从西方社会学角度看，"睡眠剥夺"是资本主义高度发展的后果。现代资本主义对人控制最终体现在对时间的切分操纵上。每个个体的时间被宰制和规划为生产时间、消费时间或营销时间。对资本主义而言，睡眠是唯一无法产生收益的时间。供人休息的睡眠，是个体从资本主义宰制下逃逸出来的时段，是稀缺资源。随着资本主义的发展，夜间照明与全景监狱同步发展，在都市里 24/7 的世界已经形成，这个星球被打造成永不停歇的工作场和永不停歇的消费场。个体在无眠的状态里无止境地工作和消费。② 从这个角度看，当代职场青年人"白天睡不醒""晚上不想睡"的状态，与资本社会高度发达导致的后果相近。

顾采采在巨大压力下，失去了象征自由时间的睡眠。同时，顾采采的"失眠症"又可视为是新世纪知识主体在痛苦面前的应激反应。她试图唤起自己对现实秩序的调整和应战，这是一种不放弃、不放松的紧张状态。但同时，这种紧张状态又伴随着她对改变现状的无能为力。最后在过山车上的"睡着"，可以视为紧张状态宣泄掉之后的暂时放松，也可视为象征性抵抗的短暂胜利。

其二是幻听与生存空间的被挤压。《录音笔记》是围绕声音来组织叙事的。相貌、资历、智力平平的电话接线员曾小月，是最易被忽略的虚弱存在。

从个体到家国：社会史视野下的新世纪文学

---

① 文珍：《第八日》，《十一味爱》，第 202 页。
② ［美］乔纳森·克拉里：《24/7：晚期资本主义与睡眠的终结》，许多、沈河西译，南京：南京大学出版社，2021 年，第 17—28 页。

她不善言辞，人微言轻，没有人愿意倾听她的心声。平时下班后连个说话的人都没有，聚餐时同事也不耐烦她的发言，甚至与恋爱两年的俗气男友张明升分手，对方也始终没有认真倾听过分手原因。她找到高中时的同桌，曾经娴静的陈静，谁知对方已经变得开朗，场面话说得流利，而她笨拙依旧。她的人生中仅有几次被异性夸奖声音好听。最后，孤独至极的她开始幻听，还迷恋上做录音笔记，用耳机记录自己的倾诉，再播放给自己听——谈政治、商业、大片里的广告，对国家领导人发表评论，唱歌给自己听，念诗给自己听，摘抄优美的句子念给自己听。偏偏曾小月的日常工作是接线员，她的任务不是倾诉，而是倾听客户的刁难与发怒。工作压力与职场失败，让曾小月终于崩溃。"曾小月人如其名，温柔恬静，是初四初五的一弯新月。如果这月亮掉下来，因为太虚弱细小了，大概只会发出'扑'的一声细微折裂声。"①

在主人公周围，堆积了城市声音的景观。主体因为经济条件的限制而蜗居，我们能看到各种噪音向她袭来：出门上班，听见门锁和高跟鞋的声音；经过一户户紧闭的门，听见早餐机转动的声音和孩子的尖叫；电梯门哑声打开，听见母子俩的低声争执；公交车站上恋人、老太太的话语，中年大叔随身听里的《小苹果》声；坐在隔断里，听到电脑开机声轰然响起；左边隔断的同事在吃饼干，发出断断续续的咀嚼声，右边隔断的同事一上班就给老公打电话；有人穿平底靴走来走去，能听见她走进老总办公室，接下来是同事们各种口音的闲聊声。主人公曾小月在偌大办公室的格子间里，一个人埋头接听电话。她的精神世界被挤压，无法得到舒展。声音即世界。因此主体会幻听，她听见遥远地方的水滴声、一个男人睡着以后均匀的呼吸声、远处墙角耗子啮咬某物的动静、鸟群飞去翅膀扇动空气的"扑拉"声。在精神失常

---

① 文珍：《录音笔记》，《我们夜里在美术馆谈恋爱》，北京：中信出版社，2014年，第156页。

之后主体通过幻想为自己展现了一片美好的"音景"（soundscape）①。

其三是对购物癖与空洞的自我的揭示。新世纪以来，随着商品经济高度发达，尤其网络购物、电商经济、短视频网站的兴起，我们的周围存在着一种由不断增长的物、服务和物质所构成的消费现象。用鲍德里亚的说法，富人不再像过去一样受到人的包围，而是受到物的包围。物的世界模拟一个异常肥沃的自然，在其中是堆积、过剩、戏剧性的挥霍。我们根据物的节奏而活着，并受商品价值规律的支配。物与物之间还产生令人遐想的关联，每个物不再是单独的商品，而以全套的形式组成，形成一个勾引购买欲的链条，让你从一个商品走到另一个商品。②

短篇小说《物品志》讲述当代人在物的围城中的精神状态。刘梅与郑天华的50平方米小屋里物质过剩。屋里是单位过节发的米、苹果、粮油，到处都是衣服、围巾、帽子，皮包有正品的 COACH、GUCCI、GUESS 与淘宝山寨版的 LV、BURBERRT、PRADA。抽屉里是五把指甲刀、四把剪刀、林林总总的纪念品、梳子、首饰、充电器，一旦打开就难以合上。郑天华是文艺青年，他堆积无数无用的数码照片。两人有一天终于想起"断舍离"，谁知刘梅转身买回五本打折的《断舍离》摆在桌上。"断舍离"的举动再次被购物欲望所击败，或者，"断舍离"本身就被组装在了消费欲望之内，并为消费行为的再生产服务。在小说的最后，我们发现："在这偌大的世界里，人人都急着给什

① "音景"的概念，最早由 20 世纪 70 年代加拿大学者雷蒙德·默里·谢弗提出。这一概念的灵感来源于"风景"（landscape）。托尔斯泰在《安娜·卡列尼娜》中对农村劳动场景进行声音叙写："突然，一个未经训练的女声唱起了歌，并且顺着一首歌的音调唱下去，然后，这首歌被五十个各种不同的强健的声音，沙哑的和优美的声音唱着、和着，齐声唱着……整个牧场和远处的田野似乎都和着这狂野、高亢的歌声在震动着，歌唱着，伴随着喊叫声、尖叫声和鼓掌声。"哈代的《德伯家的苔丝》中女主角苔丝出场时的音景也十分欢快："那是从屋子里传出的有规律的捶打声，偶尔有放在石头地板上的摇篮猛烈的摇晃声，一个女声配合着节奏用有力旋转的舞曲唱着心爱的《花斑母牛》歌谣。"显然，"歌声"是文学书写中最容易发现和分析的装置。参见周志高：《流动在时空中的听觉文化与声音景观》，《中国文学研究》，2019 年第 1 期。

② ［法］让·鲍德里亚：《消费社会》，刘成富、全志钢译，南京：南京大学出版社，2006 年，第 1—22 页。

么打下烙印：明知一切虚空，但活着不也总要死的吗?"① 物恋的背后是自我的空洞。一个个雷同的"自我"在外部力量的组织下通过捕捉种种符号而再生产出来。

其四是揭示身体发胖与对人的规训之间的关系。马特尔公司在 1959 年围绕青少年推出了一款时装娃娃——芭比娃娃，从此成为女性气质模型，被推而广之到了全世界。化妆品、减肥和时装工业助长了关于女性身体的种种观念，这些观念反过来形成了一条由对自我的憎恶、对身体过度关注、对老龄的恐惧、对失控的忧虑所组成的黑色脉络。于是，一天内六次查看化妆效果，看粉底是否结成硬块或睫毛膏是否融化并且担心风雨会毁坏发型的女人，已像全景监狱的囚犯一样变成一个自我警戒的对象，一个受到自身无情的监督的自我。② 不仅如此，媒介力量（摄影、电影、广告、短视频等新兴媒体）的发达，使得这些"理想的身体形象"四处传播，仿佛理想的身体就意味着理想的气质——精明、自律、冷静、主动、充满欲望。在资本主义全球化的力量控制下，畸形的、衰老的、残缺的、濒临死亡的身体，既不是合格的消费者，也不是合格的生产者，是受到排斥和压抑的。③

《胖子安详》主人公是一位身高 1 米 62 却因爱吃零食而体重飙升至天文数字的女性。她从 28 岁开始体重反常飙升，从而成为芸芸众生中一个安详的胖子。"安详"意味着她的性格与身体，都与当代社会对自我的要求——精明、自律、冷静、主动、充满欲望——差之千里。"体重"的背后是她对都市现代生活及横流物欲的不适应。"吃"是对女性所被规定的社会身份的放弃与抵制。她原本在小报纸媒当记者，但随着纸媒没落而被第一个裁员。身体的不合格，就是社会身份的不合格。失业的她胡吃海塞雪糕、烤肉夹馍、麻辣

---

① 文珍：《物品志》，《上海文学》，2020 年第 1 期。

② ［美］杰奎琳·厄拉、艾伦·C. 斯韦伦德：《芭比与人体测量学：通俗文化中令人不安的女性身体理想》，汪民安、陈永国编：《后身体：文化、权力和生命政治学》，长春：吉林人民出版社，2003 年，第 286—320 页。

③ ［荷兰］迈克·费瑟斯通：《消费文化中的身体》，汪民安，陈永国编：《后身体：文化、权力和生命政治学》，第 343—350 页。

烫、蛋挞，并在地铁上遭人侧目、推搡，最后不可遏止地呕吐了出来。奇妙的是，所有社会成功者都在这堆呕吐物前骇然失色。她竟借助那一摊失败者的呕吐物，在与城市中各个"瘦子"的鏖战中获胜。对男女双性的体重管理及其背后的自我管理，是福柯意义上的全景监狱的当代具象化。这么看来，"发胖"既让个人从现代社会规训当中脱队，又是对这一社会规训的巨大嘲讽。庞大的身躯，本身就是对精神枷锁的反抗。女主人公最后的巨大身影，让人想起拉伯雷《巨人传》中的高康大，在这个异化的社会街景中树立了一个大写的"人"字。

其五是呈现倦怠感导致生活可能性的关闭。短篇小说《淑媛梅捷在国庆假期第二日》在文珍系列作品中较为另类，作家罕见地写了一个女强人。在国庆假期第二天，女主人公没有定闹钟却仍在七点整准时清醒。梅捷本是外企公司女强人，在巨大职场压力下的 KPI（关键业绩指标）第一人，多年来养成了工作狂的生物钟。她来自小县城，在最繁华的北京二环内工作——"一个没有朋友、没有后代、迷失正确社交坐标系的世界。一个一旦生孩子就无法可想地失去所有时间，不生又很容易被人当作失去生育能力者，继而被投以无限同情目光的已婚育龄（将过）女性"[1]。出国旅游、疯狂购物不再能够满足她空虚的内心，双边父母催生的压力也让亲情团聚变得让人紧张。没有小孩，所以时间都是自己的，她却不知道如何安排这段彻底放松的脱序的时间。她从金宝街一路优哉游哉，逛街，喝奶茶，享受一个人的空闲，却又鬼使神差地返回公司加班。她逡巡在办公室的工位之间，宛如逛大都会博物馆。看着桌面上同事们的书籍、杂志、小摆件，Maggie、Tony、小黄、Wendy的桌子一个个看过去，仿佛看见每个人的小秘密、每个人人生的可能性。她不禁羡慕起自己错过的一个个更精彩、更完整的人生——通过独自一人的窥视与游览，暂时性地消解了自己的倦怠感。

在鲍曼看来，资本主义世界盛行着"工作伦理"：其一，人类为了获得生

---

① 文珍：《淑媛梅捷在国庆假期第二日》，《红豆》，2019 年第 3 期。

存与快乐所必需的事物，必须去做那些被他人认为有价值并值得为此支付报酬的事情；其二，安于拥有较少的东西是错误和愚蠢的，停止自我发展、停止继续奋斗是不合理的，工作本身就是一种高贵且令人高贵的活动。从生产者社会进入消费社会后，美学标准取代工作伦理，成为最高的管理功能。消费者不能休息，必须不断被置于新的诱惑之下，一直处于激动和不满足的状态中。在工作伦理和美学标准、生产社会和消费社会的双重宰制之下，个人面对一种新的贫穷现象。贫穷不仅是物质贫穷，也包括了心理贫穷："人类存在的适当与否，是通过特定社会的高尚生活的标准来衡量的，不能依照这种标准，本身就是苦恼、痛苦和自我屈辱的来源。"① 为了在消费社会里获得"正常生活"，人们需要抓住一个个机会，捷足先登，不落于人后，方能进入合格消费主体的社会盛宴。小说中的梅捷平时以工作伦理自我要求，但在国庆假期没有按照此伦理做出消费社会的规定动作——消费行为，就被定义为不履行社会责任的大逆不道。无怪乎在她的梦中，上司对自己国庆期间跑来加班的行为充满怀疑。倦怠，是消费社会要消灭的，消费者怎么可以对欲望的刺激物如此冷淡？不仅倦怠，梅捷更在倦怠中瞥见了自己为了成功所付出的代价。她从工作伦理和消费美学中脱离出来，游荡在办公室里，看见了自己所放弃的种种生活可能性。

　　知识青年主体的危机暴露为上述种种时代病症。小说家与人物共同向前展开探索，无论这个人物是失眠的顾采采、幻听的曾小月、躲在衣柜里的文艺女青年、《咪咪花生》中的宅男、《胖子安详》中的职场失败者，还是女强人梅捷。在当代社会，知识青年如果要实现"中产阶级梦"，都将付出各式各样的身心代价。是青年错了，还是这个梦错了？

## 三、走向他者：对象与方法的位移

　　如何解决新世纪知识青年主体的种种危机？在"中产阶级梦"破灭之后，

---

　　① ［英］齐格蒙特·鲍曼：《工作、消费、新穷人》，李兰等译，长春：吉林出版集团，2010 年，第 85 页。

如何寻找真正的生活，建立充盈的主体状态？

文珍的解法是从孤绝的个体当中走出，朝向生活中的他者敞开，以新的、扎实的世界图景取代"中产阶级梦"的幻觉。他者是主体确立的不可绕开的一元。通过对他者的回应，来将主体的内在需求实在化，通过他者的承认，来确立主体的实在性。"人必须认识到，他的真正的和唯一的实在性是他自由地在此世和为了此世完成的行动；人必须理解，除了他在世界上的主动存在，他什么都不是。……当人理解这一点的时候，人就不再是在苦恼的意识中到达顶点的自我意识的人；他成为理性（Vernunft）的人，在黑格尔看来，'没有宗教'的人。"① 走向他者，去了解、去同情、去表达他者，成为知识青年主体/作者的历史哲学意义上的重大行动。

《普通青年宋笑在大雨天决定去死》讲述都市青年的自我救赎。宋笑20世纪80年代初期生于西北小城，毕业于北京普通二本高校法律系。他既不有趣，更不浪漫，踏实而乏味。老婆比他大两岁，平平无奇的办公室恋情，顺理成章地结婚。即将年满30岁的宋笑，已贷款买了房，有了三岁五个月的女儿。他蜗居在北五环小区里的13楼，多年担任律师事务所最底层的工作——负责整理卷宗的助理律师。宋笑资历最老，却因为老实巴交一直是助理律师，无法独立负责案件，导致收入低微。所谓贫贱夫妻百事哀，房贷的巨大压力、女儿上幼儿园的波折、与老人相处的摩擦，导致夫妻天天吵架，互相嫌恶。老婆以离婚要挟，逼他升职，然而宋笑却感到茫然和疲惫。他想到了去死。懦弱了半辈子的他却无法选择任何激烈的死法，唯有一个人孤独平静地淹死最适合他。文珍从2012年"7·21暴雨"新闻中获得灵感，安排宋笑走到了大街上。淹死会让妻子以为他是想赶回家吃生日蛋糕而满意，女儿也不必为拥有一个怯懦自杀的父亲而羞愧，母亲会责怪市政系统，岳母会庆幸女儿有机会改嫁。这是一个怯懦的人所安排的皆大欢喜的解决方案。雨中，宋笑发现一家店铺传出哭喊声，阴差阳错之下，他救了被困在店内的孩子乐乐。两

---

① ［法］亚历山大·科耶夫：《黑格尔导读》，姜志辉译，南京：译林出版社，2021年，第48页。

人在世界末日一般的暴雨中紧紧相依。通过拯救男孩乐乐，宋笑完成了自我拯救，重燃对世界的热情。戏剧性的是，他在大雨中的英雄壮举，也让妻子心怀愧疚和崇拜，最终拯救了自己的婚姻。

宋笑被命名为"普通青年"，表明文珍的某种决心——将目光从"知识青年"身上移开。这是意义重大的一次挪移，文珍开始刻画"知识青年"之外的他者——他们可能拥有不同的出身、背景、工作、年龄，精神气质也有所不同。宋笑这位普通青年最终因为其勇敢的行动，从日常生活中崛起，取代了男孩乐乐的偶像"奥特曼"，成为超级英雄。文珍在这些有别于以往的主人公当中，发现了全新的特质，一种力量感油然而生。类似的作品还有《安翔路情事》和《寄居蟹》。从麻辣烫西施小玉到普通青年宋笑，再到打工妹林雅——文珍从他者身上捕捉到知识青年主体所没有的越发充盈的自信和行动力。

对他者的敞开，不仅仅是描写对象的转移，还意味着更深层的变动——写作姿态以及方法都要发生相应的位移。

小说《张南山》中，文珍将目光投向出身湖北农村的青年张南山。农村青年在文珍过往的创作中比较罕见。进入新世纪后，随着进城打工潮的兴起，有些农村逐渐成为空心村。村里最后的壮劳力张南山在初恋女友变心后进京闯荡。刚到北京，张南山住在老乡二宝打工的工棚里，建筑队工作辛劳，干满一个月工资接近 4000 元，不含五险一金。建筑队可以说是农村青年传统进城路的第一站，这让人想起《平凡的世界》里的孙少平。新世纪农村青年又多了一些出路：小铁加入建筑队，有经验的二宝想着当二工头，李刚去快捷酒店当保安。同样是农村青年，后来还有人去卖安利产品。因为缺乏经验、技术，所以酒店保安、饭店帮厨、家居装修的工作张南山都干不了。

走投无路之下，张南山无意间发现可以做快递员的工作。但是，即使承受一切艰辛，张南山也未能在这座城市安居。快递员与城市姑娘的跨阶层浪漫，只可能发生在臆想中。为了自己从未生长的梦想，出于朴素的正义感，亦出于朦胧的感情，张南山提出将自己微薄的存款借给中国音乐学院的女生谢玲珑。但这场浪漫的闹剧随即以女方的惊慌失措而终止，这让他认识到自己与城市之间始终隔着一堵高墙。

（他）被城市消费，损耗，使用殆尽。他的肠胃被常年不规律的作息和有一顿没一顿的饮食摧毁，肝肺胸臆灌满了城市成分复杂的尾气，一到秋天就和其他快递员一起定期发作过敏性鼻炎和咽喉炎。一年内他去过不计其数的高低中档小区，却不是这城中任何一个小区的正式居民。他能把包裹准确无误地送到每一个人手里，说出他送的每一个人的名字，电话，家庭住址，但那些人没有一个人知道他的名字，电话，从哪个省哪个市哪个镇哪个村来。①

但张南山不能后退，只能向前。过年时他也发现村里已流传他发财的谣言，亲人也加入造谣吹牛者的行列，初恋女友竟怀着目的来找他复合。张南山现在的梦想是开个快递公司，或许这样他才能真正进入城市。

与之前作品不同的是，在这篇小说中，社会生活细节正在浮现，我们从中看到了大量琐碎的数字、地名。张南山的片区分在健翔桥、306 医院一带，直属主管和公司骨干都是东北人。快递员底薪 2000 元，试用期一个月，算上岗培训，不计件。一个月后，送一次件 0.6 元，收件按行规，按邮费 8% 提成，计件金额到 5000 元封顶，除非当上小组长。普通快递员最高能拿 6000—7000 元，公司发免费手机和号码，包晚饭的盒饭。公司同事合租附近小区，每人每月分摊 300 元，在不到 60 平方米的一居室 6 个人合住上下床。张南山踏上快递员之路，第一天 30 个包裹一半都没送完，十天后开始有了地理观念，月底口袋只剩 50 元。快递员的生活无比艰辛，第一个月工资 2750 元，第二个月涨到 3300 元。屁股磨掉一层皮，两个鸡蛋灌饼一顿饭。风险和意外开始出现，要修理电动车的电机和车链子，要经历交通事故的打击，要承受老乡小铁、李刚的闲话和大学生刘为杰的诈骗骚扰，要忍受无法对恩人小军施以援手的自责。张南山的目标与骆驼祥子类似，想买一辆属于自己的电三

---

① 文珍：《张南山》，参见"十月杂志"公众号，2016 年 1 月 22 日。

轮。快递员繁复的计件工作，每日精打细算的生活成本，让我们恍然间仿佛回到笛福《鲁滨逊漂流记》的时代。文珍对快递员的生活做了详尽的调查，作家的写作姿态正在悄然发生变化，她正俯下身去，重新建立对世界、对他者的感知。

《有时雨落在广场》虽然目光瞄准老年群体，却同样可见创作姿态的变化。没了老伴儿的湘西老汉老刘，到北京投奔儿子和儿媳。三个人蜗居在不到 50 平方米的小房子里，空间狭小，说话口音、生活习惯不同，令他们矛盾重重。老刘在小两口的怂恿下出门跳广场舞，被来自四川德阳的王红装拉入伙。老刘与王红装的感情稳稳地燃烧起来，却没能更进一步。老刘鼓起勇气向王红装表露心迹，但在得知对方家庭情况后知难而退。悲凉的结局是，当老刘因为明天还能见到王红装而心满意足时，儿子和儿媳正在谋划将他送回老家。

跟随老刘的脚步，我们得以见识到广场舞的生态圈。原来"有人的地方就有江湖"。退休领导袁大姐俨然为广场一霸，向全体队员推销自己的理财产品。有权、有钱、听话的大姐，往往站前排，不买就要站后排，王红装识破计谋，站在后排，老刘因此也被孤立。随着各路人马登场的还有百态人生，如患乳腺癌的罗大姐、孙子读史家小学的甘肃人张大姐、拒买理财而另谋他处的哈尔滨人宋大姐、从布店退休的北京本地人孙大姐、抱怨婆媳关系的常德人田大姐、对袁大姐醉翁之意不在酒的林主任等。这让人想起莎士比亚在《亨利四世》和《温莎的风流娘们》中使用的"福斯塔夫式背景"。17 世纪的英国观众经过福斯塔夫爵士视角，进入鱼龙混杂的"野猪头酒店"，从而认识英国底层社会；我们则经由老刘的脚步，进入一个从未涉足的全新社会圈层——广场舞生态圈。这些描写具有社会学的精确性和对时代精神的统摄性，它们的出现，意味着文珍为了超克知识青年的主体危机所做出的努力。

## 四、结语

在 20 世纪的中国文学史上，青年主体危机的书写构成一道煊赫的传统。

自陈独秀在《青年杂志》发刊词《敬告青年》中表达对"青年"的关注开始，"五四青年"登上历史舞台。一如鲁迅笔下的"狂人"、子君、涓生，茅盾笔下的慧女士、静女士，巴金笔下的汪文宣，老舍笔下的赵子曰，叶圣陶笔下的倪焕之，等等。这些青年的彷徨、幻灭与挣扎，让我们看到时代与社会的深渊。从40年代延安文学到70年代，"革命青年"浮出历史地表，工农兵占据前台，《创业史》中的梁生宝，《山乡巨变》中的邓秀梅、陈大春，《红旗谱》中革命者江涛，《保卫延安》《林海雪原》《红日》里的战士群体，表现了青年身上灌注着革命与进步的力量。徐改霞与梁生宝、盛淑君与陈大春，这些主体的生产较为顺畅，几乎没有低回的时刻，知识青年林道静的身份危机也总能在历史总体性中得到解决。进入"新时期"，文学重点展现了青年对真善美的向往、对未来的期待与昂扬向上的精神面貌，但青年身上的危机几乎同步出现。一方面，铁凝的《哦，香雪》、贾平凹的《浮躁》、路遥的《人生》《平凡的世界》、张炜的《古船》等塑造出了积极进取的、觉醒的、探索的、在"改革"大潮里中流击水的青年形象；另一方面，随着"伤痕"的暴露与再造"新人"话语的失效，在王安忆的早期作品、张抗抗的《北极光》、张承志的《北方的河》等作品那里，知识青年屡屡遭遇身心无从安放的困境。1985年前后，刘索拉的《你别无选择》、徐星的《无主题变奏》中，知识青年主体兼具放纵虚狂、反叛迷惘与大胆探求、冲动激情的两面性。90年代，城市化进程加快，文化空间开放，商业消费繁荣，在邱华栋、韩东、朱文、何顿、徐坤这批"新生代"作家笔下出现了作为都市游荡者的知识青年形象，他们手忙脚乱地应付生活，毫无目标地在街上游荡，看似玩世不恭，却无时无刻不在承受着躁动、苦闷、失落的心理折磨。社会总在想象和构造"青年"，将合格的主体召唤出来。在规训中，青年总会有某些不足、剩余或溢出，他们的不满、抑郁、踟蹰一方面成为文学繁衍的生长点，另一方面也成为观测社会与历史的参照物。进入新世纪，石一枫的《世间已无陈金芳》、徐则臣的《西夏》、马小淘的《章某某》、周嘉宁的《荒芜城》、张怡微的《细民盛宴》、春树的《长达半天的快乐》、蔡东的《我想要的一天》、孙频的

《醉长安》、阿袁的《顾博士的婚姻经济学》、刘汀的《换灵记》《大师与食客》等作品都是对青年危机的一次次文学画像。在双雪涛、班宇、郑执、甫跃辉、颜歌、孟小书笔下，我们总能看到青年遭遇的困窘与挫败。书写失败青年或青年的失败仿佛成为潮流。

文珍的创作，就属于上述这一庞大而不断生长的谱系。相比同辈，文珍的探索又有着独特性。她已不满足于做一个城市的浪荡子，或做自己所在阶层心声的记录者，她开始以社会调查的姿态深入城市不为人注意的褶皱中。尤其在其写作与方法发生位移之后，她的写作格外具有文化研究的实在性和同时代性。让讲述同步于思考，回到当下历史现场；从他者身上汲取能量，让这种自信、蓬勃、主动的生命能量往复流荡；通过发现他者身上的行动力，重建自我对他者的认知与承认，最终潜移默化改造知识青年主体的世界观——这可以视为文珍对新世纪知识青年主体命运的最新探索。

在"中产阶级梦"破碎之后，如何重新找到自身的阶层定位和历史链条，以及如何用书写重建我们对自身历史脉络的感知？对此，当代作家任重而道远。对于文珍以及其他有志于此的当代作家而言，面对真实的社会、真实的他者时，人类学、民族志式的调查方法以及"结合历史的梳理能力和对语言表述所蕴藏的理解线索的分析能力"[1]，是应当具备的利器。唯有如此，我们的文学才有当下，才有未来。

## 第二节　普通青年的身心舒展可能：<br>以刘汀创作为例

本节我们从知识青年的话题转入普通青年。区别于文珍，刘汀更擅长写青年对现实生活的琐碎与逼仄的感受。比起那些阳春白雪式的痛苦，他们更多承受着匍匐在地的压抑与屈辱。因此，权衡之下，我把他笔下的青年，归

---

[1]　贺照田：《从社会出发的知识是否必要？如何可能？》，《文艺理论与批评》，2018年第6期。

纳为普通青年。比起文珍笔下知识青年的行动力不足，刘汀的普通青年更多时候不只是操心，更是"操劳"。"操劳"在这里，不只是对生活状态的概括，更有存在论的意味。它既是心理上的烦心，又是实际事务上的操持。在本节最后，我们还会回归到这一概念的解放潜能上谈。

阅读"80后"作家刘汀的作品，感受并不轻快。无论小说还是散文，他的人物永远处于"操劳"的状态。他们都出身贫寒，身处窘境，沉重，焦虑，苦恼，压抑，卑微，谨慎，担惊受怕。许多作品的底色，是悲苦的，是泪水的味道，是屈辱感，是一幕幕在苦寒色调中展开的图景。"操劳"而悲苦，让人想起文字背后的作者家乡——内蒙古赤峰市巴林左旗浩尔吐乡海力吐行政村下属的富山村，双尖子山南、干支嘎河以北的空间。

笔者曾在一篇文章中表达过，"80后"作家所遭遇的限制，在于"经验"①。不意，竟把刘汀漏掉了。原因在于，刘汀属于例外者，他所触发的问题不太好处理。杨晓帆把刘汀描述为一个"经验主义者"——他和其他"80后"作家的"经验匮乏"状态很不相同（虽然他与"80后"作家分享同样的理论话题，即如何走出经验，当然这是后话）。② 从这个意义上来说，阅读刘汀不仅是重新唤醒友谊，更是重新震荡、汇聚我们对文学的思索的过程。

在下文，我们将从刘汀诗歌、小说、散文创作中提取出四个关键词。这四个关键词，大体上能够提示刘汀作品给人的阅读感受。从这四个关键词中，我们不仅能窥见新世纪普通青年的情感结构，也能窥见作家自身的蜕变转型，还能看见他对青年困境所开具的药方。

# 一、匮乏

先谈谈诗集《我为这人间操碎了心》。有三类诗引起笔者的注意：关乎土

---

① 陈思：《"生活"的有限性及其五种抵抗路径——以2014年短篇小说为例谈80后小说创作现状》，《南方文坛》，2015年第5期。

② 杨晓帆：《听见你的声音——读刘汀的〈秋收记〉》，《名作欣赏》，2014年第25期；杨晓帆：《一个经验主义者的小说人生——读刘汀》，《西湖》，2014年第8期。

地的复杂记忆（《卖羊》《父亲》《母亲》《母亲的脸》《亲人》《我们在山野中》）、城市生活压力下的中年身心体验（《腰带》《重逢》《天桥下》《排队》《雨夜》《会弹钢琴的人》）和女儿出世后对日常生活的再激发（《肉》《玩具熊》《演员》）。

先看《卖羊》：

> 买羊的人把羊/赶上加满油的汽车/就离开了村子/那时我在北京/和几个半醉的人讨论诗/一只羊平均三百/相当于，半双皮鞋/一桌可咸可淡的饭（不含酒水）/百分之一个名牌包/零点零零五平米四环的房子/我们每天睡九只羊的床/盖三只羊的被子/或者用更精确的换算/一只羊等于一千个，方块字/分行的话，只需三百个/但是我不知该如何解释/一只羊和一首诗等价/我唯一能做的/就是在父亲杀完羊后/把地上的血迹，擦干①

羊的价值，体现了脑力劳动与体力劳动、城市与乡村、诗人自己与卖羊的父亲之间的价值换算公式。锥心刺骨，地上的血迹是羊的，也不仅是羊的。

再看《会弹钢琴的人》：

> 我妒忌所有身外的人/遭受未知的欢乐和痛苦/生生死死于自己的循环/那无妄的魂魄/弹琴，跳舞，大笑，做梦/一次又一次完整地、可笑地/丢弃我曾奢望度过的时间②

这首诗对轻松、优雅、放荡的生命呈现出赤裸的、歇斯底里的妒忌。弹琴、跳舞、大笑、做梦，那些轻盈的举止，在这里都呈现为奢靡与浪费。那些身外之人的精彩人生，不管是强烈的欢乐或是痛苦，都有让诗人眼红的资本。内敛，与这两首诗绝缘。一个关键词影影绰绰浮现于眼前——"匮乏"。

这种匮乏体验，与诗意的超脱有所矛盾，所以刘汀的许多诗给人一种被绳索拖住之感，总有一只甚至两只脚跟留在地面上。这种匮乏，也事无巨细地安置在散文中。我们来看他以故乡风物与童年亲族为书写对象的散文集

---

① 刘汀：《卖羊》，《我为这人间操碎了心》，北京：中国青年出版社，2018 年，第21 页。

② 刘汀：《会弹钢琴的人》，《我为这人间操碎了心》，第49 页。

《老家》。

　　未能走入乡村权力核心也未能以建筑队致富的乡村教师父亲、在拮据窘迫中四次参加高考的"我"、到死都是光棍的羊倌舅爷、满身矿粉而算账不精的四叔、乡村变革分子三叔、外号"赤脚大仙"的三姑和外号"腾格尔"的二大爷、能"下神"的神婆二娘、辍学后一心远嫁的堂姐、放弃音乐梦的小姑、混迹小痞子中的堂妹、因诈骗入狱的表弟……在人物依次出场之后，我们看到了满目疮痍的乡村地景。与知识分子怀乡作品普遍的浪漫化气息不同，刘汀笔下的故乡风物，是灰头土脸的。坐着毛驴车，晃晃悠悠经过无人区，用铁桶把浑浊的河水澄清后做面疙瘩汤，采蘑菇，到蒙古族人的帐篷里吃鲜牛奶煮挂面——这样的浪漫生活一闪即逝，更多的时候是饥饿——整个童年都是如此。与小伙伴上山采酸塔、酸巴柳、苞花根、山丁子，上中学后住校吃小米干饭、米汤煮圆白菜、发臭的咸葱叶子，被迫伪造饭票，在教室或火炕上变着法子煮挂面，到后厨偷猪肉，然后在沙尘暴中一个人默默回家。在乡俗与鬼怪中，听着马虎、大白兔子、白魔、黑魔的吓人传说，家乡少年们青春躁动，中学生帮派去太平间砍人，作者则执迷于看大戏、马戏、变戏法与露天电影。父辈渐渐老去，舅爷在哮喘病折磨中躺在满是土味、烟味、腐烂衣服味的炕上死去，三姑变得蓬头垢面，"腾格尔"二大爷瘫痪后绝食身亡，父母养了两只小狗抚慰晚年的寂寞。散文集虽然以轻松有趣的《采药记》作结，但读者一低头，总能看见泥里的粮食和沉默的乡亲。在这种满麦子、小米、玉米、荞麦的北方土地上，作家以农活行家的姿态宣告："我装的谷子车，即使不用绳子拢着跑个十几里地也不会有一个谷个子掉下来。"① 刘汀一直在场，并提醒我们："所有的痛苦是实在的，所有的幻想都来自身体内部，这些矛盾的情感和态度，同时存在着，纠缠着。"②

　　的确，刘汀写作的面貌很大程度来自这样的过往。匮乏带来饥饿、窘迫、屈辱与不甘，某种意义上也是创造力的来源，由此推动了他的写作。

--------

① 刘汀：《稼穑》，《老家》，天津：百花文艺出版社，2017年，第214页。
② 参见刘汀为散文集《老家》作的跋，第256页。

## 二、窥探

刘汀在散文《别人的生活》里曾经提到自己对邻居好奇，对他人饭桌上的食物好奇，又在 2005 年毕业前夕因水痘隔离而格外渴望探知别人的生活。"我的眼睛是一种特别的仪器，曾记录过许多有意思的片段，它们无意识地储存在脑细胞里，然后等着被某些精神的逻辑穿针引线地联系起来，形成我所见的世界。"① 因匮乏而好奇，因匮乏而对生活摩擦格外敏感，因匮乏而形成特定立场和逻辑线索。

如聚斯金德《香水》中所描绘的怪人格雷诺耶，他窥探着生活，依靠空气中一缕缕稀薄的气味分子。你能想象他靠在一堵墙上，或挤进阴暗的角落，闭着双眼，嘴半张着，鼻孔鼓起，像一条昏暗的、缓缓流动着的大河中的凶猛的鱼。倘若终于有一丝微风把一根细线的线头吹给他，那么他会紧紧抓住。别忘了，格雷诺耶就是出身底层的青年。他通过敏锐的嗅觉来突破阶层的限制，通过制造"香水"这一具有迷幻作用的客体来引发群体的欲望，完成对权力的窃取。

2017 年出版的小说集《中国奇谭》把一个个事件营造为震爆弹，让读者头晕目眩，瓦解稳固的现实感。《倾听记》值得一说，主人公的"倾听"某种程度上可以作为刘汀创作方法的象征，同时它也代表了一个在都市一无所能、被逼到极致的普通青年的生存境况。小说围绕暴力拆迁这一敏感议题，却笔锋一转，瞄准拆迁之后的时段展开叙述。三十几岁的"我"作为钉子户，在抗拆现场的意外事故之后醒来，已是植物人。"全身唯一拥有完好功能的五官就是耳朵，甚至比以前更灵敏，现在全部的心神和世界都在两只耳朵里。"② 叙述者"我"成为隐秘的窥探者，如格雷诺耶般，躲在暗处。"我"的生活，展示了所有作为"普通人"的艰辛。"我"倾听医生在手术台上的对话，了解到医疗腐败的新形态，医生们通过做无谓的手术来获取利益。接

---

① 刘汀：《别人的生活》，《别人的生活》，北京：新世界出版社，2014 年，第 8 页。
② 刘汀：《倾听记》，《中国奇谭》，北京：作家出版社，2017 年，第 39 页。

下来是倾听妻子的哭泣，在用进口药进一步治疗时家人犹豫退缩；倾听亲戚的埋怨，知道母亲也骤然去世；倾听父亲的絮叨，他希望通过掐死自己来让整个家庭解脱；倾听单位领导的到访，知道自己没有公费医疗，妻子到单位施压未果。"我"以倾听者姿态存活十年，环绕着散不去的悲哀。为了排遣压抑，"我"只能通过想象力去"假装"自己行动如常，"假装"自己拥抱妻儿，"想象"自己与儿子进行对话。这里的植物人"我"，与作者乃至当代青年有着超出表面的精神联系。

其后出版的中篇小说集《人生最焦虑的就是吃些什么》以"吃"为幌子，展示都市"蚁族"的窘境。《早饭吃什么》讲述从银行辞职创业的小李通过在中关村一带经营早餐摊点发家，然而内心极度空虚，对曾经下海还债的姑娘水仙念念不忘，却羞于表达，最后阴差阳错遭遇车祸，丧失男性能力。《午饭吃什么》《晚饭吃什么》则分别对准小李的前同事老洪、小刘。卑微一辈子、每天数着零花钱度日的"妻管严"老洪唯一一次去洗头房就遭到拘留，在受到老板挤对后，转走老板一百多万并移民新西兰。孤独的小刘在帮助同性恋同事薇薇后成为误会的牺牲品，离婚后净身出户。三个故事的核心空间设置在北京海淀区中关村一带。中国经济增速最高的时期呈现一系列社会映象：中关村青年的紧张生活、早餐摊点熙熙攘攘的景象、2013—2014 年网红餐饮勃兴，初代网红餐饮品牌"黄太吉煎饼"等品牌以"互联网思维"搅起风浪、房价飞涨、青年创业、海外移民、家长逼婚、出租男友等，敏感的作家嗅到了另一种生活信息，并将之投影于文字。这种想象自然也有让人忍不住追问之处。比如银行职员小李为何就会对煎饼果子念念不忘，为何一定要从高尔夫联想起镇上的游戏"放猪"——这种精神气质与文化上的恋旧正是他与水仙的默契来源。这里，有没有作者的一厢情愿？比如老洪飞往新西兰后为何传出飞机失事的假消息，这一假消息所设的悬念意在何处？比如小刘为什么会轻易帮助女同事薇薇假扮男友，并留下接吻证据？问题的答案并不重要，重要的是作家对现实社会与集体情绪的如饥似渴的吞噬、咀嚼与吐哺。这种方法论下的作品，很自然是快节奏的。这些问题，毋宁说是水底大鱼一跃而起咔嚓咀嚼猎物时，在那下颚的强力与牙齿的寒芒之外，掉落的一些碎屑。

以"窥探"（"倾听"）以及在此基础上的"想象"去勾连更广泛的个体，这样的方法一直在刘汀的创作中贯穿。从某种程度上看，这也是普通青年在知识、经济、时间资源极度匮乏的情况下，扩展自我的冲动的变形体现。甚至，这种"窥探"方式还会被资本所注意，并再度组织到资本控制的拟像世界，成为抖音、快手、小红书等短视频平台的"直播"的底层逻辑。这或许并不是最理想的方式，但确实是一种普遍的方式。

## 三、窘境

细细端详刘汀窥探到的景象。

我们首先看到的是窘境——简言之，城市底层的窘境。很多时候，窘境来自经济。《换灵记》中，农村少年、诗人雅阁进入大学中文系并爱上了卖服装的农村姑娘夏笙。因生活所迫，雅阁与爱人撤退回南方乡村，并受到女方父母的鄙夷。雅阁最终盗窃了火葬场的骨灰盒而被捕入狱，在狱中与商业罪犯交换灵魂，将文学天赋与商业天赋相交换，成为"成功人士"。诗人雅阁到了下一部小说集《人生最焦虑的就是吃些什么》化身为《大师与食客》的"我"。教育系大学生"我"在毫无原则的掮客蛐蛐介绍下为一个游走于政商两界的王大师代笔写自传。"我"得以短暂见识"上流社会"的灯红酒绿，并受美女潇潇青睐。然又因蛐蛐半路杀出，稿费泡汤。最终经潇潇介绍，"我"将原稿转卖给制作人，却又被狠狠坑了一笔。原来潇潇的两次欲言又止，都对我隐瞒了关键内情。"我"终于认清世道，准备向"伏脱冷"式的蛐蛐靠拢，成为第二个巴尔扎克笔下的"拉斯蒂涅"。

从小说中，我们随即能够感到一股愤怒。小说家带着一股子不平之气来引导叙事走向。例如《神友记》，"我"住在挤满北漂的天通苑，一日与死神成为朋友。死神专门收割恐惧的情绪，结果在中国大地上，却很难收割到正宗的对死亡的恐惧，有的只是出于欲望的恐惧。死神一日日消瘦，却在咀嚼关于死亡的记载中得到了饱腹感，最终因介入人间纠纷，帮我杀死为祸一方的副县长而丧失死神身份。"人间"如此物欲横流,连"死亡"本身都不再纯粹。《劝死记》也让我们看见"家里有矿"能有多"豪横"。"我"是一名死亡经纪人,向有过死亡念头的人兜售死亡,并提供死亡服务套餐。在跑业务过程中,"我"从客户老桃口中了解,她的丈夫煤矿主江次山侮辱了女大学生茧子,所以她才想寻死。茧子的男友娄大勇接受老桃提出的私了方案,前提是,他父亲娄吉林在矿井因塌方而死,矿主只赔了八万,老桃补了两万。最后真相揭晓,原来茧子并非被强迫,而是自愿与江次山上床,目的是帮对方传宗接代。我们渐渐发现,煤矿主江次山,与"上面的人"相互勾结,无法无天。江次山的美女秘书江雅遥半路杀出,在这个故事里她成为"我"的竞争对手——城市当中另一名死亡经纪人。最后,惯于政商勾结的江次山成为弃子,被"上面的人"带走,并被江雅遥劝导自杀。人物在利益的罗网里行走,被金钱绑住手腕与脚踝,最终都被迫选择低头。叙事者对社会不公的结构深恶痛绝,并在故事中安置了一个居上位者,为这一结构负责。

从这个角度看,刘汀对这一系列不平等现象的描述背后,暂未酝酿出一个现成的历史理解框架。他的创作与底层文学或者经典现实主义有着不同,也更标明了某种生成性与过程性,没有过早回收到知识分子乡愁或阶级论的框架中。相反,他更素朴真诚。散文《身边的少年》里表达出了一种强烈困惑。在北京街头一所著名中学的门外,出身名校的孩子们无一例外青春昂扬,让人羡慕。就在这样美好的街头,却也有一个十五六岁的农村少年在贴小广告,牛皮癣一样的广告在他身后绵延得很远。此刻,从学校里出来一个十四五岁的女生,她穿着校服,将农村少年所贴的小广告一张张揭起来丢进垃圾桶。一个贴,一个揭,在城市少女与农村少年的较量中,农村少年最终落荒而逃。但突然,作者却不知道该赞美或同情哪一个。我们该如何面对现存的不平等,以及这种不平等对是非对错等道德观念产生的解构力量?作者更多地表达出的是真诚的、与现实面对面时的困惑。

于是,我们看到了个人的、偶发的、零星的反抗。《黑白记》反抗的方式是逃逸。公交车夜班司机老洪与酷似柳岩的女孩相识。女孩不安于自己所在圈层，试图通过整容手段进入娱乐圈。在女孩无意中透露的消息里，老洪竟然突发奇想，将空荡荡的公交车开往北戴河。没请一天假、老实巴交的公交司机，每日生活就是在固定轨道上运行，承载着城市最基本的交通枢纽功能。但这样的日子却如此"暗无天日"，唯一一次"脱轨"，让他的灵魂暂时透了一口气，却造成了车祸和女孩的毁容。人如何摆脱生活中一成不变的窠臼，如何从窘境中脱逃？作者足够实诚，在找到让自己安心的答案前，不会让人物轻易脱身。

## 四、舒展

刘汀笔下的世界在 2021 年发生了急剧的变化。不是颠覆，而是一次成熟的跃迁。笔者揣测，女儿暖暖的出世与成长，让刘汀这样善良、敏感、负责的父亲关心和规划起她的未来。女儿不仅促成散文集《暖暖》问世，也让刘汀启动了对女性人物生命状态的分析和运算。

这一年出版的《所有的风只向她们吹》讲述了梅、兰、竹、菊"四姐妹"的故事，我们第一次在刘汀笔下捕捉到生命的舒展状态，尽管这种生命的舒展依然来之不易。其中，第一篇小说《人人都爱尹雪梅》的情况有一些特殊，它的主人公并不是"普通青年"。但是，这位年逾六旬的老妇身上的光芒最为灿烂，她用自己的智慧与强大主体性为紧随其后的三位"普通青年"开出一条生活的道路。为了"青年问题老来治"，我们只好把它放进来一起分析。

《人人都爱尹雪梅》的主人公尹雪梅是一位在京帮小女儿带孩子的姥姥。她老家在东北辽宁葫芦岛，六岁随父母迁到长春近郊农村乡镇，就近嫁人。大儿子是铁路局列车司机，二儿子在长春师范大学教马列。小女儿晶晶在北京工作，女婿在银行上班，平时在非洲出差。尹雪梅在长春帮大儿子和二儿子把孙女带到上小学，又到北京给小女儿晶晶带外孙嘟嘟，还要返回东北老家看望丈夫——丈夫郝胜利得过脑出血，腿脚不利索，病退后住在乡下老家。尹雪梅就这样在几个家之间奔走操劳，鬓发皆白。年轻时从夫，老来从子，"三从四德"是她的命运。

尹雪梅不甘心，心中燃着一把火。在陌生的北京三环老旧小区，尹雪梅凭自己敞亮的性格和非凡手艺征服了带娃老太太团，成为灵魂人物。她带着老太太们用智能手机建了微信群"宝宝天团"。她自己开始逛商场，期待高中同学聚会，心中的那把火又点燃了。智能手机打开了向外的世界，也打开了她的内心世界。尹雪梅回顾自己的不凡一生：她15岁上高中，能歌善舞，对同班考上清华的男生心生仰慕；18岁高中毕业，到镇上粮油加工厂当编外工，学了三个月手艺想开发廊，结果倒闭；曾想张罗开餐馆，因为怀孕而作罢；生下三个孩子后，35岁的她跟同乡到外地打工，结果遇到传销组织，带着一身伤痕机智逃生。这辈子她始终想"干点啥"，偏偏不如意。她破釜沉舟，再次启动创业计划，以回长春老家为由从女儿眼皮底下溜走，半个月后全家人才发现尹雪梅失踪。原来，她竟留在北京，一边租住地下室，一边在大街上摆起早餐摊。当儿女们辗转找到尹雪梅，他们看到了摊前长蛇般的排队人群，听到了上班族的啧啧称赞，甚至目睹老板合股经营的请求。"一辈子没赚过一分钱"的尹雪梅，终于在子孙面前扬眉吐气一把，成功地踏"雪"寻"梅"。尹雪梅的意义在于，她告诉我们作为一个普通青年如何在并不理想的环境下始终保持生命的热度，活出自我。

下面三个文本的主人公，是再普通不过的女孩。《何秀竹的生活战斗》讲述农村女孩何秀竹的奋斗经历。何秀竹是游走于各大培训班之间的"70后"海淀妈妈。"鸡娃妈妈"有着怎样的前史？她出身农村组合家庭，其母再嫁后又与新夫有了儿子。她虽然成绩优异，却因家境问题被迫选择中专，放弃了考大学的机会。上了中专后，她依然成绩优异，却因为同学胡杏儿的关系，失去矿务局的工作，沦为小厂技术工人。她差一点向生活低头，与厂里的工人走向婚姻。醒悟后，她重新自考本科，并考上研究生，来到北京。随后她与研究生同学结婚，定居北京。原生家庭的创伤和成长的艰辛，让何秀竹充满了战斗精神：她不仅牢牢把控家里大事的主导权，怀孕时自行解决买房中的意外，长远规划全家从孩子上学到医疗保险的所有细节，还苦心经营朋友圈，准备随时应对未来的一切突发情况。小说让人想起电影《我的姐姐》。何秀竹的困境在于，她是一个"姐姐"——她必须付出更大的代价，才有极小概率从"长姐如母"和"放弃自我"的社会要求中挣脱。

《魏小菊的天空》的主人公同样来自农村，同样也是"姐姐"，但她既不特别能干，也不是所谓的"学霸"。南方农村的"80后"女孩魏小菊初中辍学在家务农，阴差阳错嫁入同村殷实人家，丈夫郑智与她青梅竹马，家中盖起两层小楼，更在发大洪水时对她全家有救命之恩。这样传统的美满婚姻竟走到尽头。到镇上打工之后，已生下两个孩子的魏小菊眼界打开，萌生摆脱农村的念头。她到了北京，先是给妹妹小竹当保姆，后来在压抑感中愤而出走，依靠给富人区做保洁为生。小说借机透露了魏小菊在乡村所遭遇的"不平等"：魏小菊作为没有希望上学的"姐姐"，家中所有的资源都向会读书的妹妹倾斜，"妹妹"成为家族出人头地、阶层跃升的希望，"姐姐"再次成为农村家庭的牺牲品。在妹妹擅自做主分占地补偿款侵占自己利益时，魏小菊最后一次强调："我只是拿回自己的一份。"拿着20万补偿款，魏小菊远走西北游历，最终返回家乡开了一家生意火爆的牛肉面馆。她独自生活，并未返回婚姻当中。

《少女苏慧兰》将视角转向"90后"女孩苏慧兰。苏慧兰是个长相普通、智商普通的普通青年，喜欢窝在咖啡馆刷美剧、打卡各类网红店、去三里屯街拍、给"爱豆"应援接机、参加草莓音乐节或迷笛音乐节，稍微"文艺"一些的地方就是写几首诗发在朋友圈上和参加跨年诗会。她考入北京市属高校对外汉语专业，在大学期间依靠兼职解决自己生活费问题，毕业后加入培训机构，早早做到经济独立。到了"90后"这一代，"姐姐"身上的重负变得不那么明显，然而苏慧兰还是能从学霸弟弟苏慧伦身上感受到压力——弟弟参加竞赛保送清华，硕博连读，到美国做博士后，成为光彩照人的"学霸"和父母口中说不完的话题。在家中受到冷落的苏慧兰野蛮生长，活得随波逐流，其实内心深处一直追求对生活的掌控感。苏慧兰的全部热情与善心，在遇到健德门麦当劳的一对流浪母女后被彻底激发。经历过流浪母女事件后，她成熟起来，辞去教培机构工作，独自前往中朝边界旅行，看着边界河上自在戏水的鸭子，她得到了某种启悟——

> 对这几只鸭子来说，哪有什么国界，哪有什么密林里持枪的人，哪有什么游客，有的不过是一条河、河的两岸，以及岸上的青草、虫子而已。这一刻，她通体轻松，内心舒畅，她知道，自己终于不再是一个少女，甚至不再是女人，而成了一个人。①

让我们讨论一下这个结尾的意义。弗兰克·克默德在《结尾的意义》中提到，小说的意义很大程度由结尾赋予。如"拉康—齐泽克派"精神分析理论家们所认为的那样，语言的意义是回溯性地建构。苏慧兰看鸭子时，看到了所谓"边界"的人为性与刻意性，由此从内心摆脱了社会施加的种种身份规定、行为规范，而成为"人"。这个结尾，亦为整部小说集赋予了意义。

"60后"尹雪梅出身近郊乡镇，70年代末的何秀竹与"80后"魏小菊出身乡村，"90后"苏慧兰出身北京，她们各自的家庭条件、禀赋、命运并不相同。何秀竹是学霸，苏慧兰天资平平，而魏小菊唯一的优势只是心态。尹雪梅几乎是自发地能干，何秀竹的"战斗"则一开始就有自觉性。从结局看，尹雪梅在北京自我证明后功成身退，何秀竹留在北京继续战斗，魏小菊打开眼界后回乡自在居住，苏慧兰辞职后面临新的机遇与挑战。这毫无血缘关系的"四姐妹"，勾勒出了中国20世纪60—90年代四代女性的面影。

青年病，女性治？或者青年病，老年治？《所有的风只向她们吹》中的"四姐妹"，作为一个和声式的解答，为之前《中国奇谭》《老家》《人生最焦虑的就是吃些什么》等作品中窘迫的人们提供了彼岸的回响。在这部作品中，他成功地为普通青年找到了舒展与解放的可能。

## 五、操劳

从匮乏、窥探、窘境到舒展，这四个关键词，或许仍不足以概括全貌，但不妨作为未来理解刘汀文学创作的支撑。如我们前文所观察到的，刘汀笔

---

下的人物，永远处于焦虑、忧患之中，总在"操劳"。这些进入城市的普通人，在窘境中"操劳"，并通过踏踏实实地"操劳"达到自我身心的舒展，在与他人和世界的关系中获得自我价值的确证。所以，我们有必要回到这个关键概念"操劳"的特异性上来看。

刘汀的写作过程不轻松，充满了"操劳"。注意，正如熟悉他的评论家把他称为"经验型作者"那样，他不只是玄想。他对经验的吸取，采取了一种肉身性的体验方式。作家严彬曾有这样的描述：

> 他不写小说，可能会变得压抑：因为他对生活的感触远比别人细腻（比如他描述过家附近的两家菜店，他和常去的早餐店的老板聊天，了解他们的生活，他不只是作为顾客和路人），观察到更多生活中个人与世界的具体的、卑微的、热烈的光，那些光如果不在小说中以想象的方式……得以释放，也许他会被自己烫伤。①

刘汀的踏实姿态，甚至让严彬觉得自己的创作方式都"不是脚踏实地的"。温情敏感可能是作家们的通行品格，但在严彬看来，刘汀的温情敏感不植根于概念，而植根于自己的周遭生活。他不经由概念而直接窥探生活，从中发现切肤之痛，也发现疼痛中的微光。"操劳"也是他的写作姿态，这是一种身体性的介入，农耕式地深入土地，农耕式地以自身的、笨拙的、长时间重复的劳作来换取踏实收获的姿态。在这样劳作式的写作中，他自己并非高高在上，而是俯身与自己共情的普通青年一道。

"操劳"也是他笔下人物的救赎之路。我们当然可以把"四姐妹"系列的创作直接归纳为对当代女性命运的书写，但这样显然缩小了它的意义范围。我们可以把小说中的人物视为一般社会结构中被压抑的普通人。为了抵达普遍意义上的平等，她们把握命运的方式就是"操劳"。尹雪梅通过手工，挤进带孩子的"奶奶团"。她的劳动技能，克服了城与乡的鸿沟。她以劳动所得买了智能手机，打开了无限丰富的世界，甚至突破了年龄带来的身份桎梏。何

---

① 严彬：《万家灯火——阅读我的朋友刘汀》，《西湖》，2019 年第 6 期。

秀竹的劳动体现在她无休止的"战斗"之中。她通过精打细算和精湛的 excel 技能操持家计，"家庭支出这一项下面就有十三小项，不多的理财产品又分了五种，长线短线、保底不保底、基金股票，月月做预算，月月做结算，结余怎么花，亏空怎么补，复杂程度不亚于一个大公司的预算结算财务"①，可以胜任"管经济的副总理"。魏小菊所遭遇的不平等结构甚至出现在她与其他女性之间，这就更超出了一般意义上的女性主义范畴，她脱颖而出的方法也是不断"操劳"与出走。"90 后"少女苏慧兰所遭遇的限制也不只是性别，从天赋到教育程度与行业水平，她也是活脱脱的"普通青年"。她在消费社会宣传的"诗与远方"中选择了到中朝边境旅游，以自己在教培机构的辛劳争取透气的空间。边境异国的特殊性，意味着她意识中的其种自主性正在萌发。

　　最后正面阐明一下这个概念。"操劳"意味着某种缄默性。如海德格尔所说："本真的自身存在作为沉默的自身存在恰恰不'我呀我呀'地说，而是在缄默中作为被抛的存在者'存在'，并且能够本真地作为这个存在者存在。"② 这"四姐妹"的主体，都具有某种缄默性，她们都有着莫大的心愿与意志力。"操劳"意味着某种悲观的前提——此在的被抛性，恰恰是被抛入常人的公众意见中，这些公众意见即可视为常人的日常展开，而沉陷于其中为常人所宰制，则是此在的沉沦状态。"四姐妹"的性别、阶级、身份，决定了她们存在于他人审视的目光中，这是她们的被抛和沉沦。但她们以此情境为前提，以一种本真能在的"决心"去存在，去操持上手的事物。在"操劳"中，此在会遭遇种种不如意，用海德格尔的说法，就需要"居持"种种"不合适性"，"即计算到有一种不能倚之持身的东西"。③ 尹雪梅、魏小菊等人无不显得心事重重，那是一种对种种不合适性不断计算，甚至显出狡诈、韧性、好斗或"绝情"的状态。此在的"操劳"绝对不是一种纯粹的当前化，而是在一种

　　① 刘汀：《何秀竹的生活战斗》，《所有的风只向她们吹》，第 65—66 页。
　　② ［德］马丁·海德格尔：《存在与时间》，陈嘉映、王庆节译，北京：生活·读书·新知三联书店，2006 年，第 368 页。
　　③ ［德］马丁·海德格尔：《存在与时间》，第 404 页。

有所期备的"居持"中发源的。她们的慈悲，反过来完成对此在的阐明。典型的是苏慧兰的觉醒——健德门麦当劳流浪母女事件让她意识到了无尽的他者。此在的期备是与他者的共在，是与未来的共在，因此在决然陌生的世界中也能敞亮地认出自己。通过"操劳"的概念，我们发现"四姐妹"的意义不能局限于女性的解放，而应该在所有普通青年的解放的意义上去讨论。

刘汀的诗集《我为这人间操碎了心》有这样的诗句：

> 我耗尽一生于仅有的情节里/不过是演好父亲的角色，而她/天生就是我的女儿，就是她自己/她比我更像一个，真正的人①

让我们关注作家笔下"操劳"的普通青年，愿他（她）们都能找到成为"一个人"的路吧。

# 第三节 青年"自我"的三副面孔：
## 以新世纪青年写作为例

新世纪文学中的重要现象是青年作家（"70后""80后""90后"）的崛起。必须承认，笔者既不打算也确实无法在这里列出完整的作家清单。"70后""80后"人数众多，在新世纪二十多年的成长中已成为当代文坛最庞大的中间部分。"90后"作家也已经形成集体力量，笔者最近关注到的作家就包括陈春成、林棹、郑在欢、丁颜、焦典、三三、宥予、王苏辛、李唐、宋阿曼、周于旸、蒋在、路魆、索耳、梁豪等。至于青年作家的崛起原因，更是难以尽数——《萌芽》新概念作文大赛等文学大赛的最初发现②、作协和

---

① 刘汀：《演员》，《我为这人间操碎了心》，第12页。
② 诸如韩寒、郭敬明、张悦然、周嘉宁、张怡微、春树、李傻傻、孙睿等青年作家因新概念作文大赛等文学大赛成名。

地方文学院系统的一系列扶持计划、创意写作专业的兴起①、文学论坛的兴衰②、豆瓣文艺共同体的力量、各文学期刊奖项的助推、"华语文学传媒大奖""宝珀理想国文学奖"等商业文学奖的介入、影视流行文化与资本的加持等，对这些线索的梳理依然需要专门的研究。

由于青年写作仍在剧烈变动中，我们无法"盖棺论定"。透视新世纪青年写作对"自我"的共情与呈现，是本节的切入角度。我们为什么关心"自我"问题？"自我"是凝聚当代青年人最多心理能量的词汇。同时，这一概念还关涉到整个现代性的起点。从苏格拉底提出"认识你自己"到笛卡尔的"我思故我在"（ego cogito），西方哲学深陷在"我"所引发的各种疑难之中。传统的主体中心论哲学在柏格森、海德格尔、萨特那里一直是世界意义的中心，而到了 20 世纪 60 年代，这个"自我"设定、绝对"我思"遭到了福柯、阿尔都塞等结构—后结构主义者的批判，主体（subject）走向屈从于（subjected to）外在结构的不由自主的位置，主体性被彻底抽空。于悲观中见希望，德里达、列维纳斯和一些精神分析理论家（如拉康、齐泽克、祖潘契奇）在"自我"/主体建构中指出了不可能性、历史性、绝境、他者的构成性的位置。真正的主体性，其实铭刻在结构的断裂、意外、异常和不可能性之内。主体是不自主的，又由其向他者、绝境敞开，通过激进地让渡主权过程而获得自由与活力。从中国自身来看，"自我"的合法性伴随"新时期"的到来而得到肯定。"后革命"语境下诞生的"自我"发展至今，出现了哪些瓶颈与局限？新世纪的历史和现实条件与 20 世纪 80 年代有所不同，当代青年的

---

① 比如人民大学文学院创意写作专业就有双雪涛、南飞雁、沈念、孙频、崔曼莉、走走、三三、周恺、蒋方舟、侯磊、严彬等作家；北京师范大学与鲁迅文学院合办的创意写作专业培养的毕业生，有陈崇正、龚万莹、焦典、史玥琦、武茳虹、崔君、邵栋、顾拜妮、于文舲、陈小手等作家；复旦大学创意写作专业则有陈楸帆、郝景芳、王侃瑜、黄守昙等作家。

② 较为知名的文学论坛有：集结最初新概念作文大赛获奖者的"榕树下"、由"80后"主创自己管理的"萌芽"论坛、与郭敬明有关的"刻下来的幸福时光"论坛及"诗江湖""橡皮""他们""黑蓝""新小说""小说之家""暗地病孩子""火星招待所"等一大批由诗人和新锐作家创办的文学论坛。

"自我"出现了哪些危机与转机？

下文的论述范围将以"80后""90后"的青年作家为主，兼顾少部分70年代末期出生的青年作家。本节不再去局部地探讨某些区域、阶层的青年问题，而是先把小镇青年、知识青年、县城青年、农村青年的社会学意义划分方式放到一边，直面普遍"自我"的苦恼。在书写这些普遍性的"自我"的一副副面孔时，我们得以见到青年作家的社会敏感、历史洞见与文学创新。

## 一、受控的"自我"及其解控

我们在新世纪文学中首先观察到的，是青年"自我"的一种普遍的不自由与受控感。青年感觉自己时刻处于某种结构的笼罩之内，意识、感觉、行动都受到其他力量的牵制，"自我"的伸展、表达都遭遇到某种限制与反制。

如果将视野移回当代文学史中，就会发现青年的不自由、束缚感和受控感是长期存在的，在不同时期有着不同的表现。众所周知，1980年第5期的《中国青年》杂志开启了著名的"潘晓讨论"，对青年身心问题进行关注。除了这样集中、典型反映青年身心状况的事件外，青年的束缚感还有别的体现。比如，当时许多青年对社会现实存在着"隔阂"，1979年《中国青年》杂志设"笔谈'看透'"专栏，试图解释青年对各类口号动员的"看透"状态。激进革命的失败，导致"理想主义"全盘瓦解，让"自我"变得岌岌可危。1980年第12期夏中义的《"信任危机"与青年》指出，青年和老一辈之间的摩擦逐渐暴露，《了解社会、尊重父辈与自剖》一文教育青年要体谅老一辈的行动与观念，"他们从全局出发的一些设想，往往被青年人看成是步子太慢、畏首畏尾；在牵一发而动全身的国家里，他们从安定团结出发的一些考虑，又常常被青年人说成思想保守、心有余悸"[①]。《中国青年》刊发《变两代人之间的隔膜为友爱》，以老干部的角度谈"如何教育好这一代的青少年，如何

---

① 韩小丁：《了解社会、尊重父辈与自剖》，《中国青年》，1981年第2期。

使得被破坏了的两代人之间的关系重新和谐、友好起来"，引起巨大反响。①
代际冲突是青年受缚的体现之一，蒋子龙《赤橙黄绿青蓝紫》、张洁《沉重的
翅膀》、柯云路《新星》、刘心武《醒来吧，弟弟》、陈建功《卷毛》等小说
可见出青年与上一辈之间的观念矛盾。青年所遭遇的控制力量，除了"归来"
干部的父—权结构外，尚有更广泛的网络。王安忆的《雨，沙沙沙》《小院琐
记》中体现理想主义退潮后实利主义的围困，她的《野菊花，野菊花》《本
次列车终点》《庸常之辈》《鸠雀一战》《墙基》中体现日常物质条件的匮乏
和逐渐恢复、拉大的阶层差距，王朔的一些文本中体现启蒙知识分子的话语
权力，铁凝的《哦，香雪》、路遥的《人生》《平凡的世界》中则体现城乡二
元结构。在这些文本中，我们能见到作家对青年"自我"受困状态的观察。

　　青年"自我"的身心状态是历史性的，自然也会随着历史境况而转移。
在新世纪，笔者把这种感受进一步描述为某种"受控感"。在青年作家的笔
下，我们读到了对青年"自我"受控的精妙的体察。

　　这种对主体的控制首先来自景观社会的拟像存在。孟小书的短篇《终极
范特西》一语双关，"范特西"既是让两位主人公情感共鸣、命运相交的道
具——周杰伦的专辑《范特西》，又有英文 fantasy 之意——指出小说"当代
社会所充斥的假象"这一主题。女主人公 Leila 是网络女主播，而男主人公 K
则是深陷东南亚电诈集团的骗子，网络直播和电诈事件正是当下社会讨论的
热点。残疾女孩 Leila 选择去当音乐主播，她讨厌照镜子，宁愿生存在美颜软
件的世界里，代价是承受 MCN 公司苛刻的管理和不平等的劳资关系。直播间
里有个叫 K 的网友引起了她的注意，其实 K 是处于电诈园区的新手骗子张存
良。张存良设想着主播的生活，并对主播的纸醉金迷表象所心动。"媒体明
星，作为一个活生生的人类存在的景观代表，通过一种可能角色形象的对象
化体现了一种普遍的陈腐和平庸。作为一个表面生活（vecu apparent）的专

　　① 宋振庭：《变两代人之间的隔膜为友爱》（原载《文汇报》1979 年 12 月 15 日），
《中国青年》，1980 年第 1 期。

家，明星是那些补偿他们自己真实生活的碎片化和生产专门化的人们所认同的表面化生活的证明物。"[1] 男女主人公都试图把自己变成视觉观看中的"明星"。Leila 似乎因此获得了超越生活之上的伪权力，对虚拟世界越发上瘾。化名 K 的骗子张存良恰恰也以动人的拟像出现，迫于园区犯罪分子的残暴手段，他不得不同样粉饰自己，根据"手册"来盗用他人照片、视频，在几大平台同步发布以打造统一人设。他以开房车旅行为自己的标签，精心制造现场感，仿佛过着"自由"的生活——这种表面的"自由"恰恰是青年所期望的。他先假装车祸翻车，给 Leila 发出转款求助，然后再与上线约定，给 Leila 如期还款，进一步建立信任，接着骗 Leila 到越金火车站。Leila 曾经也有别的生活选择，只是在犹豫中屡屡错过。K（张存良）的出现，让她鼓起勇气，打算带着残疾的右腿走入现实去见张存良。结局诚如张存良的名字所示，他心存善良，最终靠着宝哥提供的帮助逃出生天，而 Leila 也避免了深陷牢笼、充当替身的恐怖命运。男女主人公都满足于某种表象，也都以表象所召唤的欲望来想象和组织自己的生活。小说具有新世纪意味的地方在于双重假象的设计，对此，我们可以追问——男女主人公最终获得的"自由"是真的自由吗？难道，现实世界不是与虚拟世界/骗子王国同样残酷？对照其他一些作品，如马小淘《章某某》中县城女孩的"文艺"理想、文珍《银河》里虚幻的"诗与远方"、蔡东《我们的塔希提》中的"精致生活"想象，我们听到历史的嘲笑声——他们如何逃出真实世界里统称为"中产阶级梦"的更大"杀猪盘"？

除了充满拟像的景观社会，受控的源头可以更深地指向当代社会的时间感。在康德哲学中，时间并非一种客观的物，而是一种最基底的先于经验并使经验成为可能的普遍形式。时间"在一切其他东西变化时保持不变，时间

---

① ［法］居伊·德波：《景观社会》，王昭凤译，南京：南京大学出版社，2006 年，第 22 页。

并不流过，而是在时间中可变之物的存在在流过"。① 空间是外感官的形式，时间是内感官的形式，最终一切意识形式的最基本结构是时间形式，一切意识行为的展开都是在时间中的展开。康德哲学对历史的机械、静态理解在黑格尔、马克思那里得到了进一步修正。我们由此去关注历史演变下的时间框架对人类经验的编码。在安东尼·吉登斯看来，"理解人们的活动是如何在时间和空间中分布的，对于分析接触乃至理解整个社会生活都是至关重要的"②。随着媒介技术的进步，我们的时间感知方式也发生变化。在广播、电视时代，这些媒体嵌入人的生活，它是有场景限制的，有一定的长度与延续性，有明确的开端和结束，我们对时间的感知是循序渐进的段状时间。到了互联网时代，媒介的特征是自主多向、动态交错、罗织一切，我们以超文本链接的方式进行检索，出现了网状时间体验。如今到了移动时代，场景地域解锁，手机内置逻辑重新编码人类经验，我们进入了点状时间。技术平台通过对用户数据进行收集，分析用户在不同内容类型中花费的时间，以此为用户量身定制专属内容，进行个性化推荐。不同平台之间的竞争也以时间作为重要尺度，比如关注用户平均使用时长、阅览量、每月活跃用户的数量等，从底层机制来看，这些尺度无一不与时间挂钩。③ 时间不再是连贯线性，而是随意、零散地散落在生活场景各处。每个人的时间分布是极速化、碎片化、个性化、唯我化的。微信等工具的出现，使人必须"时刻在线、时刻反应"，意识处于"多线程工作"的拼贴状态。④ 鲍曼曾经指出，消费社会中的主体绝不会有休息的机会，"他们需要不断被置于新的诱惑之下，以便于一直保持

① ［德］康德：《纯粹理性批判》，邓晓芒译，北京：人民出版社，2004 年，第 142 页。

② ［英］安东尼·吉登斯：《社会学》（第五版），李康译，北京：北京大学出版社，2009 年，第 118 页。

③ 徐嘉敏：《媒介时间焦虑论》，南昌大学新闻与传播学院博士论文，2023 年，第 68—78 页。

④ 卞冬磊：《作为存在的媒介时间：手机与社交媒体的时间性》，《新闻与传播研究》，2022 年第 11 期。

激动状态，永不让兴奋萎缩，且事实上，是在一种怀疑和不满足的状态中"①。

小说的时间形态是滞后于当代媒介发展的，它更接近于一种古典的媒介——带着一种古典的时间感。小说的叙述速度不只反映了文学的时间问题，还反映了当代社会对主体经验的编码方式的逃逸。汤成难的小说叙述特征是"慢"。她想象了一种农业时间、农业速度，一种对季节、空间、劳作、他人的注意力分配方式。"天已经暗了，山里的暮色降临不是轰然坍落的，而是体贴的，是一寸一寸到来的，让人还能看出明暗相间的景致来。"② 诗人吴鹏进山后，一旦心静，便能辨认出时间——"一寸一寸"到来的暮色。小说刻意把时间放慢，将进山之前小奥拓欢腾的速度感与进山后的死寂感相对比，由此产生节奏。整个故事时间只有一天。"他们像两根时针一样在原地缓慢转动，山，起伏的山、连绵的山、苍翠的山、昏暗的山——终于，他们的目光触摸到建筑物了，灰色、白色，高高低低——目光柔软了下去，变成抚摸，一点点地，还能分辨出建筑结构，女儿墙，檐角，窗户，院墙，大门，门上的招牌。"③《锦瑟》写中年妻子的隐秘一天。卡车司机丈夫与自己形同陌路，高中生儿子正值叛逆，主人公在 1 月 11 日这天离开家，到曾经发生婚外情的宾馆房间内独自重温旧梦。一年中只有这一天的时间，是完整属于她的。这一天被作家放慢，也刻意放大。主人公走出宾馆 201 房间，在溜冰场重温当年与情人的记忆，穿着旱冰鞋，绕着场地走起来，"就这样，一圈又一圈地稳稳向前滑移，身子轻了很多，手也完全脱离了栏杆"④。这一天在放慢、放大中拓展开所有褶皱，直到与她一生其他叠加的时间得以分庭抗礼。《摩天轮》中女主人公在湿冷的夜晚缓缓爬升，于巨轮转动中重新回忆自己的一生。"巨大的轮子载着她在城市上空缓缓而行，整个城市都在她的身下，她看见了熟

---

① ［英］齐格蒙特·鲍曼：《工作、消费、新穷人》，第 67 页。
② 汤成难：《进山》，《小说月报·原创版》，2020 年第 3 期。
③ 摘自汤成难《进山》一文。
④ 汤成难：《锦瑟》，《雨花》，2020 年第 3 期。

悉的人，熟悉的路，以及那些早已擦肩而过的熟悉的日子，都在身下川流不息。"① 一旦摩天轮停止，悬浮于夜空，"她感到时间的短暂凝固，并屏住呼吸，生怕细微的动作打破了这一切"。我们会发现，上述文本提供了一种缓慢的、连贯的、逐帧推进的意识状态，这本身就是对不断加速、分裂和拼贴的时间感的抵抗。《麦子秀了》在慢中拉出影影绰绰的张力丝线，反复牵拉读者的情感。小说采取儿童叙事视角，讲述一个南方乡村单亲家庭的故事。"我"的父亲不知所终，母亲杨桂芬因为力气小、做事慢而在麦收时节总是吃亏。在急需劳力的关口，村里人并不愿意与她换工。畏缩迟疑、腼腆内向的母亲最终雇用了一个最便宜的、高瘦的麦客。二人都心事重重、话少内向，交流便都在日常劳作之中。高瘦麦客在重压之下小心生活，母亲与之礼尚往来，又总是多出那么一分热情。读者心知肚明，二人已经建立了情感联系。小说最精彩的地方随即到来。在一个大雨天，麦地睡不得，麦客和平儿哥哥唯一一次搬进了"我"家中。雨停之后，平儿哥哥带"我"到原野上重新认识自然，摘朴树的果子，认识蔷薇、金银花、紫穗槐、麦家公、野燕麦、猪殃殃，采覆盆子，捞鲫鱼。读者跟随"我"的视角而被转移了注意力，如孩童一般被炫目的大自然征服，几乎遗忘了还留在屋里的麦客与"我"母亲。在这段漫长的无人监管的时光里，他们之间谈了什么？甚至，是不是发生了什么？"叔叔仍在搓麻绳，仿佛我们离开到现在的时间并不存在。"生活并未往幸福的方向发展，"这亩地足足花了我们两天时间，每个路过的人都会发出阵阵惊叹——麦茬短短的，齐齐的，像是用尺量过。地里干干净净，没有一根麦穗。麦把一样大小，齐整整地码在一角"②。两人的诀别场景也倾注了作家全部的写作精力。过时的生产方式、过时的人际关系甚至"过时"的写作关注点，却把历史拉入我们同时代。汤成难的写作方式如同绘画，她以疏密不一的"排线"方式，在专注、连贯、缓慢的时间之流中不知不觉地让事物的轮廓与

---

① 汤成难：《摩天轮》，《人民文学》，2020 年第 3 期。
② 汤成难：《麦子秀了》，《天津文学》，2023 年第 10 期。

质感逐渐浮现。特殊的叙述速度重新组织读者的注意力，让我们的被快节奏、碎片化、拼贴化、网络状的时间框架所切割的心灵惊叹于古典时间的魅力。

青年主体需要对抗的还有庞大滞重的话语传统。当代社会是一个符号爆炸的时代，各种关于世界的解释已经发育得极为完善并趋于稳定。德勒兹曾经提出过一个意义系统流变与社会经济基础变化之相互关系的模型，即"符码化"理论。在经历过资本主义大发展、现实主义流行的"解符码化"时代后，现代主义的发展推动世界进入"再符码化"时代。青年写作所要挣脱的引力圈，就包括此前不断重复并固化为套语惯习再将之高举为真理圭臬的话语体系。

语言的围困，是青年作家必须警惕的。流行话语、批评话语、评奖体系、期刊系统都会形成话语牵制，影响青年作家对"自我"、世界的表达和对经验的整理。"新东北文学"的崛起是新世纪地方性写作的重要话题，以"铁西三剑客"双雪涛、班宇和郑执这三位作家的作品为标志，陷入疲累期的文学界欣喜若狂地发现东北文学在当代的复兴。在一些批评家（如黄平）看来，这些"新东北文学"作品反映出地域性背后的阶级属性被发现，从铁西区延伸到沈阳乃至整个东北，强调其"工人阶级乡愁"及所激活的现实主义谱系。在另一些批评家（如张定浩）看来，经验的重要让位于写法的特征，作品中透露出对现代主义脉络下的先锋性或庸俗性的指认。三位作家在话语命名过程中的姿态颇为有趣。针对前者观点，三位年轻作家唯恐避之不及；而针对后者观点，三位作家则未有足够的自觉与规避。① 也就是说，当下审美趣味及其潜意识，很大程度内在于作家的写作方式与写作欲望。这种趣味的潜移默化延续在班宇最新的短篇小说集《缓步》当中。

围绕"新东北文学"的多种话语力量，甚至形成了某种关于东北、东北文学的知识以及某种"小传统"。杨知寒作为"新东北文学"的新一辈，就浮现于这样的话语场域。她曾获得人民文学新人奖、首届黑龙江萧红青年文学奖、《钟山》之星年度青年佳作奖等奖项。她的短篇小说集《一团坚冰》，

---

① 丛治辰：《何谓"东北"？何种"文艺"？何以"复兴"？——双雪涛、班宇、郑执与当前审美趣味的复杂结构》，《中国现代文学研究丛刊》，2020 年第 4 期。

腰封推荐语有"九篇东北故事，九种人世严寒，谁又真的能在冰块里藏进火种呢？"这样强调"严寒""坚冰"的字句。《钱江晚报》的专访里提到"正如萧红们走出东北后对东北的书写，杨知寒在杭州书写东北"①。寒凉、残酷、孤独，上接萧红，是外界定义杨知寒的方式。如"宝珀理想国文学奖"的授奖词里强调："如刀旁落雪、寒后舔门，她以冷峻犀利的笔触将故乡冻结，然后退开一步，用舌头轻舔，温热的血肉粘于冰冷，一动则触目惊心，痛裂深切。"杨知寒的表现也符合期待，自陈喜欢鲁迅、陀思妥耶夫斯基、芥川龙之介、福克纳，大体属于冷峻一路。"知寒"的笔名让人想起东北漫长的冬季，更是与外围话语场域默契到家（如果叫本名"杨艾琳"的话，恐怕会让人觉得更像是写青春文学的作者）。在辽宁铁西区男性阳刚惨烈的叙述之外，批评家和读者期待黑龙江诞生以女性细腻视角见长、在悲中见喜、于寒冷中透射温情的女性版东北故事。笔者对杨知寒不但没有指责，反而怀有期待。漫长的时间、酷冷的环境、脸冷心热的人物、孤独的个体、衰败的状态、窘迫的生计、法律的边缘、自由间接引语和带有地方风味的密集短句，仿佛只有经过这一复合的话语机制筛选过的"东北故事"才是真正的东北故事，而与此相悖的部分，则要无所适从地放到台面之下。让人高兴的是，杨知寒很敏锐地在第二部短篇集《黄昏后》中寻求转向。在获得花地文学奖后的专访里，她表示，《黄昏后》写的是日常生活的情绪瞬间，"这本书好像有了一种相对温和的气质"，尽可能地远离了"新东北文学"的标签化指认。她对自己性格的描述，也与最初迟子建描述的刻意显"酷"不同，并将这种误认视为某种"谎言"。"我觉得自己不是一个冷峻的人，我的情绪也经常失控，只不过我不是那种大吵大叫，歇斯底里的。我还算比较情绪化，内心非常敏感。"② 不仅如此，她还委婉地强调东北三省内部的差异性，也试图将自己从最

---

① 宋浩：《专访｜杨知寒："新东北作家群"的 90 后女生，在杭州书写东北》，《钱江晚报》，2022 年 11 月 4 日。

② 记者文艺整理：《杨知寒：笔调万变，真诚始终不可或缺》，搜狐网，2024 年 11 月 11 日。

初"人设"中剥离。结合"铁西三剑客"近期写作中的"去东北化"努力,读者会心一笑。这大概是文学新人的共同命运,先是尽可能快速跻身某种"传统",努力获得命名与认可,随后便意欲重新挣脱围绕他/她的话语建构。

这种情况还让人想起陈春成的小说集《夜晚的潜水艇》。无论是在普通读者还是在批评家的心中,都存在着两个陈春成,被极度高捧和被极度贬低的形象同时存在。赞扬者从中读出卡尔维诺、纳博科夫、王小波、汪曾祺、《红楼梦》或《庄子》的意境,而反对者则认为这是有意的模仿与"碰瓷",语言雕琢、空洞。① 李静指出了理解陈春成的一种误区——将这种内向型写作误解为一种与现实无关的唯我化表达。她实际上说出了王德威最先提出的观点:"陈春成想象的'藏'不只是闪躲藏匿,更指向收藏积累,或蓄势待发,甚至一种知其不可为而'不'为的动能。"② 陈春成的写作不是单纯对博尔赫斯的模仿,也不是一种当代青年"躺平学"的文学版本,它与社会思想状况息息相关,它指向的正是"文字漫漶、人人竞相表态却又言不及义的时代"。王德威这样的高度赞誉,让人不禁想把问题再抛回给陈春成:是否能在未来的写作中,继续保持语言的精致、古典与抒情,并始终避免这种语言被快速固定、落回其所本来要针对的"对语言的透支与滥用"陷阱呢?当然,这并不妨碍目前陈春成已取得的成绩。经由他,我们得以思考:"文学与现实的关联强度是否可以更具弹性,关联方式是否可以更为多样?又该如何构筑有利于青年作者走向成熟的现实条件呢?"③

借引上述现象,笔者想提示的是,如何找到青年写作者的主体位置。学者刘欣玥指出:"耐人寻味的,不是这些并不新异的题材自身,而是以'寻溯传统'作为写作行动的青年,他们所透露出的主体状态与内在动因。……如

---

① 何瑛:《文艺青年的阅读谱系与虚构的限度——读陈春成的〈夜晚的潜水艇〉》,《粤港澳大湾区文学评论》,2023年第1期。

② 王德威:《隐秀与潜藏——读陈春成〈夜晚的潜水艇〉》,《小说评论》,2022年第1期。

③ 李静:《"内向型写作"的媒介优势与困境——以陈春成〈夜晚的潜水艇〉为个案》,《中国现代文学研究丛刊》,2022年第8期。

果写作者的内在自我与讲述对象缺少真的对话，就有止步于与文学史传统对话的风险。"① 如何与讲述对象建立真正的联系？如何真诚和辩证地对待"传统"？唯有解决这些问题，青年作家方能稳固"自我"，撕开强势话语的包围圈。

## 二、孤绝的"自我"及其联结

新世纪青年"自我"在受控感之外，面临的是孤独感的挑战。

孤独体验，当然不是新世纪青年所独有的。"举世皆浊我独清，众人皆醉我独醒。""念天地之悠悠，独怆然而涕下。""同来望月人何处，风景依稀似去年。""人生代代无穷已，江月年年望相似。""艰难苦恨繁霜鬓，潦倒新停浊酒杯。"……作为一种强烈的情感体验，孤独的声音从遥远的历史中幽幽传来。从五四运动落潮期到 20 世纪 40 年代，我们有了《孤独者》中的魏连殳、《在酒楼上》中的吕纬甫、《药》中的夏瑜、《狂人日记》中的"狂人"、《伤逝》中的子君和涓生、《家》中的高觉新、《寒夜》中的曾树生与汪文宣、《四世同堂》中的祁瑞宣、《追求》中的章秋柳、《动摇》中的孙舞阳、《虹》中的梅行素、《莎菲女士的日记》中的莎菲等。时间进入"文革"后期，我们看到下乡知青的孤独体验。在扭曲的生活中，看报、看样板戏、看电影、打扑克、侃大山、取外号、唱地下歌曲等贫乏的文化活动，成为萌动青春的慰藉。② 翻阅北岛、李陀主编的《七十年代》，赵越胜《骊歌清酒忆旧时——记七十年代的一个朋友》中记录的 70 年代地下音乐、翟永明《青春无奈》中闺蜜闫莉与我的女性情谊、韩少功《漫长的假期》中的换书与说书经历、李大兴《明暗交错的时光》中的无聊日常、高默波《起程—— 一个农村孩子关于七十年代的记忆》的赤脚老师生涯、许成钢《探讨、整肃与命运》中秘密

①　刘欣玥：《人间事，心事，亲自生活的事——〈人民文学〉2024 年青年小说读札》，上观新闻，2025 年 1 月 10 日。

②　史卫民、何岚：《知青备忘录：上山下乡运动中的生产建设兵团》，北京：中国社会科学出版社，1996 年，第 246—311 页。

手写《试论社会主义时期的政治经济学研究》的经过，处处透出强烈的孤独感。公共话语之下，涌动着私人的情感体验与思考能量，革命强势建立"公我"，却一直未能安放"私我"，更未妥善处理"公"与"私"的关系。公开场合的阶级话语、各级组织反而造成了个人的压抑、孤立与离散。书信是青年重建联结的方式，在《知青书信选编》《一个上海知青的223封家书》①里我们读到了这种联结的谨慎与热情。视野延伸到书信体小说，靳凡的《公开的情书》通过四个主人公（真真、老久、老嘎、老邪门）在1970年2月至8月半年间的四十三封书信，描绘出"文革"中青年对理想、爱情、事业和民族命运的思索。官方话语试图正面处理青年的孤独问题。1978年第一届全国优秀短篇小说评选中，莫伸《窗口》的获奖就具有象征性。小说表面上是铁路售票姑娘的故事，实际讲的是"社会主义新人"如何摆脱落单、灰心、孤独的状态，从"文革"后的精神低潮当中走出来。革命话语膨胀后抛荒的"自我"，重新在"改革"的"轨道"上找到位置，并通过调动这一"自我"的主体性，重新把断裂、阻塞的"现代化"之路疏通起来。主人公在不如意的岗位上重新调整自己，以"窗口"为接口，把孤独的"自我"重新打开，去接纳工农兵群众，把"自我"与千千万万地理上的远方的他者联结起来，既让他者幸福，又让"自我"获得圆满。问题不会这么容易解决，因为历史条件已经较20世纪50年代发生了巨大变化。1980年"潘晓讨论"当中所呈现的"自我"与他人的对立、对现有"自我"状态的无法承受，揭示了当时青年"自我"构造的关键环节的缺失，也说明孤独感背后脉络之深广和问题之复杂。

进入新世纪的情境，"自我"的孤独感呈现有所不同。很大程度上，20世纪的"自我"孤独感与一种前置的强烈社会责任意识相关。在新世纪，这种责任感伴随革命理想主义氛围的消逝而变得稀薄，不再占据前景的位置，个人主义在新世纪得到很大程度的张扬。20世纪80年代开启的"主观为自己，客观为他人"的"潘晓命题"，在90年代市场化之后被进一步收拢为单

第一章 "青年"：危机与突围

---

① 史卫民主编：《知青书信选编》，北京：中国社会科学出版社，1996年；陆融：《一个上海知青的223封家书》，上海：上海社会科学院出版社，2009年。

纯的"主观为自己，不再管他人"。现在看这种所谓的"个人主义"是成问题的。这背后涉及20世纪80年代简单翻转50—70年代革命遗产的方式：50—70年代批判西方"个人主义"的时候显然对"个人主义"的理解过分单调，而80年代翻转革命话语的时候把"被批判的个人主义"视为"个人主义"的全貌，把被自己"敌对"话语所批判的对象以其被批判时的片面状态全盘接受了下来，从而使观念仍实际笼罩在50—70年代革命话语的知识框架内。集体性视野的付之阙如，"自我"与他人往复关系的单调理解，造成了新世纪"自我"比前辈们更为孤绝的状态。

翻开默音的短篇小说集《尾随者》，我们看到了孤绝"自我"的种种问题。新世纪个人抵抗孤独的方式，从社会学角度来看，不外乎家庭的归属感、伴侣的亲密感、社群的融入感、职场的认同感等。但在默音这里，家庭、婚姻、伴侣、社群、职场等概念都被解构，人物几乎都有原生家庭问题，人与人之间充满背叛、误解、疏离与隐瞒。

我们经由对象来想象"自我"，而我们对"对象"又充满了误认，从而导致"自我"错漏百出。小说集里，《镰仓雨日》讲述异卵双胞胎姐妹面对离婚、丧偶的强势母亲寻求认同感的故事。原生家庭的破裂、孪生姐妹的竞争、离婚后父亲的倔强、姐姐与母亲彼此的误解与伤害，背后追问的是"我是谁""如何成为我"的问题。《暗香》写的是"同性"题材。主人公从小生活在外婆与阿婆这对同性伴侣的屋檐下。他在与妻子李娟离婚后，逐步解密、回溯两人关系的原点。最初，他爱上的是妻子的闺蜜宋明明，阴差阳错才与妻子结婚。其实，妻子本就与闺蜜是一对情侣，他可能是同性恋妻子的某种"出路"，正如妻子也是他的"保底"选择。妻子的性向之谜终于告破，也暗示了原生家庭对他欲望图式的影响。主人公对对象的爱，在于对象的深渊性。同性恋的对象因为是绝对的不可能的他者，从而拥有致命的吸引力。相似的是，《最后一只巧克力麦芬》从另一面写了"同性"与"异性"的情感。一如聂鲁达的诗句"我喜欢你是寂静的，仿佛你消失了一样，你从远处聆听我，我的声音却无法触及你"那样，默音问了一个"我到底欲求的是什么"的问题。

当小说把"自我"的内面一层层剥开，读者发现最终空无一物，"我"的存在的稳定性和必要性也被质询。《尾随者》一文想追问的是，一个人不断窃取、模仿他人的生命经验，其"自我"的生命是否同步被抽空？单亲妈妈"我"饱受一个反复出现的噩梦困扰，梦中总是被一个看不清面孔的男人尾随跟踪。而现实中，"我"作为爆款亲子类公众号"大V"，利用独立妈妈的人设为生。在日本，"我"与离婚独自带娃的郑沐如重逢，对方正是我的前男友杰森念念不忘的前女友。"我"迅速摸清了她的底细，以这对母子为观察样本，成为她的"尾随者"。出于一种隐秘、复杂的心态，"我"剽窃郑沐如母子生活，将其用来变现。后来这场持续三年的生活剽窃大白于天下。在剽窃他人生活时，"我"饱受内噬之苦，在梦中成为被尾随的受害者，并失去了"自我"的面孔。《模仿者》中的主人公亦是如此。杜子犹职业是国企内刊编辑，薪资微薄，寄宿在姑父家，以撰写网络穿越小说满足自己的精神欲望。因职业关系，他加入一些微信群，在群内发现光鲜亮丽的瑜伽教练小白。渴望杭州旅行艳遇的他始终未能见到小白真身，却不知不觉被其魅惑，接受一个又一个的指令，最终扮演了小白的内衣"裸替"。与此同时，微信群炸锅，有人闯入群内，指责小白并不是真正的瑜伽教练，甚至不知是男是女，他/她靠抄袭别人微博照片来建立"人设"，到微信群来玩着模拟人生。看来，"小白"的真身并不想做自己，只想成为想象的他人。杜子犹无法承受现实中的轮番打击，最后把自己反锁在房间，穿上小白的女士内衣，成为下一个"小白"。"自我"到了孤绝的极限，杜子犹无法承受这个"自我"，于是选择将这个"自我"抛弃，成为一个"模仿者"。作者的追问到了极致：这个废物般的"我"，是不是可以抛弃？在默音的小说里，新世纪的孤绝"自我"自噬其尾，其内面坍塌得空无一物。

班宇的某些小说也有一种"黑洞的自我"。这种无法测度的深渊般的"自我"通常用不可靠的叙述者来扮演。在小说集《冬泳》中，短篇《冬泳》《枪墓》抛出问题——"我"到底在想什么？"我"到底背负着怎样的沉重过往？在小说集《缓步》中，短篇《于洪》以抗洪退伍老兵"我"来讲述和经历所有事件，让读者对"我"产生依赖感与信任感，小说最后逐渐揭示此前叙述的不可靠，从而发掘这一叙述主体对自己曾经视如生命的战友关系、兄弟情谊、人伦底线的背叛。这看起来是希区柯克悬疑小说的套路，但显然不只是出于商业目的，而是把矛头指向了20世纪90年代历史的叙述者——对90年代国企改革和社会转型的叙述，其内在的问题需要被发现和质询。每一个曾经昂扬、正面的工人主人公，都会在历史的塑造中，逐渐变异。人与人曾经亲密无间的信任感，被历史大潮冲击之后分崩离析，每个人都形同陌路，自谋生路。这样阴暗的、孤立的"自我"，正是90年代东北历史的构造物。这种孤绝"自我"突出了历史形势对人的内在性产生的肢解，召唤读者/他者来对这一切进行审视与评判。

如果继续突出主体与外界的隔绝、孤立与矛盾关系，还会得到一整套"失败青年"的叙事。我们从马小淘《毛坯夫妻》《章某某》、甫跃辉《巨象》《动物园》、文珍《录音笔记》、蔡东《我想要的一天》、郑小驴《可悲的第一人称》中就可以读到这样的"失败者之歌"。但"自我"的孤绝并非无解。在默音和班宇的例子里，我们都能看到这样的"自我"其实顺应着外界的变化而发生波动，只是它过快地收拢到自身原本的逻辑或直接受限于历史结构提供的选择，而没能真正向外敞开和汲取能量。在徐则臣和郑在欢等作家那里，我们能够更清晰地看见主体向他者敞开的契机。

我们先看徐则臣的"京漂"系列。众所周知，徐则臣的写作通常被分为"京漂"系列和"花街"系列，到了《耶路撒冷》和《北上》中则以大运河作为纽带贯穿两者。从《啊，北京》《西夏》《伪证制造者》《三人行》《我们在北京相遇》《跑步穿过中关村》《把脸拉下》《逆时针》《浮世绘》《如果大雪封门》这样的"京漂"系列中，我们看到了北京城的"边缘人"：宝来、行健、慧聪、敦煌、保定、大嘴、新安、三万、沙袖、孟一明、穆鱼、边红旗、沈丹等。这是新世纪前十五年中国经济高速增长和城市化快速扩张的时代性的表征。北京是我国改革开放以来进行高速城镇化建设及城市用地扩张

从个体到家国：社会史视野下的新世纪文学

的典型城市，从 1978 年至 2002 年，城市建成区大致以每年 13.10 平方公里的速度呈直线递增，至 2002 年北京城市建成区土地面积比 1978 年增长了 0.93 倍。[①] 这一"横向扩张型城市"向四周高速扩张，"水多加面，面多加水"。城市化扩张的资源之一是劳动力人口。在福柯的生命政治理论看来，17、18 世纪西方社会的权力技术从"杀人的权力"转向以促进生命、管理生命为特征的"生命权力"，转向对人口的管理和调控。在生命政治领域，法学、医学、统计学、社会学知识都为生命政治的运作提供了依据和手段。城市需要这些人口，又必须规训这些人口。这些被管理的人口三教九流，蹬三轮的、卖盗版碟的、办假证的，住在混乱不堪、毫无光线的地下室里，与警察、城管斗智斗勇，经历着拥堵、雾霾、沙尘暴等北京城的"疾病"。他们被卷入北京，但无法真正进入北京，是现代性不断吃入、消化又不断排出的东西。作为城市的外来者和服务人员，他们永远是被现代性的权威所榨取、安排而后驱逐的客体，户口、单位、社会关系与他们无关，他们是坐落在现实土壤里的孤独者的联盟。但是如作家所说，他们身上有蓬勃的生命感，有未被规训的"野"的东西。在新世纪前十五年"个人奋斗"叙事的感召下，他们怀揣理想主义而来，与这个时代一同保持着张力。当枯萎的我们转向这些他者，自己的生命能量也得到了扩充。

"90 后"河南作家郑在欢同样提供了生命力勃发的他者形象。这批形象比起"京漂"更加粗鄙、野蛮和愚昧，作者甚至曾经就是其中一员。王辉城根据小说和访谈拼凑出作者的画像：

> 他从未见过母亲，因为生产他之后，母亲便离世。父亲是位没有正经营生的男人，曾因投机倒把进过监狱。出狱后，他带回了一位有着暴戾脾气与暴力倾向的女人。这位名叫花的女人，理所当然地成为了少年的继母。很快，少年相继迎来了弟妹。在逼仄与穷苦的生活中，继母暴力的一面，日益凸显。……终于在初二时，少年为了躲避继母的暴力，

---

① 朴妍、马克明：《北京城市建成区扩张的经济驱动：1978—2002》，《中国国土资源经济》，2006 年第 7 期。

毅然选择离家出走，闯进了复杂而陌生的城市。为了谋生，他做过许多工作，比如在小作坊的工厂里打工，成为流水线上的一员，以及在街上无所事事地溜达。期间，他遇到诸多同龄人，目睹了众多相似的命运。在工厂流水线里，在轰隆的机器声中，在闷热的空气里，他几乎片刻不歇地劳作着。①

郑在欢曾经做过留守儿童、流水线工人、广告文案策划、影视编剧，有别于大多数青年作家的大学专业教育甚至留学背景。郑在欢的《驻马店伤心故事集》里的人物，有些是留守儿童，他们性格乖戾，耽于早恋，打架斗殴，无所事事，例如《再见大欢欢》里身中十七刀仍血战二龙的小学生大欢欢和他的拿着板砖在旁伺机而动的女友。他们是无法被《县中的孩子》《我的二本学生》或"小镇做题家"这样的视野捕捞的绝对他者。除了问题少年，这些绝对他者还包括坚决不向性关系妥协的乡村妇女菊花，勤俭持家的拾粪高手八摊，只肯跟孩子玩耍的咕咕哩嘀，负责喊丧、报喜、致悼词的送终老人，二杆子电话狂人，喜欢讨口头便宜的傻子红星，下半身瘫痪的海洋、山林和高飞等。他们有着非主流的生活态度或精神追求，无法被"底层文学"背后的阶级叙事吸纳，是这个时代无法被感知的沉默的大多数。

因此文学是一种"感性的再分配"。如朗西埃所说："这种空间与时间，可见与不可见，噪音与言说的划分与再划分，构成了我所谓的可感物的分配格局（le partage du sensible）。"②"感性的分配"是对世界的时间和空间的分布的安排，以及决定了一些共同的东西和排他的东西，这些共同的东西是基于不同政治主体的时间、空间和活动形式来分布的。写作者选择去呈现不被感知者和不被认为有审美价值的对象，就是一种对现有感性分配格局的挑战，是打破等级关系的配置形式。文学的解放意义在于，它形成某种歧见，是对政治秩序规定的感性分配格局的调整。由此美学就有了平等和解放的意味，

从个体到家国：社会史视野下的新世纪文学

---

① 王辉城：《病人的喜剧——关于郑在欢及其他》，《上海文化》，2025 年第 1 期。

② ［法］雅克·朗西埃：《美学中的不满》，蓝江、李三达译，南京：南京大学出版社，2019 年，第 25 页。

最终达到一个合理的共享，即不同分配方式可以共存的世界。郑在欢在这个意义上，把问题少年、"疯傻残怪"群体纳入其中呈现，是对列维纳斯意义上的绝对他者的拥抱，是对所谓"正常""主流"的话语秩序的调侃，具有平等意味。

更深一步，问题不在于是否呈现这样的他者本身，而在于呈现他者的方式是否仍然保持着"他性"，而不是将"他者"快速回收到"自我"原先的秩序内。难道此前的文学就不写问题少年、不写"疯傻残怪"、不写乡村传统的凋敝？当然不是。那么郑在欢的新意何在？我们还要回到形式上看。形式决定主体和客体的关系，决定这种感性分配是否再度陷入一种等级序列。

所以我们重视郑在欢叙述中的喜剧性。这种喜剧性首先具有"本我"的生命力。"他的嘴恐怕是世界上最忙碌的器官了，有人的时候不停说话，没人的时候就放声歌唱，除了抽根烟的工夫，恐怕没有停歇的时候。"[①]《电话狂人》中的这个"二杆子""半吊子"擅长从所有的苦难当中发现喜剧成分，不惜把自己也变成笑话的一部分。"人们已经习惯了把他当作一个笑话看待，或许有一天他突然哭起来，大家还以为他是在故意搞笑呢。"[②] 主人公从不阉割自己的想法，总是口无遮拦。这仿佛无"自我"意识的喜剧人物，宛如《猫和老鼠》中一次次被压扁但又一次次充满自信地站起来的汤姆猫，宛如一次次被打倒又重整盔甲的堂吉诃德。他们就是"底层"的象征，是绝对被压抑的社会"本我"。郑在欢与这些"本我"的位置关系也透着一种热切、融入的情感体验，这种情感体验是你中有我、我中有你的共同体意识，而不是优越论意义上的嘲讽，即知识分子高高在上的"启蒙"与"怜悯"。

其次，这种喜剧性中有突转与巧合。这种康德意义上的"期待"与"期待的瞬间落空"，让我们紧张的心理能量得到释放。《傻瓜的爱情》中傻子磊磊遗失的手机被轻微孤独症患者丹丹捡到，竟然成就了一对"抱残守缺"者

---

① 郑在欢:《电话狂人》,《驻马店伤心故事集》, 上海:上海文艺出版社, 2023 年, 第 37 页。

② 郑在欢:《电话狂人》,《驻马店伤心故事集》, 第 44 页。

的幸福婚姻。傻子磊磊甚至为爱人写了一首歌，尽管只有两句歌词。"一年又一年，一天又一天，亲爱的丹丹，爱你到永远。"① 这是叙述者真正的悲悯——绝对的他者在另一个绝对的他者那里获得幸福。让孤绝的"自我"组成失意者战线联盟，这或许是一种踏实的出路。

最后，这种喜剧性当中还有一种德里达意义上的"绝境"（aporia）。这里的"绝境"体现在许多层次上。一方面，这些"疯傻残怪"者并不占据道德的制高点，他们不像底层文学的想象那样既勤劳又智慧，他们懒惰、狡猾、彼此情谊少得可怜。红星试图猥亵菊花；送终老人用假钞算计乡邻，还骗四川老人寻死。他们是绝对意义上的他者，代表了认同的不可能性。另一方面，郑在欢正在远离家乡与这些怪人，他与人物的距离不可打消，从书写的开始他就变成"观看者"，这意味着他与其对象之间的代表关系的不可能性。而当他在进入文学写作之前，与对象彻底同一的时候，则又根本不存在为其代言的代表关系。同时，郑在欢亦知自己这样的写作者在大众面前依然是一个异类，他与笔下的人物同样处于"被观看"的位置。这又从根本上取消了这种写作的力度，暴露了写作的不可能性。在郑在欢写作的喜剧性中，包含着对悲剧结局的预感、对自己与他者距离的意识与反思以及在世界秩序面前的无力和解嘲。

我们以郑在欢的例子结束这一部分的讨论，他既让我们看到以文学形式召唤他者的美学和伦理意义，又让我们看到这种美学形式、感性的再分配与对他者的代表关系的"绝境"。当我们以这样带着"他性"的喜剧眼光去看待绝对的他者，我们的孤绝的"自我"就有契机去打开，有机会重新反照出"自我"的成问题的构造。这是文学形式本身的正义性与可能性。

## 三、悬浮的"自我"及其沉降

新世纪以来，我们生活的场景发生了变化，真实的地理空间对人的行为

---

① 郑在欢：《傻瓜的爱情》，《驻马店伤心故事集》，第 67 页。

从个体到家国：社会史视野下的新世纪文学

的影响弱化，媒介打造的场景开始取代真实空间，成为主体的主要生活领域。1985 年，梅罗维茨根据戈夫曼的拟剧理论和麦克卢汉的媒介理论，提出"消失的地域"理论。① 虽然是基于电视时代做的社会行为观察，但令人意外地暗示了新世纪随着手机、互联网的兴起到移动自媒体泛滥后我们生存的境况。一旦生活场景高度数字化，新的行为方式和人格类型就可以被数字力量所打造，主体的悬浮化问题即将出现。

主体的悬浮化首先以"系统人"的问题出现。新世纪进入 20 年代，如项飙在"腾讯科技向善暨数字未来大会 2021"上的演讲《从"社会人"到"系统人"》提示，跟各种单位没有关系的松散个人（"社会人"）被再组织到系统内，成为"系统人"。这个悬空的系统是刚性、压迫性的，不存在自然语言的沟通、交互、协商，只有单方面强加的"计算"。在传统环境里个体带有能动性的"算计"，在系统里则近乎消失，只能服从系统"计算"出来的"算法"。个体劳动者困在系统当中，工作情境宛如 19 世纪的甘蔗园，成为"数字劳工"。

从更广泛的意义上看，每一个普通人都困在系统当中。新冠疫情冲击了媒介生态，传统纸质媒介逐渐被互联网等交互式媒介所替代。疫情隔离人群，但又助推交互式媒介完成了对各类隔离封闭场景的开放，也极大推动了国家治理与生命权力的辐射深度。

伴随交互式媒介的兴盛，每个人在媒介世界中都留下痕迹，我们以一串数据的形态存留于系统之中。作为算法系统的最基本单位，我们的浏览、停留、选择、购买、打分、评论、位置等个人隐私被算法系统进行处理，再转卖给各式各样的第三方商业机构。第三方通过我们的个人信息制造"用户画像"与"互联网人格"，以此为基础架构出围捕主体的信息之网，决定我们能看到什么，即将看到什么，应该看到什么，以及不会看到什么。在数字资本的把控下，算法并不是对主体的"全面应和"，而是"有商业价值"部分的

---

① ［美］约书亚·梅罗维茨：《消失的地域：电子媒介对社会行为的影响》，肖志军译，北京：清华大学出版社，2002 年。

片面强化，是对现存的、保守的、稳固的阶级关系和社会组织方式的再生产。主体在这样的虚拟空间停留越久，会感觉"自我"越发重复、无聊和失去活力。在自媒体交互中，"数字人"不可能建立真正的稳固联合，他们的关联性既飘忽又脆弱，即使一个共同体得以建立，也随时会被新的信息诱导方式所拆分。

对抗"自我"的悬浮化处境，需要转向在地空间。这些在地空间包括地理、历史、风俗、民情、方言、生活方式和伦理观念等。在这些转向地方的写作中，我们看到了文学"接地气"的尝试。对在地资源的重新发掘，与新世纪地方性写作的脉络不谋而合，有识者从"新东北文学"和"新南方写作"的兴盛中便可自行发掘，下文仅举几例。

出身闽南地方的龚万莹，其小说的在地性体现在对物象、语象和世相的揭示上。小说充满着大量闽南特有的物象、语象，通过这些唤醒感官的物与词，为读者构造出地方感。《大厝雨暝》写到鼓浪屿传统生活因新世纪旅游业的兴起而瓦解，小说背后是老居民"白猴"被雨中塌方老屋压死的真实事件。"嘴唇一粒珠，讲话不认输"的阿嬷，为了生活和保住老厝，只能将房子分租给"外猴"陈老板开干果店，无奈接受了"下败"的命运。小说有意保留了许多闽南方言——"外猴"是鼓浪屿老居民对外来移民的方言称呼，而"下败"意思是"丢面子"。叙述者就如故事里的阿嬷，自如切换闽南语和普通话，引领我们逐步走进本土市民的生活世界。无休止的暴雨台风、纷飞的白蚁、坍塌的老厝乃至杧果树、樟脑丸、乐百氏、蓝罐曲奇、撒了甘梅粉的番石榴，这些物象都给大厝生活晕染了浓重的南国情调。

作家通过语象和物象，着意呈现世相。让我们把情节的戏剧性放在一边，注意力投入生活世界的营造中。殡葬店、街道食品厂、杂货店、鱼丸店、贡丸店、卖鱼摊是人物的修炼场。作家执着于实体生活的脉搏，进而提出从生活逻辑里自行生长的拯救药方。在这一底层空间中，丈夫添丁跟人私奔、玉兔妈阿霞独立抚养女儿（《夜海皇帝鱼》），坎坷长大的玉兔确诊肿瘤（《菜市钟声》），天恩的母亲水螺抛弃丈夫离开（《浓雾戏台》），宝如遭遇丧女之痛（《鲸路》），小菲的父亲赌博、母亲再嫁、祖父的殡葬业逐渐衰败（《出山》）……在生活的滔天巨浪面前，我们看见了地方小人物超强的生命浮力。玉兔妈自寻短见前顿悟："遇山火要隔点距离，对着火再放一把火，把新火赶过去，让火跟火对冲。两瓣火撞在一起，渐渐就灭了。"① 燃烧自己的生命状态，以此对抗生活中的噩运，以牙还牙，以毒攻毒。玉兔妈如同半面受创的皇帝鱼，在夜海裸泳后焕然一新；身世坎坷的玉兔控制住肿瘤，毅然接受男友的求婚，要将余下每日过得精彩；与林校长离婚的一世潇洒的妙香姑婆，最终与丧偶的油葱外公勇敢结合。基于真实世界的逻辑与信仰的力量，作家才敢释放狂暴的想象。宝如借帮助抹香鲸尸体归海，让丧女的创痛成为过去。鲸尸、臭气、血浆、暴雨、白海豚、冥海渔夫，场景犹如神话中的天启："车下，雨水沁湿的沿海石头路，又被血液和粘浆淋漓得滑溜溜。鲸被道路上的水流冲着，向海岸缓缓而去，滑出一条血路。它平静地顺着流水，仿佛在鲜血的道路上得了复活。血路跨过沙滩，绵延到海里，此时，有白色的海豚跃出海洋，一面面旋转的白色旗幡。"② 小说这样"魔幻现实主义"的结尾却又恰恰深植于闽南地方民俗传说、信仰状况的现实逻辑内。

转向在地空间的同时，青年作家往往同时转向在地的历史。张忌的《南货店》注重剖析浙东社会商业、人情传统以及这种地方情感结构在 20 世纪 80 年代的瓦解。小说以 70 年代末的高中毕业生陆秋林为主人公，围绕他在供销社系统内的工作与交际展开，其间穿插揭露供销社种种行业内情。小说第一部分最为精彩，写的是 70 年代末陆秋林在长亭村南货店当店员再到当店长；第二部分写他到黄埠区供销社任文书和团委书记；最后一部分是陆秋林 80 年代末在宁海县担任供销社系统下的土特产公司总经理的经历。南货店的三位老师傅（马、齐、吴师傅）是小说中尤为传神的人物。小说开篇，最德高望重的马师傅带着藏青色袖筒、紫檀算盘和一杆精致的象牙秤出场。在月底"盘存"悬案中，南货店的三位"老商业底子"八仙过海各显神通，上山收

---

① 龚万莹：《夜海皇帝鱼》，《人民文学》，2022 年第 4 期。
② 龚万莹：《鲸路》，《收获》，2023 年第 4 期。

山货、下海搜海产、加上平日克扣斤两，用了"体制外"的个体战术去弥补亏空。随着故事展开，如"南货店"的题目一般，小说本身就如琳琅满目、摆满日常杂货的店面，以物什的陈列来展现人物品性、人际关系，并最终透露地方文化特质——一种带着人情意味的"关系学"。随着20世纪80年代"现代化"进程的开展，"老商业底子"精致的关系学逐渐被简单、粗糙、去人情化的关系学替代。由此，对比知识分子对80年代启蒙、理想主义的追忆和改革文学对80年代的奋进式叙述，我们从青年作家那里读到了80年代历史叙事的另一版本。青年作家转向地方历史，不仅为克服当代主体的悬浮性提供了锚点，更对主流历史叙述产生了增补和修正的作用。

"80后""90后"青年写作往往被诟病为缺乏历史感，实际上以林棹、周嘉宁、王占黑等为代表的一批作家对地方历史的书写，早已打破了这种宿见。笔者想在作为空间结构的在地性和作为时间结构的历史性的双重维度上，讨论两位风格迥然不同的"90后"作家。

对在地性与历史性的双向发掘，林棹比张忌走得更远，批评界的反响也更大。随着《潮汐图》问世，读者被一只奇怪巨蛙所震惊，它挑战了悬浮时代对地方、历史的常规认知。19世纪20年代，一只巨蛙在疍民渔船上度过了幼年时代。懵懂的它被契家姐刀断其尾、舍命相护，巨蛙的断尾成为渔民祈求平安与丰收的法器。随后它又与身世成谜的苏格兰博物学家H前往广州十三行，见识了西洋画的魅力。不久它作为明星宠物入驻澳门好景花园，在此见识到各种奇异的笼中困兽，接触寰宇新知和各色人等。时间到了鸦片战争前夕，H破产自杀，巨蛙作为资产被送到西欧，成为帝国动物园的一员。在一个大雪之日，它终于逃到湾镇，度过生命最后十年。真实历史坐标是这只奇幻巨蛙的水源，其一生与大三巴的起火、蒸汽动力船舶的应用等宏大的历史事件叠加在一起。到故事结尾，近代中国即将遭遇西方现代性破门，鸦片战争迫在眉睫。1757年到鸦片战争之间，清政府指定广州为对外贸易的唯一合法口岸，外国人在从事贸易期间住在广州十三行，其他时间则在澳门居住。小说想象了这一时期广州十三行的贸易、传教、博物学实践等活动，我们也见证了因为接触现代性而诞生的新职业——通事、事仔、引水人、西洋画师等，小说铭刻了中西思想、知识、观念相遇的重要时刻。从隐喻的层面来看，这只巨蛙如 19 世纪的广州口岸，吞吐着来自世界各地的洋船、茶叶、白银、知识、见闻，世界各地的语言和文化在此发生交换和杂糅。巨蛙的旅行、被捕与逝去，也象征着中西交汇前沿的两栖之物"广州"的历史命运。小说将文学与博物学高度杂糅，一方面是对帝国博物学的再现与批判，H 的三重身份（药剂师、博物学家、鸦片贩子），展现出客观知识的生产过程与人对自然的暴力赤裸的描绘过程；另一方面是对地方史、人类学的再利用，又是对文学的刷新，是对 20 世纪以后文学逐渐想象化、学科化、去实证化的挑战。此外，小说以粤方言复刻岭南日常生活，展现契家姐、水哥、"客家佬"盲公等地方人物，又以雅正国语、西语翻译腔来对应澳门、欧洲的冒险经历，宛如一口混合着"语言共同体"和"世界视野"的"生态缸"①，丰富着我们关于"何为中国、何为岭南、何为世界"的观念感觉。当代青年写作对地方历史的回归并不是终点——林棹借助地方历史塑造的巨蛙，鲸吞一切、水陆两栖、左右逢源、悠游自在，是对与世界联通的某种新文学形态的孵化。

王占黑的写作则是对新世纪上海市井生活与历史过程的点滴梳理。她的中短篇小说集《小花旦》对"街角社会"的"参与式观察"和对新世纪历史进程的"考古学"式清理，都包含着将主体"回嵌"生活的努力，透露着对抗悬浮的历史大势的决心。

小说集的同名作品《小花旦》，讲述叙事者"我"与剃头师傅"小花旦"（阮巧星）的故事。"小花旦"是阮家阿婆疼爱的末子，在小区内开设"巧星美发屋"。在千年之交上海宣布申办世博会的契机下，他陪伴"我"到上海读大学，把异乡繁华的地下广场当成家乡的街道来玩对应游戏，陪"我"在上海逛遍与地名相关的马路，仿佛把异乡、家乡、中国与世界联结成一体。他在宿舍为"我"和其他大学生剃头，独自耍遍上海的各个角落，但同性恋的

---

① 刘欣玥：《养殖一种新的语言地层——有关粤方言写作的一次细读》，《广州文艺》，2022 年第 3 期。

身世也逐渐揭开。他因"娘娘腔"被歧视、被恋人小彭所负、被医院护工背叛，还遭遇兄弟夺屋、欠下友人债务，他狼狈不堪，但旋即又找到活路，从上海人民公园的角落、定海桥的陋巷、嘉兴路的星梦剧场到广州乃至国外剧场，他随着华尔兹女王、咪咪等"大花旦"游戏世界，从"小花旦"化名为"巧巧美神仙"最后摇身变为"上海宝贝"，真正走向世界。他虽然一辈子生活在歧视中，但始终有情有义、古道热肠，给所有的弱者带去美好与光明。他在自拍照中总是隐藏着一个上海世博会的吉祥物"海宝"，这不仅意在缅怀欣欣向荣、充满开放性的历史时代，也意在显示人物自身的隐喻——"小花旦"自己，的确堪称真正的"海宝"（"上海宝贝"／"四海之宝"）。

作家借助"我"和小花旦的足迹，给我们展示了街角社会的有机生活。工人小区破败逼仄，许多人家把面朝马路的十来平方米的车棚租出去。早饭铺、租书屋、剃头店如老鼠打地洞似的开起来。整个小区像吊脚楼，地面上到处是小店。这个阴暗空间，却是有情世界。小花旦做头发，从来不像流水线，而讲究一个"开心"——

> 小花旦先问好，穿什么，再定头型。人家若想不好怎么穿，索性全托给小花旦，一手包装。永红丝厂里跑了几十年销售，小花旦对穿着打扮颇有研究，真丝棉麻，料作款式，怎么显身形，怎么衬肤色，脑子里清楚得一塌糊涂。衣服还没做，小花旦上上下下一比画，一形容，老太太仿佛仙袍上身，头颈伸长，腰板笔挺，旁边的小姐妹齐齐叫好。然后小花旦再同人家细细讲，去哪里选料作，寻裁缝，不合身了找谁改合算。①

"小花旦"带着主人公走遍上海每一处角落，彰显出对城市的每个街角的关心。"我"在"小花旦"的启发下，因为意识状态的翻转，也发现了定海桥这类被城市化抛弃的空间自身的可能性和新鲜感。"小花旦"的情谊能将主体与空间进行一种高维度的相互建构。即便在"我"的宿舍、老王的病房，

---

① 王占黑：《小花旦》，《小花旦》，上海：上海三联书店，2020年，第9页。

他也试图"揽客"。所谓"揽客"不为盈利，而是为了一种情感交换（"生意"）。"小花旦"将主体的触角伸出去，在一个具体空间中找到撬动、盘活一些位置的入口，从而让这个空间结构里的他者都能焕发"生意"。

《去大润发》同样既包含着对空间的再发现，又包含着历史叙述的野心。情绪崩溃的小学英语教师"我"因错过末班车而与陌生黑 T 袖男子一同坐上通往大润发超市的免费班车。在线上购物的冲击下，大润发即将成为历史遗迹。班车上，老年人回忆"9·11"事件前后世界的局势。超市里，过去与现在不断交叠。复古的消费逻辑下，是一种人与物、人与人亲密接触的久违的生活状态。我与黑 T 袖男子一起听周杰伦的《开不了口》，一起去熟食摊吃海鲜边角料做的廉价炒饭，一起回忆临期面包、购物邮报、副食品商场、超市里曾发生过的争执事件、抽奖活动、商业演出、班车时刻表、少年宫往事，我们被过去的事物、温暖的记忆所包围，逛着过去不屑涉足的服饰区，相约把手头的现金换成卤蛋、话梅、麦丽素、旺仔牛奶、飞行棋等怀旧的事物。"我们单单没有提及电商，代购，外卖，快递，当然，谁也没有否认这些词汇早已填满当下的日常生活——我们只是避而不谈"①，这是拒绝成为"现在"逻辑的一部分，拒绝歌舞升平的欢呼，拒绝当下的内外秩序。小说表达了对大润发这样遭遇在线购物冲击的大超市及围绕它的火热生命体验的怀念，也表达了对新世纪初充满希望和可能的历史节点的反复咏叹，它为越发悬浮和板结的当下开出药方。

让我们以小说集中的《痴子》结束这部分讨论。《痴子》写的是三个残疾男子嗡鼻头、美中、阿兴共同寻找一个女人苏西的故事。他们以桥洞为据点，彼此沟通信息，相濡以沫。面部有肿瘤的嗡鼻头念念不忘自己当年差点被凤来所骗的感情经历。他在帮助美中寻找梦中情人苏西、追回阿兴的两万元钱的过程中，揭开了自己的父亲老赵、痴呆老娘兰心与材料车间的阿兴妈元元之间的感情纠葛，也得知了老娘出走、投水的原因。美中在心灰意冷后

---

① 王占黑：《去大润发》，《小花旦》，第 107 页。

帮助患癌的老王饲养鸽子。三个残疾人在植物园背水一战,却还是抵不过苏西带来的英俊小生。发病的美中头戴电动车头盔,以面具形象高唱《小薇》,这首绝唱撼动苏西,也撼动嗡鼻头。嗡鼻头终究打通心结,追问凤来的下落。凤来是否欺骗自己已不再重要,重要的是与真爱共度生命的最后时光。三个残疾人相互算计,又相互和解;彼此轻视,又彼此敬重。三个无法被归入阶级叙事的绝对底层,在历史大潮中被远远地甩下,他们唯一的出路就是走向彼此的联合。联想到《小花旦》中的忘年之交、《去大润发》中的遗迹爱情,这或许就是青年写作为新世纪"自我"提供的锦囊。我们都是残破的个体,要抵抗悬浮社会,就要重现在地社会的活力、发现历史时刻的虚拟性,还需要让散落的个体携起手来。

## 四、以头入鼎:青年写作/批评的"同时代性"

上文详述了新世纪青年"自我"的三重困境。我们试图从感觉结构出发,去捕捉受控感、孤绝感与悬浮感,并将其还原到具体的社会历史语境去理解。我们看到,青年受控于意识形态/资本幻象、媒介时间感和强势话语系统;"自我"的常规社会关系发生解离,变得无法自处,在历史的引力下向黑暗坠落;"自我"受困于大数据系统,悬浮于真实的生活中。文学为这些感觉提供了一部分解释,也提供了一些超越的可能。在青年写作中,这种与历史进程正面逼视、短兵相接的时刻弥足珍贵。在上述青年作家作品中,我们见证了为解控所付出的努力、拥抱他者的方式及再度亲自生活的可能。

我们对青年写作怀抱无限期待。在一般人眼里,青年写作往往是青年作家写同代青年,本身就具有同路人的共情条件。仅仅如此还不够。借助"同时代性"概念本身的理论势能,我们下面将对青年写作与"同时代性"的关联略做阐述,以此召唤真正属于"青年"的青年写作。

首先,作为同代人,青年写作必须面对青年主体困境。如本章前文所叙述的,进入新世纪以后,中国青年所面临的身心问题发生了巨大的变化。无论是对网络热词的追索,还是对文学文本的解读,都可见当代青年的身心波动。无论是共情还是批判，青年写作都必须面对这部分群体的主体构造、历史成因与未来发展。

其次，青年是世界中的后来者，青年写作是面对既成的世界与历史、寻求虚拟性的写作。青年是相对历史先行者而言的被抛入者。他们被投入世界，一开始就处于特定的或严整或杂糅、或合理或不合理的符号秩序之内。青年写作不能仅仅面对青年群体——这会大大削弱青年写作的先锋性。青年写作的"同时代性"指向它身处的整个时代。青年写作意味着面向世界的既成事实，在写作中寻找历史的其他可能，因而它是朝向未来正义的想象性的写作。青年写作也并非历史的拒绝者，而是通过读者召唤伟大的作家与历史的遗产，把它们拉入自己的时空，成为自己的"同代人"，让历史的虚拟因子焕发于当代。

最后，青年写作意味着写作的青年状态，它是探索、对抗写作困境的写作，是写作的"自我"反思与反叛。"同时代性"指向共时存在的经典体系，青年写作的话题，总要回归形式。青年写作对青年困境、历史探讨的可能，一定是在某种赋形方式以及对赋形方式的"自我"意识下展开的，它是对经典的继承与背叛。青年写作的"同时代性"，意味着它对写作本身具有"青年性"。

青年批评家在这一过程中应该发挥自身作用。笔者想起鲁迅《铸剑》中的场景。青年作家以头入鼎，与主宰世界的"王"搏杀。青年批评家则是鼎旁站着的黑衣人，见证这一切，也要参与这一切：

只见黑衣人从容伸开捏着青剑的臂膊，伸长脖颈，如在细看鼎底，臂膊一弯，青剑便蓦地从他后面劈下，剑到头落，坠入鼎中，雪白的水花向着空中同时四射……

第二章

# "地方"：感觉与观念

在新世纪从个体到家国的文学图景中，地方是个体与家国之间的中介。这并非出于形式整饬的需要。地方性写作是一个充满生产性的话题，并将在未来一段时间内持续引发当代中国文学和批评界的讨论和思考。我们将首先对新世纪文学地方概念的兴起过程做一番追溯，然后对理解地方性提出几点看法，最后对本章结构进行梳理。

熟悉文学现场的人会指出，地方性写作是新世纪文学的重要现象。2020年前后"新东北文学"伴随"东北文艺复兴"的话题火爆出圈。根据研究者的考证，"东北文艺复兴"的来历并不久远。"2019 年 11 月 30 日，网络综艺节目《吐槽大会》上，音乐人董宝石在节目中提及自己与'二手玫瑰'乐队主唱梁龙讨论'东北文艺复兴'这一话题……这并非董宝石第一次谈到'东北文艺复兴'，同年 10 月 8 日，在《智族 GQ》下属的播客'GQ Talk'对董宝石与班宇的采访中，董宝石就使用了'东北文艺复兴'这一概念，这也是'东北文艺复兴'话语首次出现在公众场合。"① 乐队"二手玫瑰"、脱口秀演员李雪琴、短视频博主"老四"等一时间成为"东北文艺复兴"的代表。双

---

① 黄平、刘天宇：《东北·文艺·复兴——"东北文艺复兴"话语考辨》，《当代作家评论》，2022 年第 5 期。

雪涛、班宇、郑执等东北青年作家的崛起，由此产生了"新东北作家群"的命名，借助影视剧改编等一系列亲近传媒的行动，极大扩张了这一文学现象的影响力。双雪涛以"BenQ 华文世界电影小说奖"出道，班宇在豆瓣聚集人气并参加豆瓣征文大赛，郑执一开始就从事剧本创作。这批作家的成长经历与大众文化领域紧密纠缠。在班宇担任文学策划的电视剧《漫长的季节》、双雪涛小说改编的电影《刺杀小说家》、郑执《仙症》改编的电影《刺猬》酝酿播映期间，作家们也多次配合影片宣传需要在各大平台露面。围绕"新东北文学"及相关现象，黄平连续撰文肯定其意义和美学原则[1]，刘岩出版了专著[2]，假如略做梳理还会发现，包括但不限于王德威、李陀、张学昕、丛治辰、刘大先、徐刚、杨丹丹、陈思、杨晓帆、胡哲、刘东、周荣、吕彦霖在内的学者也曾撰文予以阐发。

其后，我们又迎来了"新南方写作"。"新南方写作"意在发现被强大的江南文学所遮蔽的"南方以南"的风貌、伦理、习俗，涵盖岭南、西南、华南乃至东南亚的文学资源。用德勒兹的术语来说，是对现有文学版图的"去领域化"（deterritorialisation）和"再领域化"（reterritorialisation）。

"新南方写作"这一提法最早可追溯到 2018 年。2018 年，陈培浩在《文艺报》发表文章《新南方写作的可能性——陈崇正的小说之旅》。随后同年11 月，花城笔会在潮州举行，包括杨庆祥、陈培浩、王威廉、朱山坡、林森、陈崇正在内的学者作家热烈讨论了"新南方写作"。陈培浩主持专栏"新南方写作"评论专辑时，与徐兆正、刘小波、朱厚刚、杨丹丹、宋嵩等青年批评家一同讨论了罗伟章、卢一萍、朱山坡、林森、王威廉、陈崇正等"新南方作家"的作品。2021 年，重要的学术期刊《南方文坛》（第 3 期）也推出了"新南方写作"，刊发了杨庆祥、东西等人的六篇文章。张燕玲写道："我们探

---

① 黄平：《"新的美学原则在崛起"——以双雪涛〈平原上的摩西〉为例》，《扬子江评论》，2017 年第 3 期；黄平：《"新东北作家群"论纲》，《吉林大学社会科学学报》，2020 年第 1 期。

② 刘岩：《同时代的北方：东北老工业基地的历史经验与当代文化生产研究》，上海：上海人民出版社，2024 年。

讨的'新南方写作'，在文学地理上是向岭南，向南海，向天涯海角，向粤港澳大湾，乃至东南亚华文文学。"① 此后这一命名迅速获得了学界的响应，广东的《广州文艺》、四川的《青年作家》、江西的《创作评谭》等杂志纷纷开设"新南方写作/文学"的相关栏目，《扬子江文学评论》《文艺报》《上海文化》《当代作家评论》《粤港澳大湾区文学评论》也推出相关栏目。杨庆祥强调"新南方写作"的"异质性"和"临界感"②；东西指出其拒绝"根据地"般的原乡、寻根公式③；曾攀则指出其汉语写作、海洋景观以及美学精神的多维探询④。王德威以潮汐、板块、走廊、风土四个关键词标记"新南方写作"⑤，他的重要贡献还在于整理了"新南方"包括海外作家在内的长长的谱系：陈春成的《夜晚的潜水艇》、林森的《海里岸上》、陈继明的《平安批》、林棹的《潮汐图》、黄锦树的《开往中国的慢船》、夏曼·蓝波安的《大海之眼》《天空的眼睛》、李约热的"桂西书写"、林白的《北流》、朱山坡《蛋镇电影院》、王威廉的《野未来》、霍香结的《铜座全集》、鬼子的《被雨淋湿的河》都在其关注范围之列，甚至辐射到张贵兴、李永平的南洋风景，吴明益的地理、海洋书写和董启章、黄碧云的维多利亚港风云。

地方性写作话题的热度扶摇直上。"新北京作家群"应运而生。《北京文学》2023 年第 1 期推出"新北京作家群"栏目。张颐雯提出初步的分类⑥，指出这一作家群包括"新京味作家"，如石一枫、侯磊、孙睿；也包括求学于北京的作家，如刘汀、文珍；还包括从北京回望故乡的作家，如阿乙、郑在

---

① 参见张燕玲关于"新南方写作"的"编者按"，《南方文坛》，2021 年第 3 期。

② 杨庆祥：《新南方写作：主体、版图与汉语书写的主权》，《南方文坛》，2021 年第 3 期。

③ 东西：《南方"新"起来了》，《南方文坛》，2021 年第 3 期。

④ 曾攀：《汉语书写、海洋景观与美学精神——论新南方写作兼及文学的地方路径》，《中国当代文学研究》，2023 年第 1 期。

⑤ 王德威：《写在南方之南：潮汐、板块、走廊、风土》，《南方文坛》，2023 年第 1 期。

⑥ 参见 2024 年 1 月 7 日张颐雯在文学沙龙"同代人"上有关"新北京作家群写作"的发言。

欢等。师力斌提醒①，孙睿的《发明家》、古宇的《人间世》、刘汀的《野火烧不尽》、张天翼的《雕像》、陈小手的《帘后》、常小琥的《中间人》等都提供了新鲜的北京故事。与此同时，"文学新浙派"浮出地表。根据傅小平的整理②，2023年《江南》第5期高举"文学新浙派"概念，试图涵盖从"50后"到"90后"的大批作家，例如余华、麦家、王旭烽、艾伟、李杭育、钟求是、吴玄、哲贵、黄咏梅、东君、海飞、畀愚、斯继东、张翎、陈河、王手、雷默、张忌、孔亚雷、黄立宇、杨怡芬、方格子、朱个、杨方、萧耳、池上、张玲玲、莉莉陈、王占黑、薛超伟、徐衎、草白、赵挺、林晓哲、赵雨等。

首先，地方性写作的话题，一直以来存在着"发现地方"的理论与研究传统。克利福德·格尔兹在《地方性知识》中提出我们要留意知识背后的特定情境和文化结构。一方面地方性知识必须具有通往普遍的可能，才有启示意义；另一方面，地方性知识一旦普遍化，往往会变得刻板和教条。"全球化"可以被理解为从西方地方经验出发的地方性知识的扩展。这一理论的启发就在于，我们可以相对化地理解"全球化"，找到历史中的其他通道。吉尔·德勒兹与费利克斯·瓜塔里合著的《千高原》提出了"块茎"与"游牧"的思想。有别于我们常见的树根（直根系或须根系），"块茎"作为一种思想的拓扑学隐喻，具有如下特征：它是去中心化的，它无所谓主次等级；它是非线性发展的，块茎表面任何一个点都可以向外、向任何路径去生长；它是具有连通性的，块茎之内任何两个点之间都彼此连接；它具有适应性，在遭受外来的压力和破坏时它可以重新组织和生长。"游牧"思想则强调了人们在不同思想高原之间来回移居的无根性和流动性。这是对"去中心化""地方化"最形象的思想假设。往前追溯，我们还能看见丹纳的地理要素说、施

---

① 杨庆祥、师力斌、赵天成等：《同代人沙龙："新北京作家群写作"的多重指向》，《北京文学》，2024年第5期。

② 傅小平：《"文学新浙派"：传承文脉，在召唤中求得新变》，《文学报》，2023年12月21日。

莱格尔的"文学南北论"中文化与地理最初关系的样本；往后追溯，则有列斐伏尔、爱德华·索亚、段义孚、詹姆逊等人的理论贡献。

在中国文学研究当中，也很早就存在着地方性路径。根据李怡的梳理①，在 20 世纪 90 年代中期，严家炎主编的"二十世纪中国文学与区域文化"丛书率先挖掘了地方经验和中国文学面貌之间的关系。一百年前，中国知识界也有过一次影响深远的"南北论"，其代表人物包括梁启超、章太炎、刘师培、王国维等，梁启超《中国地理大势论》、王国维《屈子文学之精神》、章太炎《新方言》及刘师培《南北文学不同论》，都是当时传诵一时的名篇。在文学区域化讨论中，早就孕育着社会文化建构的欲望和目标。

其次，从当代中国文学场域内部的逻辑出发，地方性写作与发掘文学自身生命力、丰富和开拓"中国故事"的不同讲法也有一定的联系。比如张新颖就认为："有没有一种或多种有形无形的笼罩性的力量，要抽空地方性，使文学写作变得更为均质、同质，甚至空洞？从这个意义上说，地方性写作的取向是向下获取自由和解放的取向，这样的取向是内在于文学本身的。"② 地方性只是一个中介，文学要借助地方性抵达千差万别的个体和多样的表达。也就是说，地方性写作及其相关的媒体出版现象，与同样广受关注的"非虚构文学"一样，都是文学对其在 20 世纪 80 年代以后日益窄化的危机的一种自我变革，也是文学对某种总体性规约力量的抵抗。

其三，地方性写作还与地方政府的旅游经济学、各地作协主导的"省域文学"、期刊编辑的大力推动等外部场域的权力运作紧密相关。以"新东北文学"为例，仔细观察"铁西三剑客"的崛起之路，地方作协的介入是区域性特征提出的标志。贺桂梅以"省域文学"概念试图概括作协系统在改革开放后的转型。刘东概括为："1950 年代到 1970 年代各省市建立的作协文联系统，保障了主流文学政策的贯彻落实，也塑造了以省市为单位培养作家、推动地

---

① 李怡：《当代文学地方路径的演进》，《中国文学批评》，2024 年第 3 期。

② 张新颖、何言宏、黄平等：《"地方性的辩证法"笔谈》，《扬子江文学评论》，2024 年第 2 期。

方文学运动开展的惯例。到了 1980 年代，伴随着文化、出版体制等一系列改革，地方作协系统虽然得到保留，其主要职能则'金蝉脱壳'，由内转外，转变成为在全国推介地方文学的重要机构。"① 在他看来，"新东北作家"被商业出版渠道认可后，地方作协就迅速跟进，将其打造成一个均质的、去政治化的区域景观。李丹也观察到一个与之相关的现象，即省域文学史在新世纪的井喷。"目前以行政区冠名的文学通史和断代史有三十余种，有二十余种出版于 2000 年以后，十余种出版于 2010 年以后，全国三十四个省级行政区中的绝大部分都已经有了自己的'省域文学史'或者进行了相关立项，而专门史如儿童文学史、民间文学史、民族文学史尚不在此列。"② 省域文学史被默认为服从地方文化利益的间接的行政化结果。对于出版业力量的意识，曾攀在论文中提出："'新南方写作'等文学地方性概念的生发，是一个由学术期刊和编辑出版直接推动的重要范例，由是也延续了现代中国期刊和编辑在学术史，尤其是在文学史中的重要作用，并且形成了关于当代前沿文化的理论创新、概念孵化及文艺创作的新范型。"③ 而此后"新北京作家群""文学新浙派"的崛起，就更大程度复刻了作协、期刊的推动方式。

关于地方性写作，学界已经进行了一定的研讨。本书认为需要注意如下方面：

其一，对文学研究的地方性强调，应该在地方与总体的灵活动态关系中去理解，应该随时警惕地方与总体关系的固定化。将地方与总体单纯理解为统摄关系或对抗性关系都会有些简单。把地方与总体割裂开，就地方谈地方，缺乏总体意识地去强调地方的特殊性，将地方孤立起来，容易弱化"地方性"对更大、更基础话题的启发意义。地方未必是总体的边缘，它可能是另一种

---

① 刘东：《区域文化、地方情动与作为现象的"新东北作家群"》，《当代作家评论》，2024 年第 4 期。

② 李丹：《"省域文学史"的底层规则与时代进展》，《中国当代文学研究》，2024 年第 3 期。

③ 曾攀：《编辑出版、理论批评与文艺思潮的发生——关于"新南方写作"》，《海南师范大学学报（社会科学版）》，2024 年第 6 期。

中心，另一种前沿。

其二，真正深入地方，应尽可能避免地方内部的板结化。一方面，不要忽视地方内部的差异性，将地方的内部矛盾关系予以抹平。比如，当代批评界在研究"新东北作家群"的时候，往往以班宇、双雪涛和郑执为中心。对"铁西三剑客"的研究，实际上也就聚焦于辽宁沈阳老工业区——铁西区的研究。关注 20 世纪 90 年代中期沈阳老工业区下岗一代、二代的命运，这当然很重要，但仅仅看到这一点，显然没有看到东北（黑、吉、辽）广袤土地上复杂的经验与现实。将地方板结化的后果之一是带来奇观化。刘东提示，在90 年代以来"文化搭台、经济唱戏"的经济理性作用下，文学曾经提供过一次次区域景观，而"省域文学"（地方作协力量）的推动更是加剧了区域经验的景观化。需要警惕的是，这种区域的知识—感觉生产往往内含着一套不平等的分配机制。对"东北文艺复兴"的研究，更应该小心陷入再次将东北景观化、本质化的陷阱。这样我们就需要首先将"新东北文学"进行"去地域化"的处理（将其奇观化剥离），然后进行"再地域化"的处理（发掘其经验的内在歧异性）。另一方面，地方性也是历史中的地方性，是在风云汇聚之中某个历史阶段的突出特点。一旦历史条件不复存在，这种"地方性"有可能解离或发生转移。对地方性的研究，必须追索其政治、经济、文化、宗族、民俗构成的历史脉络。针对这一方面，"社会史视野"下的中国现当代文学研究中，有部分对根据地地方性的细致讨论，就颇有示范意义。① 简言之，在研究的时候，需将"地方"再次拆解成不同的脉络与链条，再对其可能性的条件进行研究，把"地方性"推向"历史性"，以便获得真正的"实感"。

其三，强调地方性，同时要避免过于直接地以"地方经验"的现成理解去决定文艺实践，把文艺实践回收到现成的理解框架内。"社会史视野"是为研究者提供了将文学与地方社会、地方经验关联起来的路径，但是要避免过于快速地将文学经验与地方文化、社会的某些特征做想象性的直接关联，让

---

① 何浩：《"建国"的干部从哪里来？》，贺照田、何浩主编：《社会·历史·文学》，第 28—71 页。

文学成为社会决定论的后果。这并非为了保住文学"可怜"的颜面，而是这样忽略中介环节的研究并不能真切地解释文学，更不能解释社会。在谈"新东北文学"的文章中，存在着以社会史面目的对小说背后下岗背景、罪案原型的近乎"索引式"的研究。一方面，文学与地方性之间存在着中介，这就是形式。另一方面，文学实践源自对地方的"现成"理解，更反哺、赋形新的地方，或揭示着隐匿经验的藏身之处。文学学科和社会学、历史学之间的关系，不是前者附属于后者，在后者规定的大视野、大框架下"螺蛳壳里做道场"，而是凭借自己对社会、人生的观察和看法，使前者与后者的结论相"对峙"。

其四，在处理地方性写作与全球化的关系时，应避免简单的二元对立思考模式。全球化是地方所面对的最重要的"总体"。表面上看，全球化是一种带有一定程度消极性、挑战性的大背景，地方性被视为某种被迫的应对方式。前者代表现代，后者代表传统，前者是西方的、中心的，后者是本土的、边缘的。但我们需要打破这种不证自明的迷思。

地方，可能是全球化的边缘，但同时也可能是全球化的中心，不要忽视地方的生机、活力与能动性。全球化落在地方，可能被地方掏空或改写，产生全球化的二次中心或中心的移置。人们总以为全球化的中心，是纽约、东京这样的国际化大都市，但浙江义乌既是地方性的代表，也是某种意义上的"全球化中心"。义乌作为全球第一小商品市场，它的国际快递量全国第一，宛如一个"国际化轻工业产品生产交易中心"。一方面，它的形成带有浓重的地方传统色彩。我们会看到浙江地区的土地禀赋、儒家和商业文明的互渗、乡村手工业的传统、"鸡毛换糖"的生意传统、20世纪80年代乡镇企业的起落、浙江轻工业整体的优势，等等。它好像是地方被动卷入全球市场的证明。但是另一方面，这个不到200万人口的县城又是全球性的。它聚集了近60个国家的商人，每年来回进行采购的外国人有50万之多，还有数万名外籍常住人口。2001年"中国入世"，"9·11"事件之后地区动荡，巴以冲突、叙利亚动乱，大量阿拉伯商人定居义乌。这里配套设施越来越多，有个废弃工厂改造的清真寺，能容纳 4000 名阿拉伯商人同时做礼拜。社区有工作服务中心、中外居民之家，给外国居民提供免费的汉语培训，引导他们坐公交、买菜、看病。阿拉伯人也会报名参加社区联防活动，一起巡逻。此外，南亚、非洲、中亚五国等地的商人也来到这里。这说明，在地全球化、就地全球化，也是可能的。

不能把"全球化"理解成西方国家单方面向外扩展、一成不变的文化观念和价值体系。以美国、欧洲加上日本为中心的发达资本主义国家及其经济、政治、文化所形成的一套生产——消费的全球体系，固然占据主导地位，但是现在来看，广大的阿拉伯世界、东南亚地区和我们建立的联系，一样是全球化复杂网络的一重。全球化是浪潮，是浪潮就有不同方向的海浪，有潜藏的逆流，就有荡起的一圈圈涟漪。

全球化可能会掏空地方性，同时也会为地方性赋予、叠加新的成分属性，让地方性变得更复杂，更加具有混杂的地方性。地方性固然有地区政治、经济、文化传统，有社会学、历史学、人类学的意涵，但在 15 世纪甚至更早的时候，全球化网络就作用于地方。比如陈继明的《平安批》，就淋漓尽致地表现了潮汕地区与南洋世界千丝万缕的联系，而这一联系内植于潮汕的地方性之中。我们不要固守本质化的地方性，而是要丰富对全球化的认识，以"到世界去"的姿态理解足下的土地与此刻的文学。

本章主体部分共分为四节，试图以移动的视点，在文学和地方社会之间进行往复观测，在文学形式的充分体悟下，借助"形式——主体——地方"的分析路径，一瞥错综复杂、异彩纷呈的地方性。

第一节以"20 世纪 90 年代东北：班宇的声音技术"为题。我们跟随班宇小说集《冬泳》回到 20 世纪 90 年代的中国东北。班宇以锋利、克制、内敛和带社会史意味的笔触，将中青年工人群体在困局中的沉沦与突围、同历史巨兽搏斗时的创痛与尊严立体地呈现了出来。小说家对"声音"的安置和使用是本节的切入口。设置风景层面的音轨强化故事中的"坍塌感"；叙述声音层面的饶舌式沉默与小于人物的叙述者，完成对人物幽暗之心和历史不可测度性的指涉；在整体衰败色调之外，呐喊、队歌和寂静等三种特殊声音，增添一抹理想主义的光泽。在对 90 年代东北历史感的揭示外，我们还试图向未来发问：这样的创作实践，将会对"现实主义"注入怎样的能量？同时，这种文学形式的边界何在，即这种文学形式是怎样与当下历史、意识形态、媒介逻辑、评奖机制、批评话语、读者期待进行互动的？

第二节以"福建地方传统：谢冕的感官性形式追求"为题。我们以诗歌理论家谢冕的散文、诗歌创作为中心，通过与其诗论《北京书简》对读，梳理谢冕创作的感官性特征及其背后的形式理想，并将其放在福建地方性的大语境下进行理解。感官性在谢冕 20 世纪 40—60 年代的创作中就已出现，在 70 年代的"西双版纳/瑞丽"组诗中变得显豁，在 80 年代初诗论的论述逻辑中位于重要的中介位置。是地方社会培养了谢冕重情感、多元开放、强力整合式的情感结构，帮助其安放复杂思想资源与经验，形成一种带有亚热带地域特色的富有感官性的形式追求。

第三节以"浙东地方伦理：张忌的 20 世纪 80 年代市民精神史"为题。与前两节一样，本节同样从小说的形式入手，进入小说背后的地方社会。张忌的《南货店》以 20 世纪 70 年代末的高中毕业生陆秋林为主人公，铺陈刻画了浙东地区 70 年代末至 90 年代初的平民生活与社会历史。这部作品的显豁之处，在于回到物的自然状态。物的叙事包括街景、人物性格、情节推进等方面。借助物的叙事，小说完成了对中国城市和乡村生活基本形态的"人情关系"的书写。在小说的形式侧面，我们还发现了地方的情感结构——浙东地区 20 世纪 70 年代末民众的低调务实、义利并重的伦理倾向。小说最隐微的形式特征还在于进入 80 年代后的叙事加速和衰败感。这里对 80 年代的感知，既不同于"改革文学"中慷慨、激昂、带有明确历史目的论的乐观与激情，又明显缺少知识分子回忆当中的文化关怀与理想主义。本节最后从地方社会转向对历史真实进行讨论，借助这部小说提供的来自"社会"的视角，我们看到"改革"与"文化热"并非 80 年代的全部，还有来自社会层面的种种震荡：地方商业伦理、稳定家庭观念和革命时代另一种理想主义的涣散。

小说为我们重新理解 80 年代历史,提供了一种来自地方市民视角的启示。这也是来自文学的对现有历史叙述的有力质问。

第四节以"'新东北文学'的形式与观念:班宇的'文学性'回旋"为题。本节的目光从地方性的中介回转到文学观念本身。借助对班宇小说集《缓步》的形式分析,展开对"新东北文学"形式与观念的探讨。溢出叙事的意象堆叠、不可靠叙述者的塑造、作者权力的自省、元小说装置的设定——对"文学性"的开掘,成为《缓步》这部小说集不断回旋的主题。这种形式更遥遥指向历史的真相,充当了历史的"道成肉身"。作家的形式追求还受到文学场的观念感觉牵制。这种"文学性"在经由作家的想象力充分赋予形式的同时,又受到 20 世纪 80 年代后期以来对现代主义的先验观念的回收,呈现出敞开的同时又收拢与关闭的状态。在对写作策略进行历史的同情的前提下,我们需要指出,不仅要发现"东北性"内部的歧异,对这种"文学性"也需要拉开一定距离去审视,以便打开更广阔的观念空间。

"地方"概念的潜力仍在释放当中。把地方性重新有机化、历史化、动态化、相对化,才能把"地方"真正打开,不再将它回收入陈规俗套,以深入的地方路径激活中国对文学、文学性的理解,获得新世纪中国青年创作者的共鸣;同时,无数地方路径的汇聚,将会极大程度地丰富和引导我们对"中国"的理解与认识,焕发中国故事的多重生机。

# 第一节　20 世纪 90 年代东北:班宇的声音技术

讨论"地方性"问题,先从"新东北文学"谈起。可以说,没有"新东北文学"在市场上获得的成功,就没有文学界和期刊编辑的跟进,自然也很难诞生后来的地方性写作概念。双雪涛、班宇、郑执等出身沈阳铁西区的作家,唤醒了公众对 20 世纪 90 年代末东北经济转轨期历史的记忆。在他们的努力之下,当代文学产生令人瞩目的变动。

班宇的《冬泳》以七篇短篇小说,精彩传写极寒冷的北方社会里那些

"孤绝的灵魂"生而为人的尊严，为这个世界传达他们的"体温"。① 昔日的铁西区被称为"东方鲁尔"，不到 40 平方公里的区域，曾经聚集近千家工厂、40 万产业工人，汇集了新中国工业体系的精英力量。从 20 世纪 90 年代中后期开始，以沈阳为代表的老工业基地开始涌现大规模的下岗潮。计划经济的脐带断裂对尚未准备好入市的老工业区产生毁灭式打击，接替父辈工作的中青年工人，面临年龄尴尬、技能不足、缺乏文化、精神落差等困境，被逼迫到生活的角落。《冬泳》紧紧围绕 20 世纪 90 年代的铁西区，以锋利、克制、内敛和带社会史意味的笔触，将中青年工人群体在困局中的沉沦与突围、同历史巨兽搏斗时的创痛与尊严立体呈现了出来。

论者一般先从破产工人形象、群体精神危机和社会史背景方面进行梳理，但我们的切入点，是班宇小说的声音叙事。一方面，班宇对铁西区工人的书写方式，不能简单等同 20 世纪 90 年代以降的"底层文学"，"写什么"之外，还需要留意"怎么写"的问题。另一方面，作家经历的特殊性②和第十七届华语文学传媒大奖的授奖词③，都让我们对"声音"在其小说中的构成性位置产生兴趣。我们先暂不框定小说题材"铁西区"天然携带的社会性想象，绕一个必要的文学形式的弯路：声音作为写作资源和写作手法，如何构成了班宇小说创作的特殊面貌？采用这样的声音技术，对描述铁西区、描述下岗浪潮中的工人群体具有怎样的特殊意义？声音叙事，多大程度协助了一种新现实主义美学原则的建构？

## 一、坍塌感：小说的音轨

对于一般人来说，小说是用来"看"的。人类文明是一个视觉主导的文

---

① 参见《冬泳》入围第二届"宝珀理想国文学奖"决选时的评审意见。

② 班宇在作家之外的身份有：为《爱摇》《通俗歌曲》《新视线》等刊物撰写乐评的乐评人；翻译过格雷厄姆·格林《安静的美国人》、科普书籍《历史与社会——自然灾害》的跨界译者。

③ "细节生猛，语言迅疾，在地方性的声口里，反讽仿佛幽默的变种，亮光潜藏成痛苦的底色，在生活巨大的轰鸣声中小心翼翼表达的悲悯，是一种存在的寂静。"——这一授奖词中"语言迅疾""地方性的声口"和"存在的寂静"，都与"声音"有关。

明,尤其到了当下,从过去的书籍到图片、网站、小视频、移动互联网,"视觉"对其他感官的挤压大大增强。但是,各种感官必须达到平衡,"耳朵可能比眼睛提供更具包容性的对世界的认识,但感知的却是同一个现实。具有不同感觉的优越性在于,它们可以相互帮助"①。从17世纪的约翰·洛克开始,我们就知道观念建立在经验的基础上。我们对外获取经验的外感官,不仅包括视觉,还包括听觉、嗅觉、味觉和触觉。对外部世界的感受而言,听觉重要性仅次于视觉;对再现外部世界的感受而言,小说中的声音设置不可忽视。小说通过召唤声音、设置声音、屏蔽声音,从而在读者心灵中再现出人工修筑的第二现实。那么,对小说的分析,不应仅仅围绕视觉性及其衍生概念(例如"视角""形象""观念""再现")去进行,而应将小说的声音考量进去,在心灵中唤起对世界的整全感受和体会。

班宇的小说集《冬泳》不仅可以看,更应该用来"听"。作家通过使用文字再现、描摹声音,为脑文本配上"音轨",使得笔下的风景同步成为立体的"音景",大大强化了20世纪90年代后期铁西区故事中的"坍塌感"。

这里的"坍塌感"是一系列感觉的集成:现实生活的衰败、命运的不确定、身份的落差、人际关系的瓦解。

寥落的巨响在开阔空间回荡,是"衰败"的空间化表征。《梯形夕阳》讲述沈阳变压器厂销售科科员"我"在周科长指派下去电厂要账,借助电厂财务李薇的好感得到账款,却被上级卷款潜逃的故事。小说起点是厂子转型艰难,下岗工人聚众抗议。"砰砰几声,炮打青天,黄白色的纸钱在半空中开花,又纷纷扬扬地落下,迎着雾气与昏光,像一场幽沉宁静的雨。"② 鞭炮的巨响,预示着工厂的衰亡。

震撼性的巨响,有时候也处理为历史转折的隐喻。《空中道路》嵌入变压

---

① [加]梅尔巴·卡迪-基恩:《现代主义音景与智性的聆听:听觉感知的叙事研究》,[美]詹姆斯·费伦、彼得·J. 拉比诺维茨著:《当代叙事理论指南》,申丹、马海良、宁一中等译,北京:北京大学出版社,2007年,第456页。

② 班宇:《梯形夕阳》,《冬泳》,上海:上海文艺出版社,2023年,第140页。

器厂线圈组工人班立新和吊车组工人李承杰共同疗养的回忆。这段疗养经历被隐晦地表述为工人最后的荣光，尽管这一荣光堪称窘迫。班立新私自带了家属子女，深恐遭到查房，但最终还是与开吊车的技术能手李承杰登上缆车，享受登山的乐趣。缆车上山时遭遇令人震怖的雷雨，"班立新只注意着那片乌云，柔韧而漫散，……他想，闪电会不会也在其中，然后他就看见了闪电，天上的一道光，在他眼前聚集、分解、消逝，伴随着巨响，他闭上眼睛，但闪电的模样仍停留在那里，长久不散。雷声过后，缆车便静置在半空中，接受风雨的侵袭，不再前进"①。向上爬升的感觉戛然而止，一声巨响后命运悬而未决。此后是冰雹的声音，"猝不及防地砸在缆车的窗户和车顶，声音密集而巨大，噼里啪啦，像是经历一场猛烈的扫射，他们觉得车厢四处皆有裂痕"。半空的雷声与冰雹声，寓意着工人命运的悬而未决的不确定性，以及今后道路的风雨飘摇。

短篇小说《工人村》由"古董""鸳鸯""云泥""超度""破五"几个章节展开对下岗工人的生存境况的描述。工人村始建于 20 世纪 50 年代，当时的建设目标是建为"全国示范性单位"，158 栋典型的苏式三层居民楼，在全国引领了"楼上楼下、电灯电话"的潮流，"只几年间，马车道变成人行横道，菜窖变成苏式三层小楼，倒骑驴变成了有轨电车，一派欣欣向荣之景"。随着东北工业破产，工人村也变成了"古董"，居民们沦为天然的钉子户：出售假古董的店主、色情足疗店老板、离婚的出租车司机、做法师诓钱的假道士、伤人劳教的原烧烤摊主。

> 收音机在响，电磁波信号在空气里震荡，解调出来的声音巨大而沙哑，噬噬啦啦，仿佛要将扬声器撕裂出一道口子。电台主持人的声调夸张，跌宕起伏，不竖着耳朵仔细听的话，便很难分辨出他到底是在播新闻还是说评书，彭伟国和陈家洛可以在这里相遇。……他将衣服扔在椅子的靠背上，之后拽了一下被汗水和油烟浸渍得泛黑发硬的灯绳，将整

---

① 班宇：《空中道路》，《冬泳》，第 127 页。

间屋子点亮，镇流器发出嗡嗡的声响，像成群秋虫的鸣叫，自在而嘈杂，挥之不去。①

电磁波杂音透露出古董店老板老孙生活境况的窘迫，与之形成反差的是电台主持夸张激昂的话语。死气沉沉、毫无希望的现实与慷慨激昂的口号之间产生反讽的张力。在电波杂音中，昔日的工人渐渐接收不到时代发送的讯号了。

哗哗作响的卷帘门声响，暗示主人公的无力感。1999 年，吕秀芬和刘建国分别下岗。吕秀芬父母病逝，女儿跟人私奔南下。丈夫刘建国摆饺子摊、直销都不见起色，无奈在做警察的姐夫的暗示下经营色情足疗店。"她不会抽烟，此刻却很想抽一支，风吹过来的时候，她拉下了卷帘门，哗啦啦啦，本该在午夜时出现的声音却提前降临，'足'字霓虹灯还在她身边不断地闪着，映亮她的半边身体。"② 遭到姐夫赵大明勒索后，经营非法足疗店的两口子陷入窘境。这一扇卷帘门仿佛是他们最后脆弱的防线。

突然的寂静，一般用于营造悲伤或压抑的氛围。《工人村·鸳鸯》结尾，吕秀芬蒙住绣着鸳鸯的枕巾，无声哭泣。"吕秀芬逐渐平静下来，无声无息。时间滞在半空，光却更低更沉了，枕巾上的那对儿鸳鸯被一点一点漫过来的黑暗浸透，变得湿润而浑浊，仿佛要扎进无尽无涯的水里"③，绝望感，就从无声之中诞生。让人不由得想到《盘锦豹子》中孙旭庭父亲葬礼与结尾处债主上门后刻意营造的死寂氛围，小说家以突然的寂静来还原生活苍白、破败的面目。

寂静无声，也用来制造某种不安，暗示灾难在降临。《工人村·云泥》写道："通过前挡风看天上的云，十分写意，缓慢而柔韧地横向移动，进退，显隐，落下细微的痕迹，转瞬又被磅礴的后来者所吞噬，覆盖。"④ 这云层无声

---

① 班宇：《工人村·古董》，《冬泳》，第 171—174 页。
② 班宇：《工人村·鸳鸯》，《冬泳》，第 200 页。
③ 班宇：《工人村·鸳鸯》，《冬泳》，第 202—203 页。
④ 班宇：《工人村·云泥》，《冬泳》，第 204 页。

的变化，说的是世事无常，而刻意制造的寂静，则在突出时局变幻、历史前进与吞噬个体时的残酷无情。这一段与《空中道路》的缆车雷雨异曲同工。

对音景的构造，可以说处于班宇小说核心的位置。每一篇小说之中，班宇都会刻意设置至少一处声音景观。让人印象深刻的还有：《梯形夕阳》中的知识竞赛的声音描写，体现国家话语与现实的脱节；《肃杀》中老电车焚烧时令人震怖的惨叫，是对工人光辉记忆的凄厉告别；《枪墓》则用“枪声”作为枢纽，用于召唤历史创伤的幽灵。“我睡到半夜总会醒来，恍惚间听到仪表厂里有枪响，而且不止一声，还有人在喊，在奔跑，像是在打仗，场面混乱，而某一瞬间，又全部安静下来，这些声音令我十分恐惧，难以入眠。”① 这些声音共同服务于营造一种坍塌感——20 世纪 90 年代末历史转型造成的精神动荡。



## 二、幽暗之心：饶舌式沉默与小于人物的叙述者

观之声音技术，不仅应该关注物理性的环境音响，也应该重视小说形式本身特有的“声音”——叙事声音、人物话语、心理描写等。班宇小说中的声音技术，容易被人辨识的，是小说中弥漫的东北话，以及寂静无声的心理世界。

一般读者，能直接从人物话语中辨认出作家的地域特征。② 班宇把东北方言口语自如地运用于小说中，例如：

> 我问他怎么称呼，他说，都叫我东哥。我说，东哥，脸是咋整的，挺鸡巴酷啊。东哥没回话，看我一眼，目光不太友好。我缓了一会儿，继续问他，东哥，在哪边住呢。他告诉我一个地址，我想了想，说那边有个铁道，对不对，两侧都是矮树，去过好几次，还总能遇见个精神病，

---

① 班宇：《枪墓》，《冬泳》，第 263 页。

② 例如《人民日报》2019 年 10 月 24 日文章《曾经的东北作家群，如今的“铁西三剑客”——他们，在同一文学时空相逢》谈到双雪涛、班宇和郑执的共性时，就概括道：“大量的东北日常口语、俚语、谚语，还有方言特有的修辞方式和修辞习惯，都被他们融入了叙事和对话。”

戴大檐帽，拎个棍子，装他妈警察。东哥说，对，你挺熟悉啊……①

小说的叙述话语更趋近于俭省、明晰，让人联想起海明威的作品。大多时候，意象化和象征化的表达，成为更为便捷的策略——例如《梯形夕阳》就以变形、坍塌的工业建筑，象征了一个时代和价值观的离去。为了俭省，作家还会去掉引号和对人物说话时表情、动作的戏剧化描摹（相反的情况较为罕见，主要集中于《工人村·超度》和《工人村·破五》）。这样处理的后果则是小说人物的话语得到了更多直接展现的空间。我们看到大量无拘无束、满溢于纸面上的"东北人"的狂欢化表达。相比于可以俭省的叙述话语，人物的言语幽默变得更加突出。

> 主要得有高手，从咱们这儿出发，上四环，夜走高速路，脚踩油门使劲儿搂，到辽西内蒙古一带，贴着小道下，村里走土路，挑老实的村民带着上山，睡几宿帐篷，为的是啥，夜观天象呗，在大山和星星里选位置，各种高科技仪器，啪啪全是红外线，嘿哟嘿嘿嘿哟嘿，哪怕山高水也深，看星星也得看山势，高手选好后，大手一指，就这儿了，旁人直接上雷管炸，像放二踢脚似的，开山，硬往里怼，没别的办法，轰轰烈烈把握青春年华。②

言语幽默来源于过量、夸张和杂糅的语言。盗墓小说与流行音乐，两种声音混杂在其中，形成多声喧哗的狂欢效果。类似的多声喧哗还有《工人村·超度》。小说描写下岗改行当道士的董四凤、李德龙夫妇为老孙家请神做法事的经过。李德龙做法事之前所念诵的经文掺杂不清，穿插了许多荒诞不经的表达：

> 日落西山黑了天，家家户户把门关；
>
> 喜鹊老鸦上大树，家雀燕虎子奔房檐；
>
> 大路断了星河亮，小路断了走道儿难；

---

① 班宇：《冬泳》，《冬泳》，第 93 页。
② 班宇：《工人村·古董》，《冬泳》，第 183 页。

十家倒有九户锁，还剩一家门没关；

烧香打鼓我请神仙，哎嗨哎呀哎……

…………

芝麻开花节节高，谷子开花压弯腰；

茄子开花头朝下，苞米开花一嘟噜毛；

小姑娘开花嗷嗷叫，小伙子开花秃噜三秒；

老娘们开花腿抬得高，老爷们开花得靠伟哥闹；

拉拉扯扯老半天，我看老仙儿，好像要来到？

…………

老仙家呀，已是十点一十八；

你要来了我知道，不要吵来不要闹；

楼上的娃都睡着了吧，隔壁的两口儿又胡一把；

老仙家呀，你听我一句劝；

过去的恩恩和怨怨，前尘往事如云烟；

有些故事还没讲完，那就拉倒吧；

那些心情在岁月中，它难辨真和假；

现在社会荒草丛生，上哪儿找鲜花；

好在你曾拥有他们的，春秋和冬夏；

…………①

　　"现在社会荒草丛生，上哪找鲜花；好在你曾拥有他们的，春秋和冬夏"，这里道士李德龙表面上是在宽慰老孙亡母的幽灵，实际上何尝不是哀悼自己的命运？在这里，言语幽默承担了对分享悲情记忆的人物和读者的创伤抚平工作。对于亚里士多德而言，喜剧和悲剧同样是治疗性的，具有某种卡塔西斯功效，将剧烈冲动导向笑声；而19世纪以降则产生了将幽默解释为能量释放的缓释理论，这一定程度上与维多利亚时代的生理心理学、进化心理学相

---

　　① 班宇：《工人村·超度》，《冬泳》，第220—221页。

关。喜剧的悲歌，将剧烈的痛苦化为笑声，承担对集体一代人的悼亡作用——"那就拉倒吧"，"好在你曾拥有他们的，春秋和冬夏"。

但这种杂糅式言语幽默的文学效果，并不止步于此。我们用"乖讹论"（Incongruity Theory）① 来进一步解释。为什么这种杂糅、狂欢化的语言本身就是好笑的？根据叔本华的见解："笑的产生每次都是由于突然发觉这客体和概念两者不相吻合。除此而外，笑再无其他根源；笑自身就正是这不相吻合的表现。"② 这种不和谐、不吻合的错位感，既可能来源于感知与期待（康德），也可以来自客体与概念（叔本华），还可能产生于具体文学语境——人物话语与现实处境之间的不和谐。语言解释不了现实，语言越发达，距离现实越远。欢乐的话语与惨烈的现实发生巨大的摩擦，形成空洞的笑声。

这种言语幽默，除了对创伤进行抚慰，还有怎样的作用？荒腔走板的胡扯，是东北人能"忽悠"的体现；但这些"忽悠"，本质是话语同现实产生巨大矛盾并自我爆裂，最终化为的空洞笑声。这恰是黑格尔式的喜剧概念："喜剧只限于使本来不值什么的、虚伪的、自相矛盾的现象归于自毁灭，例如……把一条像是可靠而实在不可靠的原则，或是一句貌似精确而实空洞的格言显现为空洞无聊，那才是喜剧的。"③ 饶舌的东北下岗工人，对现实命运缺乏理解，过量的语言从现实旁边毫无关联地错身而过，而他们的苦痛恰恰是无法用这样的言语去表达的。

狂欢化的过量话语，暴露出表征自我的困境。张慧瑜提到：下岗工人群体在 20 世纪 50—70 年代是"工人阶级老大哥"，改革开放以来则是"弱势群体"。"说"出来的故事依然是"社会阵痛/代价""分享艰难"和"从头再来"，或者说主流叙述只能讲述如何救助、关心弱势群体。关于"工人阶级"

① 乖讹论起源于哈奇森的《笑的反思》，康德、叔本华、克尔凯郭尔将这一理论发扬光大。

② ［德］叔本华：《作为意志和表象的世界》，石冲白译，北京：商务印书馆，1982年，第100页。

③ ［德］黑格尔：《美学》（第一卷），朱光潜译，北京：商务印书馆，1996年，第84页。

的负面想象与 20 世纪 80 年代对单位制、大锅饭、消极怠工以及臃肿、低效率的"计划经济体制"的书写相关，以至于工人下岗要么被书写为"主动"离开体制下海（创业再成功），要么被书写为因个人原因造成"落伍"（如没有文化和技术，跟不上时代发展）。[①] 显然社会流行的话语，都无法真正触及现实创伤的核心，从而暴露出其无意义的喜剧性。

那么，这些"饶舌/沉默的大多数"，究竟在想什么？

人物心里的声音，却是缺席的。相比于人物语言的过度发达，小说中塑造的人心藏在幽暗的角落。每一部小说中，作家都在构造一个个"谜"，由于人心难测，这些谜往往到小说结尾处才能解开。

从技术上看，人心的不可测度，与叙事者的介入程度相关。放逐心理描写，就限制了叙事者介入的深度。当然，叙事者的介入程度、透露信息的多少，并不天然与叙事视角正相关。通常，当叙事者采取故事内主人公的视角（即人物的"内视角"），已经限制了知觉的范围。但班宇的人物内视角，又与一般情况有很大区别。在他的小说中，即使叙事者与主人公同一，但叙事者所知道的信息，往往远小于主人公所知的信息。叙事者无法进入主人公的内心。或者说，作家审慎地、有意地把主人公的心理空间藏在一片黑暗中。

短篇《冬泳》的叙事者与主人公"我"同一，然而叙事者始终没有透露"我"的想法、过去、动机、行动计划。"我"在母亲的要求下，在咖啡馆与隋菲相亲、产生好感。随着两人见面，小说刻意安排一段"我"的内心独白。其中仅仅透露了"我"的身高相貌和相亲历史。更深邃的精神世界，全部藏在暗中。小说聪明地迅速转回"我"投向隋菲的目光和随之可见的隋菲外貌，并顺理成章地回到两人你一言我一语的对话。通过对话得知"我"是新华电器厂工人，三班倒，厂子看似不断转型，其实风雨飘摇。两人关系因为探望隋菲闺女的事情而深入，第一次过夜后"我"才提出自己有一套回迁房，准备与隋菲长久生活。关于主人公的境况、心理波动、行为动机，叙事者像挤

---

① 张慧瑜：《打开锈住的记忆：影视文化与历史想象》，桂林：广西师范大学出版社，2014 年，第 46 页。

牙膏一样，非常吝啬地一点点挤出。在见到隋菲前夫——社会混子东哥以后，隋菲提起"卫工明渠"一案，"我"依然将隐晦的过往藏得滴水不漏。最终矛盾积蓄充足，东哥上门勒索，叙事反转，"我"暴起反击，用板砖将一再勒索的东哥残忍拍倒，次日平静地带着隋菲和女儿到卫工明渠祭奠隋菲亡父。小说终局才揭示，"我"居然与卫工明渠的失足少年及隋菲父亲的死密切相关，并以纵身一跃的方式将一身罪孽洗涤干净。读者绝对不会想到，这个矮小、平常甚至懦弱的男人，把这样幽暗的内心藏在了水下。

类似的还有《枪墓》。表面看，"我"只是曾经担任过动漫公司编剧的窘迫文人。"我"通过与网友刘柳的对话与交往，不仅牵扯起当编剧时住在姚千地区的往事，还谈起了"我"正在写的小说大纲——单位医院职工、押面馆老板孙少军经历下岗、创业、破产、妻子刑拘，最终铤而走险与被捕枪毙的故事。"我"与孙少军之子孙程的关系渐渐浮出水面。套娃式的双层叙事接轨得严丝合缝：命运冥冥中指引着"我"（孙程），发现父亲（孙少军）藏在骨灰盒中的枪支，并在动漫公司的编剧集体宿舍认出当年的仇人，踏上了复仇之路。读者同样不会想到，这个靠洗稿为生的惨白青年，背负如此沉重的过往与复杂纠结的内心。

孙旭庭（《盘锦豹子》）、肖树斌和"我爸"（《肃杀》）、李承杰（《空中道路》）、孙少军（《枪墓》）……这些劳动能手，在经历历史浪潮冲刷之际，他们的灵魂千疮百孔，不断沉沦。小说家选择不直击人物内心、把心理空间挖掘成为黑洞，一方面是审慎，另一方面又是大胆的进击。孙少军沦落为劫匪、肖树斌堕落到骗取好友摩托，他们的内心世界我们无从得知；孙旭庭、李承杰的内心，永远被遮挡在他人的叙述之外。

声音技术的背后是对历史的追责。人物心理的消音处理，可以草蛇灰线地追溯到 20 世纪 90 年代末的下岗大潮。工人下岗/失业是 90 年代最为严重的社会问题。"随社会经济制度转型所导致的权力、收入、地位跌落，工人的社会态度也发生了变化。具体表现为：地位失落感、社会不公平感、被剥夺感强烈，马克思曾经描述过的异化感增强，对社会、对政府、对官员的不满增加。"① "信任危机"是这一转型期的产物。个体与单位之间稳固的契约关系瓦解，个体与个体之间的信任关系也随之解体。经济困难、羞于联系，个体与个体之间收缩社会关系网络。共同的生产生活环境解体，以逛街、遛弯、买卖等方式在公共场所重新缔结社会关系。新的社会关系维系期短、背景不了解、无法支付关系维持成本等原因使得下岗工人主动放弃紧密社会联系的建立，人和人逐渐成为分裂的孤岛。同一个单位的职工之间渐渐减少来往，人与人之间因为对对方背景不了解和种种担忧而疏离，每个人重新在社会上寻找有限的位置，而其间所经历的一切都被隐藏到暗处。人性是历史牵引下的木偶。班宇相比于一般信仰人心幽暗的通俗/文艺小说作家，其特别之处，就在于为人心难测找到了特定坐标：它是 20 世纪 90 年代末经济转型期最深邃的历史后果。

## 三、理想主义：呐喊、队歌与寂静

小说集《冬泳》中的结局通常并不美好。历史撕裂出的恐怖现实，一直没有得到弥合。作家并不轻易提供任何对现实的美好幻想（fantasy）。"'幻想'是这样一个实用的窗口：通过一些个人性/社会性的想象，将那永远存在着千疮百孔之腐烂性创口的'现实'（因为永不会有一个最终极的、代表'历史终结'的美好秩序），转化为一个连贯的、和谐的、美好的秩序之图景。换言之，人们通过那掩盖各种来自真实（the real）的恐怖性的黑暗缺口，……而取得融入'现实'的途径。"②

但是，整体阴郁的氛围中，不时逸出一些理想主义的光线。作家始终都在人物挣扎时给予一定理想主义的声量，使之焕发出主体的尊严。

---

① 陆学艺主编：《当代中国社会阶层研究报告》，北京：社会科学文献出版社，2002年，第 157 页。

② 吴冠军：《日常现实的变态核心：后"9·11"时代的意识形态批判》，北京：新星出版社，2006年，第 190 页。

《盘锦豹子》说的是传统意义上的生产能手孙旭庭遭遇命运打击的故事。淳朴能干的新华印刷厂工人孙旭庭，并未如"改革文学"中所想象的，通过修复印刷机、盗版印刷而拯救工厂、改变命运。他先后遭遇离婚、工伤、被拘留、下岗，在经营彩票站时还经历前妻的债主上门催债。

孙旭庭有两大低谷时刻。一次是刚离婚时父亲去世。葬礼的关键，在于"摔盆子"，必须摔得干脆、响亮。由于悲痛和匆忙，外号"豹子"的孙旭庭随手捡了一个咸菜罐代替，结果第一下没摔碎。"后面等待的人群里忽然爆发出几声浑朴而雄厚的外地口音叫喊，豹子，豹子，碎了它，豹子。开始是零星的几声，像是在开玩笑，但其中也不乏热忱与真诚，然后是更多的声音，此起彼伏地嚎着为他鼓劲儿，豹子，能耐呢，操，豹子，使劲砸，豹子，豹子。到了最后，连我爸也跟着喊，豹子，盘锦豹子，他妈的给我砸。"① 于是孙旭庭抖擞精神——

> 凉风吹过，那只行动不便的残臂仿佛也已重新长成，甚至比以前要更加结实、健硕，他使出毕生的力气，在突然出现的静谧里，用力向下掷去，……震耳欲聋的巨响过后，咸菜罐子被砸得粉碎，砂石瓦砾崩裂飞散，半条街的尘土仿佛都扬了起来，……光在每个人的脸上栖息、繁衍，人们如同刚刚经受过洗礼，表情庄重而深沉，不再喊叫，而是各自怀着怜悯与慨叹，沉默地散去。②

这里群情鼓噪的呐喊声，盘锦豹子掷碎罐子的爆裂声，以及巨响后街道庄重的寂静都让人感到了振奋和豁然开朗。仿佛随着后来这一声巨响，告别了命运的悲剧，有了重新振作的希望。

故事进展到结局，是又一次人生低谷。当年离家出走的妻子欠下赌债，把孙旭庭的房子典当，追债的人上门收房，孙旭庭"咣当一把推开家门，挺着胸膛踏步奔出，整个楼板为之一震，他趿拉着拖鞋，表情凶狠，裸着上身，胳膊和后背上都是黑棕色的火罐印子，湿气与积寒从中彻夜散去，那是小徐

---

①② 班宇：《盘锦豹子》，《冬泳》，第32页。

师傅的杰作，在逆光里，那些火罐印子恰如花豹的斑纹，生动、鲜亮并且精纯，孙旭东看见自己的父亲手拎着一把生锈的菜刀，大喝一声，进来看啊，我操你妈，然后极为矫健地腾空跃起，从裂开的风里再次出世……"①。第二次遭遇危机时，孙旭庭退无可退，从生命的深处爆发一声呐喊，化身为盘锦豹子，保卫家庭与最后的尊严。

《肃杀》中，叙事者的父亲——一名变压器厂下岗职工——买了二手摩托用来拉脚，巧合下结识了家住药厂宿舍的下岗厨师肖树斌。对于下岗的父亲来说，支持儿子踢球仿佛成了寄托，周末看球也成为寥落人生唯一的亮色。下岗职工有单独的看台和优惠政策。肖树斌下岗后短暂在足球队当厨师，后被开除，再也没能振作，最终沦落到骗取好友用于养家糊口的摩托车，使叙事者的父亲只得转到水暖公司艰难就业。"球迷"群体的认同，是这些离散的灵魂团结彼此的方式。其中"沈阳海狮队队歌"的设置，则给人物精神上的支撑。"我"与父亲最后放弃寻找肖树斌，在看了一场沈阳海狮队的比赛后，回程中反而偶遇潦倒的肖树斌。肖树斌看见载满球迷的无轨电车驶过来时，疯狂地挥舞起手中的旗帜。车上的球迷看见旗帜，忽然逐渐形成了集体，"有人开始轻声哼唱队歌，开始是一个声音，后来又有人怪叫着附和，最终变成一场小规模的合唱，如同一场虔诚的祷告：我们的海狮劈波斩浪，我们的海狮奔向前方，所有的沈阳人都是兄弟姐妹，肩并肩手拉手站在你的身旁"②。嘹亮悲怆的队歌，将离散的灵魂重新凝聚、唤醒并赋予生命，给予他们向前眺望的微茫的理想。

《工人村·超度》以夜晚静谧的环境，给予人物美好的心境与短暂的休憩。故事结尾，两位下岗职工李德龙和董四凤为假古董贩子老孙做完法事，有惊无险，饭碗保全，骑车驶在回家的路上。"摩托车发动机的声音干脆而清晰，李德龙骑得很慢，不怎么拧油门，只在路上平稳滑行。他想象着，想着自己是在开一艘船，海风，灯塔，浪花，礁石，在黑暗的前方，正等待着他

---

① 班宇：《盘锦豹子》，《冬泳》，第 45 页。
② 班宇：《肃杀》，《冬泳》，第 69 页。

逐个穿越，唯有彼岸才是搁浅之地。"① 令人踏实的摩托车声音笃笃响起，让人感觉生活仍然有轨可循，未来的风浪也都可以逐一克服。以寂静为背景，配合摩托车声的标志音，小说家以有限的理想主义为人物提供了渡向彼岸的希望。

小说家的底线在于，对自己的理想主义保持有意的克制。比如，类似《盘锦豹子》的呐喊，也出现在《工人村·破五》之中，但是增添了反讽意味，从内在限制了这种理想主义抚慰的落实效果。

《工人村·破五》是"工人村"系列的最后一篇，它是整个序列的结尾。克默德以《圣经》的启示录为例强调叙事作品结尾的重要意义。② 齐泽克则特别指出，意义总是回溯性建构的，意义总在事后产生，随着结尾的到来，漂浮的能指才最终固定下来。③ 既然"结尾"才能确定最终的意义，那么这篇小说的结尾，则对整个"工人村"系列格外举足轻重，它将确定整个工人群体的命运图景。小说标题似乎也蕴含了对否极泰来的愿望。农历正月初五俗称"破五"。这一天，传统年俗中有"赶五穷"（智穷、学穷、文穷、命穷、交穷）的风俗。主人公"我"36岁遭遇下岗、离婚，买断费在下岗半年后坐吃山空。老同学战伟，从小顽劣，后来摆烧烤摊，因伤人劳教，母亲去世，出狱后无业在家。战伟刚拿到母亲的丧葬费，与"我"相约通天网苑的地下赌场，指望辞旧迎新、触底反弹。结果在赌场，遇到小学阶段一路领先的成功人士李林。牌桌上，最后变成战伟和同学李林的对决，仿佛两种人生路径、性格、处世哲学的交锋。最终，小说暧昧地赋予了战伟赌博胜利的结局。以李林的智商和情商，似乎不欲赶尽杀绝。战伟茫然无知或假作不知，因为他实在太需要这场胜利。

战伟双手高举，裤裆紧绷，仰面长叹："妈！啊——妈你看见了么！

① 班宇：《工人村·超度》，《冬泳》，第230—231页。

② ［英］弗兰克·克默德：《结尾的意义》，刘建华译，沈阳：辽宁教育出版社，2000年，第3—7页。

③ ［斯洛文尼亚］斯拉沃热·齐泽克：《视差之见》，第131页。

妈！大伟我也有今天！我把学习最好的李林给赢了！妈！我没辜负你啊——没辜负你！啊——"

他反反复复地说这几句，之后便继续雷鸣般的号啕，但只闻声音不见有泪，哭声听起来惨痛、虚假，并且令人恐惧。我甚至能感受到来自他胸腔里的强烈震颤，嗡嗡不已，像一台即将报废的机器，遍布锈屑，松散、变形而失衡。①

这扬眉吐气的声声呐喊，在"我"听来却惨痛、虚假、令人恐惧。赢一次李林，不管原因如何，给予了绝境中的灵魂微薄的满足、奢望与尊严。小说家刻意增加了反讽维度，在结局中放进了诸多偶然性，掏空了这种胜利的真实感，从而让小说结尾的理想主义色彩不流于过度、廉价与虚假。

## 四、有待展开的思考："声音"策略的背后

小说集《冬泳》以文学形式呼应历史，用整套独特的声音技术制造坍塌感，勾勒出幽暗的人心，为人物注入理想主义的光辉，呈现了 20 世纪 90 年代末经济转型对东北铁西区人们的深刻影响——这些影响既辐射在生活表层，又渗透进人心深处。

与其以"底层"这样具有煽动性的口号切入班宇的小说，我们宁愿优先采取技术主义的进路。必须看到，班宇展示了极高的才华。这里的才华，既包括一种现代主义脉络下的写作技术（从叙事、人物到声音的使用），同时还包括他对笔下世界/当下社会的难得的分寸感/掌控感。

南帆在讨论文学形式与历史的时候强调："文学形式竭力呼应历史的特征——文学形式体系或急或缓的演变常常由历史负责解释。当然，这种呼应不是单纯的模仿而必须由意识形态转换，这显示了文学形式的演变可能波及的面积以及众多因素。"② 这个说法给我们的启发有两个方面：一方面，班宇

① 班宇：《工人村·破五》，《冬泳》，第 252 页。
② 南帆：《历史与语言：文学形式的四个层面》，《关系与结构》，长春：吉林出版集团，2009 年，第 181 页。

刻意使用的一整套文学形式（音景、心理空缺、理想主义抚慰），意在呼应20世纪90年代历史状况的特征；另一方面，我们仍需讨论，这种文学形式的边界何在？这种文学形式是怎样与当下历史、意识形态、媒介逻辑、评奖机制、批评话语、读者期待进行互动的？为什么在新世纪初叶，我们会容易被班宇笔下的文学世界打动？这种文学形式在新世纪当下历史之间，受到怎样的意识形态的调和？

的确，读完《冬泳》以后，读者会发现所有篇目难得的工整、平滑，甚至如某些批评家争论的那样，"过分整齐和相似"①。那么，这或许是个症候。他所熟练掌握的文学形式多大程度符合/满足了（哪些）读者的（什么）期待？对铁西区的展现，如何才能不落入浪漫化或者奇观化的窠臼？这样的文学形式，多大程度修改/挪用了我们对底层文学的定见？这样的创作实践，将会给现实主义注入怎样的能量？

在本章最后一节，我们还将回到班宇的小说上。继《冬泳》之后，班宇在小说集《缓步》中更集中地呈现了他对某一种"文学性"的反复打磨与追求。这样的形式背后，一方面蕴含了作者对批评话语和供应链诗学的双重抵抗欲望，另一方面这种形式本身又应该被反省和相对化。我们也会借班宇的个案，对"新东北文学"的形式和观念、地方性写作的局限和风险等问题再进行一番总体检讨。

## 第二节　福建地方传统：谢冕的感官性形式追求

在本节，我们将把视野从北方转到南方，从青年小说家班宇转向耄耋之年的诗论家谢冕，探讨地方社会对于其诗歌、散文形式追求的构成性意义。

人类学家克洛德·列维-斯特劳斯在其《忧郁的热带》中对日落场景进行了长达5页的描写。关于为何要在人类学巨著中放入这样的文学描写，列维-

---

① 张定浩、黄平：《"向内"的写作与"向外"的写作》，《文艺报》，2019 年 12 月 18 日。

斯特劳斯的解释是：

> 如果我能找到一种语言来重现那些现象，那些如此不稳定又如此难以描述的现象的话，如果我有能力向别人说明一个永远不会以同样方式再出现的独特事件发生的各个阶段和次序的话，然后——那时候我是这么想的——我就能够一口气发现我本行的最深刻的秘密：不论我从事人类学研究的时候会遇到如何奇怪特异的经验，其中的意义和重要性我还是可以向每一个人说个明明白白。①

从克洛德·列维-斯特劳斯的解释中可知，他所描写的"日落"就是一种由天体、海面、地平线、光线、气流、雾霭及其观看者的相对运动所构成的"结构"。也就是说，结构主义大师在表述一个"结构"的时候，必须借助极为富有技巧的文学语言的描绘。表述对象的复杂性，对语言形式提出了内在的要求。

由此可见，不只对于文学家，即使对理论家而言，文学形式也是必要的。它意味着对思想的更深刻的组织，对感官的更细腻的体察，以及对真相的更整全的传达。如何让语词抵达对象，是困扰我们已久的问题。海德格尔在《在通向语言的途中》一书中将语言分为日常语言、逻辑语言和诗性语言。他认为，日常语言和逻辑语言都依赖存在物，语言作为一种表达工具，反映的是事物不变的本质。相反，只有诗性的语言才是纯粹的语言，它会摆脱存在物的概念的束缚，反映存在本身。"如若我们一定要在所说之话中寻求语言之说，我最好是去寻找一种纯粹所说，而不是无所选择地去摄取那种随意地被说出的东西。在纯粹所说中，所说之话独有的说话之完成是一种开端性的完成。纯粹所说乃是诗歌。"② 诗歌语言显现存在的方式是暗示性的，故而能够胜任揭示存在之"真理"的任务。诗使得"此在"拥有了与世界进行对话的

---

① ［法］克洛德·列维-斯特劳斯：《忧郁的热带》，王志明译，北京：中国人民大学出版社，2009年，第65页。

② ［德］马丁·海德格尔：《在通向语言的途中》，孙周兴译，北京：商务印书馆，2004年，第7页。

可能，从而使得被经验和"框架"束缚着的世界得以敞亮。唯有特定的语词以及修辞，方可避开日常语言、逻辑语言的局限，抵达真理。

文学形式对谢冕而言也具有同样的构成性作用。文学形式是用来捕捉"具体"和"经验"的，是用来避免陷入"简单"的、必要的"复杂"的，这也构成他学术研究的原始方法和基本感觉。文学形式作为一种独特的解码—编码方式，从另一角度去包抄真理的后路。有鉴于此，我们需要考察谢冕创作中的文学形式，并结合作家的主体结构对其形式追求、形式自觉进行全面把握。贯通性地理解谢冕文学创作与文学评论、文学理论中的形式要素，对于理解谢冕的重要诗学观念，尤其是他 20 世纪 80 年代以来的诗歌实践同样具有启示意义。

## 一、感官的发现：从《昨夜闲潭梦落花》的形式感说起

翻开谢冕以故乡、故人为主题的散文集《昨夜闲潭梦落花》，感官性是这批文章的一大特点。

在《三汊浦祭》中，谢冕追忆童年所沉浸的一处秘密乐园。敏锐的读者首先观察到视觉性的运用。对三汊浦的正面描绘，分成三个自然段。第一、二个自然段明朗一些，但总以隔着雾气和波光的反射来写三汊浦，这暗示了三汊浦无法以理性的视觉来直视，而必须经由想象力的中介方可显形。第三个自然段色调转为神秘。这里有明与暗，有深与浅的颜色，有蓝和绿，也有灰和黑。作者笔锋一转，这里如同深潭，水从外面流进，在此地汇聚，映衬着波光云影。"因为少阳光，那清澈的水有点发暗，闪着幽幽的光，似黑，又似蓝。"[①] 光线调暗，使得文本具备了音乐性，仿佛从第一乐章的主歌，转到第二乐章的副歌，变得低回、忧伤。这呼应了三汊浦在现实中最终消失的结局，暗示着它会变成黑漆漆的小河沟。风景描写的明暗变化为空间的消失埋下伏笔，体现谢冕极高的笔力与匠心。

① 谢冕：《三汊浦祭》，《昨夜闲潭梦落花》，福州：海峡书局、海峡文艺出版社，2024 年，第 54 页。

视觉之外的感官使用尤其值得注意。在文本空间中，树木蔽天，玉兰花开，高大的杧果树和柚子树枝叶芬芳。珠兰、含笑、茉莉，向着远处的橄榄和柑橘、近处的竹子和芭蕉，把田园铺成一片锦绣。亚热带的阳光洒成花雨。这里整天都飘着雾，连花香、阳光、月色，都带着浓浓的水汽。空气湿滑，如同女人的肌肤。

视觉性是主体对客体的有距离的观看，不管是凝视还是瞥视，都意味着主客分立。而听觉、触觉、嗅觉和味觉，则是主体被客体所穿越、所浸没的。福州的郁热天气下，充满了柚子、芒果、橄榄、柑橘等水果枝叶的香气，以及湿度饱和后才可能感受到的润润且滑滑的空气触感。这一空间永远笼罩着一层凉凉的雾气，一层带着花香的雾气。在这段回忆里，经验的呈现形态不以视觉性来做全部回收和压缩，而是保留了五感全开的"在世界中"的存在状态。

当作家进入回忆状态的时候，主体放低理性的防备，寥廓的声音缠绕于文本内。在散文《消失的故乡》中，是水牛的反刍，在诉说着漫长中午的寂静。教堂里，传出圣洁的音乐。站在高处，可以听见远处传来的轮渡起航的汽笛声。据研究，听觉蕴含着被动与接受的含义，而视觉则无此意。在婴儿能用视觉区分细微差别前，听觉就已可以分辨愉快、舒畅和令人讨厌的音响。① 因为听觉能够提供比视觉更多的世界信息，声音的消失会带来世界的压缩，对比失聪者的焦虑、孤寂与离群索居感，谢冕的文字通过声音性以传达出某种对世界的享有与通达。

除了听觉的适配外，谢冕同样擅长嗅觉的介入。在《香香的端午》中，街巷间飘出菖蒲、艾蒿的香味，而后是雄黄酒的气味，是年轻女性的香囊，再后来就是竹叶包裹的粽子的清香。在《木兰溪缓缓流过兴化平原》中，溪岸遍布荔枝树和龙眼树，早春时节飘散着迷人的柚花香气。气味本身能唤起我们对过往事件与场景的丰富情感与生动记忆。大脑皮层储存了大量的记忆，

① ［美］段义孚：《恋地情结》，志丞、刘苏译，北京：商务印书馆，2018 年，第 11 页。

而它是由原来专管嗅觉的机体进化而来的。在作家配置历史场景的时候，气味充当触媒，连接当下与过往。

谢冕的回忆中倒也不乏苦难的描述。散文《昨夜闲潭梦落花》写道，童年是"借贷、典当，捡稻穗，被迫做童工，还有空袭警报，以及为了逃难，也因为学费，而陷于不知终点的不宁与惊恐之中"，是"动荡，忧患，还有望不到头的饥饿"。① 谢冕 1949 年在福州参军，做过扫盲的文化教员，做过武装的土改队员，还临时做过军报记者。《人生只有一个"六十年"》《重返南日岛》更记述了他参加革命工作到镇守南日岛的种种艰险。只是这些苦难，被作家小心翼翼地用叙述的方式予以折叠，往往做到蜻蜓点水、让人意会而已。

总体看来，关于故乡福建的叙述基调终究是温暖、醉人的。《我的梦幻年代》里有三一学校里教堂钟楼的安详的钟声和圣洁的风琴乐音；有欧陆风情的南台岛上，三角梅攀延的院落里的钢琴叮咚声。《无尽的感激》里有余先生用福州话吟哦的古音。《追忆少年时光》里有李兆雄先生率领学生远足时的笑声、歌声。《旗袍的记忆》里闽江两岸遍布柑橘园和橄榄林，种着茉莉和珠兰，三角梅被旗袍女子的脚步声惊醒。《我的庭院我的房》里，亚热带的阳光爬过女墙，洒下满院白玉兰的芬芳。夜晚的月色透过榕树的枝叶，满天星星碰撞得叮叮当当。《除夕的太平宴》里的红糟鲢鱼、糖醋排骨、槟榔芋烧番鸭、太平宴以及《最是柳梢月圆时》里的肉馅汤圆，尽显闽都的丰饶。对比现代文学、现代史对 20 世纪 30—40 年代的书写，这种差异感就更为明显。这些温暖的光线、气味、声音、味道与触感，沁出了常规的大历史叙事甚至作家自己的理解，成为叙述之外的增补物，也引发我们的探索兴趣。

## 二、感官的绽放：以《以诗为梦》中的 20 世纪 70 年代诗歌创作为焦点

感官性在谢冕这里是一种自觉的追求吗？我们抛出这样的问题。

---

① 谢冕：《昨夜闲潭梦落花》，《昨夜闲潭梦落花》，第 96—97 页。

在散文集《昨夜闲潭梦落花》的怀人文章中，谢冕着墨最多的是蔡其矫。"他是一条地下河，地面上芳草萋萋，花枝摇曳，而地层下却是惊心动魄的激流。"① 不妨指出两人之间的精神呼应。谢冕与蔡其矫相差14岁，其实联系不多，在《蔡其矫全集》中仅收两封蔡其矫给谢冕的通信。谢冕对这种"神交"直言不讳，"平生未曾与蔡其矫作过倾心之谈，但我自信是了解他的"。谢冕在散文中动情地将蔡其矫塑造成闲云野鹤、独行侠、无拘无束的散淡而自由的形象，甚至为蔡其矫的经历剖白和讴歌"为了爱一个人，甚至只是为了一个吻，即使是坐牢，他也情愿"，甚至用了"无畏的勇气""一个使徒行走在朝圣的路上""从容面对旷古的哀愁甚至屈辱"。② 这里面多少有一些夫子自道的成分。谢冕在与邵燕君的访谈中提到自己"好吃、好玩、好看"的人生态度，不禁让人想起蔡其矫自诩的三好——"美女、美文、美食"。相识六十年的老友洪子诚道破个中秘密："谢冕热情，喜结交朋友，对人友善。他崇敬、追慕'至美'，美文、美食、美景、美女、人道的社会、富道德感的完整的人……他赋予这些事物以浪漫诗意。在这个方面，他与福建老乡的浪漫诗人蔡其矫同气相求。"③

对读早年诗论，谢冕就已留意蔡其矫的感官之秘，或者说，就从感官性的角度去理解蔡其矫。有心人会留意，蔡其矫带有感官解放色彩的诗作数量不少，诸如《翠海，九寨沟》《断章三则》《雷鸣潮》《竹林》《客家妹子》等等。"他写《榕树林》，在那里，晨、午、昏分别有银色、绿色和金色不同色彩的梦，他对光和色的感觉是多么敏锐。""《波隆贝斯库圆舞曲》是不具形的乐曲，《风景画》是不具声的绘画，我们把这两首诗对照起来读就会觉得：无论是从听觉中捕捉画面，还是从画面中捕捉音响和律动，蔡其矫都能打通特定艺术的墙壁。对于有才能的诗人来说，五官感觉是没有太大界限

① 谢冕：《最公正的是时间》，《昨夜闲潭梦落花》，第196页。

② 谢冕：《他是一坛陈酒》，《昨夜闲潭梦落花》，第208—212页。

③ 洪子诚：《纪念他们的步履——致敬北京大学中文系五位先生》，《南方文坛》，2020年第4期。

从个体到家国：社会史视野下的新世纪文学

的。"① 这可以视为谢冕借评蔡诗来浇自己的块垒。

不同的感官配置方式，隐含不同的文化态度。西方主流现代性是以视觉性为中心组织起来的——比如摩天大楼就最为典型。因纽特人的感官经验则是对视觉—现代性的乖离。由于冬季大地白茫茫一片，无法依靠视觉地标作为参照点，唯有通过脚下冰层的裂缝、雪地的触感、带咸味的风来判断方向，因而他们生活在一个由听觉和嗅觉组成的世界。②

翻开收录谢冕近 70 首诗作和近 10 万字诗评、诗学随笔的《以诗为梦》。最动人的是"西双版纳/瑞丽组诗"（写于 1973 年 10 月到 1974 年 9 月）。其间，感官意象的大量使用，使得这批诗歌与 20 世纪 60—70 年代主流诗歌之间产生疏离。在这些文本中，革命秩序被放到地平线外，位于舞台中央的是边陲之地的感官之国。

　　山道、水滨、竹楼、丛林/槟榔树底筒裙摇曳/罗梭江畔花伞如云/空气里饱含多少花香、果香/多少鸟鸣长唱出了原始森林的悲清③

　　临水晾台上扑打着鸽翅/浮动起香茅草浓郁的香气/这么清，这么远，这么迷人/丝丝缕缕都在晨光中抖动/哦，芬香的寨子，芬香的林丛/哦，芬香的空气，芬香的水云④

对谢冕来说，西双版纳—瑞丽一行类似本雅明意义上的"震惊"体验。谢冕在这批作品中基本采纳了一种神游姿态。热带区域密布的音响与气息，久违的温度与浓荫，怪奇的植被与昆虫，未被现代性彻底击穿和重塑的少数民族地方社会风情，让他的主体应接不暇。

再看《没有篱笆的梦》：

　　无所不在的月色/无所不在的虫吟/无所不在的花香/无所不在的露珠

　　① 谢冕：《中国现代诗人论》，重庆：重庆出版社，1986 年，第 151 页。
　　② 段义孚：《恋地情结》，第 14 页。
　　③ 谢冕：《勐仑道旁的蝶舞》，《以诗为梦》，桂林：漓江出版社，2024 年，第 79 页。
　　④ 谢冕：《车停勐远》，《以诗为梦》，第 83—84 页。

急雨般往下倾/我的竹楼/有着美丽的造型/尽管它没有窗子/一切的色泽、音响和气息/都无阻地直行①

在组诗当中，"一切的色泽、音响和气息/都无阻地直行"成为最大特色。在《夜景》中，我们听见蛙鼓虫鸣，静谧的背景下，是亿万双透明翼翅的颤动，是密林里被雨水敲打的如伞的阔叶。在《爱尼山的夜晚》中，是如浪的雨声、喃哝河冲击河心的石块声以及满山的流萤与花香。在《夜宿保山，漫步街头，即景》中，是牛车队的铜铃声，是豌豆凉粉摊子旁的夜来香气味。在《夜的瑞丽》中，是十三只壁虎的目光、缅桂的芳香、无数的蛙唱和暴雨般的夜露。在《芒市风情》中，是傍晚的蛙唱伴着雨后的地摊，是孔雀尾翎、傣家少男少女、茉莉花清香与天边的虫鸣。在《边塞短诗》中，则是漫道菠萝的芳香与鸡鸣。

《绿色的曼听》中感官意象有了历史纵深。主体身处西双版纳的曼听公园内，所以这首诗一开始就是绿色的雾、云、阔叶和光影，绿色不断重复堆叠。绝对的静谧，却有一种向远方的伸展感和开阔感，"当你行走在曼听的小径/可以想象海底澄碧的世界/春江流水的融融"②。在这一无声空间中，视觉性得到孤立凸显：周围层层叠叠的绿色，形成绿色的旋风。色彩之间形成挤压和层次，绿色激起了浪涛的汹涌。

西双版纳没有风/四时都那么娴静/而当你置身在曼听的密林/立即可以感受到/绿色卷起了旋风/绿色激起了波涛的汹涌/它们拥挤着、压迫着叶、椰子、槟榔、油棕……/摔开绿色的浪纹/炸开电闪雷鸣/向着高空升腾③

与革命话语中有待改造的自然形象不同，这里的自然作为一种难以被消化和超克的异在，反客为主。自然是主体得以舒展和休憩的港湾，这里没有浪涛，没有暴风，也没有电闪雷鸣，鸟儿仿佛在幽谷歌唱，舞步盈盈的队伍，

---

① 谢冕：《没有篱笆的梦》，《以诗为梦》，第 88 页。
② 谢冕：《绿色的曼听》，《以诗为梦》，第 73—74 页。
③ 谢冕：《绿色的曼听》，《以诗为梦》，第 74 页。

也没有任何足音。视线放远到的村寨边澜沧江水，没有任何水声，确实"鼓动着伟大的寂静"。寂静之下，是生命的"鼓动"。我们不再把这种自然性视为消极被动或死水一潭，也不再视为可以轻易改造的客体，在文本中，自然性具有了与革命现代性对峙的主体位置。诗作最后的结尾意味深长，"然而，然而/也有突来的怪物打破梦境/一台运粮的拖拉机在晒场边停/打破这绿色世界的和平/马达带来真正的骚动/那红色的机身，点缀着万绿丛中的一点鲜红"①。在马达的轰鸣声中，革命现代性对边陲的改造正在进行，这种外来的力量被诗人潜意识地视为打破梦境的"突来的怪物"。参照这首诗的写作时间——1973 年 12 月 19 日，我们能体会其中的不易与意义。

回溯谢冕之前的创作，带有感官性形象的作品此前已有出现。以十二卷本的《谢冕编年文集》所收篇目看，散文至少有 20 世纪 40 年代的《蝉声》《秋天的黄昏》《夜幕，笼罩在街上—— 一个算命先生的手记》；小说至少有 40 年代的《潮》；诗作至少有 40 年代的《久旱的村落》《童年的一组断片》《薄暮的悲哀》《夜市》《"迎年"》《五月小唱》《晨》《夜》，50 年代的《龙眼树下设课堂》《查铺》《唐诗》《厦门组诗》，60 年代的《十三陵组诗》《山里的风景》《告别》《迎春》《我怀念连队》等。这种释放感官的写作，在回忆故乡和书写南国风情的题材时较为显著，在 70 年代的"西双版纳/瑞丽组诗"变得集中和显豁，并在之后的文论诗评中成为他重要的经验。

## 三、感官作为诗学中枢：以《北京书简》等诗论为例

感官性并不是"创作"时的无意识行为，而是作为构成性条件成为谢冕文学实践的基底。我们能从谢冕 20 世纪 80 年代的早期诗论中发现感官性。例如 1980 年为复刊的《海燕》所写的文章里，谢冕认为创新从感官开始：

"这里有北国雪花的凉意，密林松针的清香"，仅仅一句，我们眼前便出现了一条有特色的典型的北方的河流。的确，松花江的美丽景色是

---

① 谢冕：《绿色的曼听》，《以诗为梦》，第 75 页。

和冬天、冰雪联系在一起的，松花江常常为纷飞的雪花所装扮。把松花江水写成具有雪花的凉意，这种诉诸触觉的描写，就把它和不是北方的江河区别开来；把松花江水写成具有松针的清香，这种诉诸嗅觉的描写，就把松花江和不是发源于长白山茂密林丛的江河区别开来。是这凉意和清香带给我以真正的喜悦的。①

1981 年出版的《北京书简》可见系统论述。这是书信体的短论集，收录谢冕一系列关于生活、抒情、形象、想象、立意、构思、诗意、创新、精炼、风格、韵律等命题的阐述。借助书信体虚构出一个身处云南、正在进行诗歌创作的文学青年，以向对方倾诉的方式展开论述。我们得以读出"西双版纳经验"的重要位置。

其首篇《诗与人民》，谢冕借助"人民性"为下文（"生活""抒情""形象"等概念）的展开获取合法性。第二篇《生活（一）》以去掉阶级论色彩的"生活"概念对抗 20 世纪 60 年代的"主题先行""三突出"，强调摆脱"陈词滥调"，去观察、体验、分析、研究生活。在这篇文章里，首次出现"对方寄来的"书写西双版纳的诗歌，并在后面的篇幅中不断以"西双版纳"的风光来"起兴"，这一叙写方式引发相应理论话题。

"激情"是"生活"之后的第一个核心概念，奠定了谢冕浪漫主义的倾向。在对文学青年的谆谆教诲中，《抒情》一篇把"激情"视为诗歌核心素质。"抒写激情，是诗的使命。各个时代、各个阶级的诗人，都在抒写各个时代、各个阶级的激情中，完成其作为诗人的使命。""没有激情，就没有诗。""抒写激情不是干喊。不借助形象的喊，无论喊声多大，也没有力量。繁采寡情，味之必厌；情不附象，亦难感人。"② 谢冕别具用心地引用郭沫若创作《凤凰涅槃》时的体悟，描绘这种激奋状态是"神经性的发作"，又引恩格斯《反杜林论》，为"激情"正名。显然是在呼应李泽厚于 1966 年被郑季翘批判

---

① 谢冕：《诗人对生活的感受——和〈海燕〉的作者谈诗》，《谢冕编年文集·第三卷（1979—1981）》，北京：北京大学出版社，2012 年，第 119 页。

② 谢冕：《抒情》，《谢冕编年文集·第三卷（1979—1981）》，第 566、573 页。

的"情感说"，并对其进行自己的改造。"激情"概念的出现，是为感官性及其背后的身体性铺路。

正是在"激情"的框架下，谢冕引入"形象"的话题——"抒情诗要寓激情于形象"。显然，谢冕受到文艺理论界形象思维讨论的影响。"形象思维"是一个现当代文论史上重要的概念。①《诗刊》1978年复刊之际发表《毛主席给陈毅同志谈诗的一封信》，提出"诗要用形象思维"。"文革"后，文艺理论界的第一次"拨乱反正"由"形象思维"的讨论开启。复旦大学文艺理论教研组编写的《形象思维问题参考资料》于1978年5月出版，一时间从南到北各大高校纷纷编写资料集，其中以中国社会科学院编的一部近50万字的巨著《外国理论家、作家论形象思维》（钱锺书、杨绛、柳鸣九、刘若端、叶水夫、杨汉池、吴元迈等参与翻译）影响最大。同期，朱光潜、李泽厚、蔡仪等重要美学家活跃起来，在各类场合发表大量关于"形象思维"的理论文章。以李泽厚的《形象思维再续谈》②为分水岭，这场讨论逐渐分化为文艺心理学、原始思维、古代文论的分别研究，并在20世纪80年代中期随着西方文论的强势进入而逐渐弱化。③

虽然受到当时讨论的影响，但谢冕对"形象"已有自己的发明。《形象（一）》认为，既然诗歌来源于生活，而生活就是活生生的图像。"因此这种

---

① 20世纪30—40年代，"形象思维"这一别林斯基首创的概念，随着苏俄文论传入中国。何丹仁、胡秋原、欧阳山、赵景深、周立波进行译介，胡风予以推动，朱光潜《文艺心理学》以"形象的直觉"为核心概念，蔡仪《新艺术论》进行系统阐释。50—60年代，"形象思维"与美学大讨论相结合，霍松林、巴人、陈涌、温德富、周勃、蒋孔阳、叶以群、毛星、李泽厚、吴调公、狄其骢、萧殷、周扬、王方名、李树谦、虹夷、郑季翘等作家学者先后加入讨论。李泽厚的《试论形象思维》作为50年代讨论的重要理论成果遭到了批判（郑季翘：《文艺领域里必须坚持马克思主义的认识论——对形象思维论的批判》，《红旗》，1966年第5期），郑季翘的批判文章配合当时种种机缘，为后来"文革"文学的"主题先行""三突出""三结合"开了绿灯。

② 李泽厚：《形象思维再续谈》，《美学论集》，上海：上海文艺出版社，1980年，第557—558页。

③ "形象思维"在"新时期"的发展变化，参见高建平：《"形象思维"的发展、终结与变容》，《新华文摘》，2010年第9期。

思维的全部内容是，从具体到具体，而不是从抽象到抽象（恐怕也不是具体——抽象——具体）；从形象到形象，而不是从概念到概念。这种形象思维本身，就包含了由浅入深，由表及里，由感性到理性的认识发展的过程。"①从生活形象再到艺术形象，这个转换过程何以"不是具体——抽象——具体"？这种"形象思维"既然终点是"形象"，又为何"包含了由浅入深，由表及里，由感性到理性的认识发展的过程"？"形象思维"本身就是全部（本身就包含由浅入深、由表及里、由感性到理性的认识发展，而无须所谓"理性思维"的他律），借此暗示审美的自律性——这或是另一个值得注意的理论问题。但重要的是，这里的形象还必须对接到感官性。

《形象（二）》强调诗歌形象与叙事类作品的不同，要以最省俭的语言构成"形象"，要有鼓动效能。在此基础上，谢冕提出感官的口号："因而，诗的形象要克服语言材料缺乏音乐美术那样直接感知的弱点。为此，许多诗人致力于使诗的形象具有听觉、视觉，乃至触觉、嗅觉等效果。"② 如无感官，则无法取得诗歌的教育、鼓动效果。

调度感官是引发"激情"的前提。在解读杜甫和李贺的诗作后，谢冕重点细读李瑛的《雨》：

> 他把单调的雨，写得丰富多彩，精到地描绘出雨中的山、山中的雨。山雨下来了：夹带着野草的清香，这是作用于嗅觉的；到处新绿闪光，是作用于视觉的；山雨下来得猛，顿时雨水汇成了小溪，发出了震耳的喧腾，这是作用于听觉的。雨后山中特有的景象，一霎时从短短的诗行中喷吐而出。他借形象让你多方面地、具体地、直接地感受到客观世界的变化。就雨写雨，写不出雨的声势和情调，借野草的清香，新绿的发光，小溪的喧闹写雨，再现了可感的声音，色泽和气味，因而这山中的

---

① 谢冕：《形象（一）》，《谢冕编年文集·第三卷（1979—1981）》，第 585 页。
② 谢冕：《形象（二）》，《谢冕编年文集·第三卷（1979—1981）》，第 595 页。

雨便是生动鲜明如真的被我们看到的一样。①

调度创作主体和读者的感官，让"世界"得以充分显现，使诗人与读者形成感官互通，唤起彼此的生命激情。

诗歌的形象在于感官的立体，还在于可以通过想象力的介入，"化无形为真实可感"。他引用惠特曼的《从巴门诺克开始》和贺敬之的《放声歌唱》，强调想象力可以将不同的形象连缀起来。这里是呼应前文对诗人主体性的强调。诗人对生活的观察体验，总是从"形象"的感受入手，而后对生活提供的"形象"进行典型化（尤其是个性化）的再创造。诗歌的典型化，就是主体对看似无关"形象"的跳跃式"焊接"。在《想象》一篇里，谢冕再次提起"对方"的"西双版纳经验"，还是从"西双版纳/瑞丽组诗"中选择出来的意象："写到这里，想起了你寄自西双版纳的诗，西双版纳实在是让人幻想的地方。黎明之城飘浮着槟榔叶子香气的黄昏，罗梭江畔虫鸣似海的月夜，橄榄坝的椰树和竹楼在亚热带的艳阳下凝思，国境线上勐满街头赞哈抒情的吟哦，还有，那无所不在的西双版纳的绿，绿的天地，绿的云彩和雾气……"② 这些活泼的感官体验，正是激发想象力的契机。

上文这般不厌其烦地索引，目的在于从谢冕的《北京书简》中，梳理出一条"生活—激情—形象—感官—想象力"的论述逻辑。③ 感官处于中枢位置，是诗人主体提取生活、产生激情的入口，是塑造"形象"的抓手，也是诗人调动想象力的出发点。带有感官性地书写，方能以最俭省的语言构造"形象"，发挥最大的鼓动效能，承载和激发最大程度的激情。

多年以后，洪子诚评价谢冕："最突出的是他的生活热情，审美感悟的直

---

① 谢冕：《形象（二）》，《谢冕编年文集·第三卷（1979—1981）》，第595—596页。

② 谢冕：《想象》，《谢冕编年文集·第三卷（1979—1981）》，第602页。

③ 本文的概括仅就《北京书简》中谢冕论述的逻辑而言。另有学者结合谢冕20世纪80年代的诗学论著，提出谢冕创造了"激情—形象—再现"的诗学评价体系和"激情—形象—寄托"的诗学发生结构。参见王宇林：《诗学结构与精神谱系——20世纪80年代前期谢冕诗评研究》，《文学评论》，2021年第3期。

接、敏锐。那种富历史感的宏观视野，和在细节把握基础上充溢诗意的概括力。"① "在细节把握基础上充溢诗意的概括力"，实为一针见血的评价——对诗的概括本身必须忠实和保留细节，概括本身必须充盈着诗意。作为以诗论见长的学者，谢冕在理论文章中时隐时现的感受力，在创作中释放为了感官性。或者说，这些伸张的感官性使他在面对诗歌文本的时候具备了异乎寻常的感受力，使其理论概括力具备了诗意和对细节的含纳。

## 四、感官的溯源：福建地方社会

伴随从散文、诗歌到诗论的跋涉，我们感受到谢冕创作的密码——一种以感官性为特征和动力的文学感知与生成方式。

谢冕的感官性，融通着传统世界的感兴诗学。"兴"的起点为诗学主体被外物所动，受外物所感。贾岛在《二南密旨》中说："感物曰兴。兴者，情也。谓外感于物，内动于情，情不可遏，故曰兴。"因物而感，在这里呈现为亚热带地区的感官体验。谢冕出生于福州，战乱中迁居南台岛（现属福州仓山区）。闽江在南台岛首尾分而又合，斜贯中部。此地处于亚热带季风气候区，夏热冬温。谢冕追忆故乡往事，难免沉浸在亚热带水乡的阳光、月色、空气、水、雾、花雨之中。空气中尽是珠兰、含笑、茉莉、橄榄、柑橘、芒果、柚子的或浓或淡的香气。谢冕青年时期驻扎的南日岛，位于福建省莆田市东南部兴化湾，那里曾经遍布剑麻、木麻黄和台湾相思。20世纪70年代所居的西双版纳和瑞丽，蛙鸣虫唱、瓜果飘香，似乎唤起谢冕在亚热带故乡的体验方式，这是流落他乡，也是精神回乡。这种感官性的书写与亚热带地域的地理—心理空间密不可分。下面，我们对这种现代感兴形态背后的主体再做一番系统考察。

首先，感官性的背后，是一种"有情"的主体状态。

---

① 洪子诚：《纪念他们的步履——致敬北京大学中文系五位先生》，《南方文坛》，2020 年第 4 期。

兴者，情也。感物抒情，感官性的背后是一种"有情"的观照世界的方式。由地方风物而感兴，其情多温暖。谢冕怀念亲友师长的文章为数不少。散文集《昨夜闲潭梦落花》首篇为《兄弟久别重逢》——严格说来，这只是一封家信。将首篇这一重要位置，留给文体上的异类，可见家族亲情在谢冕心中的位置。再看怀念母亲的《昨夜闲潭梦落花》《母亲的发饰》、感恩启蒙恩师的《无尽的感激》《追忆少年时光》，"爱"的涌流随处可见。这不只是童年记忆的滤镜效果。感兴与抒情的融通，唤起的是位于更底层的"乡族社会"的情感结构。由此，我们方可理解谢冕对"情"的重视。如今看来，无论是山水有情，还是亲情友情，抑或是文学形式的抒情性，这些情与调，都带着特殊的"乡族社会"印记。

"有情"主体需要社会系统的支撑。傅衣凌、郑振满曾经研究过明清到近代福建的乡族社会特点。在乡族地主经济的发展下，宋明理学地方化为福建构造了相对稳固的知识阶级和伦理秩序。由于赋役制度和财政制度的改革，各级地方政府逐渐放弃了对里甲户籍、水利设施及各种社会文化事业的管理权，从而导致基层社会的全面自治化，士绅阶级由此崛起。清中叶前后，书院之类的地方教育机构及各种赈恤事业兴起，地方社会的自主性进一步提升。中国近代乡土社会经历了崩坏的过程，但是福建乡族—士绅社会在近代虽然遭遇西方现代性的挑战，但仍然通过一系列转型和协商，保存了一定活力。①例如在福州三坊七巷的近代名人、清末到民国海军占多数的福建籍官兵身上，就可见乡族社会的网络联结。

家族成为基层民间重要的权力节点，也是基层个体所居间生存的真实环境与中介力量。

---

① 对照杜赞奇《文化、权力与国家》，读者不难发现所谓清末"保护型经纪"与"赢利型经纪"的出现、因国家对基层资源的单向度汲取导致的基层的贫困化与状态的掉落，更多是基于华北地区经验的认识。有心者不妨再比照林耀华的人类学著作《金翼》。《金翼》聚焦辛亥革命到 20 世纪 30 年代日本侵华时期中国福建闽江流域的古田黄村，提供了更多历史信息。福建地方的家族通过农商协作、耕读传家以保持向上趋势和凝聚力，一定程度制衡了"赢利型经纪"及背后的国家力量，并由此应对近代社会的剧烈转型。

明清时期福建的家族组织，具有十分全面的社会功能。在政治方面，家族组织与里甲制度和保甲制度相结合，逐渐演变为基层政权组织，担负着治安、司法、户籍管理、赋役征派等主要行政职能。在经济方面，家族组织不仅是社会生产和生活的基本单位，而且在水利、交通、集市贸易、社会救济等再生产领域中也发挥了主要作用。在文化方面，家族组织延师设教，培养科举人才，举行各种宗教仪式，组织各种民俗文艺活动，是推行道德教化和维护传统价值观念的主体力量。①

谢冕自陈拜访冰心老人时，冰心亲口确认彼此同属谢姓"宝树堂"这一"房"，而称谢冕为"同宗"。个人不是社会世界构造的原点，而是关系点，是联络点，依照相对应的亲疏远近来确定不同程度的关联，逐次外推。②

单就谢冕这一家而言，谢家家境清贫，适逢战乱，父亲失业，苦无生计。尽管这般艰辛，家庭却并未涣散，甚至不放弃对子女的教育投入。依靠家庭内部的分工与互助，谢冕有了求学的机会。谢家二哥毕业于福州高级中学，后来在台湾以报业谋生，虽孤悬海峡对岸，却以有限薪水为弟妹先后置业，在福州购得多座华屋，此后依然心念厚葬祖母。谢冕家庭的独特情感结构放在社会形态中方可理解。"家"及其背后的关系网络，对谢冕来说有支撑性的重要意涵。

其次，感官性的背后，是一种舒展的主体状态。谢冕自述其深受"五四"新文学的影响，尤其是受冰心与巴金的文学影响。有趣的是，汪曾祺回忆沈从文的文学教育，也是从感性的角度来谈。

沈先生是把各种人事、风景，自然界的各种颜色、声音、气味加于他的印象、感觉都算是对自己的教育的。……对于颜色、声音、气味的敏感，是一个画家，一个诗人必需具备的条件。这种敏感是要从小培养

从个体到家国：社会史视野下的新世纪文学

---

① 郑振满：《明清福建家族组织与社会变迁》，北京：北京师范大学出版社，2020年，第15—16页。

② 渠敬东：《探寻中国人的社会生命——以〈金翼〉的社会学研究为例》，《中国社会科学》，2019年第4期。

的。沈先生在给我们上课时就说过：要训练自己的感觉。学生之中有人学会一点感觉，从沈先生的谈吐里，从他的书里。沈先生说他从小就爱到处看，到处听，还到处嗅闻。"我的心总得为一种新鲜声音，新鲜气味而跳。"一本《从文自传》就是一些声音、颜色、气味的记录。①

感官性是直接的，是身体与世界的碰撞。当然不可简单比附沈从文与汪曾祺的关系，但二者有一处明显的相似——尽管背景、年代、观念迥然不同，但这种感官性的释放，与一种作家不经由政治概念为中介、以自我直接面对世界并创造性理解现实的强大主体状态相关。

这种舒张感，让人想起海洋文化的开放性。福建多山少土，虽硗确之地，耕耨殆尽。由于濒海，从汉晋时代发展起来的海上交通和对外贸易，历唐、五代之兴至宋元臻于极盛。与此同时，福建人下南洋讨生活，足迹遍布东南亚，对当地的生产、生活以及经济建设产生影响，侨民回返亦带回东南亚文化的多元性。近代鸦片战争之后，五口通商，福建就有其二，西方现代性由此进入。柯文所谓的"条约口岸知识分子"②，以王韬、蒋敦复、管嗣复、李善兰、冯桂芬和郑观应为最著名者。通商口岸由于西方列强特权的存在而有别于其他城市，它们游离于中国传统的政治、经济与文化重心之外，成为不同文化交汇碰撞的节点。

如谢冕散文《感谢帖》所叙：

我自小生活在福州的南台岛，那里更是西方文明的集结地，教堂、赛马场、咖啡厅、西餐馆、舞厅，以及更多的医院和教会学校，西方有

---

① 汪曾祺：《与友人谈沈从文——给一个中年作家的信》，季红真主编、赵坤本卷主编：《汪曾祺全集9·谈艺卷》，北京：人民文学出版社，2019年，第140、143页。

② 所谓"条约口岸知识分子"（intellectuals in treatyport cities），是美国学者柯文首创的概念，是指生活在最早开埠的通商口岸、近距离密切接触西方文化且对中外文化关系有所思考的中国士人。"条约口岸知识分子发现西方'富强'的原因在于西方社会诸制度，尤其是政治制度（特别是议会制）和教育制度（特别是学校教育制度）。……他们断言为了实现与西方同样的'富强'，制度改革很有必要，包括议会制的引进。"参见［日］佐藤慎一：《近代中国的知识分子与文明》，刘岳兵译，南京：江苏人民出版社，2011年，第15页。

的，我们也都有。我中学上的是英国人主办的福州三一学院——最近在牛津和爱丁堡我都找到了三一的姐妹学校，陈景润也在三一待过，他高中是在英华中学，美国人办的学校。在我们成长的过程中，受到域外另一种或多种文明的广泛的熏陶，它们像中国传统文化那样，同样深刻影响了我们并成为我们内心积淀的一部分。①

这一文化历史孕育出了开放包容、吸纳多元的主体结构。这种主体状态与1980年写出《在新的崛起面前》的谢冕、在《北京书简》中建构"激情诗学"的谢冕，可谓一脉相承。

这一主体结构也吸纳了一定的宗教因子。无独有偶，几位福建作家（冰心、林语堂和许地山）均一定程度受到基督教精神感染。20世纪初，福建基督教会信徒人数在全国排第三，如以每万人的受洗人数看，则遥遥领先。教会教育办学规模之大、影响之深，仅次于官办学校，对福建近代教育的现代化历程产生深刻的影响。福建省的初高级小学生总数为94000余人，其中政府设立的初高级小学的学生数为64000余人，占小学生总数的67%左右；而教会创办的初高级小学的学生数也有31000人左右，竟占全省小学学生数的32%左右。②《金翼》也谈到，在科举废除后，教会教育为福建家庭提供了个体进入北平乃至出国的重要渠道。谢冕多次在散文中深情回忆李兆雄牧师和培养了陈景润、九叶派诗人杜运燮的三一学校。让人浮想联翩的是，在这样开放的主体结构中，这些强调献身、悲悯、对他者善意的因子，如何经由后来曲折的历史，保存于这位理论家的主体结构之内？

最后，感官性的背后，是主体对20世纪中国经验的创伤性、复杂性与矛盾性的强大消化能力。异质经验之间存在着紧张与冲突，开放的主体还需要强大的消化力为支撑。福建地方社会的特点是能够将不同文化体系予以调和、安置，对此，谢冕深有所感："好像是神就敬，是佛就拜，不论有形还是无

① 谢冕：《感谢帖》，《昨夜闲潭梦落花》，第234页。
② 中华续行委办会特别调查委员会编：《中华归主：中国基督教事业统计1901—1920》，北京：中国社会科学出版社，1987年，第1082—1083页。

形。……他们都是神仙，都是法力无穷，护国佑民，不论是佛、是道，我们一样膜拜。""仁爱的是观音，快乐的是弥勒，善良的是土地爷，仗着长剑的是威严的吕洞宾，他们都是家庭的成员。家里有了他们，困难时有慰藉，危急时有援助，家居有平安，平时有欢乐。"①

对待西方外来现代性的时候，地方社会的整合力体现得更加明显。鸦片战争之后西方宗教再入中国，加之 18 世纪以来的"名词与礼仪之争"，教会往往抛弃利玛窦法则，最初长达一二十年无人入教，进而急功近利，采用强硬姿态，教案频发。对比德国圣言会在山东激起民变乃至义和团运动②，基督教 20 世纪初在福建地方社会的融合程度却要高得多。以林语堂为例，他父亲不仅是牧师，"而且是村民争执中的排难解纷者，民刑讼事中的律师，和村民家庭生活中大小事务之帮闲的人"③。可见外来文化要在福建本土立足，唯有内嵌于乡土社会功能结构中。容纳异质因素，合理安置，化为己用，是地方社会文化整合力的体现。

毛尖对谢冕美食散文《觅食记》的评价是："他鲸吞了一个世纪的油盐酱醋，转身馈赠出万家鼎鼐的烟火世界。"④ 20 世纪的中国历史，泥沙俱下，苦辣酸甜，是怎样的精神肠胃在帮助谢冕消化一切？《时晴时雨是清明》的场景告诉了我们答案："早春的太阳暖洋洋地照着那经过清扫显得整洁的墓地，太阳是明亮的，明亮得晃眼。人们尽情地在这里享受着眼前的欢乐，而把死亡的阴影和失去亲人的伤怀消融在现世的享受之中。"⑤ 欢快的仪式喷涌着消化痛苦的生命意志，体现地方文化面对异质与矛盾时的超卓消化力。

以上便是本文对这种以"感官性"为特征的形式追求所做的进一步溯源

① 谢冕：《闽都家庭的那些守护神》，《昨夜闲潭梦落花》，第 142、145 页。

② ［美］周锡瑞：《义和团运动的起源》，张俊义、王栋译，南京：江苏人民出版社，2021 年。

③ 林语堂：《林语堂自传》，张明高、范桥编：《林语堂文选》（下），北京：中国广播电视出版社，1990 年，第 429 页。

④ 毛尖：《保护满嘴流油的生活：谢冕和散文》，参见"上海书评"公众号，2022年 11 月 7 日。

⑤ 谢冕：《时晴时雨是清明》，《昨夜闲潭梦落花》，第 132—133 页。

了。对背后的主体做一番知人论世的考察，我们将会发现它与地处亚热带的福建地方社会的一些关联。笔力所限，不及其余。如何理解对谢冕同样影响巨大的 20 世纪中国革命经验？如何理解他在 20 世纪 70 年代的思想变化并最终整体把握 80 年代初"崛起论"背后的思想脉络？是否能以谢冕为样本进入"30 代"学人和"闽派批评家"的精神世界？种种问题，只能留待未来发掘了。

总之，我们在谢冕的散文、诗歌与诗论的对读当中，看到了感官性的凸显。植根于地方社会的主体结构，如同一块多孔的海绵，安置着那些看起来不一定能彼此相容的新的知识与信仰：比如"五四"新文学的阅读、教会学校的教育、20 世纪 30—40 年代的离乱遭际、参与革命工作的经验、50—70 年代的北大生活、政治运动的动荡、西双版纳和瑞丽的体验、中国古典文学、民间文艺、苏俄文学、西方文学的资源……这一切共同注入他的笔端，形成一种富有亚热带地域特色的文学形式感。

## 第三节　浙东地方伦理：张忌的 20 世纪 80 年代市民精神史

本节我们进入江南地区。经历了东北和福建的旅途跋涉后，我们考察的目光放到了浙东地方社会，在文本与社会史的来回移动中，洞悉小说的显豁、隐微与空缺，收集、提取社会史经验并借以审视 20 世纪 80 年代。

张忌的《南货店》是一本针脚细密、完成度极高的小说。它以 20 世纪 70 年代末的高中毕业生陆秋林为主人公，围绕他在供销社系统内的工作与交际，穿插供销社种种行业内情，以浙江宁波市下辖的宁海县为活动空间，长卷一般铺陈刻画了浙东地区 70 年代末至 90 年代初的市民生活与社会历史。

从阅读感受来说，小说具有明显的新意，这是一部回到物质本身、回到日常人情世故的小说，我们不会遗漏小说显豁的世情图景。《庄子·齐物论》里有一句话："道隐于小成，言隐于荣华。"一个文本未曾说出的与说出的，同样意味深长。《南货店》隐藏着更大的潜能——它也是一部收集、提取社会史经验并借以审视 20 世纪 80 年代的复杂文本。小说带着读者穿越种种僵化概念和文学陈规，回到中国地方，回到"社会"。同时，小说也暴露出了某种有待于填充的空缺，供有识者思考。

## 一、"物"的叙事

我们从小说显豁的地方谈起。

无论是读者还是批评家，首先注意到的都是小说中物的陈列。小说的中国古典韵味来源之一是白描，而白描的好处是让物的物质性凸显。由于一定程度缩减了修饰成分，句子当中的名词成分更为显要。物，以其本然面目直陈于读者面前。

小说的三部分，分别描述 20 世纪 70 年代末陆秋林在长亭村南货店当店员后当店长，再到黄埠区供销社任文书和团委书记，最后 80 年代末在宁海县担任供销社系统下土特产公司总经理的经历。70—90 年代浙东地区的村—乡/镇—县三级空间是作为这些物的时空背景而存在的。

于是我们关注到小说的街景。康德意义上的风景，强调审美的无功利性。而《南货店》里的街景，反其道而行，突出与生活利害相关的烟火气。县城一条东西走向的桃源街最热闹，整整一条街都是店面，有棉布商店、五交化商店、糖烟酒副食品商店、肉店、水产店、旅馆、照相馆等。工农点心商店在桃源街东边末尾，当地人从西往东逛，走到最东头一碗点心下肚才算圆满。桃源街上有一座四层高楼，是秋林暗恋对象春华工作的百货大楼，一楼售糖烟酒，二楼卖百货，铁丝上面的票架子滑过来滑过去，象征着商业系统百货公司营业员的高人一等。县城有一条中大街，兴国饭店就在这段路上，由东往西走一段，往北转是解放路，旧时叫沥石街，做水产生意。齐师傅就住在解放路尾的两层小楼中，这曾经是这条街上最有名的水产铺面。长亭村坐落在县城出西门往台州的必经之路上，原本有亭子，后来建了路廊。三岔镇大集，主人公秋林吃完夜粥配肉烤鲞，第二天一早看见的是：副食店门口摆了一个花生柿饼摊子，副食店门口往西，剃头、镶牙、配眼镜、修钟表、补锅修桶、磨剪刀、打项链各种摊子摆了一路。

在这样充满生活烟火气的空间中，物从历史中款款走来，读者得以"寻味旧时"。小说第一部分，最为许多读者津津乐道：马师傅带着藏青色袖筒、紫檀算盘和一杆精致的象牙秤出场。在月底"盘存"悬案中，因为200元的亏空，南货店的三位"老商业底子"（马、齐、吴师傅）八仙过海各显神通。齐师傅下海，带回十斤香鱼干、十斤跳鱼干；马师傅上山，带回100元现金和三十斤笋茄；加上吴师傅在家使出缺斤短两的手段，最终不仅补上亏空，还盈余了几十元钱。秋林姆妈做隔纱糕，探望坐牢的父亲。老倌给秋林专门磨了第一层热豆浆。大明死去的那个夜晚，在和米粒、老倌一起吃汤包。农村小伙杜尔吸引干部家庭的许敏，源于一盘炒螺蛳。秋林带杜英约会，喝的是汽水粉。在物资匮乏的时代，我们看到人物因物的获得与充盈，有了短暂的幸福感。进入20世纪80年代，上海力士牌香皂引出上海女人杨会计，秋林帮着知秋要到香皂，送给于楚珺。杜梅房中永远传出铁车的声音，后来她婚姻不幸，悬梁自尽，房间里挂满了用过时的的确良衣料缝制的列宁装。物的身上，凝聚历史的光晕。

物是人物的性格显影。齐师傅早餐要吃红枣炖银耳，工农点心商店的包子馄饨差强人意，而兴国饭店才是他心中的白月光，进城往往要停留，来一盘冬笋肉片、牡蛎蘸酱油、雪菜烧黄梅童和番薯面。"齐师傅欢喜吃海货，黄鱼季吃咸齑烧黄鱼，带鱼季就吃萝卜丝烧带鱼，并无固定，但每次都会点一份糖霜花生米，再点一份五香干丝，这是过酒的，天热时过烧酒，天冷时过黄酒，黄酒里面要打一个鸡蛋，切姜丝，温热。酒一口，菜一口，有滋有味，独自吃完，回家困觉。"① 就算困难时期，吃一份光面，也有讲究。吃完后，桌面干干净净，擦净嘴巴，吃完烟，付钱，慢吞吞回家。哪怕遭遇背叛，自寻短见的路上也不忘吃上一碗白酒酿，还要花五分角子加个蛋。齐师傅擅长

---

① 张忌：《南货店》，北京：中信出版集团，2020年，第61页。

挑水产，无论是带鱼、黄鱼还是白蟹、乌贼，最好的一份总是他挑来。春节前到县里挑带鱼，力主把最好的一堆分给秋林，条条手掌宽，鱼鳞如同银子一样闪亮。齐师傅一辈子与海盗、海货过不去，给他带来最多麻烦的大儿子就叫"齐海生"，海的深邃、暴烈与无常，时刻笼罩在这对父子身上。齐师傅的尊严、体面、能力，尽都体现在这些物中。

马师傅不仅精于吃，还精于用。他回家招待干部子弟，打开卧室的那口花梨木大橱，捧出朱红色小箱子，里面是各种票据，酒票、烟票、糖票。他换上一身整洁的中山装，到中大街附近钉子巷菜市场，用肉票和省下的一包油亮红枣，换得五斤猪大骨，外加不要肉票的猪尾巴，最后带上一条透骨新鲜大黄鱼和新鲜蔬菜拎回家。马师傅的拿手好戏是用砂锅炖肉骨头，省油，而且喷香。房管局邵局长的公子进门时，桌上茶杯里是绿茶、白糖、橙皮丝，宁波产的上游牌香烟整包拆开，红枣、干荔枝、瓜子、花生各放在一个青花碟里。马师傅在柜台上手艺最好，一双手又胖又小，灵巧地包出一个个漂亮、紧实的三角包、斧头包。正月里，还亲自在南货店门口炒带壳花生、南瓜子，在门口偷偷烧樟树叶，祈求银子咣咣响。马师傅的周到圆融、深谋远虑和传统底蕴，都体现在他的穿衣日用之中。

三位师傅中最不"成器"的是吴师傅。他在偿还亏空时故意让饼干受潮，倒酒时多打沫，卖白砂糖多包一层粗纸增加重量。但就是这缺德、抠门和懦弱的吴师傅，追求寡妇米粒时也下足了血本。他代表南货店送上红枣包、桂圆包，看见米粒桌上只有一碟炒盐、一碗大头菜，大手一挥，收购她十斤鸭蛋。他想到百货商店买雪花膏，然而肉痛舍不得，从儿媳妇的雪花膏里偷出一些包在油纸里，靠着洋货的"神助攻"，吴师傅终与米粒做成露水夫妻。吴师傅的懦弱与卑微，也要借助物才得以现身。

其他人物也是如此。齐师傅二儿子罗成，小说借物来比喻："性格太软，像块蒸熟的年糕，由着别人捏成各种样子，半点反抗没有。"[1] 废品收购站站

---

[1] 张忌：《南货店》，第 65 页。

长孔一品一登场就让秋林生吞蛇胆，果然如毒蛇一般阴冷鬼祟。令人恶心的童小军，出场时就站在粪缸旁。此人靠溜须拍马上位，用黄桃罐头贿赂领导，邀请许主任吃冰糖鳖、黄岩草鸡、柚子皮炖牛蹄，还打算"专门寻来两三斤重的青蟹，用鸡蛋老酒喂三日，然后整只放锅里蒸"。无论之后如何描述，他的形象早已与粪缸绑在一起。

物在事件转折处，成为情节推进的道具。齐海生因家庭变故性格扭曲，从而玩物丧志。他童年寄情蟋蟀，成年豢养野猫和松鼠。爱春贪嘴，小京生花生和柿饼足以买通。用松鼠调情，是齐海生征服爱春的绝活，而松鼠的惨死，则是与爱春决裂的导火索。卫国和云芝的关系之所以被毛一夫破坏，也源于对物的认知。在浴室里，因为牛仔裤的穿法，毛一夫进入卫国的生活。毛一夫代表了物质享乐主义的重新崛起，他收集好看的港台杂志，还学上海人做假领子，带卫国和云芝他们去吃炒鸡、去黄岩县扯布做时装，这些做法让云芝起了崇拜与爱意。而卫国无论喇叭裤、火箭头皮鞋穿得再夸张，也永远像拙劣的模仿者。卫国与云芝仅有的两次感情推进，也是因为物。初次是卫国用弹壳做的埃菲尔铁塔模型，最后一次则是家中的一番布置，"卫国晓得云芝欢喜外国生活方式，今朝特地弄一桌西餐招待。……云芝看见满书架的书，书架前一张百灵台，百灵台上大大小小乳白色盘子放着香肠、牛肉片、烤鸭，两个高脚玻璃杯子上烛光摇曳"①。在人物命运发生重大变故的时刻，这些物在发出讳莫如深的微光。

走笔至此，不禁心头一动，枝蔓一笔。重要的不是话语讲述的年代，而是讲述话语的年代。对物进行审美消费，是当代中产阶级习以为常的生活方式。"今天，在我们的周围，存在着一种由不断增长的物、服务和物质财富所构成的惊人的消费和丰盛现象。……恰当地说，富裕的人们不再像过去那样受到人的包围，而是受到物的包围。"② 城市里的中产阶级通过消费物，通过自身努力来获得价值的永恒，"它引起一种狂热，一种小摆设、小用具和吉祥

---

① 张忌：《南货店》，第 301 页。
② ［法］让·鲍德里亚：《消费社会》，第 1 页。

从个体到家国：社会史视野下的新世纪文学

物的狂暴世界"①。小说对物的展示,显然更偏于它的消费属性,附加了它在被消费时的荣光。当对物的阅读快感来得平顺时,我们也应对自己的审美惯习有所自省——就像步入上海街头售卖老物件的复古商店时那样。

## 二、"关系"叙事

物与人的关系,本质上还是人与人的关系。秋林发现海生滑头,源于海生去三岔镇拿了人家一包烟。秋林感佩许主任,因为自己上门送上一袋橘子,而许主任转天就让人还了一袋糯米,不仅礼尚往来,更有不收贿赂之意。后来秋林感觉到许主任的堕落,也始于许主任大权旁落时对上游牌香烟大发牢骚。童小军拜访许主任打探土特产公司经理一职,拎着一袋青蟹。许主任老婆漫不经心地让他将青蟹倒进浴缸,原来浴缸里早已满是青蟹。最后童小军做通了工作,不仅靠的是拍下所谓买"五条中华烟,两瓶茅台"的现金,还靠的是将来从许主任老婆那里收购白糖、烟酒的承诺。秋林因为派人拆穿废纸里的把戏,与许主任老婆交恶。秋林当上土特产公司经理后,因自行车后座拖回来的水果罐头,而对自己的灵魂感到不安。秋林与太太杜英结缘,源于他帮了杜家姆妈一个大忙。为了盖过杜知礼家,杜家姆妈在嫁女儿的标准席面上加上扣肉、肉圆菜、黄鱼胶、腌鲍鳗。喜烟全靠干部子弟卫国帮忙,搞到了安徽芜湖牌香烟。若无这批安徽芜湖牌香烟,秋林与杜英就没有后来。小说把强情节融化到"物"的交换和这交换背后芜杂错综的关系之中。当然,小说对"关系"的描绘,比社会日常话语中对"搞关系""走后门"的贬义理解要更为宽广和深刻。

在中国地方社会,"关系"是人与人组织起来的一种独特方式。"关系"的形成有多种机缘,项飙在对20世纪90年代北京的"浙江村"的研究中,把因为血缘、战友、老乡、同学、同行、生意伙伴等原因形成的、左右行为

---

① [法]让·鲍德里亚:《消费社会》,第33页。

决策和生成社会意识的结构，称为"系"或"关系丛"。① "由许多不同的亲缘关系网、混合类亲缘关系网，以'乡土'的观念编织起来的更庞大的地方组织，是传统中国权力结构中很重要的一环。……这些千丝万缕的关系，编织了绵密的差序格局网，才可以不经过法律、纯粹依靠人际关系形成一股力量。"② 这一"关系"结构经历20世纪中国革命的洗礼与改造之后发生了变形与转换。随着20世纪70年代革命高潮的过去，"关系"在80—90年代以重组后的面貌出现，并越来越在生活层面上起着作用。如何塑造、维持和利用关系，就形成了"关系学"。在80—90年代，官方话语对"关系学"持贬斥态度，而民间话语中对"关系学"态度则灵活许多。虽然有人认为它仍然是"一种建立在自利基础上的失常的实用行为"③，但必须承认它具有"人情"的成分。自汉代《礼记》开始，人情就是涉及建立在父子、亲属关系之上的自然的人类感受和情感。这些感受与情感成为"礼"的来源。唐代诗人杜甫也写过"粗粝作人情"。如何将"搞关系"区别于"人情往来"是个难题。更进一步说，一个人善于"搞关系"，可能很"油"，但"油"又不等于"坏"。"油"仅仅意味着在处理关系时的成熟、老练与"精明"。至少，对"关系"的认定应有如下几条：首先，它必须具有浓烈的感情色彩和人情色彩。其次，它必须涉及一方与另一方之间的利益交换。最后，它具有针对僵化体制的对抗性，它是反抗正式组织的非正式的组织方法。④

　　小说中的"关系"，蕴蓄着浓浓的人情底色。在小说第一部，体现得淋漓尽致。"盘存"风波后，秋林为了学习行业秘密，到水作店买油豆腐送给贪嘴的吴师傅后，才探明白吴师傅暗地里的手脚。他与齐师傅关系的走近，是因为齐师傅读了儿子来信失神后犯了错误，将掺水的劣酒卖给老酒鬼，秋林在

　　① 项飙：《跨越边界的社区：北京"浙江村"的生活史》，北京：生活·读书·新知三联书店，2000年，第27—31页。
　　② 许倬云：《中国文化的精神》，北京：九州出版社，2018年，第217、219页。
　　③ 杨美惠：《礼物、关系学与国家：中国人际关系与主体性建构》，赵旭东、孙珉译，南京：江苏人民出版社，2009年，第47页。
　　④ 杨美惠：《礼物、关系学与国家：中国人际关系与主体性建构》，第50页。

许主任来检查时为齐师傅做了遮掩和证明。作为"还礼"，齐师傅不仅做了许主任爱吃的海货（雪里蕻炒虾籽、蒸鳓鱼），邀请秋林共同进餐，还提醒秋林饼干罐子都做了记号，此后更建议将最好的水产年货分给秋林。这背后，都是对秋林的"人情"的偿还。

马师傅这条支线，不如齐师傅支线的线索多。在长亭这地方，马师傅有好人缘，常有人给他送各种土特产，马师傅都藏着，等逢年过节，就带回城分给各种关系户。物一旦配上礼，成为"礼物"，就携带了人情关系的再生产。"马师傅有手头生活，办事时，将这些零散东西用粗纸包一个漂亮的三角包，斧头包，用麻绳拎着，清清爽爽，别人看见都欢喜。"① 马师傅有自己的生意经，"现在物资紧缺，大家按票购买，人人都高攀着你南货店。不能因为南货店高高在上，态度就差了，服务就不好了。否则将来一定时候，物资丰富，票据取消，事情就颠倒过来了"②。所以马师傅总是跟村里搞好关系，逢年过节写对联，婚丧嫁娶也上门帮忙出主意。后来等马师傅退休那一日，南货店里也最是热闹。

在老倌的支线中，秋林帮水作店老倌干活，老倌除了把最好的一层豆浆给秋林补身子外，还让他提了两篮子油豆腐回家。秋林姆妈解下围裙，就要给老倌买两瓶酒带回去。秋林"觉得姆妈有些小题大做"，还不知这油豆腐的分量。大明与米粒因为生活困难，不得已接受老倌的插足。"拉帮套"的畸形关系引人议论。大明死志已明，告别老倌时提到老倌的油豆腐真好吃。在另一个场合，油豆腐是对米粒身体的交换，但超出了大明的自尊能承受的范围。当利益诉求远高于人情，"关系"就将变质。这条线索发展到后来，老倌出走，吴师傅与米粒睡到一起。在第一部第十一章，米粒再三要求吴师傅与自己正式结婚，谁知吴师傅被儿媳吃得死死，儿媳一直用他的钞票来补贴家用。最后吴师傅要断了与儿媳的这层关系，提前办了退休，净身出户，还要写下声明，不打家里房子的主意。

---

① 张忌:《南货店》，第 71—72 页。
② 张忌:《南货店》，第 75 页。

小说中的"关系"，涉及利益的交换。《南货店》第一部，主人公秋林的背景藏在暗处。从他的父亲与供销社许主任、县武装部长（卫国父亲）相熟推断，秋林出身于城市干部家庭。虽然其父只是单位笔杆子，并非实权部门正职领导，但也处于关系网内。干部子弟出路比农家子弟要好得多，秋林高中同学卫国本想参军，担任县武装部长的父亲顾虑影响，转而让儿子进县里最红的第一机械厂，还开上了最气派、最威风的捷克机床。秋林高中全班几乎都是干部子弟，大家毕业几乎都去了工厂，而暗恋对象春华被分配在商业系统下，在县城百货大楼担任售货员。秋林被分配到了村级的南货店，是因为父亲在政治斗争中入狱，一时缺少了为之调动资源的关系网。

在这个意义上，秋林虽然虎落平阳，但也算是没落贵族。不仅许主任和卫国父亲对他高看一眼，连马师傅也着力培养他，时常笑眯眯走过来，讲话轻轻腔："后生，莫太心急，慢慢来，慢慢来哉。"马师傅识人知人，惯于长线经营，能一眼看穿海生的浮滑，也对齐师傅、吴师傅的小算盘睁一眼闭一眼，既能观察风向安排大囡嫁给郊区农民，又安排小囡嫁给房管所邵所长的儿子，对秋林的栽培也可能是有意的。这条线索藏得很耐心，在第三部第二十五章，当废品收购站老站长退休之际，马师傅才告诉秋林自己的儿子就在收购站，其时已拥有人事大权的秋林会意，为了报恩安排章耘耕接任站长一职。

农村生活中，"关系"尤为重要。长亭村杜家的支线，为读者打开了农村面向，让小说局面更为开阔。杜家姆妈安排大女儿杜梅嫁给做工程的方华飞，安排小女儿杜英嫁给年轻有为的秋林，其时秋林已是黄埔供销社的文书。杜毅、杜尔更是经营"关系"的行家里手。杜尔的外表口才是他的本钱，凭此迎娶了物资局局长女儿许敏，岳父给了关系，让他得以垄断县城的水泥生意。小说第一部，在杜梅遭到做工程的丈夫家暴后，杜尔凭着水泥行业的关系网孤立妹夫。生产队长杜毅原本是猎户，懂得在卖掉猎物皮毛后把肉炖好宴请村里人，牢牢把控村里的话语权，后来为了玩转关系更到了走火入魔的地步。

小说中的"关系"涉及对僵化体制的对抗性。"关系"是私人的，是非正式的，它带来一种非组织形态的灵活战术。在 20 世纪 70 年代末，一方面是革命的激情退却，另一方面是社会主流层面依然遵循旧的体制轨道运行，此时"关系"作为润滑剂、黏合剂和个人生活保护伞的作用更为明显。从正面的角度看，善于运用"关系"，将更好地保护个人。随着小说进展我们读到，第一部一开始丢失的那匹布是吴师傅偷的，而马师傅则按下不报，并在退休之时再三叮嘱秋林。"你后生年岁轻，不晓得以前日子难过。你想想，一家老小，就靠一个人工资，喂得饱几张嘴巴？不想些办法，家里日子怎么过？""我们这一辈人各种运动都经历过，其中厉害，都有体会。要是嘴巴不牢靠，将别人的事说出去，那跟杀了人有什么区别？再说了，今朝你说了别人，明朝别人同样也会说你，弄来弄去，一把刀还是横到自己头颈上。"① 在物资匮乏的时代，马师傅默许这种利用关系钻制度空子的做法，同时也试图保护自己的店员。从负面的角度上看，"关系"可能左右一个普通人的命运，对法律和正义形成挑战。在小说第二部，齐海生涉嫌强奸女店员毛毛，又贪污公款 4000 元，齐师傅想要从"关系"的角度援救儿子，一方面打算卖房还债，另一方面以非组织的渠道去做毛毛父亲和刘副股长的工作。最终刘副股长运用自己的"关系网"追究到底，齐海生在"严打"中被判死刑。到了小说结尾处，憋屈一生的齐师傅找秋林，试图通过秋林的"关系"影响组织，为自己平反。可惜此时义气冲动的鲍主任已罢官出走，秋林知道老奸巨猾的许主任定然不肯主持正义，齐师傅这一支线也黯然走向终结。

显而易见，"关系"是中国城市和乡村生活的基本形态。把西方小说的环境、情节、人物要素重新拆解，化入一道道"关系"的线索中，是《南货店》着力的地方。作为一本"中国"的当代小说，《南货店》的成功之处就在于用中国/江南的方式来写中国/江南。除此之外，白描手法、草蛇灰线、方言韵味、每况愈下的衰败感，也足证小说与世情小说传统的血脉相继，我们就不再赘述。

---

① 张忌：《南货店》，第 171 页。

## 三、地方味：浙东社会的情感结构

下面我们进入小说隐微的一面。

读者有朦胧的感觉，小说有一种地方味。这种地方味在小说第一部特别明显，似乎是从故事情节、方言使用、空间景物乃至事无巨细的日常生活中弥漫着的。"民间世界之所以区别于上层精英，可能恰恰就在于其存在着难以用上层精英的知识加以把握的感觉结构，乡民们往往凭借从'感觉结构'提炼出的原则安排日常生活。"① 那么，这种地方特有的"感觉结构"是什么呢？是人物在锱铢必较当中浓浓的人情味与原则性。我们把它进一步提炼为浙东地区20世纪70年代末民众的低调务实、义利并重的伦理倾向。

首先，低调务实与小说家刻意凸显的词汇"生活"相关。我们观察到一个有意思的现象，当描述20世纪70—80年代的时候，相对于其他文本中的常见流行词"革命""理想""爱情"，该小说反以"生活"一词最为醒目。做一番统计的话，在小说中使用了88次。在浙东方言中，"生活"首先解释为"工作""干活""劳动"（《水浒传》中的"生活"也多取此义）："但第一天南货店报到，他便争了这上门板的生活。"（第一章）"改日，我帮你打听，有什么赚铜钿生活让你女人去做。"（第三章）"春节忙完，喘一口气，又要忙春耕生活。"（第八章）"生活"有时候又解释为工作的能力、手艺或技能："可那个米粒却偏偏看上他。看上他什么？无非是手头生活。"（第四章）"店里几个老商业个个手底都有生活。"（第五章）有意思的是，一个人挨批评，叫"吃生活"：门卫驱赶于楚珺，"被领导看见，害我吃生活"。（第二十九章）只有在少数地方，小说人物采用普通话叙述，"生活"的解释才与当今相同，即日常起居：云芝批评卫国，"你这人没意思，不懂生活情趣"。（第八章）"生活"也解释为行为、活动，比如鲍主任口头上不忘"夫妻生活"。

---

① 杨念群：《"感觉主义"的谱系：新史学十年的反思之旅》，北京：北京大学出版社，2012年，第248页。

进入新世纪，我们许多时候把"工作"和"生活"分开来理解——相对于"工作"的辛劳、不自主，"生活"（无论是物质生活还是精神生活）更多代表了休闲、消费而非生产的个人的行为空间。20 世纪 40—70 年代，对"生活"的理解另有侧重。在官方话语中，"生活"更多与工农兵、斗争的政治面向相关。毛泽东在《延安文艺座谈会上的讲话》中指出："作为观念形态的文艺作品，都是一定的社会生活在人类头脑中的反映的产物。革命的文艺，则是人民生活在革命作家头脑中的反映的产物。人民生活中本来存在着文学艺术原料的矿藏，这是自然形态的东西，是粗糙的东西，但也是最生动、最丰富、最基本的东西；在这点上说，它们使一切文学艺术相形见绌，它们是一切文学艺术的取之不尽、用之不竭的唯一的源泉。"① 此后"深入生活""体验生活"成为文艺界的热词。而这里的"生活"，不是泛指人类一般的生活，也不是指人类的精神领域，而是特指工农兵的斗争和生活。尤其在周扬那里，生活的本质被进一步阐明为斗争："文艺作品要反映群众生活中最根本的东西，最本质的东西。什么是本质？本质就是斗争，阶级斗争和生产斗争，主要是阶级斗争。"② "生活"这个关键词是如何一步步"去斗争化"并"消费休闲化"的？这一问题值得再研究。单看小说，20 世纪 70 年代末至 90 年代初的浙东方言谈到"生活"，既与革命所要求的斗争无关，也并不是享乐、消费，而带有劳动、受苦的天然属性。小说里各行各业的人物，天天将"生活""做生活""春耕生活""手头生活"挂在嘴边，给我们留下低调、务实的印象。

　　其次再看义利并重。小说中的人物时常算计、惯于算计，能算小账，也能算大账。算计不仅包括对自身利益的最大化考量，还包括对风险的规避，包括对他者利益的安排与规划。有一部分的算计当属负面的，小说第二部背

---

① 毛泽东：《延安文艺座谈会上的讲话》，参见《在延安文艺座谈会上的讲话（节选）》，《湘潮》，2024 年第 11 期。

② 周扬：《文艺思想问题》，《周扬文集》（第 2 卷），北京：人民文学出版社，1985 年，第 268 页。

弃友情的毛一夫会算计，第三部里道貌岸然的许主任、口蜜腹剑的童小军、心狠手辣的何天林会算计，甚至逐渐走火入魔的杜毅也会算计。

在小说第一部中，南货店内的诸位师傅们同样精于算计，但这种算计是带有温情性的。吴师傅与米粒正式结合，提前退休、放弃住房、租铺面做生意，是鼓起勇气的盘算。齐师傅面冷心热，让海生顶班，让罗成跟自己做生意，是带有愧疚和溺爱的决断。马师傅处处维系与长亭村村民的良好关系，为自己两个女儿的婚姻铺路，是深谋远虑的规划。到了第三部，这样温情的算计少了许多。第三部，鲍主任帮好友龚知秋出谋划策，用一纸文件把知秋的工厂吸收到供销社系统，提升社会地位。同时，鲍主任欣赏秋林的踏实低调，先把秋林调到县社担任秘书股股长，后一手推上土特产公司经理位置。鲍主任说道："你看这么长时间，你从来没有跟我提过要求，也没有托知秋到我这里提过什么。你是个厚道人，我也是爽直的性格。你当我是官，每日我面前讨饭一样讨，我不会给你。你当我是朋友，一句话不讲，我硬塞也要塞给你。"① 这番闲话让秋林眼眶发热。作者突出这场算计的"厚道""爽直"和"友情"的色彩——鲍主任最后为保知秋，挺身而出，辞官出走，又说明这场算计最终服从于人情、人性和道德。

单看小说中的"算计"场景是很有意思的。在当代文学史20世纪50—70年代描写"合作化"的农村题材作品中，"算计"是负面的阶级属性。《三里湾》《山乡巨变》中的范登高、陈先晋、李盛氏、王菊生，都属于富农或中农。土改工作队下乡做工作时，在一个"算账"的场景中，与这种"农民式算计"斗智斗勇，最终证明社会主义道路的优越性。对比文学史上的"农民式算计"，《南货店》对浙东地区"商人式算计"的处理，态度上有些不同。

人们常说，浙江人精明、算计，善于经营。我们会发现，《南货店》中精打细算的人物大概有"见利忘义"和"义利并重"两种。小说中正面肯定的"义利并重"的算计，背后是地方特有的、其来有自的商业传统。

---

① 张忌：《南货店》，第 314 页。

宁波地区，唐宋以降，贾舶商船，羽集鳞萃，番商来华，洋货山积。宁波地区出了北宋"庆历五先生"（杨适、杜醇、楼郁、王致、王说）、南宋"甬上四先生"（舒璘、沈焕、杨简、袁燮），明清两代更有王阳明、朱舜水、黄宗羲、全祖望等知名学者。浙东学派的学者在商品经济环境下生活，主张通商惠工，反对重农抑末，这一思想影响深远。近代鸦片战争后宁波辟为商埠，洋行林立，不少人充当买办，著名的如王槐山、邬挺生、周宗良、虞洽卿等。他们不仅在本地经商，甚至在上海、天津、汉口亦操此业，由于熟悉近代商业管理，他们亲自经营商业，尤其进出口贸易。民国《鄞县通志》说："商业为邑人所擅长。……本邑为通商大埠，习与性成，兼之生计日绌，故高小毕业者，父兄即命之学贾。而肄业中学者，其志亦在通晓英、算，为异日得商界优越之位置，往往有毕业中学不逾时即改为商。"①

视野从宁波扩大到整个江南地区，商人的社会地位从明代开始上升。王阳明（浙江余姚人）在《节庵方公墓表》中提出"新四民论"，肯定士、农、工、商在道面前的平等地位。归有光（苏州昆山人）在《白庵程翁八十寿序》说："古者四民异业，至于后世而士与农商常相混。"清代顾炎武（江苏昆山人）"垦田度地，累致千金"，吕留良（浙江桐乡人）行医并从事刻书业。在明清社会士人与商人阶层混合现实的激发下，明清儒家重新肯定了商人的社会价值。相应，商人因为与士人阶层结合，开始建立自己的意识形态与伦理，在从勤、俭、"诚信"、"不欺"到"薄利多销"的理性化思考中，最终提炼出独特的"贾道"（商业伦理）。②

在小说家想象中，这一"贾道"在上层商人中贯彻得最为彻底。比如三位师傅当中，马师傅家境最好，格局也最大。小说设置马家世代在县城做南货生意。1917年，三北轮埠公司"慈北轮"开通宁波本地航线，海运便利，马家就与宁波、上海同行建立稳固商业关系，甚至垄断县城最早的化肥生意。新中国成立后，私营商业改造，马师傅定为商，转为合作商店，又入公家成

---

① 林树建：《宁波商人》，福州：福建人民出版社，1998年，第13—32页。
② 余英时：《士与中国文化》，上海：上海人民出版社，1987年，第527—579页。

为供销社一员。与祖上的眼界相关，马师傅最能算大账，也最有道德操守。而齐师傅家境次之，祖上是跑单帮、收海货的好手，靠与海盗的关系垄断沥石街的水产生意，1950年划定土改成分，因有船有店，定为商。1956年，公私合营，齐师傅以一艘船两间店面入股，参加公私合营。吴师傅背景未加详述，从言行判断，则属于小商小贩。这三位师傅尽管人品、能力有高下，但也始终在"算计"之余守住了"义利并重"的底线。

在小说中，革命高潮过去后的20世纪70年代末，这一地方商业文化所生成的感觉结构仍然顽强地存在着。建国时，这一地区的政策有何特殊之处？这一地方感如何在50—70年代与中国革命的整体政策、历次运动进行互动与配合？这些详情还有待考察。但是现在可以看出的是，在小说中，这一低调务实、义利并重的伦理倾向在进入80年代后开始磨损、崩解。这就涉及下面的隐微议题，如何穿越"改革"与"理想主义"的叙事，重新认识20世纪80年代。

## 四、衰败感：市民视角中的20世纪80年代

一些读者观察到，小说进入第二、三部后明显节奏加快，缺少第一部的细腻铺陈。全书共三十章，第一部就占了十三章，其余两部共占十七章。小说不仅篇幅悬殊，时间跨度也差距较大。小说第一部描写的南货店经历，从秋林当店员到当上店长，时间跨度仅为两年；第二部进入黄埠区当文书、第三部到土特产公司当经理，时间跨度却有大约十年，涵盖20世纪80年代到90年代初。

叙事加速的背后，是一种衰败感。

首先，这种衰败感表现在"义利并重"的算计的衰微上。"改革"的大幕拉开，在黄埠供销社，秋林凭一篇谈广告意识的文章让自己当上团委书记。商品经济大潮尚未来临，但欲望已开始嚣张。社会风气开始发生了变化，麻将牌局、舞厅、歌厅等娱乐活动开始出现。第十七、十八章有了最初的腐败，齐海生担任店长亏空已达4000元天文数字，不再是吴师傅当年的一匹布。人际关系的书写，撕掉了人情面纱，利益交换变得赤裸。随着三位老师傅退场，童小军、何天林、昆山的三条新支线开启。这三人都是20世纪80年代精于

算计的既得利益者。童小军从黄埔区供销社保卫科长的位置，跃升至担任罐头厂厂长。他对关键位置的领导，除现金行贿，还通过订购关系户的糖酒杂货、安排麻将牌局等方式进行利益输送，从此平步青云。何天林是橡胶厂跑供销的业务员，后从厂里辞职借钱办铝制品加工厂，后来成为知名企业家。他沉迷女色，为与杜梅离婚，甚至设计让她在儿子面前尊严尽丧，走投无路。昆山原是县里机械厂的业务员，因80年代中期上海成立中外合资公司，他被厂子派去拉业务，阴差阳错之下竟与合资公司副总成为好友。昆山借用上海的关系做汽车配件厂，主要靠贩卖关系资源赚钱。在这三人之外，农村强人杜毅稍微复杂一些。这一支线在第一部最后一章就已露出端倪，仿佛80年代后人心不古的预演。为了经营关系网，杜毅在二弟杜尔车祸离世后设计让二弟媳许敏嫁给三弟杜善，企图保住物资局局长的关系。后又安排小姨子嫁给年过五十、粗鄙无文的本地企业家昆山以换来半间工厂，最后他身患绝症，弥留之际向家人忏悔。"老商业底子"们的"义利并重"被抛诸脑后，后辈们以"见利忘义"的方式打起了算盘。

其次，是稳定家庭关系的崩解。小说后两部花了很大篇幅在男女关系上。在毛一夫介入后，卫国和云芝的关系就开始瓦解，他在云芝被毛一夫抛弃后短暂与之结合，随后再度被云芝抛弃。第十七章里三岔镇团委书记葛梅成组织联谊，微妙的变化从"交谊舞"开始，舞厅成为欲望滋生的温床。龚知秋陷入对于楚珺的单相思，受对方利用。于楚珺先与葛梅成结婚，在对方挪用公款后投入知秋怀抱，最终知秋为帮于楚珺还债差点身陷囹圄。其余如何天林与广东女业务员，鲍主任与顾医师、杨会计不必细说。令人惋惜的还有杜梅、春华。杜梅先嫁包工头方华飞、后嫁给业务员何天林，在对方出轨后自暴自弃，包养小白脸。春华遭遇军官丈夫家暴，离婚后出入舞厅，后被农村老板所骗。

再次，是社会阶层的变动。从名字看，秋林和春华本该是一对，但在20世纪70年代，供销社村级商店店员和商业系统百货公司的营业员之间存在巨大的阶层差异。进入80年代以后，我们看到了阶层的重新调整。秋林扶摇直上，成为供销社系统下让人眼红的土特产公司经理。供销社即将没落，秋林后来命运如何尚未可知。而以春华、于楚珺为代表的体制内的普通职员收入微薄。单位改革中，一些单位自负盈亏，甚至更为窘迫（如报社）。在农村，由于包产到户的实行，社队干部（如杜毅）必须重新建立关系网，才能避免阶层下滑。跑工程、办建材厂，是农村致富的捷径（如方华飞、杜善）。在城市，工人阶级地位整体下降，劳模鲁一贯被认为"跟不上形势"。"劳动"也相应贬值，劳动课的老师再也不受欢迎。相对而言，计划经济时代末期的业务员群体则完成了阶层跃迁，比如何天林、昆山。"干部子弟"不像过往一般吃香，比如卫国父亲退休之后，作为普通工人的卫国看不到出路，只身到云南开矿，下海一搏。随着退休制度和干部年轻化政策的实行，大批老干部开始脱离岗位，如卫国的父亲。部分体制内的领导干部利用转型期便利条件捞取个人利益，成功者如童小军，失败者则如北京来的戴首长。

与原有社会结构错位相配合的是精神领域的进一步动荡。小说对此描写得隐晦又耐人寻味——20 世纪 50—70 年代所形成的革命理想主义正在变得涣散。云芝对毛一夫的爱，来自对西方浮华物质生活的迷恋，并不一定带有太多精神理想的成分。卫国为了追求时髦，花了三个月工资买尖头皮鞋，却怀念自己穿绿军装的日子。春华在与知秋偶遇时，回忆起少年时代的劳动生活，辛苦却有意义。卫国在大树旁与梦中情人野合，而这棵树却是他父亲朗诵毛主席诗词的地方。业务员昆山年过五十，一朝发迹，每次与女人云雨，就会想起自己年轻时在水田里插秧的场景。80 年代的"解放"是伴随对过往的"理想"的拆解与亵渎而展开的。主人公的心灵感到空虚而孤独，"人这一世，无非就是一个人一个人地认识，又一个人一个人地离开。做人真是空空一场，丝毫没有意思"①。主人公秋林有困惑，但已无人解答。父亲的死讯、马师傅的退休以及许主任真面目的暴露，让秋林在 80 年代遭遇精神意义上的"丧父"。这是价值观混乱的时代。

---

① 张忌：《南货店》，第 284 页。

在我们看来，将 20 世纪 80 年代的历史处理为不断加速的、衰败的历史，有一重隐晦而值得重视的意义。今日的我们应如何认识 80 年代？我们该通过怎样的路径重返 80 年代？是否会对其面目产生不同的认识？

通过文学，读者看见了什么？蒋子龙的《乔厂长上任记》、柯云路的《新星》、张洁的《沉重的翅膀》、张贤亮的《男人的风格》、何士光的《乡场上》、桑恒昌的《笑声从这里开始》、乔典运的《笑语满场》、古华的《醒醒老爹》、尹俊卿的《馄饨》、矫健的《老人仓》、张一弓的《瓜园里的风波》《黑娃照相》、邓刚的《青山，一缕黑烟》、王润滋的《鲁班的子孙》、周克芹的《晚霞》、张宇的《李子园》……改革文学与"新时期"的现代化进程彼此配合，反向塑形了民族心理结构。"以《乔厂长上任记》等作品为标志的'改革文学'，迅如大潮，以它澎湃的涛声很快便掩盖了对十年灾厄和几十年'左'倾危害的哀伤与悲叹，表现出一种雄壮、磅礴的气概和奔放、明朗的色调，从历史的严峻回顾中鼓舞人们去变革历史。"[1] 从历史后来者的角度看，"改革"是一个不断尝试、探索、博弈、调整的历史过程，我们不应对其做理想化和本质化的理解，无论是雄壮、磅礴的气概还是奔放、明朗的色调，都应该理解为众多叙述的一种。

通过知识分子的叙述与回忆，读者又会对 20 世纪 80 年代产生怎样的印象？"文革"后高考恢复，77、78 级大学生被寄予了很大的希望。毕业时，国家推行改革开放政策，加上干部队伍需要年轻化，这批大学生占据了好位置。在经历过 80 年代"文化热"的学者、作家、艺术家、批评家那里，80 年代往往与激情、贫乏、热诚、反叛、浪漫、理想主义相关，而 90 年代则作为截然对立面，与现实、利益、金钱、市场、信息、新空间、明白、世故等关键词紧密相连。[2] 即使审慎如学者陈平原，亦觉得"八十年代的文学、学术、艺术等，是一个整体。包括寻根文学呀，第五代导演呀，还有文化热什

---

[1]　张炯：《论"改革文学"及其深化》，《福建文学》，1987 年第 9 期。

[2]　查建英在《八十年代访谈录》封底专门列出两组与 20 世纪 80 年代有关的常见词，和与 20 世纪 90 年代直至现在有关的常见词。

么的，在精神上有共通性。做的是不同的事情，但互相呼应，同气相求。一定要说有什么特点，我想，就是一种理想主义的情怀，一种开放的胸襟，既面对本土，也面对西方，还有就是有很明确的社会关怀与问题意识"①。但处理80年代，我们不仅需要来自文化中心的知识分子群体的视角，还需要一个底层的、地方的、市民的视角。回忆20世纪80年代，不应是体制内外知识分子的专利。如张忌所言，小说起点是他出生的1979年。由此倒推，秋林在1979年进入南货店，应当出生于60年代初。于是，小说提供了一个来自地方、留在地方、因未通过高考进入文化中心的浙东地区市民对80年代精神史的观察。

《南货店》对20世纪80年代的描写，既不同于"改革文学"中慷慨、激昂、带有明确历史目的论的乐观与激情，又明显缺少知识分子回忆当中的文化关怀与理想主义。借助这部小说提供的来自"社会"的视角，我们看到"改革"与"文化热"并不是80年代的全部，还有来自社会层面的种种震荡：地方商业伦理、稳定家庭观念和革命时代另一种理想主义的涣散。不必等到90年代，我们就已想到马克思的名言："一切坚固的东西都烟消云散了。"

## 五、余论：空缺

《南货店》是一部见出"社会"的"小说"。它的好，不仅在于对"物"的重新凝视、对"关系"的带有"地方感"的重新看待，更在于突破主流叙述和"改革文学"，以类似"区域社会史"的角度让我们重返魂牵梦绕的"80年代"。

最后，我们谈谈小说的空缺。

小说接近结尾，秋林"看着自己，却又觉得这个人好像是陌生的"②。按小说逻辑，秋林随世风沉浮，似乎是必然的。其实，又并不必然。

对这个问题，作家自己与主人公同样没有答案——秋林究竟是怎么一步

---

① 陈平原访谈部分，参见查建英编：《八十年代访谈录》，北京：生活·读书·新知三联书店，2006年，第136页。

② 张忌：《南货店》，第353页。

步变过来的呢?

我们回到《南货店》中，就发现了作家对这个问题的准备不足。《南货店》在第二部秋林担任文书、团委书记期间，对其个人行动的描写明显削弱（仅有两篇文章和春节前到东北跑供销的情节）。舞台中心让位给其他人物，更多展现齐海生、卫国、童小军的不同命运。进入第三部，秋林做的事情除了赴京接洽旧船移交，就是无休止的应酬接待，成为连接鲍主任、龚知秋、何天林、昆山、孔一品、许主任等人的线索。在后两部，支线压倒主线，秋林从主人公沦为线索人物，从行动者沦为观察者，对他工作的叙述也流于架空化、悬浮化。这样处理为了"见众生"，让支线活灵活现，但也有代价。从小说第一部看，由于对具体工作做了描述，我们明显可以看见秋林这一人物的成熟与成长。然而，到了第二、三部，他的成长变化却完全空缺。回避秋林个人的工作、思想和行动细节，作家又如何能去回答主人公变化的问题呢?

这个问题本应该回答。从小说三部曲的设置看，本来主人公的成长变化应配合工作位置而有所体现。从南货店店员、店长到黄埔区文书、团委书记再到县供销社土特产公司经理，人物性格的变化也应该是三段相应的变化的样子。后两部分却出现了喧宾夺主现象，难道是作家对做团委书记、做青年工作与成为领导一把手的主人公，缺乏描写的兴趣或信心? 长篇小说不是儿戏，对主人公重要时段的空白处理，恐怕另有缘故。这是否说明，作家突然意识到自己对那段历史中的主体状态缺乏十足的把握?

带着这样的发现回望小说第一部，我们会发现另一处空缺。在第一部那些看似针脚细密的地方，小说有些刻意地将"革命""政治"大事件与日常生活相切割，在充满世情小说韵味的地方，政治变动、社会大事、思想讨论完全销声匿迹，这样的处理也使得秋林的精神世界从一开始就缺少了一块重要的拼图，缺乏最全面扎实的建构。存在这样的先天不足，发展到 20 世纪 80 年代改革阶段，小说家对秋林后来的变化突然感到缺乏把握，也就不难理解了。

公允地说，这或许是我们从社会史的角度，能为小说读者提供的参考视野。当然，空缺未必是缺陷，也可能是一种选择与态度。

# 第四节 "新东北文学"的形式与观念：班宇的"文学性"回旋

在本节，我们将围绕班宇小说集《缓步》进行研讨。这既是对"新东北文学"这一地方个案的变化趋势进行跟踪，又是对整体的"地方性"概念正在显露的局限与风险进行一番审视。我们也以此作为本章的收尾。

班宇 2022 年出版的小说集《缓步》，既可视为班宇个人写作方向的一次转折，也可窥见他所置身的"新东北作家群"的转向趋势。从小说集的命名来看，可以解读出班宇的良苦用心。首先，"缓步"之缓，代表了一种语言的质地。它代表了某种特定的舒缓速度，指向了小说新的阅读体验。其次，根据小说具体的描写，"缓步台"是东北老居民楼的常见结构。这依然是一部描写东北老工业区的作品。它代表了一种向历史深处的探步，即在此前对"父一代"书写的延长线上，对东北 20 世纪 90 年代国企改制的历史阵痛所造成的"子一代"创伤的赋形。杨丹丹认为东北文艺的生命力在于"时刻与中国和东北现代历史紧密贴合在一起，始终突出社会问题意识，并形成坚固的现代写作传统"。[①] 社会问题意识是班宇和百年来东北作家群的精神联系，我们得以对"新东北作家"进行文学史定位并进一步提出要求。最后，"缓步台"是长楼梯力学结构的必需，避免建筑结构因为过分沉重而带来断裂——它起到目标分割、心理休息、结构稳定的作用。这是在强调小说集作为过往写作与未来写作之间的过渡段的位置。它凸显自身作为试图抗衡沉重现实的结构部件之作用，以其"文学性"为自身照亮。

① 杨丹丹：《"东北文艺复兴"的伪命题、真问题和咋"新"主义》，《当代作家评论》，2022 年第 5 期。

班宇对技术有一贯自觉的追求。① 到了《缓步》，小说的形式感又有转进。溢出叙事的意象堆叠、不可靠叙述者的塑造、作者权力的自省、元小说装置的设定——对"文学性"的开掘，成为小说集不断回旋的主题。以罗兰·巴特的术语来说，这并非简单的"悦之文"向"醉之文"的位移，而是对文本之内的"悦"与"醉"的比重调整。更进一步说，这种形式探索亦并非只为形式服务，而是更遥遥指向历史的真相，充当了历史的"道成肉身"。形式成为历史的显影剂。最后还必须指出的是，结合班宇在文学场的行动和职业选择②看，"文学性"的呈现，与班宇的"专业作家"身份互为因果。班宇的形式追求还受到文学场的观念感觉牵制。这种"文学性"在经由班宇的想象力充分赋予形式的同时，又受到 20 世纪 80 年代后期以来对现代主义的先验观念的回收，呈现出敞开的同时又收拢与关闭的征候。这一切都让我们对小说集的形式感的关注，有了充分的理由。

## 一、"子一代"创伤的文学赋形

《缓步》对"子一代"创伤的文学书写让人触目。20 世纪 90 年代末东北国企改制所造成的历史阵痛，不只发生在当时调整下来的国企工人身上，还绵延多年，由这些工人的"子一代"共同承担。历史以文学中的荒芜地景、生活灾变、突发事件、人性变异为表征，露出其狰狞面目。

围绕 20 世纪 90 年代的制度转型，社会学已有一套成熟的看法。工人的

---

① 刘东归纳为："早在豆瓣写作时期，从尝试以'《舌尖上的中国》体'完成物象、记忆与情感化合的《东北疯食录》，到近乎某种通俗文学体式的《铁西冠军》，从《铁西冠军》里的'小人物'故事《车马炮》，逐渐敷演成近似于《米格尔大街》格局的'《工人村》体'（《打你总在下雨天》），从书写'越冬故事'的《冬泳》，再到这种'笔法很淡'、内置写作与表达困境的《逍遥游》诸篇，作为一位有意识的形式探索者，班宇的作品清晰地呈现了现阶段'新东北作家群'创作的可能与局限。"参见刘东：《区域文化、地方情动与作为现象的"新东北作家群"》，《当代作家评论》，2024 年第 4 期。

② 2023 年 11 月 6 日，武汉市文联发布所属事业单位专项招聘拟聘用人员名单，班宇与陈春成、王苏辛榜上有名。三人考上事业编，为武汉市文学艺术理论研究所（《芳草》杂志社）文学创作岗位。

社会地位与政治制度高度绑定。这一阶层与经理和专业技术人员相比是经济资源上的弱者，同国家与社会管理者以及经理阶层相比又是政治资源上的弱者。工人职业的特殊性和负担还使其时间被工业生产完全占有，缺少机会去创造使其向上流动的异质性资源。在过去的制度安排下，政治权力强势抑制管理者的权力，使得工人未能发育出完善的组织形态与对工人领袖的保护。随着政府强势权力的退出，工人地位开始跌落。政府退出，不再干预用工和分配制度。一系列问题开始暴露：董事会取代职代会和工会，工人失去了以民意影响任命的可能；管理者在与政府博弈过程中，大大提升自身权力，效率至上的做法使管理者要挟工人放弃抗命的政治行为；社会经济改革启动了对私人利益的激励机制，又解除了对私人利益的制度束缚，工人和管理者的利益竞争出现了零和博弈，并以工人败北告终。[1] 这一过程的历史创痛，表现为 20 世纪 90 年代中后期工人的下岗潮。有数据表明，90 年代中期，铁西一年的下岗人数相当于 10 年来全沈阳下岗工人的总和，新世纪初，75 万常住人口里已有 70 万人失业。[2] 有学者指出："他们中的大部分人，还没有充分理解'买断工龄、与企业剥离、退休退养退职'之间的实质性区别，就在机器关停、高炉熄灭、联排厂房的报废中得到了直观而沉默的答案，那是再多的'自助者天助'、'心不下岗再创辉煌'的文化麻醉剂也无法缓解的噩梦。"[3] 当年，梁晓声在知青文学《这是一片神奇的土地》开篇写道："那是一片死寂的无边的大泽，积年累月覆盖着枯枝、败叶、有毒的藻类。暗褐色的凝滞的水面，呈现着虚伪的平静。水面下淤泥的深渊，沤烂了熊的骨骸、猎人的枪、垦荒队的拖拉机……它在百里之内散发着死亡的气息。人们叫它'鬼沼'。"[4] 如今，熟悉"新东北作家群"作品的读者，脑海中则会不断再现一种新的都市荒芜景观。

---

① 陆学艺主编：《当代中国社会阶层研究报告》，第 127—159 页。
② 张立勤：《沈阳：被贫困撕裂的繁荣》，《南风窗》，2001 年第 10 期。
③ 赵坤：《离散灵魂的造像——班宇小说论》，《当代作家评论》，2019 年第 5 期。
④ 梁晓声：《这是一片神奇的土地》，《今夜有暴风雪》，北京：中国青年出版社，2016 年，第 1 页。

小说中，过往的历史似乎蔓延至今。人物的周围堆满了物质性的残骸。"房子是十年前的回迁楼，现在已是弃管小区，大门四敞，任意进出。一二层是门市，开了两间小超市，一家面馆，一个按摩院，棋牌室倒是有四五家，彻夜不休，这会儿基本上是满员状态，正在酣战。……缓步台的左侧如悬崖，下面是无声的幽暗，另一侧是住户们的北窗，拉着厚厚的帘布，或用无数的废纸箱堆积遮挡。"① 隧道、悬崖的意象让人感到幽暗、无声和荒凉，在这里，三教九流龙蛇混杂。空间是人呼吸的场所。人不断吸入的，不只是冷冽空气，更是颓败下行的世势。

　　这是一片缺乏管理和维护的当代废土。"小区以前是工厂宿舍，后来起了新名，铁门锈迹斑驳，进出随意，门口有自行车库，不过已被用作麻将室，接了一排日光灯管，洗牌的声音从里面不断传来。前后一共四趟楼，每趟五个单元，中间有个园地，没种任何植物，只是一片坚硬的冻土，仿佛永远无法开化。"② 空间生产主体，是人与人关系的物质凝聚。空间的破落，意味着人心的冰冷、阴暗与崎岖，人与人之间弹性情感纽带的松解。在这片冻土上，人与世界将直接以血肉相摩擦，和成一片血泥。

　　下岗工人的"子一代"，在时光的流逝中始终未能愈合历史带来的巨大创伤。生活中突然而来的剧变与打击，让这批曾经的少年在挣扎中陷落。《漫长的季节》书写女性叙述者与瘫痪母亲的绝望生活。母亲瘫痪到去世前的三年是她受困的"漫长的季节"。《我年轻时的朋友》围绕一则学校清理爬山虎引发的案件，铺展开创伤之后"子一代"各自的生活道路。"我"叙述了与同窗邱桐、妻子孔晓乐的过往故事：混迹底层的孔晓乐在超市收银，与理货员发生着平庸而日常的婚外情；"我"作为基准线，挣扎于平庸之中；邱桐先就读于三本院校，后来靠父亲身故的赔偿金出国，看似脱离了底层命运，读者却可从其失败的婚姻和亲子关系中窥见历史撕裂的巨大创口。小说家在生活的延长线上看到这批人不可逆转的沉沦："十几岁时，我目睹过很多次的坠

① 班宇：《缓步》，《缓步》，上海：上海文艺出版社，2022 年，第 51 页。
② 班宇：《羽翅》，《缓步》，第 227—228 页。

落，它们在我的生活里接续发生，层出不穷，不止于背驰的成长行径、糟糕的情感经历与不可理喻的生存姿势，而是显现为一种真正的疲态。我亲见他们自行步入泥沼，任其摆布，打不起精神，四肢软弱，没有挣扎与抵抗。我感觉得到，接下来漫长的时光里，他们将渐渐沉没下去，悄无声息。"①

　　这些故事里，父亲缺席，英雄退场。《凌空》写"子一代"的下岗："我"从体制内沦落到开小饭馆，生活的溃败接连而来，前女友沈晓彤出嫁，情人孟凡的丈夫入狱又将她抛弃。故事中不再有"拯救者"父亲的出场，唯一视同父亲的"我叔"在倒闭的厂子当看门人，不久就悄无声息地死去。沈晓彤吹牛说父亲在埃塞俄比亚挖矿，是无奈的自我保护机制。《我年轻时的朋友》中始终缺席的父亲与其谜一般的身份，构成了叙事的黑洞。20世纪90年代末的一起硫酸泄漏事故，让人对罪犯三兄弟和地洞中的尸体浮想联翩。而"我"的两位女友分别宣称自己的父亲参与其中。父亲是谁？是大盗？是厂长？是横死的情人？是尽最后之力将我带离生活深渊的人？与其说父辈是膜拜的偶像，不如说是自我被迫去想象和建构的幻影。"父一代"的瘫痪与负累形象，还出现在《于洪》《羽翅》之中。对比此前《盘锦豹子》《肃杀》《空中道路》中强悍有力的悲剧英雄形象，父辈在小说集《缓步》中集体溃败，甚至成为"子一代"的负累。

　　自我在创伤中发生变异，稳固的自我发生解体和朽坏。班宇回转的目光发现年轻一代主体的千疮百孔，婚姻与个人生活一塌糊涂。短篇《缓步》表面讲述的是离婚后独自带着女儿的"我"的窘迫的单身爸爸生活，实则暗示主体穿越创伤，无不付出了看得见或看不见的代价。青春的美好、理想的生活如披头士歌曲《黄色潜水艇》一般远去。这种失去是无可奈何的，也不存在阻止的可能。生活的泥沼产生一种拉力，随时让你被泥浆没顶。《透视法》中弥漫一种被勒紧脖子的窒息感。青春期的少年父母离异，唯有与远处的笔友心灵相通。陈琳是生活的失败者，唯有画画和鸽子是她的慰藉。"我"寻找

　　①　班宇：《我年轻时的朋友》，《缓步》，第12—13页。

摇滚乐同好，对方却对"我"炫耀自己犯下的暴力强奸案。"我"心中虽然积蓄着反抗，却好像被时代的暴力绳索紧紧束缚。过往，班宇的小说倾向于倚赖某种自19世纪末东北铁路大开发带来的连带感和革命年代的阶级—社群感情来对抗生活的向下拉力。但到了小说集《缓步》当中，那过往牢不可破的共同精神纽带发生严重锈蚀。铆钉脱落，钢梁断裂。腐败发生在肌体内部，身旁的队友露出狰狞的獠牙。《于洪》讲述了战友之间的情感变异。"我"对三眼儿和陈红的利用、三眼儿姐姐的谋生之道、人们习以为常的恶性案件、从抗洪战士到无业游民的身份落差以及在这落差之下底层人民的自噬，无不昭示20世纪90年代的历史变局对东北社会最根深蒂固的人际关系、道德伦理、情感结构的撼动，亦保持了对"子一代"作为叙述者的正当性的警惕。

可以看到的是，班宇在过往创作的延长线上，试图继续深化过去的主题。只是将对"父一代"悲剧命运的渲染，转移到对"子一代"现实困境的描绘上。难得的是，这种延长不是同一公式的机械推演。"子一代"精神困境的颗粒度，呼唤一种更具有内省性的文学形式为之赋形，也就同步带来了对现实主义的变奏。

## 二、形式难度：从"文之悦"到"文之醉"

敏锐的读者会发现，这部小说集提高了阅读的门槛。小说的传达性被形式的难度所削弱，总有一些东西挡在情节的前面，挑战阅读习惯，阻断阅读快感，拉住阅读节奏，需要读者调动耐心、加倍咀嚼，开启一种类似阅读悬疑小说的解谜程序。研究者所强调的"新东北文学"的"悬疑性"①，仿佛找到了形式上的对应物。解谜不只局限于情节的曲折，还在于文学形式的困难。

文本的品质发生了变化。罗兰·巴特在《文之悦》中区分了文本的两类特质。"悦之文"指的是欣快得以满足、充注、引发的文，源自文化而不是与之背离的文和与阅读的适意经验密不可分的文。而"醉之文"则是置于迷失

---

① 如刘岩在第七章关于双雪涛小说的"悬疑叙事"的论述。参见刘岩：《同时代的北方：东北老工业基地的历史经验与当代文化生产研究》，第189—217页。

（perte）之境的文以及令人不适的文（或许已至某种厌烦的地步），它动摇了读者之历史、文化、心理的定势，凿松了其趣味、价值观、记忆的坚牢，它与语言的关系处于危机点上。与其说这两种文本泾渭分明，不如说某一文本的品质是杂糅的，"悦"与"醉"的博弈发生于其间，"悦"与"醉"的缰绳均握在作者的手中。"一切文化的深长的享乐主义〔这使他浸染于其中，幽然无声，借着诸多旧籍俱有的养生术（art de vivre）的掩护〕及对那一切文化的毁坏，他均分享，参与，呈同步而矛盾状。"① 对文化和阅读惯习的保持和背叛，形成了一种新的动态关系。

小说中有两组值得注意的意象，首先是遍布的"水"的意象。班宇擅长以水的意象为小说营造浪漫或湿润、温柔或荫翳的感觉。沈阳这座城市自身就带有水系，水是对钢之城的调和与补充，也暗示钢铁之外的不可见之物。此前的小说中，《冬泳》里有卫工明渠，《空中道路》里有缆车遭遇的雨水和冰雹。《工人村·超度》里李德龙开着摩托车，却"想着自己是在开一艘船，海风，灯塔，浪花，礁石，在黑暗的前方，正等待着他逐个穿越"②。水是班宇式的地方性的一部分。

回到小说集《缓步》来看，《漫长的季节》里出现了深邃的海。"海"在这里，可被视为一种制造氛围的风景装置。在这一装置下，主体与苦难的现实得以产生某种疏远的距离——文本得以区别于其描述的苦难，挂上审美的光晕。"我"深感自己如同海里的鲨鱼，受困在命运的防鲨网内。"我"的两位恋人，"小雨"与"晓河"名字中都带着难测的"水"，他们让"我"亲近而又陌生。大海是充满诱惑力的人间自由："我尽力想象着他所望去的方向，倾斜的球筐，熄灭的灯和喷泉，濡湿的树梢，相互倒映的天空与海，浪潮在另一侧鸣响，连绵不断，如空旷的号角，声音向着地心荡漾，回环无际。"③

---

① ［法］罗兰·巴特：《文之悦》，屠友祥译，上海：上海人民出版社，2016年，第18页。

② 班宇：《工人村·超度》，《冬泳》，第230—231页。

③ 班宇：《漫长的季节》，《缓步》，第296页。

小说最后，海的意象构成了主体的救赎。"岸上吹过来的风使我温暖，我舒了口气，忽然想到，自己也许就是那只走失的鲨鱼，心怀万物，四处游荡，一次次地沉没，又一次次地跃起来。在空中时，我可以望见一条星星的锁链，掠过夜晚，照亮尘埃，浮在银河的边缘；在水里时，我看到了一匹会游泳的白色独角兽。"[1] 海充满危险与神秘，是波涛汹涌的，也是温暖的。海究竟意味着什么？意味着命运的无常，是出离日常生活的可能，还是主体本然舒展的状态？或许兼而有之。但这并非这篇小说的最大突破。

最大突破在于，这是一篇具有女性内在精神气质的作品。海的召唤，让人联想到羊水。这种在子宫之中的温暖，是母女之间割舍不掉的羁绊。只是这种女性角色之间的羁绊（母亲的瘫痪与对主人公婚姻的安排），在现实之中又构成了女主人公的枷锁（"防鲨网"），于是她如同受困的鲨鱼。更有想象力的读者会发现，"鲨鱼"的意象，如果从俯视或仰视的角度去看，就形同女阴。那狭长幽暗的体型，又有如血淋淋的伤口。女主人公糟糕的性经历和反复发作的噩梦印证着这一无法愈合的创伤。经济的困顿、出离的希冀、命运的凶险无常、原生家庭的隐秘、母女的羁绊与枷锁，纠缠在小说里，形成鲨鱼与海的意象的复义（ambiguity）。

除了深邃的海，还有诡秘的江。《气象》是一篇都市鬼怪奇谭。"我"在20世纪80年代初从师范学校调入市文联，后来承包逐渐不景气的文学杂志，为了经济效益组织笔会。"我"由此结识了作者陈珂与孙泱，以及参加过对越自卫反击战的退伍军人小韩。诡秘的小韩讲述了自己遭遇的50年代韩国白马师鬼魂的故事。小韩亡魂的身份、妻子前后矛盾的往事，这一切都在江水、迷雾、冰洞的作用下，构成叙事的悬疑氛围。

到了《于洪》中，洪水构成了历史的隐喻。叙事者的身份是退伍失业的抗洪英雄。一方面，"于洪"原本是"御洪"，历史选择某些群体，作为牺牲品去承担时代浪潮的冲击。另一方面，洪水也指代更为普适化的系统性困境，

---

[1] 班宇：《漫长的季节》，《缓步》，第 308 页。

每个个体都身处滔天洪水之中，被无法扭转的历史巨力所拖拽和扭曲。小说的主题由此得到飞跃性的提升。

第二组值得注意的意象与"飞行"相关。飞行寄寓着希望，代表一种脱离生活沉重引力的可能。在"新东北作家"此前的创作中，相关的意象早已出现。比如班宇的《空中道路》或双雪涛的《飞行家》，无论是驾驶热气球还是开着塔吊，工人挥斥方遒、抗衡历史的豪情尚在，保有对现实的超越性力量。到了小说集《缓步》中，这一口吊着的真气就散了。《透视法》多次出现鸽子。刘志明放飞了鸽子，就如同解除自己的枷锁。"他想到自己这辈子都绕着此处打转，以前出野外后，要回厂里报到，调动工作，也是在西侧的车间喷漆，哪怕是下了岗，为了跟戴青共同生活，重又搬回此处，他就像这群鸽子一般，无论走出去多远，哨声一响，就要往回飞。"① 秒针、翅膀、羽毛构成轻盈而沉重的宿命感。飞行是迎向命运不确定性的自由姿态，《凌空》以悼亡为结尾，"云层漫过树梢，一阵风吹过来，沙沙作响，松针纷落，如同骤雨，清点着全部的死者。我吹着口哨，在等鸟儿叫，一个无比清澈的元音，过了很久，也还是没有"②。云层、鸟鸣是从现实中的短暂解脱。《羽翅》讲述一位从日常生活和父职中脱离的作家，在婚姻关系陷入困顿时，拜访过往年轻时期的老友，唤醒当年浮浪暧昧记忆的故事。程晓静与马兴的逼仄窘迫生活，让"我"心生悲凉。"我"很难修复与刘婷婷的婚姻关系，但也同样难与程晓静发展出新的命运轨道。小说终了，"我能感觉得到，一双无比坚硬的羽翅，正在脊背上隐隐挣脱"③。飞行表面上代表舒展、自由，但同时意味着摆脱羁绊，迎接危险与未知，包括更致命的坠落。借这样的意象，班宇关注着"子一代"的漂泊与动荡。

如果说溢出叙事的意象堆叠，构成了阅读的第一重挑战，那么对不可靠叙述者的调用，则进一步提高了这批作品的文学浓度与阅读难度。《于洪》中

---

① 班宇：《透视法》，《缓步》，第 99 页。
② 班宇：《凌空》，《缓步》，第 269—270 页。
③ 班宇：《羽翅》，《缓步》，第 244 页。

的"我",在小说最后与三眼儿的对峙中,方才暴露出作为不可靠叙述者的真相。小说开篇,"我"以1998年抗洪抢险的英雄身份开始叙述,让小说染上了悲壮的色彩。"半夜里,站在桥上,江水涌动,高出防洪堤数米,天空被雨浸洗,星星全被覆盖,我们相互搀着走,由下至上,沿江而行,暴雨不停,很难看清前路,至水深处,黄泥漫过来,几近胸口,简直快要窒息。"① 在这样令人战栗的风景中,叙述者与战友互相搀扶,雷声阵阵,人声缄默,唯有江中瀑布高耸。读者震慑于这样的崇高,便相信了叙述的真切性与正义性。一直到最后,抗洪英雄成为凶杀案的参与者和战友的背叛者。小说本身,成为对这一套正义叙述的最大反讽。《漫长的季节》的不可靠的叙述者则更为隐晦。敏感的读者很快发现,女主人公"我"为了照顾自己生病的母亲,被迫与闵晓河结婚。而晓河的怪异举止,证明他也是一个"病人"。彭彭和丁满的出现,到了最后让人心生疑窦,怀疑他们只是"我"想象出来的虚构人物。原来,"我"的视点也是不可靠的"病人"视点。通过这种方式,悬疑的情节接轨了文本的先锋性,也指向了对身为"子一代"一员的作家权力的自省。

对叙述者权力的自省,使某些作品甚至染上了"元小说"的意味。在《透视法》中,鸽子成为几个平行线索之间的榫卯构件。首先,鸽子是下岗工人刘志明在与工程师妻子戴青婚姻中的唯一的慰藉。下岗工人中的女性,相对容易以灵活就业的方式找到位置。妻子戴青以其智力资本转行为教师。在妻子的强势勒令下,刘志明赶走鸽子,使鸽子消失于人海。黑足环的鸽子飞入陈琳的生活,成为"我"与她通信的话题,也是刘志明跟踪骚扰陈琳、陈琳向"我"求助的理由。这只鸽子将"我"引向陈琳所在的城市,又让"我"和犯下案件的网友联系在一起。有意思的是,小说在一封人物之间的通信里,谈到了"透视点"("灭点")的概念。核心意思是,透视点在现实中是不存在的,它是画家/作者人为设计的一种装置,让彼此绝不交会的平行线得以相交。人通过对透视点的虚构,取代了上帝的位置。这堪称作家对小说

---

① 班宇:《于洪》,《缓步》,第112页。

机关的揭示：几个人物生活在平行的空间，悲剧命运原本绝不交汇，是作家取代上帝，安排了文学上的"巧合"。鸽子正是这一透视点装置的一部分。班宇有意暴露作品的人为性和虚构性，暗示他对写作作为一种"权力"的自觉意识，也说明了他对自己"作家"身份的刻意凸显。

在形式障碍面前，"文之悦"破碎了。用罗兰·巴特的观点看："悦碎了；整体语言结构碎了；文化碎了。这般文是反常的，它们逸出于一切可想象的终极性——甚至悦的终极性之外。（醉并不受悦的约束；它甚或是令人厌烦的。）无法依托于他辞来说明，无以重构，无以复原。醉的文是绝对不及物的（无法传递和交流）。"[1] 醉是对文化的背离，具有瓦解主体的效果。小说的先锋性似乎显而易见，但是，这背后未见得不是一种新的文学体制在发生作用。与罗兰·巴特所寄寓的解放前景不同，以文化研究的视野看，这莫非也是一种"高雅文化"对读者的询唤？让我们带着这样的问题进入下一小节。

## 三、"纯文学"观念的回收与"新东北文学"的形式问题

如果说，小说的形式引出了后面一系列值得探讨的理论问题，那么我们还需要对最具有形式难度的《活人秘史》进行分析。如果将小说集视为一座高山，那么《活人秘史》就是最难攀爬的险峰。小说集一共九篇小说，第五篇是《活人秘史》，恰好位于正中间。阅读难度在该篇之前一路攀升，又在该篇之后一路下降。作为小说集的"黑暗之心"，阅读《活人秘史》，读者宛如踏入黑暗森林的最深处。

我们可以进行这样的文本分析。作为小说家的"我"正在返回首都的飞机上，"我"回忆当年研究生毕业后的往事："我"以留学名义前往 N 城，被退学后，"我"搬到一座冶炼工业城市的郊区，白天读书睡觉，晚上听音乐表演。"我"开始模仿一位欧洲作家撰写乐评，有幸被报纸同意刊登。报纸的主事者是一位结实的黑人，经营着唱片店。黑人主事者讲述了二十几年前来中

---

① ［法］罗兰·巴特：《文之悦》，第 64 页。

国看地下摇滚的经历，借用卡夫卡《塞壬的沉默》，他表达了中国之行的震惊体验，这预示着"我"回国之旅的不同凡响。"我"回国是为了见一位曾有过短暂交集的女记者 C。"我"在酒吧即兴表演，与鼓手对话。演出后，C 来搭讪，开始了"我"与她的思想试探和情感拉锯。此外，"我"感应到她在 N 城还有另一位上床对象 Y。在"我"回国寻找 C 的旅途以及与 C 的联系中，反复地穿插 Y 的祖父、C 的婚姻与生活等大段信息。在嫉妒、不甘、渴望等种种情绪的折磨下，"我"精疲力竭，宛如与人隔着一堵墙打羽毛球。于是"我"下定决心，想写一部关于 C 的小说。在 C 的指引下，"我"到了一座神秘的宛如圣殿的地下滑冰场。在那里，"我"一眼认出了曾经嫉妒又渴望被其认同的 Y。Y 的形象犹如前辈、父亲，"同时，我也不知道为何会产生这样的印象：他刚从一辆产自东欧的黄色小巴车里走出来，先弯下腰，又探出脑袋，眼球左右闪动，野兔一般机警，从不轻易迈出任何一步，好像此处正被鬼火灼烧，表面滚烫，无处落脚，随时准备蹿回车内，继续一生的逃亡"[1]。最后的场面宛如一场继位的宗教仪式。"我像是一位丧失星空的迷路者，正在苦苦哀求着自己的向导，渴望得到指引，不舍让他离去，Y 也许正在饰演这个无法拒绝的角色。"[2] 在 Y 的接引和认证下，我进入人群，与 C 并肩前行。"我在人群里加速行进，竭尽全力，超越了 Y 与他们的幻影，来到 C 的身旁，与其并肩。……噪音像滚动的词语，公正并且充满尊严，在脚下与身后追逐不止，撞击着头颅，冲刷着唇齿，发出一阵阵不可磨灭的哀叹之声。没有起始，没有结束，唯存无尽的中途，只能一往无前。"[3]

在现代主义意味浓厚的《活人秘史》中，开篇就是叙述者以小说家身份的自陈："鉴于如今已经成为一名小说作者，所以一切诉之于此的言论理应更为清晰，确切，严谨，坦诚，富有良心，不失风度。"[4] 班宇跳出来，以小说

---

① 班宇：《活人秘史》，《缓步》，第 210—211 页。
② 班宇：《活人秘史》，《缓步》，第 212 页。
③ 班宇：《活人秘史》，《缓步》，第 214 页。
④ 班宇：《活人秘史》，《缓步》，第 167 页。

家的自我意识破坏文本的现实幻觉，使得这篇作品成为关于小说、关于小说家境况的小说。"需要展示的是，自身并非仅仅处于一座安全的语言堡垒之中，且与时代境况亦可构成一种拓扑学意义上的关联。这比写作本身要更为复杂，卓绝，致命，并且邪恶。"① 从中，我们读出了班宇作为"新东北作家群"一员在受到社会认可后的心态变化。小说家被严肃对待，其社会问题意识被迫凸显。一旦小说必须承载对现实与历史的指涉与批判，小说家就必须承担由此而来的危险与质疑。小说的标题《活人秘史》指向了思想尖锐的摇滚乐队"木推瓜"②（主唱宋雨喆）。班宇试图回避批评界对其社会问题意识的直接/过度强调，又不愿意放弃社会问题意识所带来的视野与成就。于是他把社会问题意识藏得更深，也更多地分担于文学形式之中，当然这并不能解决他的焦虑。

这部作品中"小说家"的焦虑首先来自文学场的评价体系。故事中的爱情关系有了另一重隐喻——作者与批评家之间的互动关系。小说中的人物别有所指，C 的身份相当于文学批评家。"我"与 C 之间相互吸引、相互误解，又借助对方述说自己的想象。赠予竹笛，意味着写作者对批评家的信任。然而 C 对"我"的评论，只是一种新的虚构："C 不是一位诚实的记者，反而像是写小说的，这些所谓的非虚构文章存在着严重的道德问题，不但不够客观，且掺杂着大量的谎言与捏造成分，原型错乱，细节仓促，她是在以想象、经验、技巧来填补自身与现实之间的沟壑，极具欺骗性。"③ 受挫的作者，暗中提出一种激进的看法，文学批评是一种以文学为素材的虚构。但这种虚构却对作家有着吸引力和构造性。批评家的言论"时而像在抚慰，将自身降低一

① 班宇：《活人秘史》，《缓步》，第 167 页。
② 宋雨喆作为地下摇滚音乐人，在 1998 年组建了"木推瓜"乐队。后来乐队解散，主唱四方游历、旅居德国、娶妻生子、组建"大忘杠"乐队。"木推瓜"在 2015 年重组，此后推出更具实验性、概念性风格的代表作——"活人秘史"三部曲。班宇在小说中代入了自己乐评人的经历和趣味，以此来保留曾经的锋芒。小说结尾处的"我们面目一致，同为活人，同为哑人"，为历史洪流中的同代人代言，正呼应了摇滚乐队专辑的问题意识。
③ 班宇：《活人秘史》，《缓步》，第 194 页。

个维度,喃喃低语;时而像在叫喊,以一种不可置疑的腔调,驳斥着所有的沉默"①。作家在与批评家的拟情爱关系当中感觉到了权力的不平等。这种话语的权力不是压抑,而是介入了主体的再生产。"我"反复阅读,"如一段足够漫长的混响,在聚集与滚动之间垂落而成。那些细菌式的语言,不由分说地注入我的内部,安息繁衍,进行着分裂生殖"②。文学批评的语言也成为内在于"我"的一部分。

"小说家"的焦虑还来自文学传统。作家需要挑战传统,通过反叛来确立自身的位置;又需要继承传统,通过献祭自身的某些部分来进入传统。这篇小说中"我"与Y的关系很自然让人联想到布鲁姆所谓"影响的焦虑"。"我"与Y曾共同争夺女孩C(即批评家的认可)。"我"对这位前辈既抗拒,又顺从。《活人秘史》提到"我"一直在模仿一位欧洲作家。有读者会想到米兰·昆德拉——他的长期流亡生涯、与音乐密不可分的关系、作品中回忆的辩证逻辑和情色的超验主义、对"媚俗"的警惕与反对,都让这样的联想具有诱惑力。但实际上,作品中的"欧洲作家"与Y同一,都代表了一种对文学史前辈的形象综合,一种逃亡、独立与批判精神的混合体,总之是一位带有先锋派意味的"纯文学"的父亲。"我"必须认可这样的"欧洲作家"/Y,然后再通过他的认可,得以调和与C(批评家)的关系,进入代表历史秩序的人群中,成为这些"哑人"的代表。

《活人秘史》最极端地体现了《缓步》小说集的形式追求。班宇将这部作品藏在小说集的中心,既是在赋予其中心位置,展现靠拢主流文学场的意图,又是在暗示自己与一般读者逐步拉大的距离。《活人秘史》不再以"东北"为其题材标志,它的概念性、意象性和内倾性书写褪掉了地域性、情节性和通俗性的色彩,而更具有"世界性"。它同时也是一个症候性的文本,暴露出了作家真实的欲望与焦虑。它是班宇"走出东北"的重要一步,也使这部小说集无愧于"缓步台"的结构性意义。

---

① ② 班宇:《活人秘史》,《缓步》,第198页。

《缓步》围绕"文学性"的探索，做了许多有才华的尝试。当然，这种"文学性"回旋曲的多样呈现，也透露出了作家的观念和感觉。我们不妨从这一形式变化入手，去打开更多的思考空间。

首先，小说家的"文学性"追求之下，是"走出东北"的战略意图。追溯"新东北文学"的崛起，刘东借用贺桂梅的省域文学概念描述了一条"商业出版机构—地方作协—大众文化"三股力量合流的推力模式。[①] 以班宇、双雪涛、郑执为代表的"新东北作家群"首先要面向市场化的出版机构，还要与大众文化领域密切互动，更必须同步满足官方文学体制（地方作协、文学期刊、文学批评和文学评奖制度）的期待与要求。"文学性"正是满足三者欲望的合理举措。

"文学性"同时还是对一种关于东北的知识生产方式的逃逸。在 20 世纪 90 年代以来"文化搭台、经济唱戏"的经济理性作用下，文学提供一次又一次的区域景观，而"省域文学"的推动更是加剧了区域经验的景观化。尤其是，东北在 90 年代之后又一次面临经济下行的压力，新世纪出现的"投资不过山海关"的说法、东北人才的持续外流、奔赴南方各大 MCN 公司的东北主播"老铁们"，荡起新的心灵波动。需要警惕的是，现在关于东北的知识—感觉生产，往往内含着一套不平等的分配机制——刘东概括为一种"供应链诗学"。不平衡的文化资源和感性分配秩序会吸纳反叛的力量，并将其放置于自身的体系之内。班宇敏感地意识到自己的书写迟早会被这一秩序所吸收，成为区域景观的一部分，因此书写东北之后又必须"走出东北"，从而拓展世界版图。

班宇很早就感知到了这种"供应链诗学"，因此反对将小说与现实过于直接地连接。"归根结底，这并不是一部要去复刻现实的小说，对于将'东北奇观'与'异域想像'这些话语，附着在这个文本之上，我内心十分厌烦，但

---

① 刘东：《区域文化、地方情动与作为现象的"新东北作家群"》，《当代作家评论》，2024 年第 4 期。

又觉无力。"① "好的小说里探讨命题是具有一定普遍性的，不太会被地域所限制"②，"出东北"的意图呼之欲出。作家巧妙地把话题从社会指涉转向了小说的虚构本质："在我的小说里，虚构成分居多，并非要借此控诉或者发泄，相比社会命题，我其实更愿意对小说本质进行一些探寻，包括语言与叙述技巧等等。"③ 这是作家们共同的想法，双雪涛也从对题材地域性的强调转向对文学形式的强调："对于一位作家而言，他写作的材料是一个问题，但更重要的是他看待材料的方式和处理问题的方法，我觉得这是一个作家安身立命的根本。"④ 从经验转向形式，从现实的粗粝转向"文学性"的繁复，仿佛"文学性"将成为作家们从东北抵达世界的涉渡之舟。

其次，小说中的"文学性"是存在预设的。沉重的、粗粝的、总体性的现实主义，不是他们的心头好。讲究技巧与专业性的现代主义，则是他（还可以加上双雪涛、郑执等）要朝拜的"圣殿"。他们虽然拥抱影视改编，但又要扭捏地强调自己的小说与电视剧的区别。在这里，又隐藏着一种文学等级的观念，在现实主义/现代主义、通俗文学/高雅文学的对比中，后者因为种种原因显得更"优越"。相比"写什么"，这批东北作家更愿意强调自己在"怎么写"上做出的努力。有意思的是，当批评家对其写作题材一再聚焦时，他们往往又想逃离"写下岗"的理解路径，试图把话题拉回到文学形式上。在班宇的访谈中，他援引自己的阅读史，展示了从威廉·加斯、乔伊斯、科塔萨尔、纳博科夫、帕斯捷尔纳克、贝克特到三岛由纪夫、托马斯·曼的阅读谱系，在对上述作家的讨论中更多去谈写作技巧上的推崇与影响。其实现实主义同样存在形式问题，而且对形式感的重视一点也不亚于现代主义，但

---

① 班宇、张玲玲：《虚构湖景里的真实倒影》，《上海文学》，2019 年第 12 期。
② 曾璇：《班宇：小说要勇于尝试，抵达语言和事物的最深处》，《羊城晚报》，2019 年 4 月 15 日。
③ 朱蓉婷：《班宇：我更愿意对小说本质进行一些探寻》，《南方都市报》，2019 年 5 月 26 日。
④ 鲁太光、双雪涛、刘岩：《纪实与虚构：文学中的"东北"》，《文艺理论与批评》，2019 年第 2 期。

形式问题在这一潜在文学观念里，却更像是现代主义的优势。

以双雪涛、班宇、郑执为代表的"新东北作家群"自觉地选择了20世纪80年代以先锋文学为代表的逐渐固定和传播开的"纯文学"观念。如丛治辰指出的，80年代以先锋文学为代表的现代主义完成了其历史使命，并成为我们的常识。① 这种文学常识，会逐步固化为一种意识形态，构成我们看待文学和世界的方式，使我们认同某一种"纯文学"，并认为它才是具有"世界性"的。过分在意"纯文学"，固然在技巧上会有翻新，但同时也意味着另一种关闭和停步，失去文学自我翻新、自我革命的机会。曾经的尖锐性、冒犯性被"纯文学"的框架所回收。跻身"纯文学"殿堂，可能会带来更稳定、优渥的创作环境，但需要再次强调的是，关键不在于"文学性"是不是足够"纯"，而在于文学的边界是否仍然开放和广阔。此前小说家对文学的陈规并非没有僭越与挑战，比如小说《于洪》与犯罪悬疑剧、《气象》与灵异小说的边界就在悄无声息中被打破。文类的探索，当然也是一种"挑战"。② 这些冒犯与僭越，也还可以更大胆些。我们还愿意对这些作家要求更多，因为文学应该具有"世界性"，而"世界性"的本身也应该是多样的。

其三，我们也读出了作家对文学场域权力的应和与挑战。如《活人秘史》所暗示，"批评家"擅长借助作品传达自己的观念。而"小说家"在觉察到这种"夹带私货"后，试图通过逃离再度发现/发出属于自己的声音。这样看来，对文学形式的选择性，不只是表现于对"纯文学"观念的接受，还隐含着作家自己的站位——他们感觉到了"现实主义"／"现代主义"的命名背后的立场。

黄平与张定浩的讨论很能说明"现实主义"／"现代主义"背后的价值

判断。黄平强调这批作家"吸收了现代主义技巧的现实主义",目的在于凸显其背后的"阶级"立场。黄平认为小说表现了隐藏在地方性怀旧中的普遍的工人阶级乡愁。"新东北作家群"有效地超越现代主义文学,创造出一种共同体内部的写作,一种新颖的现实主义写作。口语化的短句、依赖对话与描写、丰富的日常生活细节、几乎不使用心理描写、强烈的故事性,是其现实主义的风格。[①] 张定浩则从美学维度提出了较为尖锐的看法。必须小心集体性的煽动概念,留意"反内心叙事"以及刻意放低叙述位置的伦理问题。要小心一种以"工人阶级美学"为外衣的"中产阶级美学",这种风格意味着保守、媚俗、虚伪,是对大众趣味的操纵和应和,也是对形式追求和伦理价值的同步放弃。[②]

班宇的小说集《缓步》更像是对两种话语权力的消化与抵抗。他有意识地大大提高了现代主义的技巧分量,甚至不惜让作品变得晦涩,规避批评话语围绕"现实主义"赋予的过强的意义指认、价值立场和现实风险,又以作品晦涩性彰显自己的先锋身份,闪避和格挡另一群批评家的形式剖析。他以《活人秘史》式的形式实验、《漫长的季节》式的女性视角和伦理深度、《凌空》《羽翅》式的自我剖析来回应对形式难度和伦理价值的质问,以"子一代"离散命运的书写来看似延续"阶级"视野,又以强化的现代主义色彩来拒绝对工人立场的指认。通过对批评话语的拒绝,作家们从另一个角度去寻找文学场域的认可,从而如《活人秘史》所暗示的那样,跻身传统之中。

小说家的转型是必要的,即使未让批评家臣服,它也是文学活力的一部分。但是我们也需要指出,小说家在转型中依然可能受到文学批评的牵制。如果把文学批评话语视为正题,那么以反题方式的背离,实际上仍然在正题的反向延长线上。无论是正向还是逆向,文学批评都可能以二元对立模式对小说写作造成限制。如何有意识地背离,同时彻底摆脱非此即彼的二元思维

---

① 黄平:《"新东北作家群"论纲》,《吉林大学社会科学学报》,2020 年第 1 期。

② 张定浩、黄平:《"向内"的写作与"向外"的写作》,《文艺报》,2019 年 12 月 18 日。

去开拓新路，是摆在作家面前的难题。

我们由此向前再推进一步，对"文学性"的追求也需要相对化地理解。现在对"文学性"的追求容易再次回到一种现代主义式的、沉湎回忆与内心的叙述方式。黄平当年的观点仍然是有意义的，以短句为主的"向外的写作"是此前"新东北文学"的重要文体特征之一，这一文体特征指向了过去沉溺内心、与世界脱钩的文学惯习。重建人与世界、文学与世界的关系，是"新东北文学"的重要价值。同时，也如张定浩提醒的，要小心这种写作方式变成一种机械的模仿与自我重复。因此，无论转向追求哪一种"文学性"，都必须不断自我警惕与自我革新。是否能更好地放入经验，是让经验展开还是关闭，是否能为历史中人的情感结构赋予形体，才是校准这种"文学性"的坐标系。

关于经验，还需再补充一个重要的观点。一种新的研究声音是将"东北"去地域化。如刘岩指出，东北的地域化是 20 世纪 90 年代资本主义市场文化霸权的后果。[①] 相比于 90 年代开始的东北的自我边缘化、自我地方化，刘岩召唤的是"东北作为 50—70 年代中国"的集体记忆。在他看来，东北的地域化，实际上是国家层面上的记忆的边缘化。

我们需要进一步指出的还有"东北"这一地方性经验的内在歧异性。"东北"并非等于沈阳—铁西区—艳粉街，它还有广袤的土地与经验有待发掘。即使是 20 世纪 90 年代的历史，亦在"创伤"之外存在不同的解读路径。我们需要在刘岩所说的"去地域化"的基础上，对东北和这段历史中的东北进行"再地域化"。在德勒兹的意义上，刘岩之举堪称对文化霸权下的文学观念的"解域化"，但任何"解域化"都面临"再领域化"的危险。如何将东北尤其是 20 世纪 50—70 年代东北三省文化—政治内部的差异性和不同遗产予以发掘，在 90 年代历史中发现更多的脉络与走向，在新世纪以来东北的经济文化生态中发现新的生成性，是东北作家未来的任务。经验的新异性，固然

---

① 刘岩:《同时代的北方：东北老工业基地的历史经验与当代文化生产研究》，第106—117 页。

容易让读者放低评判标准。但这并非经验的原罪，对"文学性"的追求，必须在经验的赋形的动态关系中去理解。重提"写什么"，尤其重提"还能写什么"，也是必要的。

本章的结尾想再次强调，我们应该不断深入地方、发现地方、挖掘经验的歧异性，不断深入文学、发现文学、重新拓宽文学边界，提防任何奇观化、景观化的企图，警惕自我设限和对某个教条奉为圭臬的举动，在边界处重启我们的思考。援引《活人秘史》结尾的话，作为我们对"新东北文学"以及整个地方性写作的期待：

　　　　没有起始，没有结束，唯存无尽的中途，只能一往无前。①

---

① 班宇：《活人秘史》，《缓步》，第214页。

第三章

# "中国"：历史与情感

本书对新世纪中国文学图景的描绘是选择性的——我们从众多面向当中，选择了从个体到家国的路径。现在，这种描绘到了最后一章。一方面，个体在成长中遭遇精神困境，不可避免从地方社会汲取资源，更与家国意识遥相呼应。"地方共同体"与"国家共同体"同样是个体的有机构成。"国家共同体"及其历史、人群、伦理，作为个体对面的他者，属于自我想象的题中之义。另一方面，新世纪中国文化界的确存在着"重述中国"的冲动，知识界和文学界形成了关于中国的"文化自觉"的叙述群。① "中国"在新世纪文学当中的确是一个大词、热词。考察新世纪文学对"中国"的想象与表述，既吻合我们描绘新世纪文学图景的任务，又符合我们对中国国家建构和社会文化转型的密切关注。

中国社会进入新世纪，国内外局势有过许多重要变动。新世纪第一个十年"中国崛起"，新世纪第二个十年国内外经济、政治、外交形势开始变化，中国经济进入"新常态"，新冠疫情暴发后全球地缘政治冲突加剧。有鉴于此，习近平总书记于 2013 年在全国宣传思想工作会议上的讲话中首次提出了

---

① 贺桂梅：《重述中国：文明自觉与 21 世纪思想文化研究》，北京：北京大学出版社，2023 年，第 31—41 页。

"讲好中国故事"，后来又于 2014 年在文艺工作座谈会上的讲话以及 2017 年党的十九大报告中充实和强化了这一提法。其中，2014 年 10 月 15 日，习近平总书记在文艺工作座谈会上强调："文艺工作者要讲好中国故事、传播好中国声音、阐发中国精神、展现中国风貌，让外国民众通过欣赏中国作家艺术家的作品来深化对中国的认识、增进对中国的了解。"

实际上，"中国故事"作为学术话题，早在 20 世纪 90 年代末就已经被提出了。张法、张颐武、王一川的重要论文《从"现代性"到"中华性"——新知识型的探寻》提出①，针对 90 年代中国的社会市场化、审美泛俗化、文化价值多元化特征，以"中华性"来取代西方中心的"现代性"，以新白话语文、经济重质主义、异品同韵审美、超构思维方式、外分内合伦理来生成新的中华圈。以后见之明来看，这固然带有 90 年代对全球秩序、消费文化、后现代文化的乐观想象，但也必须承认，这是研究者身处全球化语境中尝试构建自身主体性的理论创造。在这一系列成果中，王一川的《中国形象诗学：1985 至 1995 年文学新潮阐释》特别值得注意。作者梳理了 20 世纪"中国形象"创造的五次高潮——20 世纪初、"五四"时期、20—30 年代、50—60 年代以及 80 年代后期到 90 年代中期，以五种形象要素（语言形象、表征形象、神话形象、家族形象和市民形象）共同构成了"中国形象"，由此推出"中华性"："中华性要求把以西方模式为唯一标准的全球一体化指标，修正为既顾及全球普遍化问题、又以各种文化的独特个性为根本标准的全球多元共生指标。"②

李静的研究③和曹成竹的梳理④显示，"中国故事"首先是萌芽于当代中

---

① 张法、张颐武、王一川：《从"现代性"到"中华性"——新知识型的探寻》，《文艺争鸣》，1994 年第 2 期。

② 王一川：《中国形象诗学：1985 至 1995 年文学新潮阐释》，上海：上海三联书店，1998 年，第 467 页。

③ 李静：《审美测绘：新时代文学批评实践研究（2014—2024）》，北京：文化艺术出版社，2024 年，第 77 页。

④ 曹成竹：《"中国故事"与当代中国文艺实践的感觉结构》，《江西社会科学》，2021 年第 7 期。

国文艺实践中的"感觉结构",这一感觉结构走在主导意识形态之前,是新兴的和模糊多变的。而"讲好中国故事"的官方提法则是对这一感觉结构的确认和理论规约。它依托各种中央文件、讲话,形成了理论体系,包括对"中国声音"的传递、对"中国经验"的发掘、对文艺"人民性"的强调等等。"讲好中国故事"作为主导意识形态的理论话语,体现了文艺和意识形态之间的张力关系,"讲好中国故事"的提法会反过来引导和影响中国文艺的生产方向和状态,以形成新时代新的感觉结构。比如2014年文学批评界就高频出现"讲好中国故事"的理论文章,张颐武、霍俊明、陈思、徐刚、李云雷等陆续对这一提法的理论内涵进行阐述,其中李云雷的探讨最具有持续性和系统性。近年来,从"主旋律"影视剧(《大江大河》《山海情》《人世间》《觉醒年代》等)、"二次元民族主义"、国潮品牌、国风游戏、文化遗产的文旅融合等方面中,我们都能看到官方提法与感觉结构的相互促进与引发,取得了令人瞩目的成就。

贺桂梅为上述问题打开了一个更为广阔的视野——"中国故事"的官方提法与感觉结构,实际内蕴于新世纪"重述中国"的知识界/文化界行动之中。人们普遍意识到新世纪中国已经发生了不同于20世纪的巨大变化。许多学者都把自己新世纪的研究冠以"中国"二字。作为注解,她梳理了如下现象:2004年中国文化论坛成立,同年乔舒亚·库珀·雷默提出"北京共识";2007年甘阳牵头主编"文化:中国与世界"新论丛书;2009年潘维召集组织"人民共和国60年与中国模式"学术研讨会,同年中国社会科学院学者赵汀阳提出"天下体系"论;2010年赵剑英、吴波主编《论中国模式》,北京大学中文系学者韩毓海所著《五百年来谁著史:1500年以来的中国与世界》出版。这里面还包括海外知识界的一些成果,如德国学者弗兰克的《白银资本:重视经济全球化中的东方》、意大利学者乔万尼·阿里吉的《亚当·斯密在北京:21世纪的谱系》、美国学者阿里吉等人创作的《东亚的复兴:以500年、150年和50年为视角》、英国学者安格斯·麦迪森关于中国长时段研究的经济史著作等。这些知识界的内外动向都共同构成了"文化自觉"论述的历史语境。① 贺桂梅从知识界、学术界、大众文化界现象的"文化/文明自觉"说起，以"文明论"为框架，阐释中国作为"文明—国家"的国家特性、历史传统与世界史诉求。《激情燃烧的岁月》中的"红色怀旧"、马年春晚中的中国梦、《英雄》《夜宴》《霍元甲》等中国式大片中的"大和解"叙事、北京奥运开幕式中的视觉奇观、影视剧《孔子》对国家权力机制的尊崇、《色·戒》等谍战大片的政治爱欲化都可以视为宽泛意义上的关于"中国"的表述，暴露背后多重文化和意识形态力量的交汇与碰撞。

新世纪以来的"中国表述"无论在思想界、学术界还是文化界都还有大量值得分析的个案，我们自然无法一网打尽。本章只以四个案例来对新世纪文学中的"中国书写"进行考察。前二者侧重于历史时段的描摹，后二者侧重于主体情感构造的分析。本书不求全面，更多体现为一种方法论上的统一。本章没有能力也无意于提供一种切实、全面、具体的关于文学如何叙述"中国"的知识，而意在进行一种方法论意义的探索。首先凸显文本的形式性特征，比如王安忆的"地理—历史学"特征、徐则臣的"民族史诗—元小说"织体、陈世旭的"好人图谱"、李洱的"反讽—抒情"莫比乌斯环。随后，对这一形式性特征的历史内涵予以揭示，将形式的内容呈现出来。形式既有意识，又无意识。我们由此进入小说家对历史、伦理、人群的想象的明暗两面，经过对历史现场的迂回，对小说的形式"无意识"地进行解析。

具体说来，本章第一节观察徐则臣笔下的大运河衰亡史，直击中国现代性萌发的现场。以"社会史视野"观照徐则臣长篇小说《北上》，剖析"民族史诗—元小说"织体形态的形式与历史内涵。《北上》以京杭大运河为主要空间，聚焦中国的百年历史。小说一方面对大运河沿线地理与晚清历史细节着力甚多，虚实结合覆盖较长的时间跨度，形成"民族史诗"式的历史感；另一方面暗示读者文本作为"小说"的虚构性，生成"元小说"的自我意

① 贺桂梅：《重述中国：文明自觉与 21 世纪思想文化研究》，第 32—42 页。

识，让历史感不断自我生成又自我解离，构成了小说亦实亦虚的独特魅力。本节最后，我们试图以"社会史视野"继续"北上"。作家在以"元小说"方式"完成"小说后对"历史"的探讨就此止步。但重归历史现场，我们将会发现，小说在晚清知识分子心路、东西方文明交融现场、大运河整体认知上仍有继续讨论的空间。

第二节讨论王安忆对改革开放史的书写。王安忆的小说《五湖四海》以修国妹、张建设这一对水上人家的夫妻为中心，叙述改革开放到新世纪初期活跃在江淮流域的"50后""富一代"的发家简史。小说通过一种"地理—历史学"描述，贡献了一部20世纪80年代到新世纪初的内河地方社会的精神史。作品不仅为地理—历史架构填充了厚实的细节，以"五湖四海"标识水上人家特定的地域性格，还以独特的形式感铭刻了作家的务实的理想主义—— 一种虽然唯物却又有心的生活哲学，一种既重视衣食住行、柴米油盐又重视人伦日常、世间有情的生活态度。这或可视为经济史视角外的"改革"精神史部分。

第三节聚焦陈世旭的"中国好人"图谱。本节围绕陈世旭的小说《孤帆》，来看"中国故事"中关于"善"的伦理想象。《孤帆》描述20世纪60年代到新世纪初主人公陈志的命运沉浮，彰显世道人心的善恶博弈。在"中国好人"图谱背后是不同的思想资源。民间伦理、知识分子传统和革命政治，分别为人物的伦理选择注入能量。小说最后提供了一条个人通过"自省"通达善境的精神修炼之路，这也与作家多年的创作姿态相吻合。论文同时试图打开更多历史脉动，还原小说并未清晰呈现的复杂性。

第四节聚焦李洱书写的中国当代知识分子形象。李洱的小说《应物兄》具备复杂的环状美学结构。小说以反讽话语为其首要特征，借助语言过载、人兽并置和伪百科全书式写作三个装置对知识分子进行批判性审视。从第84节开始，以民歌《苏丽珂》的音景设置为标志，小说中的抒情话语明显占据上风，对知识分子中的优秀代表进行正面展示。反讽与抒情的背反与衔接，形成了令人瞩目的莫比乌斯环状美学构造。这一美学构造成为小说知识分子主体建构工程的重要隐喻：跨越知行分裂，寻找未来的第三自我，是一个循环往复、不断经历背反的历史进程。在这一节我们也指出，必须重新反思"知识分子"这一概念在浮出符号秩序地表之时的构成性条件，重新反思"知识分子"乃至家国、社会、学院、传统等与之相关的东西方思想图谱中不证自明的基础命题，这样才能确立属于"中国"的当代知识分子主体。

从本章的视野去看，本书对新世纪中国文学的探讨，也可以视为"中国叙述"的一部分。我们对青年、地方和家国叙述的分析，以及这种分析背后的方法论意识和价值判断，必然卷入一种关于当代中国的话语建构。被时代所卷入和裹挟，是出发点。在时势中采取怎样的姿态又是另一回事。我们需要怎样对待历史，在日常生活中采取怎样的伦理态势，如何面对经济理性，如何面对知识自身的体制化，这些问题笔者并无答案。任何在这个时代的人都与当代中国同行，但只有在某些时刻才能表现出真正的阿甘本意义上的"同时代性"。这些时刻恰恰体现我们所承担的责任（responsibility），我们需要对得起逝去的他者，做出对他者的回答（response）。笔者也希望这一颇为笨拙的论述能够贡献出这样的时刻，供读者们评判。

## 第一节　运河史诗：徐则臣《北上》的"民族史诗—元小说"织体形态

从春秋到清末，京杭大运河不仅纵贯南北，更纵贯中国历史。京杭大运河是世界上开凿最早、流程最长的人工运河，始于春秋吴王夫差开凿的从江都（扬州）到末口（淮安）的邗沟，距今已有两千多年历史，此后历代不断修筑，到公元 1293 年终于完工，成为一条由杭州到北京纵贯南北的大运河。京杭大运河所代表的内河航运的衰落和沿途城乡的衰败，可以视为中国遭遇世界后从古代转向现代的征候；此历史大势下的小民意志更不可小觑，逆势而为、迎难而上正是中国触底反弹、由衰转盛的精神内核。由此，本章第一节以徐则臣的"运河史诗"书写为内容，聚焦现代性萌发现场。这是传统中国瓦解的故事，是现代中国如何生发的故事，也是反映中国人从古到今的韧性、魄力与决断的主体性的故事。《北上》是从"头"来讲述"中国故事"，在其文学形式当中携带了厚重的历史内容。

## 一、《北上》的四重雄心

徐则臣的长篇小说《北上》是一部充满雄心的作品。

《北上》以京杭大运河为主要空间，聚焦中国的百年历史（1900—2014年）。一条线为1900—1934年的意大利人小波罗（保罗·迪马克）和弟弟马福德（费德尔·迪马克）的经历。小波罗在翻译谢平遥、邵常来、周义彦和孙过程等人陪伴下，沿着运河北上寻访，最终于1901年意外殒命；弟弟马福德跟随八国联军进军京津一带，与中国姑娘坠入爱河，而后纠葛于归隐与复仇中。另一条线索为2012—2014年谢、邵、周、孙、马等家族后人的各自遭际，他们重聚大运河，畅想古今，重燃激情。两条线索彼此穿插错综，如中国传统榫卯结构般，在一个章节中往往留下榫头，由其他章节提供卯眼，最终拼成一个缜密的故事。

从小说的写作策略上，就可看出作者的雄心。

首先，这是一次百科全书式的写作。小说沿着京杭大运河一路北上。大运河成为人物活动的空间舞台，是人物念兹在兹的情感寄托。小说以大运河为背景，沿线城市、乡镇、集市、百工、民俗全景式地展开，成为京杭大运河的"清明上河图"。

其次，这是对从古到今一以贯之的中国人主体性的形塑。"北上"的主体是人。茅盾文学奖的授奖词说："中国人的传统品质和与时俱进的现代意识围绕大运河这一民族生活的重要象征，在新世纪新的世界视野中被重新勘探和展现。"为何是"北上"而不是"南下"？越是艰难，越突出主体的巨大力量。翻译谢平遥陪伴小波罗，从南到北，从富庶的杭州、扬州经过淮安、徐州、济宁再到"义和拳乱"的京津地区，从空间上是渐行渐难。从时间看，这也是一次伟大而悲壮的逆行。大运河从明代开始衰败，又在太平天国运动中遭受重创。1855 年黄河北徙改由山东入海，山东省境运河淤塞，河道废弃，淮河流入洪泽湖后再无出口，淮北地区水患遍地，漕粮开始海运。1900 年，清政府正式下令漕粮改征银两，1901 年停止漕运。① 宣统年间，津浦铁路通车后，大运河的运输作用为铁路所代替。这是河运被铁路取代，水力被钢铁、煤炭、电力所取代的时代，也是传统生产方式被西方现代技术全面超越的时代。19 世纪中叶大运河的衰落，恰巧同步于近代中国遭遇西方列强入侵的过程——自第二次鸦片战争开始，中国传统的"华夷/天下"观被迫让位于"世界"观，并与一系列不平等条约绑定。小说一路逆行北上追怀大运河，并非为封建王朝唱挽歌，而是重新发掘中国历史中传承下来的主体性。这是在中国近代下行历史周期中，在噩运风浪中所体现出来的逆流而上、逆势而行的韧性、魄力与决断。这一主体性，体现在翻译谢平遥、保镖孙过程身上，体现在运河的纤夫、疏浚河道的河工身上，体现在小说中并未正面出现的康梁维新派知识分子身上，同样体现在 2012—2014 年的后辈谢望和、孙宴临、邵秉义、邵星池、周海阔、马思意、胡念之身上。小说借助孙宴临的画来为这一主体性赋形："她一反郎先生作品中邈远高古、超拔脱俗的静态特征，让人物和风景之间产生了动态的张力，整个画面有了爆发边缘压抑着的力量感。"②

再次，作者的雄心在于书写东西方文明的交融场景。"北上"是沿着运河纵向上溯。假如我们把横向的河流，视为固定单一、有自身脉络的文明；那么纵向的运河，则隐喻多种文明的交融与会通。京杭大运河跨越今天北京、天津、河北、山东、江苏、浙江四省二市，沟通钱塘江、长江、淮河、黄河、海河五大水系。小说模拟运河的人工连通功能，将不同脉络、流域的文明连续起来。在沿着运河航行时，翻译谢平遥与意大利人小波罗朝夕相处，正是文明交融的典型场景。

---

① 安作璋主编：《中国运河文化史》（下册），济南：山东教育出版社，2001 年，第 1419—1420 页。

② 徐则臣：《北上》，北京：北京十月文艺出版社，2018 年，第 161 页。

在当下挖掘文明多元交融的契机与可能，更具有现实意义。由此，我们可以将小说解读为中国现代性的发生学寓言。① 小说里的核心人物翻译谢平遥出身于上海的江南机器制造总局下属的翻译馆，精通英语，深受维新派思想影响。作为洋务派重要成果，江南机器制造总局是李鸿章在上海筹办的最大工厂，另附设有广方言馆、翻译馆以及工艺学堂，在1868—1907年间译书达160种，包括军事、地理、经济、政治、历史等方面的书籍，成为中国人接触西方思想的重要渠道。小说人物谢平遥在"洋务派"培养下成长，追随晚清前辈严复、王韬、郑观应等"条约口岸知识分子"，思想处于从"改良派"（立宪）到"革命派"（共和）的过渡阶段。谢平遥熟读龚自珍诗文，满腔救亡图存理念，密切关注时局，对西方文明充满好奇，与意大利人小波罗的交往经历一定程度映射中国现代性的发生过程——一个以"翻译"为中介的过程。小波罗的遗物，可视为西方现代性在中国落地之后的遗产。意大利语牛皮封面记事本、罗盘、相机象征西方先进文化与科学技术，这些遗产绵延至今；而勃朗宁手枪、毛瑟枪、哥萨克马鞭、墨西哥鹰洋、石楠烟斗等物件，则分别寓意着伴随西方现代性的血腥暴力、强权压迫、殖民统治与物质享乐，这些遗产在中国形塑自身现代性的历史中失落。② 这样，小说最终指向了一种和平发展、合作共赢的现代化发展新模式。

最后，这部作品仍然是一部"小说"——它勾连北京和花街，具有作家个人写作史的意义。徐则臣在茅盾文学奖获奖感言中追溯自己此前的创作："写作22年来，我一直在感谢这条河。感谢的方式就是一篇接一篇地写出与这条河相关的作品，它是我的小说最忠贞、最可靠的背景。"③《北上》从某种意义上是《耶路撒冷》和《王城如海》在精神上的续篇，它把写淮安的

---

① 王春林：《以运河为中心的现实与历史书写——关于徐则臣长篇小说〈北上〉》，《中国图书评论》，2020年第8期。

② 对物品意象背后的文化意义的探讨，还可参见萧映、李冰璇：《突围与担当：论徐则臣〈北上〉的写作策略》，《长江文艺评论》，2021年第3期。

③ 《第十届茅盾文学奖授奖辞及获奖感言》，参见"中国作家网"公众号，2019年10月14日。

"花街"系列和写远方的"京漂"系列进行辩证综合，为作家持续书写的"出走"叙事追根溯源。"出走"的个人精神根源可以是孤独、原罪、创伤、理想主义；那么"出走"的集体精神根源又在何处？在运河这一绵延向远方的特殊地理空间，及围绕运河所形成的经济、文化、信息、历史等力量对个人的推动中。无论是之前作品中的人物边红旗、易长安、初平阳，或者宝来、行健、米箩，还是现在的谢望和、周海阔、邵星池、孙宴临，徐则臣笔下的人物往往具备这种理想主义、青春躁动、百折不挠、豪侠仗义的精神气质，《北上》为这一精神气质找到了历史土壤。

由此，作者得以划定属于自己的"文学故乡"。《北上》之后，徐则臣的故乡将不再是花街坐落的淮安，或假证贩子等边缘人活动的北京，而是"大运河"。作者深耕一块独特的地理空间，将这一地理空间的历史属性、人文属性、精神属性予以文学赋型，让"徐则臣"和"大运河"形成联想上的直接对应关系，让读者由此得以逆向反推前期作品，重新照亮时过境迁、意义渐趋定型的"花街"和"京漂"系列，提供新的意义生产空间。

## 二、"民族史诗—元小说"的织体形态

小说雄心的实现，凝聚在一种称为"民族史诗—元小说"织体的文学形式上。这一织体①具体描述为两种文学风格的链接和杂糅。

其一为"民族史诗"式的风格。卢卡奇的《小说理论》对史诗做过这样的描述："小说是这样一个时代的史诗，在这个时代里，生活的外延总体性不再直接地既存，生活的内在性已经变成了一个问题，但这个时代依旧拥有总

---

① 织体（texture）一词原本是音乐术语，指的是曲子的空间结构。一般来说，音乐在空间上的结构称"织体"——即特定时长内，我们听到的音响的层次，以及这些层次之间的关系。比如，我们可能分辨出一段音乐内单一的旋律线条，还能够同时听出其和声背景，或者同时分辨出几条旋律的交错与重叠。用"织体"来形容文本结构，就相当于将文本比拟为一份交响乐总谱，不同声部、不同乐器的旋律线尽展其上。之所以把 texture 用"织体"（而非文本）加以强调，是想这一概念突出徐则臣长篇小说《北上》中始终并存、交叠、配合的两重文本形态。

体性信念。"① 当生活的总体性消失，"史诗为从自身出发的封闭的生活总体性赋形，小说则以赋形的方式揭示并构建了隐藏着的生活总体性"②。为了表现这一"总体性"，"史诗性"的小说还需要"揭示'历史本质'的目标，在结构上的宏阔时空跨度与规模，重大历史事实对艺术虚构的加入，以及英雄形象的创造和英雄主义的基调"③。

《北上》从时间和空间跨度来看，具备"民族史诗"的要素。

小说从空间上描写京杭大运河沿线重要的城市、乡镇、村落、码头、江河、湖泊与水利设施，为我们展示了漕运系统后期从无锡到通州运河段的衰败状态。

衰退是从南到北逐渐加剧的。1900—1901 年的故事线，起点安排在无锡。小说"1901 年，北上（一）"一章让我们看到无锡城的全景图。在与孙过程发生摩擦后，小船赶路，错过镇江，抵达扬州。这一段运河仍旧繁华，有轻便小船沿途兜售丰盛餐点。扬州有"仓颉刻书局""众姑娘教坊司""耶稣圣心堂"。19 世纪中后期西洋教会出版业进驻通商口岸，铅活字印刷技术逐渐普及，雕版刻书局的倒闭背后是殖民现代性的入侵。前行抵达邵伯古镇和邵伯闸，作家重点描写邵伯闸的水利工程。小说逼真摹写了百年前众船排队过闸的喧闹拥挤和闸工推动绞盘提升水位的劳动场景。掠过高邮后，小船抵达淮安地界的清江浦。清江浦虽然一直隶属于淮安府城，但明嘉靖后由于黄淮改道，运河裁弯取直，淮安府城远离运口。清江浦一跃与扬州、苏州、杭州并称运河沿线"四大都市""东南四都"。因这里发生孙过程和义和团余部的劫持，淮安城匆匆掠过，仅以丰济仓的空置凸显号称"天下粮仓"的清江浦的衰落。进入邳州后，河道淤积严重，出现打沙船和拉纤。这一地区属于现在苏北徐州，地处淮河流域，明清生态恶化严重。船只北上进入微山湖区域，

① ［匈］卢卡奇：《小说理论》，《卢卡奇早期文选》，张亮、吴勇立译，南京：南京大学出版社，2004 年，第 32 页。
② ［匈］卢卡奇：《小说理论》，《卢卡奇早期文选》，第 36 页。
③ 洪子诚：《中国当代文学史》，北京：北京大学出版社，1999 年，第 108 页。

抵达济宁地界。气候为之一变，冰雹、暴雨频发，治安堪忧，小说氛围转为阴霾，为小波罗的离世做了铺垫。从地理环境看，微山湖是北运河的重要水源，南阳镇地处交通要道，环境优越，是徐州以北运河最后的繁华。南阳镇守备八面玲珑，食用奢华，对洋人恭敬逢迎。① 北上济宁，过去沿河布满粮仓，如今粮仓大都废弃。此后船行西北，必须赶着雨季水势高涨，快速通过南旺分水口②，这一河段明代以后航运条件衰败，几乎无法通航。对南旺分水口这一水利工程详细描写后，小波罗一行经过阳谷县到临清直隶州，我们看到了义和团在山东北部造成的破坏，以及慈禧下令剿灭义和团后西方殖民势力的恢复。从临清到天津，小说节奏提速。在意外感染败血症和破伤风后，小波罗于沧州、天津寻访西医，但生命仍无可避免地终止于通州运河。在这些段落，西方殖民现代性在北方辐射延伸，运河景观彻底消失。

作者具有历史学家的细心。运河衰败的当代命运，也在 2012—2014 年的叙事线索中进行补充。在此前叙事中匆匆掠过的淮安与济宁二城，成为后辈们重点活动的舞台。"2012 年，鸬鹚与罗盘"一章，描述新世纪济宁河段河运的衰落。"货运的指标是载重和速度，是效率。跟陆地上的货运比，我们把吃奶的力气都使出来，也只会越来越慢；河床在涨，河面在落，我们的船只能越来越小。""生意越来越小，货物越来越低端，利润越来越少，过去米面、蔬菜、钢筋水泥混凝土、各类家电家具都运，现在承接的货单只有木材、煤炭、砖石和沙子了。"③ 到"2014 年，大河谭"一章，谢平遥后人谢望和从通州回到淮安寻访亲人，小说将笔触落在淮海剧团、清江拖拉机厂、郎静山故居、周信芳故居、花街这些空间——安静的老街巷尽显落寞。济宁段往北运

---

① "外国远征军的残暴表现，造成了一种不可战胜和至高无上的形象，中国人的自豪和自尊被击得粉碎，中国人对外国人的态度由蔑视和敌对变成畏惧和奉承。"参见［美］徐中约：《中国近代史：1600—2000 中国的奋斗》，朱庆葆、计秋枫译，北京：世界图书出版公司，2013 年，第 302 页。

② 京杭大运河途经鲁西南，汶上县南旺地段是一个制高点，俗称水脊，而汶上县北段的大汶河水资源丰富。为提高水位，明朝初期，工部尚书宋礼和汶上民间水利家白英修筑南旺分水口，引汶济运。

③ 徐则臣：《北上》，第 92—93 页。

河断航甚至消失，以至于在"2014年，小博物馆之歌"一章中，小轮子周义彦的后人周海阔沿着运河开设12家博物馆，济宁运河故道成为考古现场。众人与考古专家胡念之相逢的契机，就在于济宁运河支线的考古发现。

小说的"民族史诗"特征还体现在对长时段历史的把握上。小说以"两头重、中间轻""两头实、中间虚"的方式，点面结合覆盖100年来的中国历史。虚写的有民国时期的邵常来发迹史、新中国成立后水上人家的生活变化与困境（邵秉义、邵星池）、20世纪50—60年代乡村青年出路（谢仰止）、20世纪70年代先锋青年的悲剧命运（孙立心）、20世纪80年代初"先富人群"的成功路径（周海阔父亲），穿插有运河沿线各地民俗、生活、风情、地景，如茶馓、淮安黄鱼面、无锡人的说话口音、漕船过闸场景、杨柳青年画、"耍中幡"、周信芳戏曲、水上婚俗等。小说的重点则放在晚清中国所经历的"大变局"上，在那些实写的地方，作者展示了还原历史现场的不俗功力。

首先，体现在对"戊戌变法"余波的书写上。谢平遥与小波罗在扬州妓院与"顽固派"嫖客发生争执——对方以谢平遥所带的龚自珍、康有为雕版看出谢平遥为"康党"。妓院闹剧后，经过邵伯闸，谢平遥的老相识又因包庇"康党"而下狱。但"戊戌变法"的影响并未就此消失。甲午战后，维新、革命运动成为时代的主流；朝野之士集注意力于政治的改革上。西方的政治思想由此大量输入中国。[1] 梁启超主办的《时务报》《清议报》《新民丛报》《政论》《国风报》，大量介绍民权思想，产生巨大影响。[2] 有鉴于此，作者让谢平遥手捧康有为的《人类公理》（即著名的《大同书》），而赠给小轮子周义彦的《天演论》又是1897年天津《国闻汇编》（维新派刊物）的版本。小说以隐曲方式暗示了维新派思想的扩散。

其次是船过淮河治安状况的变化。这牵涉到历史上的"东南互保"。义和团运动和八国联军侵华事件发生后，1900年6月，东南督抚与各国驻沪领事商定《东南保护约款》和《保护上海城厢内外章程》。慈禧太后宣布对十一

① 张玉法：《清季的立宪团体》，北京：北京大学出版社，2011年，第29页。
② 张玉法：《清季的立宪团体》，第57页。

国宣战,李鸿章、刘坤一、张之洞、许应骙、盛宣怀等东南地区汉族督抚借口慈禧廷谕为"矫诏",不从"乱命",公开抗命让清廷颜面扫地,革命势力蓬勃发展,客观上保障了长江中下游的和平。① 一旦过淮,就脱离"东南互保"范围,保镖孙过程保持高度警觉,沿途少年愤怒投掷石块,进入山东后衙门特意派兵保护,这些段落都体现了作家对历史氛围的敏感。

再次是"义和团运动"事件的前后溯源。小说借孙过程的回忆描述了山东地区德国圣言会的极端统治情况,一定程度解释了曹州(巨野)教案中因德国势力导致的民变。这一事件引起后来德国强占胶州湾,掀起了帝国主义列强瓜分中国的狂潮。"此一瓜分局势之形成,实德意志帝国以曹州教案为借口而始作俑者。义和团就是国人对这次国难愚蠢的反应。"② 孙过程作为在码头"耍中幡"和拉纤讨生活的好汉,在遭受教会势力压迫后奋起反抗,懵懂中加入义和团,与八国联军交战后流落江湖,最终亲近接触西洋现代文明——照相机。这是小说精心为底层民众设计的"压迫—反抗—觉醒"的启蒙历程。

小说的"民族史诗"特征最终体现为面对自然、历史的外在巨力时逆势而行的中国主体性。"只有通过冒生命的危险才可以获得自由;只有经过这样的考验才可以证明:自我意识的本质不是一般的存在,不是像最初出现那样的直接的形式,不是沉陷在广泛的生命之中,……一个不曾把生命拿去拼了一场的个人,诚然也可以被承认为一个人,但是他没有达到他之所以被承认的真理性作为一个独立的自我意识。"③ 在相对宽泛的意义上,我们把主体性视为与对象之间的生死缠斗的产物。前文提到,这一主体性在小说中多次流露,而其中最高潮的段落是在南阳湖上的蜃景——

    他看到了一个火热的劳动场面,无数的中国人正在挖河筑堤。男人

---

① 唐德刚:《从晚清到民国:晚清七十年折射中国转型困境》,北京:中国文史出版社,2019年,第256—257页。

② 唐德刚:《从晚清到民国:晚清七十年折射中国转型困境》,第219页。

③ [德]黑格尔:《精神现象学》(上卷),贺麟、王玖兴译,北京:商务印书馆,2017年,第142—143页。

们一例短打，辫子缠在头上或者脖子上；年轻的裸着上身，裤子卷到膝盖处；有穿草鞋的，更多人打着赤脚；牵绳的，测绘的，挖土的，抬泥的，推车的，拉车的，下桩的，打夯的，穿梭往来，不亦乐乎。……河道宽阔，堤岸高拔，新鲜的泥土敞开在他们脚下。他听不见河工现场琐碎的嘈嘈切切，却在整个场面之上发现了一曲整饬昂奋的合唱，既欢快，又劳苦，仿佛滚沸的巨型大锅里升腾起的雄浑蒸汽，但他听不懂。[1]

无独有偶，一百多年后，谢家子孙谢望和孤注一掷拍摄《大河谭》、邵家子孙邵星池重返运河，这些人物身上依然闪烁着这样的主体性。

如果这么写下去，《北上》的面目可能会是另外的样子，然而正是在这一段落，小说文体的另一特征"元小说"浮出水面，而"民族史诗性"因为小说自我意识的觉醒而开始解离。这种热火朝天的、对抗巨力的强大主体性，是以运河屐景的形态出现的。文本将之揭示为一种"幻觉"——看客孙过程付之一笑，"明代以后，大概没哪段运河疏浚的难度比南旺更大、次数比南旺更多，那么欢天喜地的劳动场面，怕也不是每次都能看到。更多的是成千上万的饥饿劳工，蚂蚁一样穿梭蠕动在宽阔漫长的河道上"[2]。如果把"民族史诗性"作为小说成功的叙述所造成的一场大梦，那么这场梦正在醒来。

"元小说是关于小说的小说：这类小说以及短篇故事关注到自身的虚构本质与创作过程。……元小说作家聪明地承认，与其说小说真实地呈现生活的浮光掠影，毋宁说它是文字建构而成的产物，丝毫不为此烦恼；元小说的写作方式抬举恭维了读者，认为读者与作者在智力上是平等的。"[3] 元小说会尝试让叙事者与读者进行对话，暴露小说作为"虚构"的事实。当然，这并不是现代小说或后现代小说的专利，这种写法源自当代作家越发严重的创作焦虑、对自身创作过程的自觉关注和对文学批评的预先觉知。在本节中，《北

------

① 徐则臣：《北上》，第 314 页。
② 徐则臣：《北上》，第 316 页。
③ ［英］戴维·洛奇：《小说的艺术》，卢丽安译，上海：上海译文出版社，2010年，第 247 页。

上》的"元小说"特征，在于将虚构的事实相对含蓄、隐秘地提示给读者。

小说开始就在人物语言当中留下了某种戏谑、轻浮、玩世不恭的"踪迹"。"谢平遥头几次见，还正义感爆棚，问店家为何不要饭钱。"① 这种徐则臣式叙述语气对人物话语的入侵，在传统的写实文学中应该避免，它容易破坏精心营造出来的历史沧桑感——除非这是刻意为之。

不仅是人物语言，居于核心位置的小波罗也有轻浮之感。尽管小说开端就有伏笔暗示小波罗此行别有目的，但是其行止未免太过轻松。小波罗一路游山玩水、寻花问柳，相比运河盛景与弟弟下落，他仿佛更在意中国美景、美食、美女与名茶。而弟弟马福德来华的动机也让人心生疑惑。"我只想做我一个人的马可·波罗，运河上的马可·波罗，在水上走，在河边生活；像他那样跟中国人友好相处，如果尚有可能超出他那么一点，就是我想娶一个中国姑娘做老婆。"② 马福德来华，与其说因为"热爱中国""热爱运河"，更像是因为天性上的"不安分"。

这些地方与其说是"破绽"，不如说是小说家有意留下的"踪迹"。最好的解释是，它们都是一次集体虚构的结果。

小说"2014年6月：一封信"一章是全书的收束，也是最后一块拼图。各家后人聚在济宁，按图索骥将先祖们的故事拼接到了一起。小说人物孙宴临抛出了批评家会问的问题："要从一个预设的结果牵强附会地往回找，上帝就坐在我们身边这件事，也一定能够论证出来。这相当于有罪推定。"③ 是的，前述故事所有人物的后人居然大部分聚齐了，像是一个拙劣的巧合。

考古学家胡念之代替作者回答："'强劲的虚构可以催生出真实，'他说，'这是我考古多年的经验之一。'他还有另一条关于虚构的心得：虚构往往是进入历史最有效的路径；既然我们的历史通常源于虚构，那么只有虚构本身

① 徐则臣：《北上》，第49页。
② 徐则臣：《北上》，第360页。
③ 徐则臣：《北上》，第461—462页。

从个体到家国：社会史视野下的新世纪文学

才能解开虚构的密码。"①

　　小说家借考古学家之口，对"虚构"的正当性做出辩护。这明摆着就是虚构，而虚构也是进入历史的唯一方式，小说家拥有任意虚构的特权。一个正当的猜测是，前面所发生的以小波罗和马福德为核心的叙事，祖辈谢平遥、邵常来、孙过程、周义彦的言行举止，都是后辈们的想象与虚构。

　　更直白的地方在于谢望和的内心独白："我要把所有人的故事都串起来。纪实的是这条大河，虚构的也是这条大河；为什么就不能大撒把来干他一场呢？"②原来，从1900年到1934年的所有故事，都是谢望和的一次"大撒把"，甚至就是电视节目《大河谭》的主要内容。同样具有暗示意味的是，新世纪故事线的起点，是源于孙宴临的一次"艺术创作"。正是这样的"艺术创作"，将大家聚集到了一起，有了再次"创作"的契机。

　　如果读者觉得上述解释不够的话，那么"济宁沉船之谜"又为这"大团圆"式的巧合做了补充。这种补充，是解构主义意义上的"增补"。济宁运河故道1公里外，发现了假宣德炉，由此考古队发现一只介乎商船漕船之间的神秘船只。1807年没有运河沉船记录，该船来自哪里？是大水开辟出了新的运河航道？为何史书不记？为什么会沉？为什么是北上？为了回应批评者对情节"太过规整"的质疑，小说家预埋了"济宁沉船"这条始终未得解释的线索，明示了这种"规整"的临时性和脆弱性——假如下一阶段的考古取得新的线索，之前众人推测的剧情就将全部被推翻。这只沉船带来马福德的一封信，让全书所有虚构得以成立，这只船随时可能增添新的信息，来打破上述的虚构。

　　至此，小说"民族史诗—元小说"的织体形态宣告完成。小说如同一首精心编织的乐曲，由两个主要声部彼此配合，一主一副，以"民族史诗"为主旋律，而草蛇灰线式埋伏着的"元叙事"，既是一种"帮腔"，又是对前者的"消解"。在阅读历程中，读者在中国百年历史的重要节点间来回跳荡，在

---

①②　徐则臣：《北上》，第464页。

诸多历史细节的长河中一路回溯，同时又在不断解谜的过程中逐渐意识到叙事虚构的本质。作者通过漂亮地构造二重"文学"织体，最终实现其写作的雄心。

## 三、与社会史对读："继续北上"

作家自己曾言，为写这部小说下了大功夫，读了六七十本运河史料，还沿运河走了一遍。① 同时，他又强调自己创作小说时纯粹的"文学"立场。显然，为了"文学"上的考虑，小说在"历史"方面做出了适当的后撤、割舍或牺牲。请允许我们向"历史"深处上溯，打开社会史的视野，继续追问小说未曾探及的历史褶皱。

首先，是晚清士人的精神状态。谢平遥先后经历洋务派、维新派和后来的革命派，其思想是这一时期精神史的重要样本。不过，小说并未过多将重心放在这一关键人物的精神展示上，令人多少有点遗憾。

以康、梁二人的状态看这批士人。一方面，是渴求新知、涉猎甚广——"启超'学问欲'极炽，其所嗜之种类亦繁杂，每治一业，则沈溺焉，集中精力，尽抛其他"②；一方面，是追新逐异、趋向时髦——"梁氏趋时变，常觉所学于时代为落伍，而憬后生之可畏，故随时转移；巧于通变"③；还有一方面是主观演绎、泥沙俱下——"（康有为）他闻一知十、举一反三——最长于望文生义，自己并不知其不知，就东扯西拉，大写其《康子》上下篇了。其实这不是'康子'一个人的毛病。它是文化转型期思想家的通病"④。

随着民族危机加重、清政府暴露其无能，这一时期晚清知识分子思想逐渐激进化。1895—1911 年期间，报刊逐渐由商业和传教目的转向"时务"。随着《万国公报》和《时务报》等维新报刊的创办，知识分子逐渐关注到民

---

① 徐则臣、舒晋瑜：《徐则臣：大运河对我来说是个私事》，《中华读书报》，2019年 11 月 27 日。

② 梁启超：《清代学术概论》，上海：上海古籍出版社，2005 年，第 75 页。

③ 郭湛波：《近五十年中国思想史》，长沙：岳麓书社，2013 年，第 28 页。

④ 唐德刚：《从晚清到民国：晚清七十年折射中国转型困境》，第 164 页。

从个体到家国：社会史视野下的新世纪文学

族国家的存亡危机。1898 年 4 月 12 日,维新派康有为等在北京成立保国会,宗旨是"保国、保种、保教"。1901 年"庚子事变"后,《国民报》创刊号刊登《原国》一文:"亚西亚之东,有大地焉","凡其地重大之事,执其权者无一而非白人"。"然其土人冥然罔觉,自称其地曰'中国'。其实濒海之东,既不可谓'中';偷生苟活,更无以为'国'。国民曰:是所谓土地也,非国也。"① 新式报刊开始鼓动知识分子撼动清王朝的统治秩序,尤其是戊戌变法失败后流亡海外的知识分子所办的《清议报》《新民丛报》等。由此,谢平遥的思想也正在朝向革命派和民族主义悄然转变。

作为晚清传统教育背景下的士人,谢平遥的世界观必须先完成从"天下"到"世界"的转变,克服其华夏中心主义。如柯文所说:"这种世界观的关键因素是毫不犹豫地坚信中国的中心性。在地理层面上,普遍认为地球是平面的,中国居于中央。这种地理中心感有与之相应的政治观,即在一个安排恰当的世界中,中国将是权威的终极源泉。最后,这一大厦建筑在这样一种信念的基础上,它相信中国的价值观念和文化规范是人类永久的合理性。中国的标准就是文明的标准;成为文明人就是成为中国人。"② 第二次鸦片战争后签署的《中英天津条约》明确规定了"英国自主之邦与中国平等",在官方文书中严禁以"夷狄"称呼西方人,新设相当于外交部的"总理各国事务衙门",这标志着古中国的"华夷"/"天下"的文明观土崩瓦解,中国被迫进入"万国公法"(国际法)的体系。③ 在甲午战败的阵痛中,经由严复翻译引进的赫胥黎《天演论》,以"物竞天择""优胜劣汰"的说法风靡一时。小说中谢平遥与小波罗长期相处,势必切身体悟严复译著中的"物竞天择""优胜劣汰"。

1901 年,谢平遥对漕运系统和清朝衙门失望,辞职南下陪同小波罗。顺

---

① 《原国》,《国民报》第 1 期,1901 年 5 月 10 日。

② [美] 柯文:《在传统与现代性之间:王韬与晚清改革》,雷颐、罗检秋译,南京:江苏人民出版社,2006 年,第 16 页。

③ [日] 佐藤慎一:《近代中国的知识分子与文明》,第 38—44 页。

着这条逻辑，我们有理由揣测：谢平遥的精神世界应当更加混杂，充满新旧知识体系的激烈冲突；更加激荡，包含从改革到革命的重大转折；再多一些当时中国人的创痛与屈辱、焦虑与自我辩白①，尤其是与意大利人小波罗朝夕相处之时。

其次，是东西方文明交融现场的复杂性。或许是出于文学性或技术性的考虑，谢平遥与小波罗的对谈，聚焦在"运河"与衣食住行上，两人日常对谈本应事关政治，但这些思想讨论被作者完全抛弃，仅在进入邳州地界以后简单交代"（谢平遥）向他讨论欧洲的时政"，就此一笔带过。遮蔽细节的处理，使一个本来充满误会、冲突、困难、矛盾的东西文明交融过程显得顺畅可读，也会损失一些耐人寻味的皱褶。

"西方"并非铁板一块，每个来华的"西方人"也并非一张白纸。在近代与中国打交道的西方国家中，意大利处于一个特殊位置。在对晚清中国的蚕食中，意大利由于自身实力不济②，经常处于其他强国附庸的地位。在八国联军侵华事件中，意大利攻打北京和天津的军队人数是最少的。从求租三门湾被拒开始，意大利就与西方强国拉开差距。③ "如果说，三门湾事件一方面暴露了意大利在政治和军事方面的无能；而在另一方面，这个事件好像十分荒唐地把意大利与中国拉近了，在中国知识界看来，与早已实现了工业化并且推行着更加彻底的帝国主义政策的其他欧洲列强相比，意大利更像中国。意大利虽然在政治上弱小，经济上落后，但19世纪时却屡次能够从欧洲强国

① 1849年，王韬在上海英国教会办的墨海书馆工作。对此，他自觉有辩白的需要。一方面他经常以"稻粱谋"为借口，表达不得已帮洋人工作的遗憾；同时还在给老师和朋友的信中经常提到，接受此职位的目的是想要知道"西法之奥秘"。

② 意大利不甘落后于西方列强侵占海外殖民地的步伐，于1866年派遣海军中校阿尔明雍为特使，率领军舰抵达中国，与清政府谈判签订中意通商条约。此时，意大利尚未完成其统一战争。此次中国之行，甚至仓促到未曾携带翻译，以至于与清廷谈判时一直借助法国翻译官李梅的帮助。

③ 1899年2月，意大利公使马迪讷奉外交部部长卡内瓦罗之命，向清政府总理衙门递交照会，正式要求租借三门湾为其海军基地，并要求清政府承认意大利有在浙江筑路、开矿和设厂从事工艺制造等特权。对此要求，清政府予以断然拒绝。

的桎梏下摆脱出来。因此，在那些年月里，意大利深受某些中国人的敬佩，因为他们也正在寻求中国的出路，以摆脱欧洲列强的控制和欺压。"① 一批介绍意大利的论著出版发行，涉及政治、经济、文化、民俗风情等，如梁启超的《意大利建国三杰传》、康有为的《意大利游记》、广智书局编译的《意将军加里波的传》等，此外在《申报》《东方杂志》《国闻周报》《大公报》《京津泰晤士报》等报刊上亦刊登了大量介绍意大利的文章。

这样看来，来自"西方弱小民族国家"意大利的小波罗，占据了一个既区别于传统西方强国，又区别于传统中国的有利位置：他对中国的观察，很可能提供一种既区别于侵略者的逻辑，也区别于真正献身宗教的西方传教士逻辑的第三种视点。谢平遥对待意大利人小波罗的态度，也会与对待一般西方人有所不同——毕竟他来自中国人有所认同的意大利。谢平遥与他的碰撞，有可能激活一种西方现代性内部的反思力量，一种非殖民化的现代性路径。相信作者设计小波罗的国籍时亦有感觉。我们也期待小波罗的笔记本展现对中国的认识新视野。遗憾的是，无论是小波罗与谢平遥关涉政治的交谈，还是小波罗的笔记本，最终都没有展现在读者面前；而小波罗的弟弟马福德由于缺乏谢平遥这样思想交流的对象，其思考则未超出前人窠臼。

最后，是对大运河的整体性认知。有人对大运河做过如此褒奖："大运河的开凿与贯通，营造新的自然环境、生态环境、生产环境，极大地促进了整个运河区域社会经济环境的改善，使运河区域成为繁荣昌盛的新的经济带。"② 小说借小波罗临终之口，对衰落的大运河唱响了一曲赞歌："我的呼吸跟这条河保持了相同的节奏，我感受到了这条大河的激昂蓬勃的生命。真真正正地感受到了。能跟这条河相守的人，有福了。上帝保佑你们。"③ 我们相信这一抒情来自作者的真诚体会。但我们不妨拓宽视野，将明清两代维持

① ［意］白佐良、马西尼：《意大利与中国》，萧晓玲、白玉崑译，北京：商务印书馆，2002 年，第 285 页。

② 安作璋主编：《中国运河文化史》（上册），序，第 3 页。

③ 徐则臣：《北上》，第 335 页。

这一运河所付出的代价纳入考量。

有学者提醒，淮北地区的衰落与贫困，一定程度上可以看作中央王朝（尤其明清两代）重视运河而做出"局部牺牲"的后果。

大运河的重要性自不待言。自明迁都北京，"直至鸦片战争前，明、清两代中央政府对全国绝大部分地区的有效统治，则主要都是通过京杭大运河为主体的水运网络之漕运而实现的"①。大运河是京城和江南之间唯一的交通运输线。除了粮食外，其他物品包括新鲜蔬菜、水果、家禽、纺织品、木料、瓷器、文具、漆——几乎所有中国所产物品都通过大运河进行输送。②

比起海运，明清维持漕运的代价惊人。漕运系统有自己的长官"漕运总督"，衙署设在江苏淮安，下设省级漕官，监管征集漕米的体系，沿河屯田的世袭船户"旗丁"负责运输船队（后大量雇用"水手"），漕运衙门有自己的护卫民兵、检查站以及雇佣的肩夫。在嘉庆年间，这一庞大的漕米机构人浮于事，变得腐化。雇佣的水手达到四五万人，由于层层盘剥，粮税费用水涨船高，地方承受着沿河摊派的漕粮负担与治河负担、多如牛毛的苛捐杂税和劳役负担。漕运站成为官场庇护制的焦点，漕运系统官员成为庞大的利益集团。海运是绕开内陆重重中间人的唯一方式，但匝绕海运的辩论都因触碰这一集团利益而不了了之。③

运河行船，成本远较海运为高。许多地方需要纤绳拉船前行，过闸时耽搁很久。在闸出入口，常有船只倾覆。运河北段，纬度较高，冰冻也加剧了运输的艰辛。为了维持运河航道的畅通，每年在漕运开始前和进行时，均要闭闸蓄水，而此时上游淮水支干各河来量极大，无法宣泄，使得整个淮河中游成为滞洪区，只能任其淹没洪泽湖以西地区。有时因为人为原因（沿河役吏勒索、漕丁拍卖所带货物刻意逗留、运河河道障碍），漕运拖延到开秋。漕

① 彭云鹤：《明清漕运史》，北京：首都师范大学出版社，1995年，第93页。
② ［美］黄仁宇：《明代的漕运》，张皓、张升译，北京：新星出版社，2005年，第15—16页。
③ ［美］费正清、刘广京编：《剑桥中国晚清史（1800—1911年）》（上卷），北京：中国社会科学出版社，1985年，第112—120页。

船不按时过淮，运河闸坝蓄水以待，加剧淮河中游水患。

为了维持运河畅通，像治理黄河、淮河等大事，在国家战略上退居次要。魏源写道："人知黄河横亘南北，使吴、楚一线之漕莫能达，而不知运河横亘东西，使山东、河北之水无所归；人知帮费之累，极于本省，而不知运河之累，则及邻封。蓄柜淹田，则病潦；括泉济运，则病旱。"[1] 乾隆在位时，礼部尚书孙嘉淦主张开减河，引黄水经大清河入海，这一减免淮北水患的建议由于威胁漕道遭到了乾隆帝拒绝。1826 年夏，洪泽湖水大涨。在这次事件中，高管们关心的是保护运河和洪泽湖大堤，"当事惧堤工不保，遂启五坝过水"[2]，而道光皇帝关心的则是保证漕粮的运输，对淹没民间田庐并不顾及。

对淮北地区而言，运河破坏原有的生态环境、生产环境，极大阻碍地区经济发展。对淮北的商业经济而言，运河影响也是利少弊多。除了运河沿岸的淮安、徐州、济宁这样的城市能得益于商旅往返之外，其他广大腹地实在无法分享其福泽。"归根结底，淮北是被传统专制权力牺牲的地区，维持空洞的政治象征与实质性的漕粮供应是国家的最高利益，淮北地区的生态畸变则被视为局部利益。"[3]

在运河效应连锁反应之下，当地生态资源进一步恶化，进而形成哑铃型社会结构（多豪强地主和流民贫民）、权力和经济积累的不平等化、尖锐的社会阶级矛盾、落后的生产方式与愚昧的生活观念、妇孺地位的低下等。淮北地区的人文精神和民风习尚也发生衰变。读书之家减少，难以产生江南式的士绅阶级。尚武之风愈演愈烈，匪患严重。[4] 1902 年停止漕运后，漕丁水手

---

① 〔清〕魏源：《魏源集》（上册），北京：中华书局，1976 年，第 406 页。

② 京杭运河江苏省交通厅、苏北航务管理处史志编纂委员会编：《京杭运河志（苏北段）》，上海：上海社会科学院出版社，1998 年，第 645 页。

③ 马俊亚：《被牺牲的"局部"：淮北社会生态变迁研究（1680—1949）》，北京：北京大学出版社，2011 年，第 118 页。

④ 戴厚英对淮北的回忆是："不知道哪里来的那么多的土匪，不是抢劫，就是绑票，差不多天天都有人被绑走"，"晚上常被大人叫起来躲土匪，白天一有空就想睡觉"。参见戴厚英：《流泪的淮河》，合肥：安徽文艺出版社，1999 年，第 24、25 页。

大部分沦为黑社会成员和土匪。①"华北的土匪活动主要出没于黄河下游：河南东部、山东南部、安徽北部和江苏西北部，特别是在四省的交汇之处"——这一区域，恰好就与大运河区域完全重叠。"鲁南诸县（鲁国旧地）受到土匪的影响最大"，"江苏……西北部地区深深突入山东、安徽两省，长期以来是逃亡的'客匪'的避难所。这里的居民也以粗犷的气质闻名，徐州地区受到东部较为富裕的地区的诱惑，以盛产土匪而在华北享有名声"。② 由于贫困，明清之后淮北人向富裕的江南地区迁徙，没有可利用的经济资源、同乡资源或技术资源，只能出卖劳动力。大量淮北地区的苏北人流入上海，从事黄包车夫、澡堂搓澡工、掏粪工等工种，成为近代上海人口中的"江北人"。③

结合以上视野，我们得以发现淮北地区（包括作者熟悉的苏北地区在内）从明清到当代的衰败与大运河的特殊关系。如果能将历史全景纳入考量，或许可以为小说的文学表达增添一些微妙的层次。至少，百年来运河沿线民众（例如沿线的漕官、兵丁、船民乃至贩夫走卒）的精神状态的摹写，就有了更复杂的面向。

沿着小说的轨迹，上溯1900—1901年的晚清历史，我们对知识分子的精神状态、东西方文明交融场景和大运河整体视野产生新的兴趣。这种小说与社会史的对读实践，也可视为受小说启发而做的"继续北上"。

走笔至此，这些拓展讨论远离了传统"文学"的边界。或许有人担心，倘若将这些思考统统纳入小说文本，那么"文学"与"历史"的区别何在？

然而，"文学"的边界是否应该存在？我们何必固守一种对"文学"的原有理解，将重心放置在所谓"文学""结构"之上？当代作家是否可以重

① 马俊亚：《被牺牲的"局部"：淮北社会生态变迁研究（1680—1949）》，第398页。

② ［英］贝思飞：《民国时期的土匪》，徐有威等译，上海：上海人民出版社，2010年，第44、45页。

③ ［美］韩起澜：《苏北人在上海，1850—1980》，卢明华译，上海：上海古籍出版社，2004年。

建"文学"与"历史"的关系？"文学"是否应在"历史"面前保持足够的自信？"文学"是否可以堂而皇之地进入"历史"，并帮助"历史"去抵达时间深处那些无法通过文献感知的人心脉动？

我们将这些诚意的思考，交给《北上》背后这位有诚意的作家。

## 第二节　改革传奇：王安忆《五湖四海》的"地理—历史学"

改革开放的宏阔历史正是文学中的"中国故事"动人的一部分。我们本节就进入王安忆对这段历史的精神书写。她的作品不仅提供了一种展现历史的"地理—历史学"方式，塑造了"五湖四海"式的改革主人公，而且以独特的形式感铭刻了作家务实的理想主义，为"改革"容易陷入的发展主义做了精神方面的校正。

王安忆的小说《五湖四海》以修国妹、张建设这一对水上人家的夫妻为中心，叙述改革开放到新世纪初期活跃在江淮流域的"50后""富一代"的发家简史。小说从1980年两人相逢写起。张建设建立船队，依托淮河、洪泽湖到长江的水网，往返苏皖之间。20世纪80年代中期以后，张建设改行拆船业，将商业版图从淮北地区的三河口工业园拓展至芜湖和上海崇明岛。一家人摆脱顶无片瓦的命运，从明光老家到芜湖、上海买房置地。修国妹安排弟弟一路升学留学，小妹漂泊半生返回，儿子舟生到美国留学，女儿园生也考上大学。小说家编织了细密的人物关系网络。张建设、修国妹原本在各自家中都是老大，于负重前行中首重人情，劳心劳力地为身边人创造条件。张建设的弟弟张跃进、农业银行贷款部的姚老师、书记大伯、修小弟的女友袁燕一家等也深受佑泽。小说行至中途，生活裂隙丛生。张建设纵横捭阖，激情澎湃。妻子修国妹渐渐无法看清丈夫变异的精神世界，也难以修补那随着时间逐渐变得陌生的人情网络。尽管试图重新理解和维系那曾经的坦然与默契，但她依然深陷在惶遽、无力之中。短暂崩溃之后，修国妹试图自我调整，谁知大厦倾于一旦，张建设在工地事故中猝然死亡。

王安忆擅长处理时代变动下人与社会的关系，向文学深处开掘时开启朝向社会的信息雷达。早期小说往往瞄准社会浪潮中被忽略的微末个体，探讨改革开放中被政策影响的群体。《本次列车终点》《野菊花，野菊花》《雨，沙沙沙》《小院琐记》《金灿灿的落叶》谈知青返城后面临的就业、住房、婚姻困境。《分母》关注无法升学的普通学生与失落的工农兵大学生命运。《冷土》谈城乡鸿沟拉大后农村知识青年的命运。《流逝》围绕落实工商业者政策展开，描写资本家少妇在 20 世纪 60—70 年代的历练。《尾声》围绕改革中文艺院团"断奶"背景，谈历史推动下文工团的终结。90 年代以后，《鸠雀之战》《乡关处处》《富萍》关注保姆群体的命运起伏。新世纪的《考工记》借老宅的命运写民间传统文化的没落。近年的《一把刀，千个字》映射革命与后革命的双重挫败以及海外华人的社会小生态。在这些文本中，王安忆往往从主流历史叙述的裂隙处发现文学意涵，并以文学所烛照的社会现实来补充主流历史的书写。

地理与历史的双重变奏，是《五湖四海》最显著的特点。历史叙述，唯有加入地理，方有其具体性与落实性，也具有与宏大叙述对峙的力量。唯有在"地理"意义上，加入特定环境、社会生态书写，文学的历史才具有其独异性，不至于成为线性进步史观的注解。通过召唤历史的"在地性"，作家得以贡献一部 20 世纪 80 年代改革开放到新世纪初三十余年的内河地方社会的精神史，为当代中国人最近三十年如何安身立命、如何创造更好的生活提出设想。

## 一、"地理—历史学"：大历史的地方化、细节化与个体化

小说家试图达到对地理与历史的贯通与融合。先看地理，小说第二章写道，20 世纪 80 年代初，乡镇企业大兴，苏南地区尤其发达，其经济影响随着水网带到安徽南北。张建设出身经济相对落后的淮北地区，不仅不怵，还激流勇进，将运输线路"从淮河穿过洪泽水域，到高邮湖、邗江、六圩，顺长

江到江浦、秫陵关、江宁镇，回进皖地"①。到第六章，张建设完成从内河运输向拆船业的转型，却不满足于局限于江湖。小说家首先为人物拉出了宏阔的活动空间，浩浩汤汤，横无际涯。

再看历史。如朱康发现的②，小说只提到两个明确的时间节点（1958年与千禧年），剩余的时间则隶属于修国妹个人叙述中，"历史"不以大事年表的形式出现，而与个人生命完成高度融合。我们只能拼凑出一条粗略的时间线：张建设和修国妹大约出生于1958年和1959年。修小弟、修小妹大约出生于1961和1963年。大儿子舟生生于1981年，女儿园生生于1983年。修小妹的私生女核桃生于1996年。张建设遇到修国妹是1980年，这一年他到县农行办理贷款置办新船，结识县贷款部主任姚老师，也感知到改革开放、乡镇企业勃兴带来的商机。1981年，"种田热"被"工业热"盖过，土地流转中，张建设方能批下一块宅基地；这一年船上的小工熬成船老大，张建设开始打造自家船队，为贷款部姚老师安排姚老四的工作，为书记大伯的儿子李爱社牵线到明光镇窑厂当销售部主任；修小弟到省城读研究生，修小妹在蚌埠见识了夜市与洋人。1983年修小弟读博士，修小妹考上师范，家里在镇上买了商品房。1986年内河航运衰退，张建设谋划转型，求助于此时升任地区公署分行贷款部主任的姚老师。此后，张建设借助弟弟战友海鹰的关系，走进县委大院，顺利拿地、注册，开始拆船业的生涯。小说在1986—1993年的叙述以概述方式快速略过，只知1986年修小妹退学南下打工。1993年前后张建设将公司开往芜湖发展，他在芜湖购买商品房，供舟生读中学。1994年张建设老家明光县升级为市，张建设瞄准三河口的省粮库准备扩大生产，此时姚老师已因受贿入狱。1995年修小弟归国，带回女友袁燕一家。1996年修小妹带着混血儿核桃出现，修国妹认下这名私生女。张建设开始大规模买房置地，在泡沫经济、买房增值的观念上与修国妹渐生分歧。1998年是公司建设十周年，芜湖分公司成立。2000年，袁燕为公司拉到了美国运输船业务，与

① 王安忆：《五湖四海》，北京：人民文学出版社，2022年，第24页。
② 朱康：《〈五湖四海〉——地理在历史中流淌》，中国作家网，2023年1月9日。

张建设、修小妹一同赴美。家中只剩下修国妹、修小弟、园生、核桃，家庭的分裂感加剧。千禧年后，不堪的人事渐渐浮出水面。2004年之后三河总部关闭，公司永久迁往芜湖，园生筹备婚事，修小妹也有了新对象，张建设在崇明岛工地身亡。冒着误差的风险勾勒这样的一条时间线，主要为了便于下文讨论小说所给出的史地信息。

作家现实主义的笔力可谓雄健，为这一宏阔的地理—历史架构填充了厚实的细节。小说开篇是对水上运输队日常生活的描写。修国妹家行船到洪泽湖，这里乡镇企业遍地开花，小工厂的大烟囱，运输业兴隆，建材、原料、产品、半成品，河道上都是夜航船。事实上，从20世纪70年代末，这些水上人家因为多一些活钱，日常生活就比较宽裕：

> 要是下到舱里，就能看见躺柜上一沓沓绸被褥，雪白的帐子挽在黄铜帐钩上，城市人的花窗帘，铁皮热水瓶，座钟，地板墙壁舱顶全漆成油红，回纱擦得铮亮，好比新人的洞房。

> 倘若遇上饭点，生火起炊，摆上来的桌面够你看花眼：腊肉炒蒿子菜、咸鱼蒸老豆腐、韭黄煎鸡蛋、炸虾皮卷烙馍，堆尖的一盆，绿豆汤盛在木桶里，配的是臭豆子、腌蒜薹、酱干、咸瓜……①

到了1980年，张建设把从蚌埠旧货市场淘来的船钟当当敲响，穿越马达轰响，仿佛来自天庭的清音。他与修国妹的订婚宴上是琳琅满目的物的堆积。有心的读者会留意玻璃门橱柜、气压热水瓶、三五牌台钟、"两轮一转"、嵌在绒托上的西式餐具这些颇有20世纪80年代意味的日用品。早在《庸常之辈》中，王安忆就注意到嫁妆中的被面与衣料，最显女主人的审美与生活能力。同样是劳动所得，街道生产组的女工阿芬从牙缝里省钱、打仗一样抢夺、蚂蚁搬家点滴积累起的被面与衣料，在修国妹的豪阔前黯然失色。"床上绸缎面湖丝绵被子、珠罗纱白底隐花帐子、羊毛毯、羽毛枕，地下铜锁铜包角的樟木箱、红木的套桶和脚凳、黄杨木的婴儿摇床都备下了。穿的有呢大衣，

---

① 王安忆：《五湖四海》，第2—3页。

男式的海军蓝，女式的玫瑰红，新款羽绒衣也是一蓝一红。衬绒夹袄，男装驼绒，女装羊羔绒。牛皮鞋高靿、低靿，棉、单、凉、拖。"① 恍惚间，读者仿佛以为自己在翻阅《红楼梦》。这样堆砌铺陈意在描摹城乡经济的一个特定阶段，1980—1984 年间中国农村改革后农民收入快速上升大背景下，借助政策红利的水上人家的富足状况。

20 世纪 80 年代的历史细节也陆续展现在作家笔下。1981 年集贸市场放开后，蚌埠的夜市充满了新鲜感。"前面绰约断续的灯亮，横陈一道高堤，越走越近，只看见大柳树间拉着电线，缀着五颜六色的小灯珠子，底下一溜摊位，衣服鞋袜，日用百货，南北干鲜。接着一段小吃铺，自己捡了鱼肉蔬菜，过了秤，交给掌厨的，或煎或炒，或氽或烤，热火烹油的，十分蒸腾。走过去，又是衣服鞋袜。"② 与商品一同出现的，是危险与欲望。修小妹遭到城里女摊主的羞辱与骚扰，也见识到宾馆里外来游客的优雅，埋下了日后出走的种子。对比此前《蚌埠》《隐居的时代》书写的蚌埠，《五湖四海》中的蚌埠特别具有时代感。1986 年前后县城拓展，出现柏油路、信号灯。码头河滩辟出方场，围一圈花坛。露天汽车站装了玻璃钢顶，汽车班次增加数十趟，通往四面八方。在这样的背景下，乡镇企业式微，环境保护提上日程。水路淤塞，内河航运走到尽头，原先密集的河汊填地修路，主河道涨水期里，河面淹到桥台，发生"闷桥"，小的河道更加拥挤不堪。河道里多了挖沙船，水路货运改成公路，水路客运转为旅游项目。张建设顺势转向拆船业。

小说后半部分修国妹心理活动与回忆的篇幅见长，出于叙述视角的限制，20 世纪 90 年代之后的历史细节有所收敛。1994 年明光县升格为市，全球化时代欲望高扬，符号成为消费的对象：理发店变成美发中心，澡堂变成洗浴城，百货大楼变成购物商圈，街市取的都是欧陆风的名字，外挂式电梯上下穿梭。1995 年，张建设在芜湖乡下别墅宴请袁燕父母，除了菜色与时俱进外，室内装潢尽显 90 年代大富之家的奢华气派。"在这乡下的桌面上头，是枝形

---

① 王安忆：《五湖四海》，第 25—26 页。
② 王安忆：《五湖四海》，第 54 页。

吊灯，一周一周的花苞状的灯泡中间，一束水晶流苏，直垂下来。"① 客人将别墅与"白宫"类比，体现 20 世纪 90 年代的集体无意识。更让人感到悚动的是关于高速公路的描写："汽车走在高速公路，飞越过无数河流：襄河、沙河、女沙河、池河、小溪河、沫河……从半空中往下看，它们变得多么小。船呢，玩意儿似的，里面的人在过家家，有爸爸妈妈，兄弟姐妹，摆桌吃饭，安床睡觉。"② 生活竟如同过家家——在狂飙突进的 90 年代，在现代化赋予的上帝视角下，寻常有情生命变得卑微、琐碎，过去充实自在的水上生活丧失意义。

新世纪后，读者的目光跟随修国妹停留在家庭生活内部。唯有她驾车闯入拆船工地时，我们方能一瞥历史的狰狞与污秽："她看见巨大的吊件在上方移动；焊割的火焰发出白炽的电光，被扬尘洇染成团状；钢缆在机器上打卷，一盘盘的；船板从车顶横过去，构件的格斗里积存了河泥和藻类。"③

## 二、"五湖四海"：某种水上性格

小说的书名为《五湖四海》，这个书名不仅寓意小说人物从江、湖到大海的活动轨迹，更指涉某种孕育于水上生活的特殊性格。

第一个层面，与水上生涯相应，"猫子"们的性格是开放、通达的。"地理景观的形成过程表现了社会意识形态，而社会意识形态通过地理景观得以保存和巩固。"④ 水面空间给予人身心开阔之感，视觉辐射与物质处境彼此相配。在农业集体化时代，"猫子"们因为水上运输的客观情况总有活钱，身心相对自由。随程捎带鸡雏鸭雏、麦种稻种、自酿米酒、看亲做亲的婆姨，不仅赚些脚钱，更是收集信息、掌握政策、瞄准风口的便利条件。人的身份与

---

① 王安忆：《五湖四海》，第 117 页。
② 王安忆：《五湖四海》，第 153 页。
③ 王安忆：《五湖四海》，第 182 页。
④ ［英］迈克·克朗：《文化地理学》，杨淑华、宋慧敏译，南京：南京大学出版社，2003 年，第 35 页。

土地紧密绑定，得以穿梭省界，疏通民间，他们又比一般农民多了见识和胆识。受天气、风浪等意外情况影响，水上人家容易遇到求助和互助的情况。20世纪60年代激进革命陷入挫败后，70年代人心涣散疏离，小说却愿意为"猫子"们保留对伦常物理的踏实信念。遇到张建设之前，修国妹看到岸上陌生少年，招呼上船款待饭食。张建设与姚老师的交往透着真诚，对自家船上雇佣的小工也慷慨大方。这种慷慨、豁然与对他人的联结感，现在看来令人称奇，在当时却恰与80年代氛围若合符节。发展到极端情况，则是张建设对修国妹一家、袁燕一家、书记大伯一家的情—义—利关系网络的悉心经营。由此，"五湖四海"意味着最广大的团结。

第二个层面，这一语汇内含着向外开拓进取的果敢雄心。水上生活动荡不安，"猫子"们顶无片瓦，居无定所，相应养成了对风险机遇的辩证认识和对繁文缛节的天然距离。小说里正面提及"五湖四海的性格"，是在修国妹看望年迈的父母时："安居的生活其实让人颓唐，吃水上饭的，多少都有五湖四海的气势，现在收敛起来，变得谨慎了。"① 这种气质，让修小妹大胆南下，有了混血的私生女；也是这种气质，让修国妹拍板，将混血儿核桃视同己出。这一性格在张建设身上同样体现得淋漓尽致。几次重大选择，体现了超人的果敢：本是孤儿的他拒绝列入五保户的恩惠，退学加入运输大队；18岁就从大队船上出来，单立门户；1980年包产到户开始，立刻置办新船；20世纪80年代中期果断转型为拆船业；商业帝国从淮河流域一路拓展到长江，关闭总部，把公司开到上海崇明岛。这种性格孕育着对新世界的认知和征服的欲望。

第三个层面，是这一语汇当中蓄积的平等主义能量。语汇源于毛泽东的《为人民服务》。平等来自革命年代的遗产，也源于水上生活的实践。水上人家私产少，每日面对的是公共资源（水域、风向、航道、时间）的协商分配，更容易自实践中生成一种"公心"与"公理"。张建设从吃水上饭开始，自认弱势，信守一个"不争"。水上生活，无非争河道，争先后，争上下游、顺

---

① 王安忆：《五湖四海》，第169页。

逆风。张建设以"不争"处事，以"让"占先，用"勤"补上，不仅没有亏缺，反而积蓄起好人缘。船老大之间有了纠纷，往往请他做仲裁。因为"不争"，所以得以说"理"。把持住了道理，就稳稳把持住人心。"他相信，这世上既然容下一个人，必有一份衣食，不是天命论，是人生来平等的思想，他到底和父母辈的人不同，也是时代的进步。"①

这样的人心与风景彼此激荡。"稍纵即逝的风景，变幻的事物，停泊点的邂逅——经过白昼静谧的行旅，向晚时分驶进大码头，市灯绽开，从四面八方围拢，仿佛大光明。船帮碰撞，激荡起水花，先来的让后到的，错开与并行。"② 因为无根、漂泊，所以自由；因为水上生涯的变数，所以珍惜聚合，彼此谦让。识者会联想到巴赫金。"在文学中的艺术时空体里，空间和时间标志融合在一个被认识了的具体的整体中。时间在这里浓缩、凝聚，变成艺术上可见的东西；空间则趋向紧张，被卷入时间、情节、历史的运动之中。"③ 在谈到田园诗时空体时，巴赫金特别指出："生活及其事件对地点的一种固有的附着性、黏合性，这地点即祖国的山山水水、家乡的岭、家乡的谷、家乡的田野河流树木、自家的房屋。"④ 在"地理—历史学"的意义上，特定时间与空间的整体性，要具体落实在小说语言、人物、情节、结构之中。

同样出身水上人家，修国妹与张建设共享一种"颠顶"的地域性格⑤，却为何最终走向分歧？两人地域性格的分歧，可在查阅县志的基础上来推断。淮河流域地处南北气候过渡带，降水变化大，年内分布不均，平原广大，地势低平，尤其是黄河夺淮的影响，自古水旱灾频发。据统计，1194 年到 1948年的 754 年中，发生水灾 594 次，旱灾 423 次。⑥ 修国妹出身淮河北岸的五河

① 王安忆：《五湖四海》，第 15 页。
② 王安忆：《五湖四海》，第 1 页。
③ ［苏］巴赫金：《小说理论》，白春仁、晓河译，石家庄：河北教育出版社，1998年，第 274—275 页。
④ ［苏］巴赫金：《小说理论》，第 425 页。
⑤ 项静：《颠顶的心与幽暗的火——王安忆的〈五湖四海〉》，中国作家网，2023年 1 月 9 日。
⑥ 刘昌明主编：《中国水文地理》，北京：科学出版社，2014 年，第 611 页。

县。这是王安忆笔下多次出现的地点。作为 69 届插队知青，她就落户在五河县的大刘庄。在小说《大刘庄》《小鲍庄》《冷土》《隐居的时代》《开会》《蚌埠》《岗上的世纪》《喜宴》《姊妹们》和散文《投奔唐主任》中，我们都可以看到以大刘庄为核心的五河县风貌。朱康考证，张建设的家乡明光县实则为淮河南岸的嘉山县（即现明光市，小说里也留下了"明光镇""明光站"的线索，这同样也是唯一符合 1994 年升格为市的县城）。两个县虽然同处淮河，地理禀赋却有差异。北岸的五河县有余粮酿酒，说明富庶兴旺。五河县宋代即设县，明代属凤阳府，江南大批移民涌入。"抗日战争爆发前，五河由于地处淮河沿岸，水路交通方便，土地肥沃，耕地较多，农产品丰富；商业亦较发达。县城东侧为浍河入淮处，常停泊上千只船舶，排列两岸，双桨小舟穿梭其间，一片繁荣景象。由于地处南北交界，小麦大米五谷杂粮皆有生产，农产品（主要是小麦、大豆、西瓜籽）商品率较高，每逢收获季节，上海粮商接踵而至，因而为之服务的旅馆、餐馆、商店等行业也兴盛起来。"[1] 直到抗战时期方才凋落。该地经济在新中国成立后迅速复苏，尤其在1966—1970 年"三五"时期，工农业总产值年平均发展水平 5736 万元，递增率达 13.4%，1971—1975 年的"四五"时期，工农业总产值递增率为8.2%。[2] 因为五河县相对富庶、丰腴以及具有良性的民间社会，修国妹的性情中总有一种田园诗式的怀旧，这或许一定程度抵消了她向外拓展的动力。

相比之下，张建设的家乡原型嘉山县内不存在这等富庶场景的描绘。嘉山县位于淮河南岸——南岸禀赋一般弱于北岸，因受地转偏向力影响水患较多（新中国成立后该地在 1950、1954、1969、1970、1972、1974、1983、1984、1985、1987、1988、1990、1991 等年份都遭受较大的自然灾害）。[3] 该县为民国 21 年（1932 年）11 月由盱眙、滁县、来安、定远四县各划出部分

① 五河县地方志编纂委员会编：《五河县志》，杭州：浙江人民出版社，1992 年，序三，第 5 页。
② 五河县地方志编纂委员会编：《五河县志》，总述，第 3 页。
③ 嘉山县地方志编纂委员会编：《嘉山县志》，合肥：黄山书社，1993 年，第 227—229 页。

"隙地"而设置。① 设县的原因在于近代北洋军阀时期兵灾频仍，社会不靖，这四县交界的山区成为土匪渊薮，遂设县加强管理。此地自古缺乏宜居条件，禀赋不佳，水患频仍，治安败坏，相比五河缺少工农业基础和相对稳定的民间社会力量——小说家未见得做详细社会调查，却也能从往昔生活经验中提取某种印象。或许基于这样的生活感觉，小说描写的张建设就与修国妹性情上有着深层次的区别。自幼父母双亡的张建设因家乡更贫瘠、资源更有限、人际与生态更紧张（这也从侧面解释了书记从孤雏口中夺食的事件），就更义无反顾、一往无前，买房置地、开疆拓土的胃口越来越大。

话说回来，人的性格形成因素相当复杂。小说家有意模糊处理张建设的出身，也是为了避免过重的地理决定论色彩。精神世界的构成除了地方生态、先天秉性、家庭关系外，还有别的思想资源注入。小说描述修国妹对袁家父母知青身份的亲切感，似乎也在召唤平等主义的记忆，从精神史的角度辅助解释她对资本泡沫的警惕与抵触。此外，小说家对修国妹寄寓同情，有些瞬间难免越俎代庖，也让这一人物带上了知识分子的批判眼光。

## 三、形式感的背后：经济理性 VS 理想主义

最后谈谈小说的形式感。文本在第五章发生了意义最重大的转折。随着张建设成功转型拆船业、事业风生水起，小说回到以修国妹为主的叙述视角。小说前四章更多放入张建设的故事，后四章则以修国妹的视角为主，将目光收回到家庭空间之内，聚焦人与人之间关系的异变。这次视角的变化，带来生活世界的策略性后撤。

换一位作家，或许就会延续前文的逻辑，正面铺陈张建设建立庞大拆船帝国的过程。张建设自己学习气割技术、提高企业管理、开展机械化作业到最后形成从拆船到制氧、剪板、轧钢一条龙企业的经过不妨一写。在拿地、注册、办厂过程中，企业主与政策、资本、政府、环保单位的博弈也必不可

---

① 嘉山县地方志编纂委员会编：《嘉山县志》，第 49 页。

少。外围情况则可以点染拆船业与国际贸易、远洋航运、内河环境的关系，比如 20 世纪 80 年代末期航运业和国际市场影响导致废船价格提高、国家钢材价格下调的市场困境，2000 年金融危机带来的行业整体萧条。如果追求技术化还原，甚至可以写一条进口废船（死船）拖曳接收、船员遣返、技术验收、废船冲滩、船坞拆解的诸多新鲜细节，沉船、断裂、火灾、泄油事故和劳资纠纷也可增加情节的起伏。无论作家是否做了充分准备，一旦如此，这部小说将变成另一个样子。

相反，小说下半部却从这些轰轰烈烈的大事件当中抽离，回到了家庭内部。种种应有的精彩，就用这样的方式一笔带过。"回想起来，这几年像做梦似的。一夜间，沿河滩十数里地都归了自家；又一夜间，滩上排满废旧船；再一夜间，卷扬机开来了，焊割的电火闪得半天亮。旱坞、水泥路、一间跟一间的工棚，接连冒出地面，随之而来的是人，空手的、带工具的、单个的、携家带口的……"① 除此之外，小说聚焦于修国妹对舟生、园生、核桃、袁燕等家庭关系的处理，社会全景视野付之阙如。为何从这些表面看起来更容易激荡起读者心中"五湖四海"想象的事件中抽离？是作家准备不足，还是表明立场？

形式产生意义。首先注意"拆船"的颠覆性内涵。从拆船开始，张建设就进入了资本蛊惑下的"成功学"的世界。"船"是"五湖四海"的基础。有"船"，方能纵横。"道不行，乘桴浮于海"——船带给个体某种浪漫的超越性。船是劳苦命运的枷锁，迫使个体从事消耗心力的劳动，也是踏实生活的保证。拆船是激流勇进，也是无奈之举。拆船源于水路的淤塞，更源于旧生产—生活形态的灭顶之灾。拆船之后是圈地购房。从船到购房，是张建设的"登陆"行动，也是从无恒产到有资产的变化，更是劳动逐渐抽离的过程。小说形式感的变化意味着，从这一刻起作者对这一人物"敬而远之"，不再为他的高歌猛进而摇旗呐喊。

① 王安忆：《五湖四海》，第 84 页。

全景视野的消失，是修国妹对千禧年的"看不懂"，也是作家对新的历史图景的"震慑""困惑""不愿认同"。修国妹的警觉，以"恋地情结"（topophilia）①的方式出现。企业做大，搬进别墅，她却空虚到回忆起故乡："东南风的季节，能嗅见醛酸的气味，眼前就浮现那铺了酒糟的横竖街巷，赤膊的男人用木耙推着热气腾腾的褐色渣滓，河面上吹来湿漉漉的风，小城上空便氤氲笼罩。太阳当头照下来，看出去的景物仿佛漂移流动，恍恍然的，心里有一股郁塞。"②为什么在风景中加上男人推着酒渣的前现代的劳动场景？小说家对张建设的变异心知肚明，企业一夜崛起，不仅人心膨胀，与资本、官员有着不便明言的关系，甚至人心也随着资本而异化。"郁塞"源于今昔对比——夫妻二人的精神世界已有裂痕，有人向前看、奔向"成功"，有人则停留在过去。高速发展的现代性是视觉优先的，是目的性的，是带有三维景深的；而田园诗则属于嗅觉与触觉，是无目的性的，是静止的，是醛酸的气味，是湿漉漉的风。

"五湖四海"的性格终将被"高速公路"所代表的资本主义经济理性取代。修国妹曾有一段关于河流与高速公路的辩证："高速公路是一座多维空间的模型，它将不可视变成可视，就像基因在序列编码中显形。……将存在的杂碎过滤干净，只剩下本质。……河道是未经过提炼的原形，高速公路是形而上。前者是感官世界，后者是理性思维。"③情感价值在资本面前，都变成了"杂碎"。河道运输不仅效率低下，还要遭到人情伦理的掣肘；高速公路则省略迂回、单刀直入，是经济理性的体现。结合另一处对唯物和唯心主义的辩证，小说家恐怕在借修国妹之口提出一种务实之下的理想主义——一种虽然唯物却又有心的生活哲学，重视衣食住行、柴米油盐，又重视人伦日常、世间有情的生活态度。加上这一点，或许才是"五湖四海"的精神全貌。

---

① "恋地情结（topophilia）是一个杜撰出来的词语，其目的是广泛且有效地定义人类对物质环境的所有情感纽带。这些纽带在强度、精细度和表现方式上都有着巨大的差异。"参见［美］段义孚：《恋地情结》，第136页。
② 王安忆：《五湖四海》，第85页。
③ 王安忆：《五湖四海》，第181页。

在本节的最后，我们会敏锐地想起王安忆多年前的中篇小说《流逝》。在经历20世纪60—70年代的改造与转折、80年代的各项开放政策后，曾经的资产阶级少妇对回返的物质欲望及扭曲的人情人性感到索然无味，不由得追怀起那段艰难却踏实的劳动岁月。《五湖四海》的结尾类似，主人公这次却要为曾经的劳动理想献祭。张建设一时技痒，推开工人操作起割炬。事故发生前，我们又看到了那个白手起家、敢做敢干、勤勉踏实的劳动者形象：

> 年轻的日子又回来了，两手空空，但又什么都在一双手上，有的是力气和胆气。[1]

## 第三节　中国好人：陈世旭《孤帆》
## 的"善"字叙事

新世纪小说所讲述的"中国故事"，包含着中国式的伦理探索。中国人常说，与人为善。然而，何者为善，何者为恶？陈世旭的作品当中就塑造了一个个、一群群的"中国好人"。本节围绕陈世旭小说中的"善"字叙事展开。小说把当代中国善念放在民间传统、知识分子群体和革命政治内部去探讨，提供了个体向善的上升之路。我们也会在文本与社会史的双向跋涉中，进一步探讨这诸种善念背后的特殊历史社会条件，以补作家叙述之空白。

陈世旭最初被称为"小镇上的作家"，他的创作有一脉以四十多年前《小镇上的将军》和长篇小说《将军镇》为代表，写乡镇风情。后来，他又开启了另一脉的写作，以《梦洲》《裸体问题》《一半是黑色，一半是白色》《登徒子》为代表，写文化界情形。近年，他再次推出长篇作品《孤帆》，做出联结两个脉络的尝试。小说以20世纪60年代到新世纪初为时间线索。主人公陈志因为家贫而无法升学，60年代中期插队到江洲农场，70年代借调到县城，走上创作之路，最终成为专业作家。陈志是一系列小说如《欢笑夏侯》

---

[1]　王安忆：《五湖四海》，第213页。

《老玉戒指》《江洲的桃花》《篱下》《苍茫》《镇上的面子》《那时明月》等中的人物。这次，我们得以集中观看他如何从乡镇步入文化界，在80年代以降的社会变迁里击水中流。

如作家自陈，小说的结构属于"断简式长篇"或"拼图式长篇"。在斑驳的拼图中，小说对20世纪50—70年代基层社会多有描摹。在童年的故乡小镇，是钟表疑云背后的权力争夺；在江洲农场，是男女知青不一样的生活选择与心机算计；上调县里后，是报道组、文化馆的复杂生态。作家对20世纪80—90年代文化界众生相的书写也堪称辛辣，80年代"文学热"中作家的浮躁，文学与权力、资本的纠缠，研讨班和笔会的乱象，知识分子的虚伪脆弱，大作家的道貌岸然，出版社上下的利益计算……陈志自身的精神演变固然重要，但他有时候仅仅充当了线索。舞台上还活跃着其他令人心动的好灵魂。小说第一、二章书写陈志的童年，引出了杨尿根、小淘、吴校长、常老师。第三到八章写陈志下江洲农场劳动，引出妈儿、熊组长、老鼠嘴、慧子。第九到十章中陈志进入县报道组，引出了文厚德、陈一民、武大先生。第十一章直到第二十四章，陈志转入县文化馆，见证文化界在80—90年代的波动与分化，灵魂饱受诱惑与煎熬。诗人黎丁、编辑危天亮出场，成为小说里熠熠生辉的形象。

徐刚曾指出，陈世旭的近作具有一种"朴素的力量"①。这一论断同样适用于《孤帆》。它不能说是一部史诗性的作品，因为作家志不在于提供一种对历史动力、时代风潮、社会图景的正面分析。在革命激进化的20世纪60年代，政治的表述如何与政治实践相脱节？基层的人心在革命顿挫时如何出现动荡？江西北部社会何以呈现这样的特点？民间文化传统在全能化治理形态下以何种状态保持火种？基层知识分子如何通过努力和体制给予的有限机会脱颖而出？70年代到"新时期"的转折如何进行？80年代的改革在何种意义上既释放了生产力又释放了实利主义？知识分子精神构造内部的创伤和缺陷

① 徐刚：《朴素的力量——读陈世旭〈那时明月〉》，《北京文学》，2022年第3期。

何在？作品的焦点不在这些地方。作家避免正面硬攻个体命运背后的历史，而把人物安放在善与恶的对立框架内。他更关心，在人人面目模糊的浑浊人间，还有谁称得上"好人"，他们的"好"体现在何处，源自何种资源，又带来了何种影响。在这看来有些散漫的小说中，那些善良的面影，勾起作家的无限乡愁与向往。这看似简单的处理，实际上是对历史的重新编码，表现了作家的执念。正是对善的固执，成就了小说许多动人的瞬间，成就了作品的美学特质，也展现了作品的当下性。

## 一、善的第一源头：民间伦理

民间伦理原则在小说里成了善的第一源头。

主人公陈志在童年时期，与杨尿根、小淘、郑瑶仙成为玩伴。杨尿根不嫌弃陈志的出身与贫困，始终仗义相助。以杨尿根为中心，小淘的母亲吴校长把钱借给杨尿根，帮助陈志垫付学费。小淘为了跟随杨尿根前往艺校，想把跃进班的名额让给陈志，结果却被有教育局背景的郑瑶仙得到。

作家含蓄地为这种"义"指明了出处。这种"义"上溯到杨尿根的爷爷杨公公。小说对他进行了意味深长的描写：他每天端个小板凳，弥勒佛一样在铁街口坐着，白绸衫、白裤子、大开裆的裤子，大肚皮、肥胸脯。这个人物因此具有某种超现实、超历史的象征性——先于革命存在的民间伦理原则。

杨公公在时鲜楼跑堂，从而认识万祥泰老板一家。他为万老板平息舆论，痛殴郑瑶仙在报社当主笔的祖父，只身入狱十几年；又为万老板姨太太善后，把她的私生女（即后来小淘的母亲吴校长）放在了红十字会育婴堂。他老得记不清岁数，却清楚地知道街上所有的秘密，最后由他之口，道出窃取钟表的实为郑局长——"人民的眼睛是雪亮的"。杨公公这一人物，实为作家对民间社会的理想设计。小说继续写到陈志升入初中，杨尿根、小淘前往艺校，小团体分崩离析，而杨公公则在此时离开人世。杨公公之死，是在强调20世纪60年代中期革命背景下民间社会的退隐。当然，这种退场并非彻底，小淘的母亲对陈志的义，小淘对杨尿根后来不离不弃的义，即为民间伦理原则后来的变化与延伸。

《孤帆》的民间社会，有自然欲望的一面。在水里抢收麦子时，一船的女人把汗湿的衣服脱下来漂洗，晾到船上的麦堆，在水里装疯和取笑，空气中满是荷尔蒙气息。性的意味，抗衡着革命政治。新来插队的知青"男的手脚总也不老实，大白天，人面前，搂着女的就啃，啃得女的身子乱扭，叽叽嘎嘎乱笑；女的衣服总也穿不正，不是遮不住奶就是遮不住肚子，一条白肉晃眼，让你看不是，不看又舍不得。宿舍的房门如同虚设，夜里灯一熄，单人床的帐子里就叽叽嘎嘎乱响，也搞不清是谁上了谁的床。一堆干柴烈火离了娘老子的管束，烧得乌烟瘴气"。① 作家为我们揭开了官方叙述遮蔽的层面——"文革"前下乡的知青日常生活。

民间社会又不只是欲望的象征。在作家的意识中，20世纪60年代的阶级论对善恶的说明已丧失了解释力，而民间社会保存了正义观念的有效性。小说第六章写到了老鼠嘴，一个四十来岁、曲不离口的老光棍。老鼠嘴在队长不吹收工哨子时唱歌讽刺，代表了乡村的正义与清流。他以其才华与机智来嘲讽权力、制衡权力，更接近于一位擅长装疯卖傻的乡村智者。

借老鼠嘴的讲述，我们得见另一个民间奇人女打师曹婆子的故事。新中国成立前的鄱阳湖姑塘镇，为免盗匪打劫，家家聘请打师来护院。掌柜收了江北女打师曹婆子做二房。谁知她的师弟不仅举报了曹婆子的丈夫，更出卖了师姐曹婆子以求政治前途。曹婆子虽沦落街头，依然凭着一手接骨绝技，成为乡下人人敬重的医生。而师弟也遭到了曹婆子的惩罚，每年必须找师姐疗伤方可苟活。

这是小说相对跳脱的一段。碾盘托茶碗，瓦片水上漂，空手接牛腿，重手点命穴——镇医院跌打科医师曹婆子的微缩武侠世界，镶嵌在革命年代的江西农场。此前、此后，小说都没有出现任何一则这样的武侠异闻。为了引出这一江湖故事，作家从风景入手，自前现代拖过来的长长的阴影，遮盖了

---

① 陈世旭：《孤帆》，南京：江苏凤凰文艺出版社，2023年，第43页。

革命的天空。"夜里，坝里漆黑一片，偶尔隐约有一二声狗叫。他们看的这截坝在洲尾，好几里长。洲尾有回流，平日常有'江流子'被回流送到滩上。……这一带也就有了各种蹊跷事：昏昏暗暗的月光下，有女人把头端在手上梳头发；阴雨天，江边的林子里，到处是抽抽搭搭的哭声。"[1] 风景的情调陡然一转，方能安排江湖故事上演。等陈志找曹婆子治伤，但见这位奇人"一身素白，清清爽爽，眉眼端正，动作利落"，"说话轻声细语，走路像风吹过，却听不到风声"[2]。她的手并未碰到陈志，却奇迹般治好了他的腰伤。这显然是象征性的：民间社会如同看不见的潜流，像风吹过，却听不到风声。但在关键时刻，它却要默默修复主流社会的脊梁，正一正知识分子的骨头。

民间伦理原则进一步转化为"民风"，潜移默化地以社会形态影响政治实践。小说写道，此地正在庐山脚下，自古以来的文化传统形成对知识分子的尊重。一旦陈志成为有名的笔杆子，虽然不是正式干部，但也得到了群众的保护。粮油关系没有转过来，办公室会计老胡出面解决；李甫维在食堂刁难，大师傅挺身而出。这样暖人心的场景，让读者不禁期待民间社会活力的维持，又有些担心对民间社会的浪漫化想象。

历史的复杂性在小说里只呈现出了冰山一角。民间社会的存在，仰赖许多客观条件，而非仅仅依靠"传奇"。江西农业经济的稳定和繁荣，在全国都属于极为特殊的存在。江西作为新中国成立后的农业强省，即使在"三年困难时期"，也累计外调粮食 43.5 亿斤，成为当时全国调出粮食最多的两个省份之一。经济的稳定，为民间社会的存在和运行提供了重要保障。

这背后首先是 20 世纪 50 年代开始的农垦运动。针对江西的土地禀赋，1953 年省委提出"一季变双季、旱地变水田、荒地变熟地"的"三变"方针，实施耕作制度改革，扩大种粮面积，粮食复种指数由 1949 年的 111.34%

---

[1] 陈世旭：《孤帆》，第 79 页。
[2] 陈世旭：《孤帆》，第 96 页。

提高到 1958 年的 147.61%。① 在省长邵式平和副省长方志纯的领导下建立了大批的国营垦荒农场，到 1959 年，江西省一共建立起 349 个国有农场、林场、果园场、茶场和渔场，都分别由省政府、地区和县政府管理，整个农垦体系共容纳了 146 万人。国有农场不属于公社，在政治波动的时候反而维持了生产的稳定性，还为流入江西的各省难民提供了工作岗位。这些国有农场，其中就包括陈志所在的"江洲农场"。国有农场因为是新垦殖场，自上而下的革命政治初步抵达地方，与解放多年且集体化开展几年后的地区的紧张程度有明显区别。最后，作为革命老区，江西大部分地区满足关于革命老区、贫瘠山区的农业税减征条件②，免去了当时的高征购。经济状况的背后，我们会注意到江西的政治风气也有差异。地方主官从杨尚奎到邵式平以降，基本保持一个相对现实主义的主政方向，与"大跃进"时期各省的激进化路线明显不同。上行下效，小说中的农场干部，从李部长到黄场长，在政治紧张的氛围里也展现了一定宽容度。

这些条件都具备的时候，民间社会能够得到安置，当上述条件发生变化时，民间社会也会失去生存的土壤。果然，在革命激情消逝之后，民间社会没有迎来活力的绽放。民间真正彻底的退出，就发生在 20 世纪 80—90 年代。小说写道，当后革命时代的物欲横流产生了严重后果时，一帮知识分子参观团正对着民间古村落指指点点、高谈阔论。那些曾经能为这群知识分子"正骨"的民间力量，消散到哪里去了？我们突然意识到，现在站在民间对面的，是更汹涌的现代化浪潮。

## 二、善的第二源头：知识分子精神传统

善念同样来自知识分子的精神传统。

《孤帆》的雏形是中篇小说《老玉戒指》，原作的主人公是危天亮。老练

① 《【新中国 70 年之江西篇】务实耕耘七十载 保障粮食安全铸辉煌》，参见"江西调查微讯"公众号，2019 年 10 月 12 日。
② 参见 1958 年 6 月 3 日颁布的《中华人民共和国农业税条例》。

的读者会感觉在第十五章危天亮出现后，陈志常常被遮挡在了身后。在危天亮的映照下，知识分子们变得格外形迹可疑。一方面小说反讽的语气逐渐显露，对知识分子的批判锋芒毕露；另一方面忏悔的语气出现，陈志开始反省自己的动摇与沉沦。

编辑、小说家危天亮从小是个"憨居仔"，长得瘦小，一脸褶子。刚出场时，妻子用自行车推着他和两个巨大的液化气罐从医院出来。因为先天性心脏病，他始终病弱，颤颤巍巍。

这是一个"过分"的好人。插队期间他正义凛然，却又容易轻信他人。返城期间，他没能因为省长父亲而获得任何"开后门"的机会，也自觉拒绝任何谋私利的行径，乃至工作多年后都未有合适的住房。他组到了陈志的长篇小说，每天帮陈志洗衣服。在陈志和温雅被警察查房时，顶着心中的厌恶去掩护。危天亮受推荐到北京参加文学讲习班，信誓旦旦的陈志竟没来接站，但危天亮并未介意太久，反而以自己的卑微融入集体，每天早上帮助学员打扫卫生、倒痰盂。他才华平平，始终未获全国小说奖。身为固执的文学信徒，他不愿承认曹不兴、袁老等偶像的虚妄。他遭社长利用，调用了父亲早年海外关系为单位建房，醒悟之后拒绝为自己分房。总之，这个人物无法接受20世纪80年代以后文坛伴生的种种乱象，最终与文化界格格不入。

尤其在男女之事上，危天亮的严肃让人感到不可思议。插队时，他阻止农场的男女搞小动作。进入文学讲习班后，当时风潮是寻找婚外刺激，男女作家热衷于谈论自己的风流韵事。危天亮却始终沉默寡言、坐怀不乱。以至于骚扰未果的文学讲习班女学员，只好送他"性无能"的帽子。

小说给这样的善人设计了考验。危天亮多年帮助山区女教师沁沁。陈志作为他的挚友，找到"圣人"唯一的弱点。因此串通好了女学员假装沁沁，捉弄危天亮。经历内心的跌宕起伏后，危天亮遭遇了满堂的哄笑。这是小说最具有反讽意味的场景之一。善人艰难地经受住了考验，却感到格外孤独和困惑——他的处事原则竟已不合时宜。更让他无法接受的是挚友陈志对他情感的践踏与背叛，最终他惨叫一声、仰天昏倒，就此退出文学讲习班——危天亮离世虽然发生在后面，但他的精神消亡显然在这一刻就已到来。

老练的读者会想起作家参与文学讲习所的经历，但不必直接对号入座。20世纪80年代的文学场，已得到历史参与者的反复书写。其中高光时刻，就包括1980年中国作协第五期文学讲习所。学员除了陈世旭之外，还有蒋子龙、王安忆、叶文玲、孔捷生、陈国凯、张抗抗、竹林、叶辛、古华、贾大山、莫伸、艾克拜尔等。对照作家王安忆、张抗抗、陈世旭对文学讲习所的追忆，我们看到了热火朝天的学习氛围、文学观念的快速迭代、情怀与收获、情谊与感恩，更从中看到了不少有意思的文学史细节。例如王安忆和陈世旭上课的状态就常被拿来比较："我总是认真地听，认真地记，老师说的每一句话都恭恭敬敬地记录下来。陈世旭不记，抱着胳膊东张张，西望望，时而轻蔑地瞅瞅我和我厚厚的笔记。似乎连听都没在听。可是，有时候，他会忽然地兴奋起来，竖起了耳朵，打开本子，潦草地写上几行。"① 这仿佛让人看到了小说里陈志潇洒、跳脱的样子。关于陈志用意识流写"草帽"的戏仿，也出自当时的同学贾大山。② 尽管如此，明眼人从环境的氛围上容易辨认，小说中的文学讲习班并非依照1980年的经历直接照搬。时间刻度上，小说提示，早在讲习班开始前，文坛已经转向先锋派，说明小说的"讲习班"大多带着20世纪80年代中后期文坛笔会、研讨班的影子。对此，之前的小说《一半是黑色，一半是白色》《裸体问题》等已经有所呈现。

陈志开始沉沦。他借助文学轰动效应在大学巡回演讲，反复谈及生命中的几个女人，试图打动在场女观众，为"艳遇"寻找目标。最后竟差点找上挚友唐璜的女友，直到真相揭晓，才为自己的念头羞惭万分。早在他于演讲中怀着寻找目标的念头时，与黑眼睛、慧子、林晨的经历已被包装为猎艳的工具，真正的爱在那一刻已遭最大的解构。他多年前试图与温雅发生故事，又在新世纪后想再续前缘并希望对方施舍出版资源。对文学实际的淡漠，对

---

① 王安忆：《小镇上的作家》，《文汇月刊》，1984年第9期。

② 陈世旭：《古塔的风铃声——中国作协第五期文讲所回忆》，《上海文学》，2023年第6期。

走穴演讲的热衷，对男女之事的津津乐道，这些情节代表了作家对知识分子群体精神状态的反思。"精神贵族"曹不兴在晚年过度补偿，"现代派鼻祖"袁老架势十足，堕落文人陈学良到笔会寻找艳遇，年轻女孩温雅对竞争对手危天亮进行谣言攻势，说明批判的矛头瞄准了老、中、青三代新中国成立后的知识分子。

陈志不是没有善念。只是他的善，往往被一己之私所牵制。他在中学时代崇拜才子唐璜，却轻易被老师的几句话吓住。他与好友妈儿相处，在其困难时随手资助稿费，但妈儿给陈志的却是更长时间的友谊回报。他赠予慧子饭票，只是追求对方的一种算计。当慧子提出把户口迁到山村，陈志就选择了退缩。他在县报道组、文化馆写了多年材料，只是为了解决自己和家庭的生计问题。他推动危天亮把父亲谍战经历写成剧本，题中之义也是自己跟着名利双收。陈志的善是不纯粹的。

出场时间不多的老诗人黎丁，是知识分子之善的最后守护者。黎丁看中了陈志，是因为在文坛一片怀疑、感伤、灰暗的潮流中，陈志激越高亢的诗，如风中异响。陈志诗歌中精心设计的精神强度打动了黎丁。他将陈志调往省城改稿，安排在自己家里，爱护得无微不至。每天轻手轻脚上厕所洗漱、熬粥、打扫房间、留下保温的早点，中午一下班跑菜场，做午饭、拖地、搬煤气罐。老诗人还把正高职称、分房待遇、国际出访机会都让给陈志。两人在路上相遇，"老先生一脸病容，眉头紧蹙，眯着眼睛看着幽暗的街道远处光怪陆离的灯光，倾听，沉思，然后缓缓地说出自己的见解，让陈志觉得，站在面前的是一座严峻的山峰"①。陈志感到愧对老诗人的期待，因为他面对名利欲的诱惑不够专注，也缺乏自控。于是小说第一次出现了主人公的自我分析。"陈志第一次看到了另一个自己，那其实是真实的自己，只是一直被压抑着，没有显现。这个自己是一个俗得不能再俗的人，有所有的俗人都有的欲望。这种欲望有时候是非分的甚至卑下的。"② 相比起来，叙事者则对黎丁老师高

---

① 陈世旭：《孤帆》，第205—206页。

② 陈世旭：《孤帆》，第206页。

度赞扬。"这种人在一生的风吹雨打后幸存下来，剩下的是一副金属般坚硬纯粹的骨骼，唯一的生命冲动就是人格的完善和思想的表达。这应该就是人们说的圣者了吧。对俗人来说，这种神圣是一道无法逾越的鸿沟。"①

"苛刻"的读者恐怕不会满足。从"神圣""鸿沟"这些词语当中涌动的能量，恰可见出叙事者对人物精神世界的隔膜。对于善人黎丁的精神资源，叙事者以抒情取代分析，将这种扰动的能量关闭起来。我们很难想象如果将黎丁的精神世界彻底铺展开，小说会如何收场。相比于《孤帆》中的全盘歌颂，对读发表于 2020 年的短篇《篱下》，就会发现故事原型中保留了两个人的矛盾，尤其是陈志背后对黎丁的嫉妒与不满情绪。为了人物形象的一致性，在长篇中调整陈志对黎丁的态度当然可以理解。但经过修改后，作家的困惑依然很明显。如何理解以黎丁为代表的老一代知识分子的精神构成和历史变迁？"一生的风吹雨打"是怎样的风吹雨打？在幸存时自我发生了怎样的重构与新生？面对 20 世纪 80 年代后期"幽暗的街道远处光怪陆离的灯光"，这种社会和他者的关切、热情和自信是如何持存的？这些对外的情感指向如何与他对内追求人格完满和思想表达的冲动相融通，形成正向互生的关系？

知识分子的善念为什么止步于老一代？为什么包括"先天性心脏病"的危天亮在内，再也找不出任何一个合格的继承人？要解释这个问题，恐怕必须回到中国现代史中，重新再现黎丁等人不可替代的精神资源。以黎丁 20 世纪 80 年代中后期退休的年龄看，老诗人应当出生于 20 世纪前 20 年。经历 20 世纪中国革命的酝酿、高潮与顿挫，并形成相对稳定的主体——这恐怕是他与危天亮的父亲危老共享的经验/资源。在这个意义上说，危天亮的善不同于父辈，更多是自发的禀赋加上后天规训的结果，并没有真正内化为一种积极建构、具有实践性和自我调适能力的主体结构。

作家并非没有意识到问题。根据苏珊·桑塔格的逻辑②，危天亮的"先

①　陈世旭：《孤帆》，第 206 页。
②　[美] 苏珊·桑塔格：《疾病的隐喻》，程巍译，上海：上海译文出版社，2014年。

天性心脏病"，就是一种隐喻性的表述。危天亮的"善"是不健康的。正是缺失了 20 世纪中国历史正面经验的吸收与内化，危天亮这批知识分子的主体结构"先天不足"，疾病不过是为这种缺陷赋形而已：这种疾患是源自历史结构的，后天个体不需要承担责任。这种疾病是卫生的，不带有道德谴责的。它导致了主体的行动力不足，缺乏向外探索和改造世界的能力。

## 三、善的第三源头：20 世纪革命政治

小说还有一条脉络，是革命政治内部的善人，例如熊组长和闻隆书记。对知识分子的爱护，在熊组长身上体现得淋漓尽致。为了报道农场女知青书记，陈志写的报道全文保留，发表在全国大报上。他临走时建议陈志到广播站工作，在陈志因为新任书记的排挤再度沦落时，第二次以培养基层宣传员的名义把陈志调到县报道组，使得陈志以"笔杆子"的能力牢牢占据位置，包揽全县重要文件与发言稿。县委的闻隆书记随后承担恩人的角色，加上机关多数干部在黄场长面前说情，陈志拿到县劳动局国营工人编制。闻隆书记在因政治风波外调前，帮助陈志进入了群艺系统的县文化馆。

这条情节线在作家本人的经历中能找到原型。小说把陈志调入县报道组的时间后置到 1978—1979 年知青大返城的背景下，这样陈志转向文学就与知青作家的形象更为顺畅对接，而实际上陈世旭本人的上调发生在 1971—1972年，历史形势更为复杂。陈世旭自陈，20 世纪 70 年代初农场垮台，改为农村集体所有制，大部分下乡知青都调入工厂，而他和少数出身不好的人留在农场。"我思想上很悲观。农场的前途和个人的前途都相当黯淡。"1971 年他第一次因为大型报道活动而当上通讯员，1972 年又以"农民通讯员"身份借调到县革委会宣传组。他身染血吸虫病，抓住唯一生存机会，"不分日夜，不分晴雨地奔波于全县的工厂、社队，拼命地在报纸、电台上，为我们县（也为我自己）争一席地盘，哪怕是'豆腐干'也好"。与小说相对照，我们看到了地方政治生态的善意，"宣传组的所有领导和同志，直至整个县委、县革委的绝大多数同志，对我都极同情，极好。只要我的工作有了一点点成绩，他

们就极力帮助我，年复一年地把我留了下来"。他尽力表现，跑遍全县所有生产大队、厂矿、机关，不仅写新闻还写文件，同时开始写诗歌、散文、报告文学或小说。"这一切努力，终于结出了果实。到一九七五年下半年，我得到了一个'自然减员顶补'的指标，成了一个有了'铁饭碗'的人。"①

对此，作家善于用人性善恶来统一赋予解释。"它使我知道，世上不仅有无情的歧视，也有无法灭绝的人道。人世间温暖尚存。就是为了这个，我也不应懈怠。"② 这些中共基层干部如何造出这样的人道与温暖，不是小说要正面处理的问题，但如果略施铺展，或许又是别样的风景。因为，这些人的"善"及这些"善"所植根的土壤，很可能丰富我们对"善"的理解。作家的收敛当然也有道理。小说世界或许同样存在一个"跳帧"／"丢帧"（frameskip）的概念。在游戏、视频播放或直播的时候，当显示器的刷新速度跟不上动画渲染速度就会产生画面卡顿和跳跃的现象。为了避免这种情况，小说家也会关闭一些副线的进程。正如为了保证画面流畅度，需要调低"画质"。在这些地方，就需要读者主动地参与，把这些丢掉的帧数重新"还原"回来。

最后补充一点，小说不只在民间传统、知识分子群体和革命政治内部书写了一个个让人震撼的"好人"，还在终结处提供了一条个体向善的心灵路径，完成对读者的召唤。

在小说最后一章，当骏马从草原上潮涌而出，陈志感到"天风滚滚，海山苍苍，真力弥满，万象在旁，行神如空，行气如虹，走云连风，吞吐大荒，草原地震般颤动"，"忽然有一股从来没有过的雄豪之气从丹田直冲脑门，忽然觉得领悟了生命的开端和终结的全部欢乐和痛苦的奥秘：挣脱欲望的缰索，卸下诱惑的鞍辔，去呼应草原生命大气磅礴的抒情，爱大地，爱生命，爱生

---

① 以上内容参见陈世旭：《我怎样写出了〈小镇上的将军〉》，路德庆主编：《中短篇小说获奖作者：创作经验谈》，武汉：长江文艺出版社，1983 年，第 126—127 页。

② 陈世旭：《我怎样写出了〈小镇上的将军〉》，第 127 页。

活，爱所有值得爱的人"。① 这是一次由风景唤起的情动。从欲望和利益的枷锁中挣脱，完成主体心胸的打开，这是第一步。

第二步则是进入深刻的自省。小说写到陈志的父亲，即使在陈志闯祸时他也只会捶打自己，宛如圣雄甘地的自我惩罚。陈志或许就从这里继承了向心自噬的行为模式。小说结尾危天亮的死讯传来后，马头琴的音乐配合《苍茫》的散文诗朗诵，文本充满着忧伤的音乐。燃烧的篝火、浑厚的蒙古长调，色彩缤纷的句子跟着火星，向天空迸射。在忏悔中，他仿佛看见了沁沁，看见了危天亮倒下的身影。忏悔之后，主体达到心灵的澄净。

"自省"也是作家多年来自我推进的动力。陈世旭的创作之路并不算顺利。王安忆作为好友，曾经担心过他的"搁浅"②。陈世旭也回忆遭遇退稿、批评家批评的经历，以及初入文讲所时对王安忆的干扰的歉意，坦白了自己自傲而又孤独、脆弱的状态。③ 作家反复纠结于自我检讨，这种情况现已罕见。"我深深感到：才疏而志大，积累不足而雄心有余，用力不多而求成心切，是意欲走上文学之路者之大忌、大悲哀。即便是侥幸偶有一得，到头来也只能像我这样不可避免地自食苦果，懊悔连连。"④ 当他谈到《山里山外》的结构借鉴、《裸体问题》中的旧稿重发，更是触及了一般作家不愿触及的隐痛。我们还看到了作家进行演讲时的尴尬、看曹禺戏剧时的反躬自省、卖弄书法后的自责、因"作者简介"造成的麻烦以及遭遇陌生文学青年的批评。"检点自己，如同搓澡去垢，写作就或许有可能成为一种轻松愉悦的精神运动。"⑤ 自省作为主体自我更新、自我疗愈的方式，是主体向善的起点。从作家身上自然散发的自省忏悔的语调，是小说美学的重要组成部分，是主人公陈志身上的光晕，更是小说对读者的感化。

① 陈世旭：《孤帆》，第330—331页。
② 王安忆：《小镇上的作家》，《文汇月刊》，1984年第9期。
③ 陈世旭：《找准自己的定位》，《文学自由谈》，2021年第3期。
④ 陈世旭：《我怎样写出了〈小镇上的将军〉》，第130页。
⑤ 陈世旭：《自省录（二）》，《文学自由谈》，2021年第2期。

总之，几十年来，"善"始终是陈世旭的心结。对"善"的迷恋，甚至溢出了小说文本，成为作家散文书写的一大主题。关键则是如何处理这种小说里的"简单"与"朴素"，以便打开背后的空间。阅读《孤帆》是对批评家的挑战。小说本身并不"难读"，难的是撬动历史将开未闭的缝隙，难的是抵达作家的心中块垒，进入他的情动瞬间。

## 第四节　知识分子：李洱《应物兄》的"反讽—抒情"莫比乌斯环

在 20 世纪中国的政治文化场域，知识分子群体无疑起到了巨大的推动作用。"五四"以来，如鲁迅、郁达夫、叶绍钧、丁玲、茅盾、曹禺、巴金、路翎、钱锺书等作家，为知识分子叙事提供了众多书写范本。描写知识分子的命运遭际、人生道路，往往成为作家观察社会变迁、反映时代风貌的自主选择。知识分子叙事，由此成为"中国故事"的内在组成部分。进入新世纪，当我们谈论新世纪文学图景对"中国"的描绘时，李洱的小说进入了视野。他的小说《应物兄》栩栩如生地为我们描绘了当代中国学院知识分子的精神图谱。我们也在本节围绕这一文本的形式感来探讨三代知识分子的不同面貌与知识分子主体建构的难题性。

《应物兄》围绕主人公应物兄主持筹备"太和研究院"展开浩荡喧哗的叙事。整部小说以筹备工作为线索，跨度不过短短一年，然而信息量极大。应物兄应葛道宏校长之命，参与筹备"太和研究院"，各色人等陆续登场，有省级领导、海外新儒家、华裔巨商、海外汉学家、海外留学生、大学校长、教授、科学家、"风水大师"、本土巨富、寺庙住持、媒体主播、明星以及各级官员等。这部写作了 13 年、共 85 万字的小说，涉及典籍著作四百余种、真实的历史人物近二百个、植物五十余种、动物近百种、疾病四十余种、小说人物近百个、各种学说和理论五十余种、各种空间场景和自然地理环境二百余处。

应物兄最初踌躇满志，以为筹办儒学研究院是"一件有意义的事"，会让人感到"知行合一，事业有成，身心快乐"，儒学研究院将成为"儒学家的乐园，一个真正的学术中心"。① 然而事与愿违。各路人马纷纷登场，他们口若悬河、咄咄逼人，儒学院被捆绑上人事变动、利益输送、政绩工程、旧城改造等诸多任务。话语狂欢，符号增殖。最终"眼看他起朱楼，眼看他宴宾客，眼看他楼塌了"，栾庭玉、梁招尘等官员落马，袁道宏调离岗位，老一辈知识分子落幕，海归儒学大师程济世后继无人，主角应物兄遭遇车祸，只落得个"白茫茫大地真干净"。

小说因其体量巨大，具有某种复杂暧昧的美学特征。它隶属于现实主义，还是先锋派？是百科全书式写作，还是致敬中国古典小说传统？"无论对《应物兄》具有怎样的阅读感受，都无法否认它以具有冒犯性的现实准星、叙事语调、知识与历史的想象、游戏精神、幽默感，逾越了各种我们耳熟能详的各种写作成规。"② 这种美学构造源于内部蕴含的两种矛盾力量。丛治辰观察到，《应物兄》除了显而易见的反讽之外，内在涌动着一股抒情的力量。③ 毛尖也有类似的感觉："《应物兄》内在地有一个二重奏，有无数组对立概念和对应关系，他们彼此响应或不应，彼此否定或肯定，共同构筑了这个碎片化时代的一个总体性或总体性幻觉。"④ 正是这两种力量交替消长、此起彼伏，构成小说"二重奏"式的美学动力机制，使小说呈现出复杂矛盾、磅礴又暧昧的面影。

本节从小说这种独特的美学构造入手，小说文本以语言过载、人兽并置和伪百科全书式写作的装置形成反讽话语。随着时间展开，读者还会发现小说呈现出从反讽到抒情的翻转。两种看似矛盾的力量联结在一起，潜藏的抒情终将浮出地表，形成一个"莫比乌斯环"状的美学结构。

① 李洱：《应物兄》，北京：人民文学出版社，2018 年，第 187—188 页。
② 项静：《声音、沉默与雾中风景——〈应物兄〉》，《南方文坛》，2019 年第 3 期。
③ 丛治辰：《偶然、反讽与"团结"——论李洱〈应物兄〉》，《中国现代文学研究丛刊》，2019 年第 11 期。
④ 毛尖：《为什么李洱能写出应物兄的纯洁和无耻》，《文汇报》，2019 年 1 月 15 日。

# 一、反讽装置一：语言过载

反讽（irony）从古到今都在发展之中。它可被视为一种微观修辞技术，也可指代某种态度或意图，甚至超越微观修辞，被某些人视为一切叙事作品的最高美学范畴。总体而言，反讽的美学原理在于表意与深意之间的背反。弗莱提出："反讽这个词就意味着一种揭示人表里不一的技巧，这是文学中最普通的技巧，以尽量少的话包含尽可能多的意思，或者从更为一般的意义来讲，是一种回避直接陈述或防止意义直露的用词造句的程式。"[1] 但反讽概念的特殊之处在于，其意义边界在创作实践中被不断拓展。米克在《论反讽》中，罗列了从埃斯库罗斯到布莱希特等四十余位反讽作家的名单，从古希腊到现代，这一手法不断变异繁衍，蔚为大观。本部小说有许多难解的美学特征，都可以放在反讽的视域下进行恰当的解释。

一般读者的第一感受，是语言描写的过载。作者关心的问题在于当代主体的精神困境——知行分离。大部分人物处于亢奋的言说状态。人物话语一句接着一句，密不透风。不同于传统小说节制的、信息量大的、凝练的对话设计，《应物兄》的语言描写简直泥沙俱下。超负荷的语言描写，挤占了其他描写的空间。这些人物以言语堆积物的形态出场，面目、性格、身份不再以直接叙述的方式去交付，在漫长的 85 万字篇章之中，人物一旦出场，就只剩下喋喋不休的语音在空中交织。

对话的超负荷，应如何解释？有论者指出这是一部"说话体"小说[2]，李洱自己也表达过对《红楼梦》"对话主义"的肯定[3]，然而这样的说话体，与《红楼梦》有明显区别。《红楼梦》以对话体现智慧、欲望、身份和关系，对话是另一种对"关系"的描写。《应物兄》中的对话承载了更多别的功能，

---

① ［加］诺思洛普·弗莱：《批评的剖析》，陈慧、袁宪军、吴伟仁译，天津：百花文艺出版社，1998 年，第 16 页。

② 李彦姝：《〈应物兄〉中的人物声音及其他》，《当代文坛》，2020 年第 6 期。

③ 李洱、舒晋瑜：《知言行三者统一，是我的一个期许》，《小说评论》，2020 年第 1 期。

其最大特点不在于通过对话去现实主义地再现人物的社会身份、社会关系或心理性格，而是借助大量对话反身性地形成对人物的暴露与挖苦，产生强烈的反讽效果。语言过载现象应当这么理解：它为读者反讽地理解人物提供必要的线索。"如果没有这种明确无误的线索，反讽总会带来弊病，而且我们没有什么重要的理由作出假定，认为领会不了反讽是读者的错误。"① 线索虽然"明确无误"，但毕竟不属于直接言明，而是建立在对读者判断力的信任之上。有些时候，有意的沉默能够制造反讽——而另一些时候，过分的陈述同样制造反讽。

小说主人公应物兄被迫在许多场合承接过量的对话。小说开场第一个矛盾事件为乔木先生的宠物狗木瓜在宠物医院咬伤了大老板铁梳子的宠物狗金毛。应物兄与兽医、费鸣、金彧、壮汉展开了丰富的对话。为了解释小狗木瓜与大狗金毛的冲突，小说刻意让兽医事无巨细地重复事件经过。在兽医自我夸饰、掺杂不清的介绍之后，应物兄与金彧从狗的血统、赔偿协议谈到金彧的专业、后台老板的公益项目、应物兄的讲座、孔子养生之道，应物兄拐弯抹角地提出孔子的"恕道"，将谈判导向有利的方向。应物兄说"孔子所说的'恕'，并非'宽恕'，而是'将心比心'，是'己所不欲，勿施于人'"。当然目的是拒绝赔偿，"如果我在上面签了字，那就是陷你于不义。这事要是张扬出去，老板会把责任推得一干二净的。她会说她不知道，都是你干的"②。话题滑向养生餐厅和玉米须的养生功能，应物兄还在恋恋不舍地扮演导师的角色。在语言过载的状态下，形而上的精神与形而下的身体无缝衔接，暴露了知识话语的空洞虚无和知识分子行动上的无能。

小说中俯拾皆是的，是这类反讽情境或无意识反讽③——受嘲弄者的"自负又无知"和观察者的态度之间形成鲜明对比。知识分子之外，其他人物

---

① ［美］韦恩·布斯：《小说修辞学》，付礼军译，南宁：广西人民出版社，1987年，第331页。

② 李洱：《应物兄》，第22—23页。

③ ［英］D. C. 米克：《论反讽》，周发祥译，北京：昆仑出版社，1992年，第41页。

也通过夸夸其谈展现其"自负又无知"的形象。坦桑尼亚留学生卡尔文的汉语颠三倒四。每次他口出粗言辱骂对方时，总因为语法错误骂了自己。罗艺艺的父亲养鸡大王罗总、生命科学基地合伙人及林蛙大王雷山巴，这些粗鄙无文的老板也属于"自负又无知"这一类，夸夸其谈、喋喋不休，说得越多，暴露得越多。表面上，叙述者采取了纵容的态度，然而让人物尽情展示其无知一面的"纵容"，本身就表达了隐晦的批判态度——毕竟是叙述者推动人物去进行"不知不觉的自我暴露"（unconscious self-betrayal）。

## 二、反讽装置二：人兽并置

小说反讽话语的来源，还在于构造了"人兽并置"——通过一系列动物形象，与人物形成巧妙的呼应对照关系。言在此而意在彼，小说兴味盎然宕开一笔去写动物的时候，从来都在遥遥瞄准动物旁边的人物。

万物兴焉，各居其位。校长葛道宏是设局的高手。小说安排他豢养几只蚁狮——一种最小的肉食动物，善于在沙地挖坑捕猎蚂蚁。考古学专家姚鼐先生，因身份认同的缘故养土鸡和土蜂。古希腊哲学专家何为老太太养猫，取名为"柏拉图"。猫总给人优雅、疏离、不食人间烟火的感觉，仿佛高高在上的理念世界。一土一洋，相映成趣。小说第 30 节借《楚辞·天问》中驮着猫头鹰的鸱龟来描绘郏象愚（又名敬修己）。陆空谷出场时阳台落下一只鸽子，他的名字出自《诗经·小雅·白驹》"皎皎白驹，在彼空谷"。郏象愚的同性爱人小颜在第 63 节大谈鸟类，从鸟类归化、鸟类的飞行谈到东西方生态观念，从紫翅椋鸟、莎士比亚笔下的鸟、《圣经》中的渡鸦谈到正在研究的杜鹃。小颜借助谈鸟展示其博学飘逸、魅力非凡的一面。外号"子贡"的富商黄兴则先大谈爱驴，而后千里迢迢带来大白马，让济州诸人白忙一场。这一桥段除了让济州知识分子现出原形外，黄兴明儒暗商、儒表商里的行径，也是"驴头不对马嘴"。同时在民间话语体系中，"叫驴"总与欲望紧密关联，黄兴做着性用品生意，与"驴"互为表里。

"人兽并置"中最值得玩味的例子，在于对知识分子的影射。小说开篇写道："窗外原来倒是有只野鸡，但它现在已经成了博物架上的标本，看上去还在引吭高歌，其实已经死透了。"① 从自由发声的状态沦为赏玩的"标本"，说的是谁呢？有读者会促狭地产生谐音联想："叫兽"——教授，然而事实未必这么简单。分管文教事业的副省长栾庭玉，喜欢鹦鹉。程济世念念不忘已绝迹的蝈蝈"济哥"，从而引发了一系列关于寻找、繁殖"济哥"的闹剧。无论是鹦鹉还是蝈蝈，小说暗指知识分子对发声的迷恋，这种迷恋无关实质内容，仅在于保持一种发声的姿态。

主人公应物兄与狗的形象纠缠在一起。尽管美国女孩珍妮在论文当中大谈"儒与驴"，但显然"儒与狗"的映射关系出现得更频繁。应物兄的著作出版时被扣上《孔子是条"丧家狗"》的名字。开篇狗咬狗事件中，他与杂交犬木瓜的形象叠化到了一起。"和众多知识分子一样，他也有一个习惯，那就是一到国外，就会变成一只狗，狗不嫌家贫，儿不嫌母丑，中国什么都是好的，容不得外人批评半句；但一回到国内，他就变成了一只刺猬，看到不顺眼的事情，就免不了说话带刺。但这一天，面对着无数陌生的看不见的听众，他发现自己又从刺猬变成了狗。"② 季宗慈饲养了黑背、藏獒、爱斯基摩犬，还有一只土狗草偃——那是应物兄从屠刀下救下的，后来这只忠心耿耿的土狗还救了季宗慈的性命。应物兄的好友郑树森针对费鸣的攻击，还引用鲁迅与梁实秋"丧家的资本家的乏走狗"典故来安慰应物兄。狗在应物兄周围无处不在，第 34 节应物兄、费鸣和葛道宏去见栾庭玉时，也能看到几只狗。"这次他们身边还是一群狗：高大却精瘦的狗、扔毽子的狗、像人那样蹭痒痒的狗。"③

"狗"与"儒学专家"的杂糅，意指应物兄所代表的知识分子的"犬儒"一面：思想理性清醒，行动屈服驯顺。古希腊的犬儒主义哲学与其说是一种哲学/思想，毋宁说是一种关于行动、生活的知行合一的哲学，生活即对真理

---

① 李洱：《应物兄》，第 1 页。
② 李洱：《应物兄》，第 31 页。
③ 李洱：《应物兄》，第 277 页。

的践行。而现代犬儒则指一种知行背离的状态。如德国思想家彼得·斯劳特戴克所认为，犬儒理性是一种既经历启蒙而貌似理性清醒，又在行动层面落入他人引导的虚假意识。齐泽克认为："犬儒主义（cynicism）是占统治地位的文化对这种大犬儒性（Kynical）颠覆的响应：它承认也重视掩藏在意识形态普遍性下面的特定利益，承认也重视意识形态面具与现实之间的距离，但它总能找到保留那个面具的理由。"① 犬儒主义者"知道"理想与现实之间的矛盾，但他们停留在这种矛盾所产生的精神分裂状态之中。知行之间的分裂问题，一直是李洱念兹在兹的话题。② 不难推断，"群狗"形象的植入意在指出当代知识分子的知行分裂的犬儒主义疾患。

## 三、反讽装置三：伪百科全书式写作

小说反讽的构造很大程度还来源于诸多知识性典故的介入。小说包罗万象，演绎众生，并容纳了儒学、哲学、植物学、生物学甚至建筑学等方面的知识。作家引经据典，枝蔓不断，每隔几页必插脚注，令文本成为引文交叉的纺织物。对于知识扮演的角色，方岩认为是"补偿式教育作用"，张定浩则认为意在"给读者信任感"。③ 也有论者提出异议，认为"从技术层面考虑，由于人工智能的发达，在机器人小冰都能将诗歌写得像模像样的当下，将所谓知识和段子当作小说美学突围的方向，就不能说是一个多么明智的选

---

① ［斯洛文尼亚］斯拉沃热·齐泽克：《意识形态的崇高客体》，季广茂译，北京：中央编译出版社，2002 年，第 41 页。

② 南帆在 2001 年观察到："他们渐渐地熟知一系列西方的经典，然而，这些经典与他们的日常生活相遇之后开始失效、变种，继而演变为一袭悬挂在墙上的语言披风——这些知识分子仅仅在某些登台表演的时刻才动用这一袭语言披风。"（参见南帆：《饶舌与缄默：生活在自身之外》，《当代作家评论》，2001 年第 4 期。）李洱本人也在访谈中多次表达对言行统一的追求。（参见李洱、舒晋瑜：《知言行三者统一，是我的一个期许》，《小说评论》，2020 年第 1 期。）

③ 方岩、张定浩观点参见《且看应物兄如何进入文学史画廊——李洱长篇〈应物兄〉研讨会实录》，"收获"公众号，2018 年 12 月 26 日。

择"。① 还有论者称"有些跟钱锺书犯同样的毛病，为了把知识点引入，一定要编一个故事"。② 如何评价大量利用知识引文的写作策略？我们需要放在整体反讽的视野下，才能对其做出更加全面的判断。

不精确统计，在整部小说的脚注中至少出现了《诗经》《易经》《道德经》《论语》《左传》《谷梁传》《孟子》《史记》《尚书》《礼记》《庄子》《荀子》《国语》等古代经典，还有郭璞、许慎、班昭、张衡、班固、王充、董仲舒、许慎、刘义庆、范晔、萧统、王阳明等人的著作。西方经典则有柏拉图《理想国》、亚里士多德《诗学》、黑格尔《哲学史讲演录》、马克思《哲学的贫困》、恩格斯《恩格斯致保尔·拉法格》、弗洛伊德《释梦》、尼采《查拉图斯特拉如是说》、伽达默尔《真理与方法》、克尔凯郭尔《论反讽的概念》等。它还广泛涉及佛学、戏曲、古典诗词、文论、笔记小说，甚至包括许多"旁门左道"的解梦、占卜、书法、医学、养生之书。人物夸夸其谈，在言谈中对各式各样的"物"做大量解说——羊肠琴弦、二胡蚺皮、玳瑁高蒙心葫芦、青铜美人觚、荇菜、菖蒲、仁德丸子、套五宝……《应物兄》熔铸万物，让知识高度膨胀，形成一种貌似"无一字无来历"的仿百科全书风格，构成对知识界学术文体的戏仿。

之所以称"伪"百科全书，是因为许多知识显然是不可靠的——比如这样的"文献"：《中原日报》《济州地方志》《济州卷烟厂厂史》《麦荞文集》《与中学生谈谈当代科学史》和芸娘的未刊稿《存在何以隶属于显现》。倘若抛弃对"小说"的阅读期待，将《应物兄》视为一部思想文本并无不可。但必须正确对待小说中的知识话语，否则就将缘木求鱼、误入歧途。知识煞有介事地出场，逐渐在煞有介事中暴露出虚假性。通过虚假知识的植入，作家让读者感受到所谓"知识"有其作为装置/装饰的一面。

---

① 鲁太光：《数学思维与知识化写作的困境——评李洱长篇小说〈应物兄〉》，《文艺理论与批评》，2020 年第 1 期。

② 郜元宝观点参见《且看应物兄如何进入文学史画廊——李洱长篇〈应物兄〉研讨会实录》，"收获"公众号，2018 年 12 月 26 日。

我们还应注意到人物运用这些知识的方式。应物兄赴美邀请程济世，小说从第 19 节铺陈到第 24 节。赴美前，费鸣提供了一系列程济世父亲的资料，絮絮叨叨提到了程家桃都山别墅的变迁——它曾被炮弹轰去一角，农业学大寨时修梯田的人住在里面，后来变成羊圈，里面还发生过强奸案，铁梳子将把这套别墅赠予程济世。这些"资料"的背后，是费鸣、铁梳子攀附程济世的欲望。应物兄与程济世正式会面时，程济世和弟子一唱一和以抬高身价。程济世很自然地称黄兴为"我的子贡"，轻描淡写地提到自己见到了黄兴介绍来的台湾朋友，而黄兴当即表示，那些朋友能见到程先生是他们的荣幸，他们该重金感谢自己。两人言谈中，还故意放出风声，有几个"台湾老朋友"建立儒学院，与济州大学竞争程济世。这样的刻意设计，显然是给应物兄下马威。两相对照，程济世将寓所称为"乘桴浮于海"的"桴楼"，自称与孔夫子一样只想当"素王"，表演姿态就相当明显。黄兴以另一个弟子敬修己（即郏象愚）反对为由，借故推延程济世回国时间。应物兄随机应变，称象愚"勿必勿固勿我勿意"一条也做不到，还送了一句戏词"忙赶上头里的丧车不远，眼见得客死他乡有谁祭奠"，同时表示自己也可以安排象愚调动回国，堪称恩威并施。程济世一方面说自己想念慈恩寺的桃花，另一方面则又放出风声，清华大学想调动自己，此外还有北京、上海的几所大学，再次抬高身价。会谈在看似风雅其实诡谲的气氛中进行。程济世是张弛之道的高手，随后提到仁德丸子、自己的祖宅、灯儿姑娘，兴之所至还拉起了二胡，谈及了"和谐"的概念，引得济州诸人团团转。说完"雪桃"典故，程济世担心人事变动，校长葛道宏位子不稳，于是再用"鲁哀公姓蒋，是个草头王，葛校长姓葛，也是个草头"的隐语进行试探。又引"松柏之下，其草难殖"，探听校长是否为强权人物，对待知识分子手段如何。在知识典故之下，是欲望在涌动，是权谋在布局。

知识话语并不指向真理，而总是指向人的欲望。在第 23 节程济世评价了应物兄的名字:"物,万物也。……心存敬畏,感知万物。"① 而原本"应物"的意思,来自应物兄的中学老师,取"圣人之情,应物而无累于物"之义,还包含了自由的向度。程济世对"应物"的理解显然有所偏狭。程济世最后又隔空举荐费鸣。原来他已与校长葛道宏通过电话,揣摩校长心思后,就做个顺水人情,调动费鸣,为其新秘书乔引娣腾位子。假如将这些知识分子视为外物的话,应物兄在他们冠冕堂皇的知识话语面前步步受制,只能做到"心存敬畏,感知万物",而没有任何"无累于物"的自由之感。

"烦"(boredom),是读到这么烦冗的知识话语后读者的直观感受。有人恐怕会腹诽,这部小说有必要写得这么长吗?巨量的知识话语将读者从手上的书中推挤出去。这么看来,体量的必要性在于,通过对感官的反复冲击,让读者形成对知识话语的疏离感。"烦",需要一个时间上的量的积累。陈嘉映最初翻译《存在与时间》的时候,依从熊伟先生把德文 sorge 翻译成"烦",相关的 besorge 翻译成"烦心"(后改译为"操心""操劳")。在海德格尔那里,有一整套与"烦"相关的表述:此在的生存论包括一般展开、沉沦、筹划。此在于日常中处于被抛和沉沦状态——此在总是消散在先行于己的"烦忙"的世界,或寓于上手事物的"烦忙"或寓于照面的他人而"烦神"。② 在这个意义上,"烦"是领会此在的一个关键枢纽。"烦的结构并不反对可能的整体存在,而是这样一种生存状态上的能在之所以可能的条件","烦在良知呼声中向最本己的能在唤起此在"。③ 体悟到"烦",是此在领会自身的契机。不妨假定"烦"作为感官体验,也是小说刻意营造的效果。有些小说给人刺痛,有些让人撕心裂肺,有些意在让人沉溺,有些让人间离。"烦"有可能带给读者的是类似间离状态的清明意识——对知识话语的"烦",让我们对人物甚至叙述者都形成一定的警惕。

由是,我们看到了小说反讽美学的第三个装置——经由知识话语的高浓

---

① 李洱:《应物兄》,第 175 页。

② [德] 马丁·海德格尔:《存在与时间》,第 231—237、266—267 页。

③ [德] 马丁·海德格尔:《存在与时间》,第 376、377 页。

度配置而产生伪百科全书式的效果。借助这种戏仿，小说成功地在读者心中唤起某种"烦"的心理反应。如果说小说是一个思想文本，那么其思想并不以主张或命题（argument）的方式出现，而是以感觉（sensation）形态来出场——"烦"即思想。

## 四、从反讽到抒情：作为标志的《苏丽珂》

在"烦"中我们遭遇反讽的极限："对于反讽的主体来说，既存的现实完全失去了其有效性，它成了处处碍手碍脚的不完善的形式。但是另一方面，他并不占有新事物。他仅仅知道面前的事物与理念有极大的差距。……反讽者是先知的，因为他不停地指向将来的事物，但他并不知道这将来的事物究竟是什么。"① 当反讽抵达极限，小说的美学构造即将产生奇妙的翻转——抒情话语浮出地表。

"抒情"与18世纪浪漫主义运动中崛起的"抒情诗"（lyric）密切相关，既包括集体抒情，也有私人抒情。② 王德威更将"抒情"高举为堪与革命、启蒙并称的中国文学传统，并多次强调中国文学自身的、有别于18世纪西方浪漫主义的"抒情"的丰富特质。③ 但本节主要在较为贴近文本的意义上使用"抒情"这一概念。"抒情"在本节中指称小说中较为感伤、忧郁、优美甚至带有一定音乐性的文学话语，在这些话语中叙事者的腔调从戏谑转为严肃。

从"认同"的角度区分，"反讽"通常造成读者与反讽对象（小说人物）关系的疏远和间离。在反讽话语的回旋中，我们得以对小说叙述的人物拉开一定距离进行观照，甚至俯视。抒情则是一种拉近读者与人物距离的美学形

---

① ［丹麦］索伦·奥碧·克尔凯郭尔：《论反讽概念：以苏格拉底为主线》，汤晨溪译，北京：中国社会科学出版社，2005年，第224—225页。

② ［美］M．H．艾布拉姆斯：《文学术语词典》，吴松江主译，北京：北京大学出版社，2009年，第293页。

③ 王德威：《史诗时代的抒情声音——现代中国文学批评方法新论》，《现代中国文化与文学》，2015年第2期。

式。在抒情话语中，我们趋近人物，倾向于认可甚至仰视人物。一般来说，反讽与抒情往往容易被视为对立的两极，但在《应物兄》中这看似矛盾的两种话语恰当地联结到一起。

明显的变化从第 84 节开始。一首苏联民歌《苏丽珂》传入应物兄的耳朵。歌词哀伤，旋律乐观而雄壮——"声与意不相谐"，"既雄壮，又忧郁。既坚硬，又柔软"。① 在这样的音景之中，原本前台喧嚣的各类人物声音暂时偃旗息鼓。

为了寻找爱人的坟墓，天涯海角我都走遍。但我只有伤心地哭泣，我亲爱的你在哪里？但我只有伤心地哭泣。我亲爱的你在哪里？

……

夜莺一面动人地歌唱，一面低头思量。好像是在温柔地回答，你猜对了正是我。好像是在温柔地回答，你猜对了正是我。②

声音可以形成文学人物行为的背景。小说文本的反讽突然被一首苏联民歌所替代，情绪走向渐趋抒情。

这首民歌的出现，首先是文本情绪倾向和氛围变化的"定调音"。听觉并不只是生物学的体验，还与社会历史紧密相关——盛行于 20 世纪 50—70 年代的苏联民歌与新中国前 30 年的历史密不可分。伴随《苏丽珂》一同占据前台的，是老一辈知识分子的情感结构与价值体系。苏联民歌唤起了一种略带忧伤但又明朗雄健的情感体验，抒情色彩油然而生。

凭借这首《苏丽珂》，小说引出了与之紧密相伴的双林院士。小说中描绘了三代知识分子③。第一代包括双林、乔木、张子房、何为、姚鼐（包括相对复杂的程济世）；第二代包括芸娘、文德能、应物兄、双林院士的儿子双渐、郏象愚、费鸣、费边、董松龄、汪居常、吴镇等；第三代则包括张明亮、易艺艺等。双林院士属于第一代知识分子中的楷模。第 85 节陆续展开双林院

---

① ② 李洱：《应物兄》，第 803 页。

③ 熊辉：《知识分子价值观念的蜕变与现实困境 ——李洱〈应物兄〉对当代学人的代际书写》，《当代作家评论》，2019 年第 3 期。

士的往事。他从桃花峪改造回京后投身甘肃核基地。为了理想信念，他坚守保密制度，从此与妻儿无缘相见——一直到第一颗原子弹试验成功才给妻子写信，其时妻子已去世，八岁的儿子双渐成为孤儿。从此，父子形同陌路。在晚年疾病缠身的状态下，双林院士到济州寻找儿子下落。应物兄听着这首音乐，走在寻找双林院士的路上。

相比于许多知识分子的钻营算计，双林院士可谓罕见的"清流"。他淡泊名利，济州大学邀请做讲座却不愿抛头露面，从甘肃回京后投入下一轮的奉献，到北京的小学义务讲课，还将一套房子变卖后捐款给失怙儿童。此时，得到双林院士失踪消息的应物兄，找到了双渐母亲的坟墓，并与双渐深入交谈。"他了解得越多，越觉得双林院士和他的同伴们，都是这个民族的功臣。他们在荒漠中，在无边的旷野中，在凛冽的天宇下，为了那蘑菇云升腾于天地之间而奋不顾身。"① 配合这样的画面，是《苏丽珂》始终在谈话背景中浅斟低吟，音色忧伤、明亮与雄健兼备，不再带有反讽色彩。

小说的风景描写为之一变。应物兄寻访双林院士时走到了黄河边，"九曲黄河，在这里拐了个弯。但只有在万米高空，你才能看见这个弯"——颇有"念天地之悠悠，独怆然而涕下"的苍凉。在第 85 节第三自然段，是密集的抒情话语：段首是"缓慢，浑浊，寥廓，你看不见它的波涛，却能听见它的涛声"；段尾则是"这是黄河，它比所有的时间都悠久，比所有的空间都寥廓。但那涌动着的浑厚和磅礴中，仿佛又有着无以言说的孤独和寂寞"。② "音景"影响了风景。

此后，小说中让人尊敬的人物密集返场。同属第一代知识分子的张子房被何为先生戏称"亚当"，因为张子房曾翻译了亚当·斯密的《国富论》。小说结尾，应物兄在一处大杂院里见到了张子房先生，而这处大杂院正是当年的程家大院。"只有住在这里，我才能够写出中国版的《国富论》。只有在这里，你才能够体会到原汁原味的经济、哲学、政治和社会实践。只有在这里，

① 李洱：《应物兄》，第 947 页。
② 李洱：《应物兄》，第 818—819 页。

从个体到家国：社会史视野下的新世纪文学

你才能够看见那些'看不见的手'。"① 儒学研究院苦寻程济世的程家大院旧址，一直没有找到传说中的"仁德路"。而张子房拒绝浮华和喧嚣，住在贫民窟般的大杂院潜心学术研究。小说仿佛在暗示，张子房所走的道路，才是真正的"仁德之路"。

此前不断提及却未正面出场的重要人物芸娘，在第 86 节以后频繁出现。芸娘与文德能堪称第二代知识分子中的楷模，对程济世保持距离，对应物兄等人如同圣母。她教诲应物兄"无常以应物为功，有常以执道为本"，无论有常无常，都要懂得权变，更要懂得坚守正道。芸娘携带着 20 世纪 80 年代启蒙主义的流风余韵，在思想史研究中孜孜不倦探索新的个人、新主体的可能性。从芸娘口中，还引出了一个容易被忽略的人物谭淳。她同属第二代知识分子，是谭嗣同的后人，受程济世诱奸而生下程刚笃。相比于芸娘，她更为激烈，曾经两次捍卫谭嗣同的思想，与程济世产生思想交锋。"她有一言献于先生。潜身缩首，苟图衣食，本是人之常情，倒也无可指责；舍生求义，剑胆琴心，却唯有英雄所为，岂是腐儒所能理解。"② 在抒情的力量之下，小说对这批第一、第二代知识分子的态度转为认同。

《苏丽珂》还可以视为某种"信号音"，类似于情节设计上的"草蛇灰线"。此后小说叙述人的话语不再轻松、亢奋，语速逐渐放慢，许多时候显得感伤、沉重而诚恳。歌词反复吟唱的是"寻找爱人的坟墓"，死亡的阴影笼罩在上空。这首曲子一旦奏响，小说便即将迎来结局，人物也纷纷谢幕，仿佛一曲提前奏响的挽歌，芸娘身患重病，双林院士终于逝世。小说借乔木先生之口，不无感伤地说："我们这代人，终于要走完了。"③ 其后是对文德能思索的课题"第三自我"（"the thirdxelf"）及其临终场景的追忆。辗转病榻的何为老先生也随后撒手人寰。小说终结处，一场漫天大雪降下，应物兄在山路上遭遇车祸，也完成了谢幕。

---

① 李洱：《应物兄》，第 1038 页。

② 李洱：《应物兄》，第 865 页。

③ 李洱：《应物兄》，第 953 页。

显而易见，随着音乐《苏丽珂》的奏响，小说情调从反讽转向了抒情。当然，这种转换相当巧妙——抒情在前文中并不完全匮乏，而亦有踪迹可循。我们把这种反讽与抒情的无缝联结、并在文本中不知不觉进行翻转的美学结构，称为"莫比乌斯环"①。在莫比乌斯环上，沿着一个平面前行，只要走得足够远，就会走到背面。对知识分子现状的不满积攒了足够的能量，诱发了回望——对双林、张子房等往昔理想人格的某种追忆，以及前瞻——文德能对"第三自我"的设想。这些，都属于抒情的范畴。

## 五、为什么是莫比乌斯环：主体建构的隐喻

小说以反讽美学联结抒情美学，形成了环状的美学构造。

如果说，反讽美学更多创造对人物的间离和审视，那么一旦小说抵达抒情，是否对人物转向趋近和认同？也就是说，我们把小说的目标视为对知识分子主体的探索工程，这是否说明小说已找到相对稳定的知识分子样本？

并非如此。姑且来看小说家寄予主要同情的第一代知识分子。乔木作为第一代知识分子的代表，有其明显的暗面。乔木先生一方面看不起程济世的学问，从情感上抵触程济世回济大建立儒学研究院，另一方面却想利用儒学研究院来解决家庭难题，把自己女儿塞进儒学研究院。在对待个人情感问题上，乔木有"见异思迁"之嫌，编选诗集《闲情偶得》时不曾为风雨同舟几十年的前妻写过一首悼亡诗。再看柏拉图研究者何为。尽管何为辗转病榻之时的形象颇为正面，但在小说前半部分出场时，却有其滑稽可笑之处。别忘了，她跌倒瘫痪并最终撒手人寰的原因是在巴别讲坛上向听众灌输养生知识。在前文中表现出来的糊涂昏聩，也在反讽话语的视野之内。

我们有理由相信，假如作者有足够的耐心和兴趣将小说继续，反讽的力

---

① 莫比乌斯环是一种拓扑学结构，它由一个表面经过翻折而形成，特征是单面（只有一个面）、不可定向（无起点无终点）。莫比乌斯环最初由德国数学家、天文学家莫比乌斯和约翰·李斯丁在1858年独立发现的，并在工业上有诸多用途。哲学家拉康在20世纪50—60年代常用此拓扑学模型。

量终究还会回返。小说的美学构造不是线性的，而是一个独特的圆环，只要朝着任意一面（即使是抒情）行进足够远，都会抵达它的背面。

在拉康那里，莫比乌斯环这一图形用以打破所谓外在/内在和表面/深层之分，并借以描述主体的欲望图示。莫比乌斯环的表面代表了符号界。环内的空洞，既外在于莫比乌斯环，又内在于莫比乌斯环，它相当于实在界。支撑欲望的"小他者"（objet petit a）处于环内的空洞中，它的缺席，形成主体的欲望驱力。主体在这一缺席的"小他者"吸引下，只能沿着符号界的莫比乌斯平面循环运动，进行对"欲望客体"（the object of desire）的追逐。由于"欲望客体"并不是"小他者"，只是其在符号界的"影子"，所以主体在抵达欲望客体后兴味索然，转向对新的欲望客体的追逐。

"小他者"是主体在符号界诞生之时残留在实在界的剩余物，其不可接近性导致欲望的无限漂流。拉康对"小他者"的认识具有一种两歧性：一方面，"小他者"指示出我们完全没有知觉和观念的失去的客体；另一方面，它指示出支撑幻想的部分客体。①

如上文分析中主体对欲望客体的追逐一般，《应物兄》对当代中国知识分子的探索欲望是永未停止的。无论第一代、第二代还是第三代知识分子，小说对他们既批判又同情，既非完全反讽，也非完全抒情。叙述者走马灯式地让知识分子一个个从眼前经过，又将他们抛弃在身后，有些人物在抛弃之后又掉头回去重新检视。这些知识分子身上，并非没有一些让我们赞赏或认可的地方，然而似乎又并不是完美的代表。在拉康的理论观照下，这些知识分子从构成之初就遗落了某些品质（"小他者"），使之尽管类似又终究不是小说理想的对象。

那么，真正理想的知识分子形象是怎样的？小说只提供了有限的设想。文德能逝世前，对主体的设想是"第三自我"。应物兄作为文本的叙述者和线索人物，具备两重自我。第一自我是行而不思的主体，是他与世沉浮、委曲

---

① 居飞：《拉康的客体小 a：自身差异的客体》，《世界哲学》，2013 年第 6 期。

求全的第一人格。第二自我则是思而不行的主体，是他心存腹诽、无能为力的第二人格。第一自我和第二自我的分裂状况，恰恰昭示了中国当代知识分子的精神困境：知行分裂或曰"犬儒主义"。如何找到第三自我？第三自我具备哪些特征？第三自我如何克服第一自我（无思考力）和第二自我（无行动力）的缺陷，弥合知行之间的裂缝？我们如何做到包容会通，达到虚己应物、应物而无累于物的主体状态？小说并未给出肯定答复。

文德能对"第三自我"英文的拼写很有意思，故意把字母 S（寓意"主体"Subject）替换为未知数 X，同时在后面加了一个逗号，表示敞开和未完成。小说的结论是：知识分子主体的追寻过程是永未完成的，必将在东西方思想资源中经历周而复始的间离（反讽）与认同（抒情）。这一莫比乌斯环的构造，也成为这一历史进程的美学隐喻。

为什么叙述者/文德能未能对知识分子规划出一个令人心安的确定形象？答案呼之欲出。作家无限追寻知识分子形象的姿态应当予以肯定，然而如要一劳永逸地终止这一无限的循环，读者和批评家还要付出远比小说文本更多的思考力。从拉康的角度，我们必须重新反思"知识分子"这一概念在浮出符号秩序地表之时的构成性条件，重新反思"知识分子"乃至家国、社会、学院、传统等与之相关的东西方思想图谱中不证自明的基础命题——必定仍有一些关键因素，是在这一小说文本/作者的视野之外的。

在文学场域，除了本章所选择的四个案例外，仍有不少值得深入探讨的命题。由于中国在世界格局中的位置和中国进入新世纪社会后的巨大变化，"何为中国"，本身就是一个大话题。非虚构文学、底层文学、科幻文学和网络文学方面对"中国"都有令人瞩目的表述。非虚构文学如梁鸿的"梁庄三部曲"、黄灯的《大地上的亲人》《我的二本学生》、袁凌的《寂静的孩子》、刘绍华的《我的凉山兄弟：毒品、艾滋与流动青年》、范雨素的《我是范雨素》、伊险峰的《张医生与王医生》、李娟对阿勒泰地区的描绘等，提醒学者和读者必须把目光投向那些被遮蔽的现实角落。曹征路《那儿》《问苍茫》与王祥夫、刘庆邦、陈应松、陈继明的底层叙事，余秀华、郑小琼、许立志、陈年喜的底层诗歌写作，安子、王十月、何真宗、朱学仕、李樱子、赵美萍、丁燕的打工文学，也是对"中国"的书写，底层是支撑"大国崛起"的基石。新世纪中国科幻文学打开了"中国想象"的未来维度。一批从20世纪90年代开始创作的重要作家何夕、王晋康、刘慈欣、韩松、吴岩、星河、杨平、郑军、柳文扬、潘海天、凌晨、赵海虹等进入高产期。年轻一辈作家横空出世，陈楸帆、江波、飞氘、夏笳、拉拉、宝树、梁清散、迟卉、陈茜、程婧波、长铗、吕哲、杨晚晴、海漄进入大众视野。中国网络文学的大爆发已经成为世界文学的令人瞩目的重大现象。《大国重工》《铁骨铮铮》《工业之王》等工业题材网络小说，"末世文""种田文"中的人类文明想象、《庆余年》《诡秘之主》《我们生活在南京》《夜的命名术》《十三行》《三生三世十里桃花》中对中国叙事与网络文学叙述方式的突破、移动互联网时代"网文出海""全球共创IP"的跨国跨媒介传播，都将"中国"概念抛向全球，在与东西方读者的交汇中塑造全新的中华文明形象。

汪晖指出："在各种有关中国的具体问题的讨论中，'何为中国'始终是一个核心的但常常被掩盖了的问题。"[①] 必须承认，对于"中国"书写，我们本章的个案考察方式难以窥其全貌，以"社会史视野"方法论为旨归的本书也难担此重任。总有太多的个案溢出我们的视野，幸而总有做得更好的学界同仁与后来者。本章仅试图打开文学的社会之眼，把文学之所从出和指向的社会网络结构及多重力线还原出来，希望为深入研究文学对"中国"的重述提供一种方法的借鉴。

① 汪晖：《东西之间的"西藏问题"（外二篇）》，北京：生活·读书·新知三联书店，2014年，第147页。

# 积累与突破

——阅读陈思《从个体到家国：社会史视野下的新世纪文学》随想

◎南　帆

　　2016 年前后，我读到陈思的《现实的多重皱褶》一书，写下若干感想题为《敞开与呼应：文学形式、审美、历史》发表。世事纷扰，白云苍狗，眼前出现陈思另一部书稿的时候，我突然意识到十年的时光倏忽而逝。匆匆翻阅陈思的书稿，内心涌出一阵安慰：持之以恒的事物仍然存在，文学仍然是一些人的精神聚焦区域，思想探索仍然积极地展开。十年的时间，陈思的关注范围扩大了许多，观念的表述更为成熟。但是，从这一部书稿的书名——《从个体到家国：社会史视野下的新世纪文学》——可以看出，某些一脉相承的主题还在深入延展。

　　导论"重建新世纪文学的社会之眼"中，陈思对"社会史视野"做出初步阐述。可以从这些阐述之中察觉，陈思一直致力于将新世纪文学与风云激荡的社会整合在一个共同的视野之中，置身于宏大的历史图景考察文学与周边种种因素的多向互动。一种理论观点曾经认为，"纯文学"是一个独立的区域，不受各种社会波动的干扰，超然世外才能保证纯正的审美品质。如果说，作品的内容不可避免地涉及社会现实，那么，文学形式被视为"文学性"的寄托，仿佛构成一个拒绝各种外部力量影响的封闭系统。陈思显然不赞同这种保守的理论观念，在他看来，毋宁说文学形式内在地嵌入社会背景。因此，"社会史视野"对文学形式影响的考察本身就是一个重要的面向："我期待这些对文学形式的发现越来越多，也越来越形成一种自觉与特色。文学形式的追求应该内化于这一研究取向之中。真正的历史性，一定以形式的面目出现。从形式入手，细描主体状态，以历史语境的恢复、社会感的充盈为参照系，对'写什么/不写什么''为什么这么写/为什么不那样写'进行细致谨慎的剖析与体贴入微的感悟。它不是对文学形式进行消除，而是对文学形式进行高举和扩张。"这种主张与我的观念相当接近。我在《论文学批评与"历史"概念》一文中曾经集中讨论一个问题："历史"成为文学批评赖以展开的一个轴心概念之后，这个概念究竟包含哪些含义。古往今来，文学批评之中的"历史"既可以表示文学再现某一个时期的社会现实，还可以指文学赖以产生——从文学主题到语言修辞——的历史文化环境，后者甚至更为重要。尽管文学形式的稳定程度远远超过内容，但是，各种演变乃至突变从未停止。许多时候，文学形式的种种动向无不可以追溯到社会史方面的原因。无论在诗词格律还是小说文类中，人们都可以找到或显或隐的例证。《从个体到家国：社会史视野下的新世纪文学》表明，陈思在他所关注的新世纪文学之中再度获得展开这种考察的空间。

正如陈思意识到的那样，在认可文学与社会史之间互动的前提下，许多人可能将二者的关系想象得过于简单。最为常见的情况是，将文学想象为历史的注解、附庸，又或者文学给历史提供一些填充框架的形象与细节。"以诗证史""小说者，正史之余也"之类说法无不事先设定历史与文学的主从结构。我曾经在另一个场合分析过历史实在、历史话语与文学话语之间相互缠绕的关系。通常意义上，"历史"指的是过往发生的一切，另一些时候，"历史"指的是历史著作陈述的内容。如果前者可以称为历史实在，那么，后者可以称为历史话语——历史学家使用某种话语组织处理和描述历史实在。这种区分立即显露出两个后续的问题：一，"以诗证史"或者"小说者，正史之余也"这些论断之中，"史"指的是历史实在还是历史话语？如果将"史"

界定为历史话语，文学显然仅仅是历史著作的注解与附庸。二，我倾向于将"历史"解释为历史实在。如同历史学家一样，作家可以使用另一种话语组织——文学话语——处理和描述历史实在。无论是情节的虚构、传奇的追求还是遣词造句上的考究，作家试图从另一些视角进入历史实在，开掘文学的独特主题。所以，导论之中的这一段话让我产生了共鸣。陈思解释说，"社会史视野""并非重返文学和历史的二元论模式，强化两者之间的价值等级，把文学当作历史的注脚；而是打破文学本体自足的幻觉，让文学重返更复杂广大的社会生活历史语境，让学者在文学与社会的复杂互动关系中真正整全地理解文学实践的特殊性和历史意涵，最终提出一系列可以与历史学一般观念对峙的研究成果。"

陈思的书稿引用不少社会史资料。作为历史话语，这些社会史资料将与陈思考察的作家、作品构成复杂的对话关系。二者可以相互参证，相互补充，也可能产生各种程度的分离乃至分歧。这丝毫不奇怪。遵循历史话语学科的基本规范，社会史资料首先是一种相对客观的记录，尽管这些记录不得不接受作者视域、各种禁忌以及时代文化气氛的限制；同时，历史话语往往围绕一批重磅的概念范畴展开，譬如国家、民族、社会制度、经济发展速度或者畜牧业、农业、工业等。相对而言，文学作品的主要内容是作家以及主人公的个体感性经验。个体感性经验可能完整投射于同时期的社会史资料，也可能存在距离与裂缝。由于各种原因，某些作家可能游离于时代文化气氛或者公认的习俗，又或者充当独树一帜的先知，抑或扮演激进偏执的社会叛徒。对于个体感性经验来说，独到与狭隘通常是同一枚硬币的两面。然而，文学话语事先接受这种视角——接受这种视角可能产生的洞见与盲区。陈思提到了柄谷行人与齐泽克对于"视差"的论述。历史话语与文学话语分别依据不同的话语组织规则裁剪与编辑世界，二者的视差不可避免。一个社会的文化空间，通常共时存在多种话语体系。在历史话语与文学话语之外，人们还将看到政治话语、经济话语、法学话语、科学话语、军事话语等形成的复杂文化网络。这些话语体系的相互补充有助于再现世界的多个层面，相互校正有助于维持一个相对公正的立场。另一些时候，这些话语体系形成或明或暗的博弈，某种话语体系占据主导地位往往表明，它所代表的价值观念正在成为文化空间的主角。正如人们所看到的那样，政治话语、经济话语或者科学话语通常位居现代社会中心，历史话语乃至文学话语游荡于边缘，只能拥有相对单薄的份额。但是，尽管人文学科的压缩正在成为学院内部逐渐升温的话题，许多人仍然坚信，文学始终是一个社会不可或缺的文化内容。或许，这也是陈思相信文学学科可以产生"与历史学一般观念对峙的研究成果"的依据。

文学如何完成独特的话语组织？这时，必须返回文学形式——就这一部书稿而言，返回陈思对文学形式的分析。《从个体到家国：社会史视野下的新世纪文学》的三个章节围绕"青年""地方""中国"三个主题展开。显而易见，三个常见的主题已经在社会史文献以及众多宣传材料之中获得广泛的表述。然而，陈思不再重复诸多熟悉的概念、命题以及各种数据，而是竭力发现文学形式对三个主题的独特组织方式——例如文珍小说中主人公的失眠或者躲入衣橱的意象；例如孟小书小说的主人公沉浸在虚拟世界寻求空洞的安慰、郑在欢小说的主人公以喜剧性对付悲剧；例如汤成难如何再现农业时间、农业速度，以及事物轮廓与质感如何在缓慢的时间之流悄然浮现；例如张忌如何利用"物"的叙事巧妙显现主人公性格，调度情节的转折，并且在叙事加速之中显现衰败感；例如王安忆小说的叙事视角转换如何折射经济理性与理想主义的转换；例如李洱《应物兄》各色人等的过量对话如何隐喻知识分子知行之间的分裂，如此等等。这时，文学形式显现的感性经验并非单纯的表象外观还原，而是涉及朗西埃所说的"感性的分配"。文学形式展示或者遮蔽何种性质的感性经验，关系到主人公的生活位置及其赋予的精神特征。这个意义上，"感性的分配"也可以视为感性社会学——我相信这也是陈思对朗西埃产生兴趣的原因。谈论"地方"主题的时候，陈思对班宇作品的分析相当精彩。作为"新东北文学"的代表人物，班宇的作品再现了称之为"新东北"的地域氛围。然而，陈思选择一个奇特的视角分析班宇笔下新东北的

附录

259

"空间"塑造：声音的叙事。从设置某些声音到屏蔽另一些声音，独特的地域氛围沉淀在主人公的听觉之中：巨响，电波杂音，卷帘门的哗哗声响，突如其来的寂静，过量、夸张的杂糅语言与本土的幽默，爆发式的呐喊，这是听觉捕捉到的社会历史。感性社会学与社会史文献的"对读"意味深长。显而易见，人们可以察觉二者之间的相互证明与相互呼应。然而，历史话语与文学话语之所以没有相互覆盖，历史与文学之所以构成两个独立的学科，这是一个不可忽略的事实：二者分别存在不可替代的内容与认识路径。

从《现实的多重皱褶》《文本催眠术》到《从个体到家国：社会史视野下的新世纪文学》，陈思的文学研究始终在扎实积累。可以从诸多作家与作品的分析之中清晰察觉这些积累的分量：种种描述与分析背后的思想含量与理论压强持续增加。也许，这些积累正在指向一个突破——更为开阔的研究视野？更为重大的研究课题？更为宏观的理论建树？我无法预知突破出现于何处，但是，书稿的阅读给我带来了强烈的期待。

（南帆，福建社会科学院研究员，福建师范大学文艺批评中心首席专家。出版《冲突的文学》《文学的维度》《隐蔽的成规》《双重视域》《后革命的转移》《五种形象》《无名的能量》《文学理论十讲》《文学的位置：挑战与博弈》《摇摆的叛逆》等学术专著，出版随笔散文集多种。曾获鲁迅文学奖、吴玉章人文社会科学奖等多种奖项。）

# 陈思学术简表

## 一、学术履历

2001 年进入北京师范大学文学院汉语言文学专业学习，2005 年获得文学学士学位。

2005 年进入北京师范大学文学院文艺学专业学习，师从王一川教授，2008 年获得文艺学硕士学位。

2008 年进入北京大学中文系中国当代文学专业学习，师从曹文轩教授。

2011—2012 年受国家留学基金委资助，进入美国哈佛大学东亚语言与文明系访学，指导教授为王德威先生。

2013 年在北京大学中文系获得文学博士学位。

2013 年进入中国社会科学院文学研究所工作，任助理研究员。

2014 年受聘为中国现代文学馆第三届客座研究员。

2014—2015 年赴甘肃敦煌沙州镇挂职。

2015 年，论文《"生活"的有限性及其五种抵抗路径——以 2014 年短篇小说为例谈 80 后小说创作现状》获《南方文坛》"2015 年度优秀论文奖"。

2015 年，承担中国社会科学院青年人文社会科学研究中心的社会调研课题：《苏南经验与高晓声：对 80 年代农村题材小说的再认识》，于 2016 年 3

月结项。

2016 年评为中国社会科学院文学所副研究员。

2018 年获得中国社会科学院大学硕士生导师资格。

2021 年，论文《〈平凡的世界〉的社会史考辨：逻辑与问题》获得中国社会科学院文学研究所科研成果优秀奖。

2024 年，选题"社会史视野下的新时代文学：从范式到实践"获得中国作家协会重点作品扶持项目（新时代文学研究主题专项）立项。

## 二、学术著作

### 1. 专著

陈思：《现实的多重皱褶》，北京：作家出版社，2014 年。

陈思：《文本催眠术：历史·主体·形式》，北京：北京大学出版社，2017 年。

### 2. 译著

K. 马尔科姆·理查兹：《德里达眼中的艺术》，陈思译，重庆：重庆大学出版社，2016 年。

## 三、近年部分论文

1.《现实感、细节与关系主义 —— "中国故事"的一条可能路径》，《南方文坛》，2014 年第 5 期。

2.《"生活"的有限性及其五种抵抗路径——以 2014 年短篇小说为例谈 80 后小说创作现状》，《南方文坛》，2015 年第 5 期。

3.《"新方志"书写——贾平凹长篇新作〈老生〉论》，《中国现代文学研究丛刊》，2015 年第 6 期。

4.《"江湖"：一种重建历史与抵抗"历史"的努力——谈李亚中篇小说〈电影〉与〈武人列传〉》，《南方文坛》，2016 年第 2 期。

5.《经济理性、个体能动与他者视野——高晓声笔下新时期农村"能人"

的精神结构》，《南方文坛》，2016 年第 3 期。

6. 《〈平凡的世界〉的社会史考辨：逻辑与问题》，《文学评论》，2016 年第 4 期。

7. 陈思：《转述、传奇、不可靠叙述与自传文本——〈人生海海〉的四重"召唤结构"》，《中国文学批评》，2020 年第 2 期。

8. 《坍塌感、幽暗之心与理想主义——论班宇小说集〈冬泳〉的声音技术》，《中国现代文学研究丛刊》，2020 年第 4 期。

9. 陈思：《反讽与抒情的莫比乌斯环——〈应物兄〉的美学构造》，《中国文学批评》，2021 年第 2 期。

10. 陈思：《须一瓜的"创伤动力学"——以〈致新年快乐〉为中心兼论其近期创作》，《中国当代文学研究》，2021 年第 4 期。

11. 陈思：《"民族史诗—元小说"织体形态——一种对徐则臣〈北上〉的社会史读法》，《中国文学批评》，2022 年第 3 期。

12. 陈思：《"找钥匙"，或新世纪初知识青年主体危机一瞥——论文珍小说中的青年问题》，《当代作家评论》，2023 年第 2 期。

13. 陈思：《小说的"地理历史学"——关于〈五湖四海〉》，《当代文坛》，2023 年第 5 期。

14. 陈思：《"新时期"的"教育革命"问题——王安忆早期小说的社会史再解读》，《文学评论》，2023 年第 5 期。

15. 陈思：《"善"字诸种写法——陈世旭〈孤帆〉读札》，《中国当代文学研究》，2024 年第 6 期。

16. 陈思、王璟珉：《赋形与回收：〈缓步〉的"文学性"回旋曲——兼论"新东北文学"的形式与观念》，《当代作家评论》，2025 年第 3 期。

17. 陈思：《感官性为基底的形式追求——以谢晃近年散文、诗歌创作为中心》，《中国现代文学研究丛刊》，2025 年第 4 期。

# 后　记

松了一口气，这本并不完美的小书终于问世了。

通常后记是一本学术著作中最受欢迎的部分，理应写得轻松讨喜，或者塞满八卦。读者们既然已经读到这里，往下看，定然不会失望。

还是先跟读者们汇报一下，本书之所以体现为这样的面貌，与我个人开启"社会史视野"这一工作方式有关。

第一个因素当然是"北京·中国当代史读书会"的影响。我在 2013 年进入中国社科院文学所当代室工作，与此同时，便开始了"北京·中国当代史读书会"的旁听。对这一读书会与"社会史视野"的历史关联，包括对理念、方法、田野经历的较为全面的记录，还请参阅何浩的文章《努力扎根于经验的沃野——记"北京·当代中国史读书会"》①，我仅说说个人视角的体会与观察。

那时在贺照田老师的建议下，大家正在一期期阅读新中国成立初到"三大改造"时期的《中国青年》杂志。大家艰难的阅读从下午 1 点 30 分开始，一直持续到晚上。不像如今读书会已经颇有成果，几位核心学者也形成相对

---

① 此名为后改。最初版本为何浩：《"北京·当代中国史读书会"简介》，《中共党史研究》，2019 年第 4 期。

从个体到家国：社会史视野下的新世纪文学

264

成熟的工作方式和连贯的问题意识。有些当下"如雷贯耳"的名字们，当年的状态还属摸着石头过河，有时甚至盲人摸象（当然比之我等，仍然高到不知道哪里去）。读书会上，桌面摆着咖啡、茶叶、各色零食充当"弹药"。室内空气不太流通，一份份文献或晦涩或枯燥，把历史真相包裹得严严实实。领读人如雾中行舟，走走停停，跟读者或咬牙切齿，或昏昏欲睡。有几位学者现在看起来如此博闻强记、过目不忘，有那么多的史料积累，那么精准的历史感觉，也都是这样雾中行舟地一寸寸前进来的。现实中我大概跟读了将近一年时间，而阅读所涉及的文献时间也只过去了将近一年，这是后话，先按下不表。

　　早期读书会的收获，对我来说是一种学术基本功的再习得。习惯一种缓慢的阅读节奏，学习从讨论中倾听线索，学习"看话不听话"的相对化处理，不断追问、适应和保持困惑的求学状态。每位学者各有积累、师承和专长，却需要放下习惯的武器，赤手空拳和历史缠斗。何浩擅长的政治哲学，刘卓、符鹏擅长的西马文论，何吉贤、萨支山、程凯、李哲擅长的现代文学，莫艾擅长的美术史，李娜擅长的台湾左翼研究，这些背景均隐藏起来，避免过快"回收"到已有的认识装置内。约定"硬读"文献的方式，谁都不投机取巧。这样一段时间后，他们居然还很谦虚，以至于出现了读书会的口头禅，例如"这样对历史的处理可能还会有一点太快"（已经够谨慎了！）、"当然我这样去理解文献可能有点过于直接"（你快别绕了吧！）、"我这方面的积累实在是不够"（你可够了吧！）。这不只是一种知识探索，更是一种心意上的功夫。求道的方式本身需要检讨，需要在每个求道的瞬间去反复省察和打磨。说话利索的人，都知道一个陷阱叫"话赶话"，即"越说越飘，词不达意"，最后说出与原意相悖的话来。修辞立其诚，要避免"话赶话"。大家在发言的时候慎之又慎，是"修"辞，以便确保自己的表述充分表达出自己反复检讨的感觉。而充分反思自己的语言和感觉，则是避免滑入先前话语的格套当中，逼近历史之"真"。

　　我的收获当然还有"肉体耐受度"的提升。何浩队长的烟嗓保持六小时的激昂，程凯作为"政委"永远娓娓道来，符鹏和刘卓的语速并列第一，不同的是符鹏越说声音越高，刘卓越说声音越低。李娜带来台湾零食和高山乌龙，李哲那穿着卫衣的肩膀宽阔，萨老的眼镜架在额头，何老低头眯着眼睛。中途加入的山西大学常利兵作风硬朗，一天之内高铁来回。暮色降临，灯光亮起。最渴望程凯或何浩恋恋不舍地说出一句，要不咱们先休息10分钟？大家如蒙大赦，长吁短叹声四起，喝水、抽烟、上厕所。有时候，莫艾光临（上帝啊，希望她次次都来），她以程凯太太的超然身份中途站起（胆敢不经命令），说一句，哎哟，我要先休息了，腰不行了。于是我等"懒汉"暗道一声侥幸，也借机开小差，偷偷溜出来。

回忆那段时光，简直要怀着"十分沉痛"的心情。人多屋子小，关上窗子就闷热难耐，开着窗子又喧闹不堪，总在开窗关窗之间反复横跳。战线拉得太长，笔记本电脑纷纷宕机，满桌子的插线板居然不够。从社科院回到良乡单身宿舍的一个半小时地铁路程，还与当时年轻的学者、学生们讨论不停。符鹏、程帅、刘玉静、吴景祥、丁露等都是"革命"后的"同路人"。经过一天学术折磨，体力不堪重负，虽然多人同车，侄脑容量已经少得可怜，恐怕多人加起来共一脑。语多人不怪，青春无敌，忍俊不禁。

苦哈哈的风格，是读书会的底色。他们在全国各地跑，作风大抵如此，当年没有现在所谓"特种兵旅游"的说法，但实在是"特种兵调研"。看看调研地点吧：山西晋城、五台山、长治、张庄、樟头村、平顺、武乡、沁水、介休到太谷一带，河北武安十里店，湖南益阳，内蒙古的土默川平原，山西太原赤桥村，广东中山崖口村，福建莆田平原，陕西榆林、西安长安区皇甫村，东北国有农场，浙江温州各郊县，贵州黔东南，河南灵宝、驻马店等。诸如程凯兄等人，无比克己，不要自然风光，只要人文历史遗迹。就我有幸参加其中的几次而言，还是有规律可循的。行前几周就要做知识准备，群里先发"吓死人"的书单，下拉菜单怎么也拉不完，出发前几天会有本次调研的组织者在群里提醒大家"某些书很好""务必一读"（可见真的有人读了），行程当中重点找当地向导或地方史研究者介绍情况、举行座谈会、走访当事人，每日回到宾馆还要开会复盘讨论、总结经验、交换意见，随时调整调研计划，随时加减一个村镇，突然岔出一条支线也是常事。这其实可以读出某种精神性的追求。

2016年，读书会在陕西省作协的支持下举办"柳青研究青年工作坊"，我们田野走访皇甫村，拜访李旭东、刘可风老师，冷霜和姚丹等师友也加入一起。最后去了照金和薛家寨，山川壮美如《溪山行旅图》，台阶密密层层，上达天庭，颇有崇高感（sublime）。但如柏克所言，崇高植根于敬畏（owe）——我们面对巨大而危险的事物，产生一种恐惧感。直说吧，那些台阶太吓人了。连身轻体健的萨老（萨支山），登顶后也立刻四肢瘫软（因为手脚并用）、几乎晕倒，大有明教长老保卫光明顶的慷慨悲壮。早上八点多出发，晚上九点多回来，脚步虚浮、气若游丝，居然还要开会复盘。美其名曰："有些感觉当时不整理，事后会消失。"眼看要为了"有些感觉"咬牙苦撑，幸亏还有李娜（赞美善解人意的娜姐!），她提议：大家累了，要不明天再开会？说这话时，还不忘蹙眉手按太阳穴。程凯与何浩之流才恨恨不已：好吧，那就明天再开会吧。

放松的时光当然也很多。某次以历史研究为聚焦主题的当代史会议开在京郊龙爪树宾馆（经费有限，场地难找），大家最后聚在薛毅老师房间聊天，挤得满满当当，喝多的人（比如我）满不在乎地坐在地毯上。薛毅老师深情地讲述20世纪80年代，我抬头仰望，他灯下的轮廓散出某种光晕。贺照田老师神龙见首不见尾，大多数时候陪伴我们的往往是萨、何（何吉贤）两位"长老"。我因同门大师兄何浩加入读书会，萨、何二老比起他又大了一轮，感觉格外亲切，莫非是"隔代亲"。何吉贤老师苍凉浑厚，声腔寥廓，他低声"哼鸣"，你的肺腑也会跟着低回的旋律一起共振。在湖南常德、益阳调研，何老与我就着一碟小炒肥肠与两瓶啤酒，畅聊到飞机起飞。肥肠入味、切得极细，最后两人的筷子在辣椒当中找那沧海遗珠，嘴里嚼了又嚼，如同珍惜登机前的最后几分钟。那是难得奢侈，过节了。

第二个与本书相关的因素是我个人对"社会"的兴趣。这一兴趣要引出读书会之外的另一个团体。也是机缘巧合，2014—2015 年我作为中国社科院赴甘肃挂职团的一员，挂职敦煌沙州镇当副镇长。来自各院所机关的年轻人，在张鼏分团长的率领下与王超、汪建华、魏然、孙嫱、郅晓娜、魏巍、朱承亮等小伙伴浩浩荡荡，驻扎在敦煌各乡镇。乡镇是最基层，上面千条线，下面一根针，正是"缩微中国"。我们每周聚会、谈话、复盘当地情况，彼此开具书单，互相分析人与事，把学术研究同生活见闻、社会调研和为人处世结合起来。与其他单独挂职干部可能悬空的情况不同的是，这次扎得深而具体，也有一定压力，所以了解地方社会从干部到百姓的复杂层理、运转方式和人际逻辑，成为自身能否活得自在、舒展的迫切问题。不管聊得深或浅，我们都结成了真正意义上的跨学科调研—生活共同体。

我曾在一篇散文里描写过那里的风光。鸣沙山的金沙、月牙泉的绿水、莫高窟瑰丽的壁画，阳光晒透灵魂，雅丹的风孤傲地穿过巷谷。一路经历阳关、小方盘城的夯土城墙、肃北的雪山、阿克塞的赛马节、金塔的胡杨林、瓜州的蜜瓜、玉门的风，在梦柯冰川正午洪水到来前仓皇逃窜。住在镇上的办公室，浮光掠影的还有征地拆迁、招商引资、鼠疫防控、抗洪抢险、保险保障、计划生育等。当然还要劳动，记得镇书记李向忠和镇长刘占英领着全镇干部去戈壁滩植树。两位 20 世纪 60 年代出生的老汉虎虎生风，绝尘而去，不一会儿就在我们前头种满了树，剩下我们这帮劳力堪忧的小年轻带着满手血泡苦苦跟随。劳动结束的夜晚时光，书记、镇长就着西瓜、烙饼、咸菜，大谈年轻时开着拖拉机冲下陡崖的莽撞，又谈给一个贫困村修了一条路，因为资金有限只修一台压路机那么宽，修好后用大脸盆喝着白酒，带着所有筑路工人光脚踏着自己的劳动成果——那条新修的窄路走回家。

想起这些，壮怀激烈，忍不住要酒斟满，再喝干。那时候读的书，印象极为深刻，因为总在生活的旋涡里打转，或佐证或反证。难忘马艳玲副书记带我看征地拆迁现场、与高雪副镇长组织乡镇文体活动、何晓峰副镇长科普招商引资和老旧楼院改造的运转逻辑的经历。难忘所有乡镇干部、招商引资和实地调研中结识的各界朋友，有些名字我就不一一再提。那里不只有戈壁

从个体到家国：社会史视野下的新世纪文学

滩、胡杨林、党河水，我还看到了以乡镇为刻度的地方差异，看到了多样态、多层次的"社会"，看到了"社会之中的人"的广阔光谱，体会到地方既往结构、工作实践方式能够让地方社会形成完全不同的运转状态，意识到文学之外的使文学成为可能的东西，重新检讨面对话语和知识的分析方式，打破了由理论单一驱动的文本拓扑学。对"社会"本身的兴趣，可以说是我做研究的底色，过去一直如此，未来也改不掉。学问之外的其他方面，当然也得到了淘洗和提升。据说当地干部在我们一行人离去后还万分怀念，可见人也还行。

从敦煌回来，我开启了单飞的模式。开小差是本能，一直到 2023 年 10 月新疆塔里木大学会议我还"死性不改"，还带一队年轻人"临阵脱逃"（胆子小，只是骑着共享电动车去吃夜宵）。很可惜没有完整跟下读书会所有的活动，我常羡慕地看着读书会完整影响下更年轻的学者们，他们可称为读书会的"产品"，由于只跟了大概五到十分之一的活动，我大概只能算"副产品"（不知道在自豪什么）。还得感谢读书会的宽厚，居然允许一位成员"三心二意"（甚至允许他在后记里吐槽，那是何等宽厚！）。正所谓"团结、紧张、严肃、活泼"，关键是"活泼"。这种宽容性是它的生命力、凝聚力和开放性，也是它能不断激荡更多年轻的心灵的原因。我这几年带硕士生，也试图模仿这种小心翼翼的"宽厚"。当然，这不是溺爱，也不是毫无原则。而是尽可能先设身处地与对方的状态共情，从对方的视点去看还可以做哪些方面的努力和调整，避免因为师生隔阂、"师道尊严"而错过对方的敏感点，或影响其自身生命形态的扩展。为师者应先自我教育，时刻自我反省，我又有什么了不起呢？我能做得最好的情况，只是让学生成为他/她本性中可以成为的样子。当然，有关读书会的同事们带硕士、博士的方法，可总结的还有很多，远不止这种"共情式宽厚"，有待专门作文去整理。

回到单飞的原因。一方面是与张晓琴、徐刚、饶翔、熊辉、丛治辰、张定浩、王敏、夏烈、王晴飞、金赫楠、李振等青年批评家一同入选了中国现代文学馆第三届客座研究员，组成了号称"十二铜人"（真是一个奇怪的自称，灵感取自周星驰《食神》）的小共同体。以此为契机，此前的积累和灵感激发了我对当下文学的批评意识，开启了我多年来对当代文学现场的持续观察，形成了我的主体研究路线，这本书也就是我近期成果的汇集。另一方面，因为 2015 年以后生活问题出现于眼前，我参与其他领域如青少年创意写作的探索，在"K12"教育领域做了一些事情。那当然也是一段难忘的修行，可以视为因自己对"社会"本身的兴趣，从而"二度挂职"，深入生活的另一个"副本"，带着新朋旧友，又"打怪升级"了一番。

现在，想必读者们知道，本书的"社会史视野"是如此驳杂不纯、兼容并包，这既是读书会的熏陶，又是个人再发明的后果。有学者指出了"复义的社会史"，这就给了台阶下。"社会史视野"当然可以有很多理解的角度，我个人的认识不见得权威，也不算异端。对理论、政策等一切"表述"的相对化研究，对政治、话语所关联的历史动态结构的觉察，对身处社会结构中的"人"的生存状态和潜能的把握，对文学形式的"形式—主体—创作"论分析方式的应用，这些方面（或许还有其他）是我想要追求的，当然在本书中未必能做到。读者是绝对的神圣他者，只能呈请审视吧。

多少有点提心吊胆的是，这本小书还有缺陷。这本书对新世纪文学样貌的描绘，是松散而不全面的。比如本书成书时期，正值 AI 大兴，ChatGPT 和 DeepSeek 在人文知识、文学写作领域掀起了巨大的挑战，而网络文学在新世纪的大爆发，也一并没能纳入本书的讨论范围。新世纪动态历史具有高度的灵活性，需要占有各方面的材料，如何相对准确地去描述一段处于生成过程中的历史？此外，还有方法的危险性和不彻底性。我也颇感惶恐，是否做到了足够的历史化？是不是过快地去理论化，过快地形成了关于新世纪的某些结论，反而会造成方法上的回退？自己对读书会方法的精髓，是否体悟得足够和完整？凡此种种，由于时间和能力有限，无法再做修改，只能预先表示诚恳的歉意。希望在下一本书里，能够有更充裕的时间，做更周全的考虑。

这本小书还不能令人十分满意，却也是敝帚自珍。感谢海峡文艺出版社的林滨社长，他大手一挥，使得这本书得以与读者见面。感谢责编李玫臻，她提出不少宝贵意见，联络协调，一路护航。感谢我年逾七十的父母，他们的馈赠与付出远远超出了一般，当然他们对我也还算表面满意。感谢太太黄晨和三岁小儿陈驷文。太太让出书房，不知多少次听我絮叨。如果没有太太的睿智、宽容、理解（这几个好词暂时用不到儿子身上），就不会有本书中的许多思考。也要感谢顽皮儿子三年来给我的锻炼，他告诉我生活的复杂和善变，道理须在事上磨炼，当爹要坚强和情绪稳定，并将打算继续给我考验。饮食男女，皆人伦物理，本书许多灵感都是在厨房的烟火气、聒噪的儿歌声和濡湿的隔尿垫上获得的。还有其他无法一一提及的亲人、师友们，感念在心。生活是学者的真正试炼场，也是学术的真正归宿，先到这里吧。

2025 年 3 月 5 日

北京马甸冠城南园

后记

# 闽派批评新锐丛书

## 第一辑

## 第二辑

**图书在版编目(CIP)数据**

从个体到家国:社会史视野下的新世纪文学/陈思著. －福州:海峡文艺出版社,2025.5
(闽派批评新锐丛书/谢有顺主编)
ISBN 978-7-5550-4079-8

Ⅰ.Ⅰ206.7－53

中国国家版本馆 CIP 数据核字第 2025E01Q32 号

**从个体到家国:社会史视野下的新世纪文学**

| | | |
|---|---|---|
| | 陈 思 著 | |
| **出 版 人** | 林 滨 | |
| **责任编辑** | 张琳琳 | |
| **编辑助理** | 李玫臻 | |
| **出版发行** | 海峡文艺出版社 | |
| **经 销** | 福建新华发行(集团)有限责任公司 | |
| **社 址** | 福州市东水路 76 号 14 层 | |
| **发 行 部** | 0591－87536797 | |
| **印 刷** | 福州力人彩印有限公司 | |
| **厂 址** | 福州市晋安区新店镇健康村西庄 580 号 9 栋 | |
| **开 本** | 787 毫米×1092 毫米 1/16 | |
| **字 数** | 288 千字 | |
| **印 张** | 17.75 | |
| **版 次** | 2025 年 5 月第 1 版 | |
| **印 次** | 2025 年 5 月第 1 次印刷 | |
| **书 号** | ISBN 978-7-5550-4079-8 | |
| **定 价** | 68.00 元 | |

如发现印装质量问题,请寄承印厂调换